【臺灣現當代作家
研究資料彙編】66

高 陽

國立台灣文學館
出版

部長序

　　從歷史的角度檢視特定時代的文學表現，當代作家及作品往往是研究的重心；而完整的臺灣文學史之建構，更有賴全面與紮實的作家及作品研究。臺灣文學自荷蘭時代、明鄭、清領、日治、及至戰後，行過漫長的時光甬道，在諸多文學先輩和前行者的耕耘之下，其所累積的成果和能量實已相當可觀；而白話文學運動所造就的新文學萌芽，更讓現當代文學作品源源不絕地誕生，作家們的精彩表現有目共睹。相應於此，如何盤整研究資源、提升無論是專業學者或一般大眾資料查找的便利性，也就格外重要。

　　由國立臺灣文學館規畫、籌編的《臺灣現當代作家研究資料彙編》，即可說是對上述問題的最好回應。本計畫自 2010 年開始啟動，五年多來，已然為臺灣文學史及相關研究打下厚重扎實的基礎。臺文館不僅細心詳實地為作家編選創作生涯中的重要紀錄，在每一冊圖書中收錄豐富的作家照片、手稿影像，並編寫小傳、年表，再由學有專精的學者撰寫研究綜述、選刊重要評論文章，最後還附有評論資料目錄。經過長久的累積和努力，今年，已進入第六個年頭，即將完成總共 80 位作家的研究資料彙編。在本階段所出版的作家，包括詹冰、高陽、子敏、齊邦媛、趙滋蕃、蕭白、彭歌、杜潘芳格、錦連、蓉子、向明、張默、於梨華、葉笛、葉維廉、東方白共 16 位，俱為夙負盛名的重量級作者，相信必能有助於臺灣文學的推廣與研究的深化。

　　這套全方位的臺灣現當代文學工具書，完整呈現了臺灣作家的存在樣貌、歷史地位與影響及截至目前的相關研究成果，同時也清晰地勾勒出臺灣文學一路走來的變貌與軌跡，不但極具概覽性，亦能揭示當下的臺灣文學研究現況並指引未來研究路徑，可說是認識臺灣作家與臺灣文學發展的重要讀本依據，相信必能為臺灣文學研究奠定益加厚實的根基；懇請海內外關心及研究臺灣文學之各界方家不吝指正，以匯聚更多參與及持續前行的能量。

文化部部長　

館長序

　　時光荏苒，「臺灣現當代作家研究資料彙編」第五階段已接近尾聲，16 冊圖書的出版，意味著這個深耕多年的計畫，又往前邁進一步，締造了新的里程碑。

　　「臺灣現當代作家研究資料彙編計畫」乃是以「臺灣現當代作家評論資料目錄」（2004～2009 年）為基礎，由其中所收錄的 310 位作家、十餘萬筆研究評論資料延展而來。為了厚實臺灣文學史料的根基，國立臺灣文學館組織了精實的顧問群與編輯團隊，從作家的出生年代、創作數量、研究現況……等元素進行綜合考量，精選出100 位作家，聘請最適合的專家學者替每位作家完成一本研究資料彙編。圖書內容包括作家生平重要影像、文學活動照片、手稿或文物影像、作家小傳、作品目錄和提要、文學年表；另有主編撰寫的作家研究綜述，再從龐雜的評論資料中挑選具有代表性的評論文章，並附上完整的作家評論資料目錄。這套叢書不僅對文學研究者而言是詳實齊全的文獻寶庫，同時也為一般讀者開啟平易可親的文學之窗，讓大家可以從不同角度、多面向地認識一位作家的創作、生平與歷史地位。

　　本計畫自 2010 年啟動，截至目前為止，以將近六年的時間，完成了 80 位臺灣重量級作家的研究資料彙編，在本階段將與讀者見面的有詹冰、高陽、子敏、齊邦媛、趙滋蕃、蕭白、彭歌、杜潘芳格、

錦連、蓉子、向明、張默、於梨華、葉笛、葉維廉、東方白共 16
人。這是一場充滿挑戰的馬拉松，過程漫長艱辛，卻也積聚並見證
了臺灣文學創作與研究的能量。為了將這部優質的出版品推介給廣
大的讀者，發揮其更大的影響力，臺文館於 2015 年 8 月接續推動
「臺灣文學開講——臺灣現當代作家研究資料彙編行銷推廣閱讀計
畫」，透過講座與踏查，結合文學閱讀、專家講述、土地探訪，以
顯影作家創作與生活的痕跡，歡迎所有的朋友與我們一同認識作
家、樂讀文學、親炙臺灣的土地，也請各界不吝給予我們批評、指
教。

國立臺灣文學館館長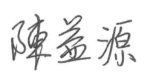

編序

◎封德屏

緣起

1995 年 10 月 25 日,在臺灣師範大學教育大樓的 201 室,一場以「面對臺灣文學」為題的座談會,在座諸位學者分別就臺灣文學的定義、發展、研究,以及文學史的寫法等,提出宏文高論,而時任國家圖書館編纂張錦郎的「臺灣文學需要什麼樣的工具書」,輕鬆幽默的言詞,鞭辟入裡的思維,更贏得在座者的共鳴。

張先生以一個圖書館工作人員自謙,認真專業地為臺灣這幾十年來究竟出版了多少有關臺灣文學的工具書,做地毯式的調查和多方面的訪問。同時條理分明地針對研究者、學生,列出了十項工具書的類型,哪些是現在亟需的,哪些是現在就可以做的,哪些是未來一步一步累積可以達成的,分別做了專業的建議及討論。

當時的文建會二處科長游淑靜,參與了整個座談會,會後她劍及履及的開始了文學工具書的委託工作,從 1996 年的《臺灣文學年鑑》起始,一年一本的編下去,一直到現在,保存延續了臺灣文學發展的基本樣貌。接著是《中華民國作家作品目錄》的新編,《臺灣文壇大事紀要》的續編,補助國家圖書館「當代文學史料影像全文系統」的建置,這些工具書、資料庫的接續完成,至少在當時對臺灣文學的研究,做到一些輔助的功能。

2003 年 10 月,籌備多年的「臺灣文學館」正式開幕運轉。同年五月《文訊》改隸「財團法人台灣文學發展基金會」,為了發揮更大的動能,開

始更積極、更有效率地將過去累積至今持續在做的文學史料整理出來，讓豐厚的文藝資源與更多人共享。

　　於是再次的請教張錦郎先生，張先生認為文學書目、作家作品目錄、文學年鑑、文學辭典皆已完成或正在進行，現在重點應該放在有關「臺灣現當代作家評論資料目錄」的編輯工作上。

　　很幸運的，這個計畫的發想得到當時臺灣文學館林瑞明館長的支持，於是緊鑼密鼓的展開一切準備工作：籌組編輯團隊、召開顧問會議、擬定工作手冊、撰寫計畫書等等。

　　張錦郎先生花了許多時間編訂工作手冊，每一位作家的評論資料目錄分為：

　　（一）生平資料：可分作者自述，旁人論述及訪談，文學獎的紀錄。

　　（二）作品評論資料：可分作品綜論，單行本作品評論，其他作品（包括單篇作品）評論，與其他作家比較等。

　　此外，對重要評論加以摘要解說，譬如專書、專輯、學術會議論文集或學位論文等，凡臺灣以外地區之報刊及出版社，於書名或報刊後加註，如中國大陸、香港、新加坡等。此外，資料蒐集範圍除臺灣外，也兼及中國大陸、香港、新加坡、日本、韓國及歐美等地資料，除利用國內蒐集管道外，同時委託當地學者或研究者，擔任資料蒐集工作。

　　清楚記得，時任顧問的學者專家們，都十分高興這個專案的啟動，但確定收錄哪些作家名單時，也有不同的思考及看法。經過充分的討論後，終於取得基本的共識：除以一般的「文學成就」為觀察及考量作家的標準外，並以研究的迫切性與資料獲得之難易度為綜合考量。譬如說，在第一階段時，作家的選擇除文學成就外，先考量迫切性及研究性，迫切性是指已故又是日治時期臺籍作家為優先，研究性是指作品已出土或已譯成中文為優先。若是作品不少而評論少，或作品評論皆少，可暫時不考慮。此外，還要稍微顧及文類的均衡等等。基本的共識達成後，顧問群共同挑選出 310 位作家，從鄭坤五、賴和、陳虛谷以降，一直到吳錦發、陳黎、蘇

偉貞，共分三個階段進行。

　　「臺灣現當代作家評論資料目錄」專案計畫，自 2004 年 4 月開始，至 2009 年 10 月結束，分三個階段歷時五年六個月，共發現、搜尋、記錄了十餘萬筆作家評論資料。共經歷了三位專職研究助理，近三十位兼任研究助理。這些研究助理從開始熟悉體例，到學習如何尋找資料，是一條漫長卻實用的學習過程。

接續

　　「臺灣現當代作家評論資料目錄」的專案完成，當代重要作家的研究，更可以在這個基礎上，開出亮麗的花朵。於是就有了「臺灣現當代作家研究資料彙編暨資料庫建置計畫」的誕生。為了便於查詢與應用，資料庫的完成勢在必行，而除了資料庫的建置外，這個計畫再從 310 位作家中精選 50 位，每人彙編一本研究資料，內容有作家圖片集，包括生平重要影像、文學活動照片、手稿及文物，小傳、作品目錄及提要、文學年表。另外每本書分別聘請一位最適當的學者或研究者負責編選，除了負責撰寫八千至一萬字的作家研究綜述外，再從龐雜的評論資料中挑選具有代表性的評論文章，平均 12～14 萬字，最後再附該作家的評論資料目錄，以期完整呈現該作家的生平、創作、研究概況，其歷史地位與影響。

　　第一部分除資料庫的建置外，50 位作家 50 本資料彙編（平均頁數 400～500 頁），分三個階段完成，自 2010 年 3 月開始至 2013 年 12 月，共費時 3 年 9 個月。因為內容充實，體例完整，各界反應俱佳，第二部分的 50 位作家，接著在 2014 年元月展開，第一階段出版了 14 本，此次第二階段計畫出版 16 本，預計在 2016 年 3 月完成。

　　首先，工作小組必須掌握每位編選者進度這件事，就是極大的挑戰。於是編輯小組在等待編選者閱讀選文的同時，開始蒐集整理作家生平照片、手稿，重編作家年表，重寫作家小傳，尋找作家出版品的正確版本、版次，重新撰寫提要。這是一個極其複雜的工程。還好這些年培養訓練出

幾位日漸成熟的專案助理，在《文訊》編輯部同仁的協助之下，讓整個專
案延續了一貫的品質及進度。

成果

　　雖然過程是如此艱辛，如此一言難盡，可是終究看到豐美的成果。每
位編選者雖然忙碌，但面對自己負責的作家資料彙編，卻是一貫地認真堅
持。他們每人必須面對上千或數百筆作家評論資料，挑選重要或關鍵性的
評論文章，全面閱讀，然後依照編選原則，挑選評論文章。助理們此時不
僅提供老師們所需要的支援，統計字數，最重要的是得找到各篇選文作
者，取得同意轉載的授權。在起初進度流程初估時，我們錯估了此項工作
的難度，因為許多評論文章，發表至今已有數十年的光景，部分作者行蹤
難查，還得輾轉透過出版社、學校、服務單位，尋得蛛絲馬跡，再鍥而不
捨地追蹤。有了前面的血淚教訓，日後關於授權方面，我們更是如臨深
淵、如履薄冰，希望不要重蹈覆轍，在面對授權作業時更是戰戰兢兢，不
敢懈怠。

　　除了挑選評論文章煞費苦心外，每個作家生平重要照片，我們也是採
高標準的方式去蒐集，過世作家家屬、友人、研究者或是當初出版著作的
出版社，都是我們徵詢的對象。認真誠懇而禮貌的態度，讓我們獲得許多
從未出土的資料及照片，也贏得了許多珍貴的友誼。許多作家都協助提供
照片手稿等相關資料，已不在世的作家，其家屬及友人在編輯過程中，也
給予我們許多協助及鼓勵，藉由這個機會，與他們一起回憶、欣賞他們親
人或父祖、前輩，可敬可愛的文學人生。此外，還有許多作家及研究者，
熱心地幫忙我們尋找難以聯繫的授權者，辨識因年代久遠而難以記錄年
代、地點、事件的作家照片，釐清文學年表資料及作家作品的版本問題，
我們從他們身上學習到更多史料研究可貴的精神及經驗。

　　但如何在規定的時間內，完成每個階段資料彙編的編輯出版工作，對
工作小組來說，確實是一大考驗。每一冊的主編老師，都是目前國內現當

代臺灣文學教學及研究的重要人物,因此都十分忙碌。每一本的責任編輯,必須在這一年多的時間內,與他們所負責資料彙編的主角——傳主及主編老師,共生共榮。從作家作品的收集及整理開始,必須要掌握該作家所有出版的作品,以及盡量收集不同出版社的版本;整理作家年表,除了作家、研究者已撰述好的年表外,也必須再從訪談、自傳、評論目錄,從作品出版等線索,再作比對及增刪。再來就是緊盯每位把「研究綜述」放在所有進度最後一關的主編們,每隔一段時間提醒他們,或順便把新增的評論目錄寄給他們(每隔一段時間就有新的相關論文或學位論文出現),讓他們隨時與他們所主編的這本書,產生聯想,希望有助於「研究綜述」撰寫的進度。

在每個艱辛漫長的歲月中,因等待、因其他人力無法抗拒的因素,衍伸出來的問題,層出不窮,更有許多是始料未及的。譬如,每本書的選文,主編老師本來已經選好了,也經過授權了,為了抓緊時間,負責編輯的助理們甚至連順序、頁碼都排好了,就等主編老師的大作了,這時主編突然發現有新的文章、新的資料產生:再增加兩三篇選文吧!為了達到更好更完備的目標,工作小組當然全力以赴,聯絡,授權,打字,校對,重編順序等等工作,再度展開。

此次第二部分第二階段共需完成的 16 位作家研究資料彙編,年齡層較上兩個階段已年輕許多,因此到最後的疑難雜症,還有連主編或研究者都不太清楚的部分,譬如年表中的某一件事、某一個年代、某一篇文章、某一個得獎記錄,作家本人絕對是一個最好的諮詢對象,對解決某些問題來說,這是一個好的線索,但既然看了,關心了,參與了,就可能有不同的看法,選文、年表、照片,甚至是我們整本書的體例,於是又是一場翻天覆地的大更動,對整本書的品質來說,應該是好的,但對經過多次琢磨、修改已進入完稿階段的編輯團隊來說,這不啻是一大挑戰。

1990 年開始,各地縣市文化中心(文化局),對在地作家作品集的整理出版,以及臺灣文學館成立後對日治時期作家以迄當代重要作家全集的

編纂，對臺灣文學之作家研究，也有了很好的促進作用。如《楊逵全集》、《林亨泰全集》、《鍾肇政全集》、《張文環全集》、《呂赫若日記》、《張秀亞全集》、《葉石濤全集》、《龍瑛宗全集》、《葉笛全集》、《鍾理和全集》、《錦連全集》、《楊雲萍全集》、《鍾鐵民全集》等，如雨後春筍般持續展開。

　　經過近二十年的努力，臺灣文學的研究與出版，也到了可以驗收或檢討成果的階段。這個說法，當然不是要停下腳步，而是可以從「臺灣現當代作家評論資料目錄」所呈現的 310 位作家、10 萬筆資料中去檢視。檢視的標的，除了從作家作品的質量、時代意義及代表性去衡量外、也可以從作家的世代、性別、文類中，去挖掘有待開墾及努力之處。因此這套「臺灣現當代作家研究資料彙編」，大部分的編選者除了概述作家的研究面向外，均有些觀察與建議。希望就已然的研究成果中，去發現不足與缺憾，研究者可以在這些不足與缺憾之處下功夫，而盡量避免在相同議題上重複。當然這都需要經過一段時間去發現、去彌補、去重建，因此，有關臺灣文學的調查、研究與論述，就格外顯得重要了。

期待

　　感謝臺灣文學館持續推動這兩個專案的進行。「臺灣現當代作家評論資料目錄」的完成，呈現的是臺灣文學研究的總體成果；「臺灣現當代作家研究資料彙編」的出版，則是呈現成果中最精華最優質的一面，同時對未來臺灣文學的研究面向與路徑，作最好的建議。我們可以很清楚的體會，這是一條綿長優美的臺灣文學接力賽，我們十分榮幸能參與其中，更珍惜在傳承接力的過程，與我們相遇的每一個人，每一件讓我們真心感動的事。我們更期待這個接力賽，能有更多人加入。誠如張恆豪所說「從高音獨唱到多元交響」，這是每一個人所期待的。

編輯體例

一、本書編選之目的，為呈現高陽生平、著作及研究成果，以作為臺灣文
　　學相關研究、教學之參考資料。

二、全書共五輯，各輯內容及體例說明如下：

　　輯一：圖片集。選刊作家各個時期的生活或參與文學活動的照片、著
　　　　　作書影、手稿（包括創作、日記、書信）、文物。

　　輯二：生平及作品，包括三部分：

　　　　　1.小傳：主要內容包括作家本名、重要筆名，生卒年月日，籍
　　　　　　貫，及創作風格、文學成就等。

　　　　　2.作品目錄及提要：依照作品文類（論述、詩、散文、小說、
　　　　　　劇本、報導文學、傳記、日記、書信、兒童文學、合集）及
　　　　　　出版順序，並撰寫提要。不收錄作家翻譯或編選之作品。

　　　　　3.文學年表：考訂作家生平所進行的文學創作、文學活動相關
　　　　　　之記要，依年月順序繫之。

　　輯三：研究綜述。綜論作家作品研究的概況，並展現研究成果與價值
　　　　　的論文。

　　輯四：重要文章選刊。選收國內外具代表性的相關研究論文及報導。

　　輯五：研究評論資料目錄。收錄至 2016 年 1 月底止，有關研究、論述
　　　　　臺灣現當代作家生平和作品評論文獻。語文以中文為主，兼及
　　　　　日文和英文資料。所收文獻資料，以臺灣出版為主，酌收中國
　　　　　大陸、香港、日本和歐美國家的出版品。內容包含三部分：

　　　　　1.「作家生平、作品評論專書與學位論文」下分為專書與學位
　　　　　　論文。

　　　　　2.「作家生平資料篇目」下分為「自述」、「他述」、「訪談」、
　　　　　　「年表」、「其他」。

　　　　　3.「作品評論篇目」下分為「綜論」、「分論」、「作品評論目
　　　　　　錄、索引」、「其他」。

目次

部長序 　　　　　　　　　　　　　　　　　　洪孟啟　　3

館長序 　　　　　　　　　　　　　　　　　　陳益源　　5

編序 　　　　　　　　　　　　　　　　　　　封德屛　　7

編輯體例 　　　　　　　　　　　　　　　　　　　　　　13

【輯一】圖片集

影像‧手稿‧文物 　　　　　　　　　　　　　　　　　18

【輯二】生平及作品

小傳 　　　　　　　　　　　　　　　　　　　　　　　27

作品目錄及提要 　　　　　　　　　　　　　　　　　29

文學年表 　　　　　　　　　　　　　　　　　　　　105

【輯三】研究綜述

高陽傳奇 　　　　　　　　　　　　　　　　　鄭　穎　141

【輯四】重要評論文章選刊

「高陽自言」

歷史‧小說‧歷史小說 　　　　　　　　　　　高　陽　157
　　　　──寫在《李娃》及其他前面

寫在《慈禧前傳》之前 　　　　　　　　　　　高　陽　163
　　　　──清文宗與恭親王

《陳光甫外傳》前言 　　　　　　　　　　　　高　陽　169

我寫「紅樓夢斷」 　　　　　　　　　　　　　高　陽　173

橫看成嶺側成峰 高　陽 179

　　——寫在《曹雪芹別傳》之前

《翁同龢傳》自序 高　陽 187

前瞻人生‧回觀歷史 高　陽 189

「詩史」的明暗兩面 高　陽 193

《高陽雜文》後記 高　陽 197

《清朝的皇帝》後記 高　陽 199

我寫歷史小說的心路歷程 高　陽 203

病中書 高　陽 209

「高陽其人」

歷史與小說 桂文亞 213

　　——高陽先生訪問記

從歷史中擎出一盞燈 龔鵬程 221

　　——高陽與青年朋友談歷史小說

遙指紅樓 龔鵬程 231

　　——夜訪高陽於《曹雪芹別傳》發表前

走進高陽書房 蘇偉貞 239

女兒的呼喚 許議今 241

　　——寫給父親

熊掌和灑金箋 姚宜瑛 243

　　——記唐魯孫先生和高陽

高陽的歷史風雲 李瑞騰 249

念高陽 龔鵬程 251

蒼茫獨立唱輓歌   尉天驄   263
        ——說高陽

「高陽其文」

歷史文學   瘂   弦   273
        ——關於《聯合文學》「高陽歷史小說」專頁

全景觀照歷史   李瑞騰   279
論高陽說詩   龔鵬程   281
虎兔相逢大夢歸   管仁健   295
        ——高陽的紅學世界初探

高陽歷史小說論   吳秀明、陳擇綱   301
高陽和他的歷史小說   江少川   319
論高陽《花魁》之書寫藝術   蔡芝蘭   337

【輯五】研究評論資料目錄

作家生平、作品評論專書與學位論文   365
作家生平資料篇目   372
作品評論篇目   388

輯一◎圖片集

影像◎手稿◎文物

1961年，黃杰將軍特別宴請文藝作家，與宴者於會場外合影。前排左起：黃
杰、張祕書、聶華苓、馮放民、張君穀、后希鎧、孫如陵；後排左起：郭嗣汾、
高陽、許希哲、余光中（前）、墨人、王藍、王臨泰。（文訊文藝資料中心）

1960年代，與文友於餐敘上合影。左起：童世璋、高陽、林海音、孟瑤。（文
訊文藝資料中心）

1982年5月5日,高陽與導演討論拍攝電影《嫁到宮裡的男人》。（聯合報系提供）

1983年12月17～18日,高陽參加於輔仁大學舉辦的第五屆中國古典文學會議。（國家圖書館提供）

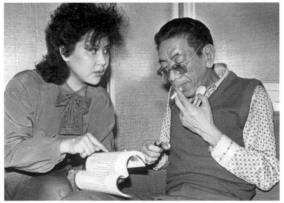

1985年1月10日,高陽與演員陳麗麗（左）研究「慈禧全傳」故事。（聯合報系提供）

1984年7月19日,高陽與對飲食一樣有所考究的唐魯孫（左）、大地出版社創辦人姚宜瑛（中）合影於臺北來來飯店隨緣廳。（文訊文藝資料中心）

1980年代，高陽寫作身影。（文訊文藝資料中心）

楊高八初育旦乙

證報浮生極印終束數百張在蕭牆冰山一倒支需出小上宵豪門作招靈那知身正中肉骨不勞疏丁御鼎於卯唧都彙八万金子明元繪一相呼靈物朝東迤迱宁画謢同甲主青功世無關國四字毛物溢難嗚夷貔中浮浮善

1985年，高陽贈文友蔡文甫之行草墨寶。（文訊文藝資料中心）

1988年2月，高陽發表於《歷史月刊》創刊號〈慈禧太后與伊藤博文——
戊戌政變真相之揭發〉手稿及期刊內頁。（國家圖書館提供）

1988年11月，高陽答覆趙繼碧信函所作〈孔子生卒年月日新考〉手稿。（國家圖書館提供）

1980年代，高陽自李商隱數首詩作摘選詩句，所創作而成的集句詩墨寶。（文訊文藝資料中心）

1980年代，高陽贈文友楊念慈之行書墨寶。（文訊文藝資料中心）

1991年8月20日，高陽連載於《聯合報》25版長篇小說〈蘇州格格〉手稿與小說發表時的剪報。（國家圖書館提供）

蘇州格格 ●高陽

1992年6月7日，高陽刊載於《聯合報》25版遺作〈我寫歷史小說的心路歷程〉手稿與文章刊載時的剪報。（國家圖書館提供）

輯二◎生平及作品

小傳◎作品◎年表

小傳

高陽（1922～1992）

　　高陽，男，本名許晏駢，字雁冰，另有筆名郡望、史魚、孺洪、游勇、龍大野。籍貫浙江杭州，1922 年 4 月 11 日（農曆 3 月 15 日）生，1949 年來臺，1992 年 6 月 6 日辭世，享壽 70 歲。

　　自幼生長於杭州官宦世家，曾因戰亂一度中斷學業，高中畢業後旋進入報社工作。1946 年參加杭州筧橋空軍軍官學校考試通過，任軍用文官，來臺後，曾任參謀總長王叔銘上將祕書。1959 年辭卸軍職後轉入新聞界工作，曾任《中華日報》主筆、《中華日報》總主筆、《中央日報》特約主筆、《聯合報》特約小說作家等，至 1982 年退休。1984 年以《高陽說詩》一書獲中山文藝獎。

　　高陽創作文類以小說為主，兼及論述與散文。在小說方面，以歷史小說見長，自 1964 年在《聯合報》副刊連載長篇小說《李娃》起，至「慈禧全傳」問世，確立其歷史小說家的地位。其歷史小說題材廣泛，大體分為宮廷、商賈、官場、紅曹、名士佳人、俠士及其他七個系列，擅長以史學眼光爬梳史料，考據精詳，融會筆記小說、傳奇等中國傳統文學，深入社會背景，對歷代王朝興廢得失的關鍵，更有獨到的研究。此外，並致力於創造小說人物，力求使人物性格、形象豐富而立體，如「慈禧全傳」中刻畫慈禧太后由青年至晚年的身分變化，與其集政治家、女性、母親於一身的複雜性格；「胡雪巖」則將一般視為生活奢靡的清代富商胡雪巖，塑造為

晚清政商界的能人形象，並全景式地再現中國近代社會民族工商業、金融、洋務的運作情況。

除小說之外，研究史學之餘，高陽亦為「紅學」專家。不僅鑽研曹雪芹其人乃至其家族故事，寫成「紅樓夢斷」、《曹雪芹別傳》、《大野龍蛇》等小說著作，更據史料剖析《紅樓夢》，發表多篇論文，輯為《紅樓一家言》、《高陽說曹雪芹》等論述集。在詩文方面，另有《文史覓趣》、《高陽雜文》、《古今食事》等散文集，對古典詩之創作與品評亦頗多涉獵。

高陽是產量豐富的歷史小說家，作品廣受大眾喜愛，曾享「有水井處有金庸，有村鎮處有高陽」的盛名。寫人情怨而不怒，寫鬥爭則切中權力欲望對人性的腐蝕，寫風俗則絢麗壯闊，其情節之鮮活，除了肇因於高陽對人情事理的洞察與刻畫，更歸功於對該時代背景的璀璨重現。高陽常常在行文間穿插一段散佚的歷史掌故，或是某種當時盛行的風俗娛樂，透過生活細節、風俗的詳細考證，為整個時代鑄造骨架、注入血肉。歷史不再只是故事發生的背景，也不只是由各大事件環繞與貫穿，而是如張大春所云「某種足以包羅歷代習俗、名物、世態、民風、政情、地理以及辭章等典故知識的大敘述體」，以小說鑄造出歷史實感的功力，高陽在現當代歷史小說的地位，無人能出其左右。

作品目錄及提要

【論述】

文史覓趣
臺北：驚聲文物供應公司
1969 年 10 月，40 開，169 頁
驚聲叢刊 6

本書選輯作者考據曹雪芹與《紅樓夢》的論述文章，以及對納蘭成德、吳梅村等五位文人與其作品的評論。全書分兩輯，收錄〈曹雪芹對《紅樓夢》的最後構想〉、〈我看《紅樓》〉、〈曹雪芹年齡與生父新考〉等十篇。正文前有鈕撫民〈驚聲叢刊序〉、高陽〈自序〉。

臺灣學生書局 1973
（上）

臺灣學生書局 1973
（中）

明朝的皇帝（三冊）
臺北：臺灣學生書局
1973 年 6 月，32 開，309、275、233 頁
學生書苑 20

臺北：臺灣學生書局
1993 年 3 月，25 開，819 頁

桂林：廣西師範大學出版社
2006 年 1 月，18 開，460 頁

本書為作者對明朝每位皇帝的生平以及其身邊之后妃太監、王臣百吏的歷史考據與品評。全書收錄〈建文帝之謎〉、〈奪門之變〉、〈成化畸戀〉等八篇。

臺灣學生書局 1973　臺灣學生書局 1993
（下）　　　　　　（上）

1993 年臺灣學生版：全書共二冊，內容與
1973 年臺灣學生版同。
2006 年廣西師範大學版：全書合一冊，內容
與 1973 年臺灣學生版同。

臺灣學生書局 1993　廣西師範大學出版社
（下）　　　　　　2006

紅樓一家言

臺北：聯經出版公司
1977 年 8 月，新 25 開，158 頁

本書選輯作者研究《紅樓夢》的論述文章。全書收錄〈曹雪芹對
《紅樓夢》的最後構想〉、〈我看《紅樓》〉、〈曹雪芹年齡與生父新
考〉等八篇。正文後附錄趙岡〈《中國文學史上一大公案》——關
於乾隆手抄一百二十回《紅樓夢》稿〉、趙岡〈再談程本《紅樓
夢》的發行經過〉、張壽平〈程偉元的畫——有關《紅樓夢》的新
發現〉、潘重規〈紅學史上一公案——程偉元偽書牟利的檢討〉。

求精出版社 1977　　皇冠出版社 1983

明末四公子

臺北：求精出版社
1977 年 9 月，32 開，189 頁
精益叢書 2

臺北：皇冠出版社
1983 年 9 月，32 開，206 頁
皇冠叢書第 932 種・皇冠 30 年特選文集

本書為作者對明朝末年之陳貞慧、侯方域、
方以智、冒辟疆四位士人的生平考據與人物
品評。全書收錄〈陳貞慧〉、〈侯方域〉、〈冒
辟疆〉、〈方以智〉四篇。正文前有高陽〈代
序——歷史公案唯有歷史能裁判〉、高陽〈明
末四公子〉。正文後附錄〈上班考〉。
1983 年皇冠版：內容與 1977 年求精版同。

南京出版公司 1980　　皇冠出版社 1983

同光大老

臺北：南京出版公司
1980 年 4 月，32 開，272 頁

臺北：皇冠出版社
1983 年 12 月，32 開，272 頁
皇冠叢書第 944 種・皇冠 30 年特選文集

全書共 12 章，為作者對清代同治、道光年間
名臣事蹟的分析與品評。
1983 年皇冠版：新增章節名，內容與 1980 年
南京版同。

南京出版公司 1980　　皇冠出版社 1983

清末四公子

臺北：南京出版公司
1980 年 10 月，32 開，305 頁

臺北：皇冠出版社
1983 年 11 月，32 開，348 頁
皇冠叢書第 942 種・皇冠 30 年特選文集

本書為作者對清朝末年之陳三立、丁惠康、譚
嗣同、吳保初四位士人的生平考據與人物品
評。全書收錄〈陳三立〉、〈丁惠康〉、〈譚嗣
同〉、〈吳保初〉四篇。正文前有高陽〈前言〉。
1983 年皇冠版：內容與 1980 年南京版同。

南京出版公司 1981　　皇冠出版社 1983

柏臺故事

臺北：南京出版公司
1981 年 1 月，32 開，263 頁

臺北：皇冠出版社
1983 年 12 月，32 開，302 頁
皇冠叢書第 943 種・皇冠 30 年特選文集

全書共九章，為作者對清代御史及部分文臣之
軼事考據與人物品評。正文前有高陽〈楔
子〉。

1983 年皇冠版：全書重新編目，計有：1.李森
先；2.季振宜；3.黃六鴻・許三禮・郭琇；4.
彭鵬；5.任宏嘉・陳紫芝・高層雲・錢澧等 14
章，內容與 1981 年南京版同。

高陽說詩

臺北：聯經出版公司
1982 年 12 月，新 25 開，203 頁

本書選輯作者考證中國古典詩詞之論述文章。全書收錄〈說杜甫
詩一首〉、〈白日當天三月半〉、〈釋〈藥轉〉〉等 11 篇。正文後附
錄水晶〈墮胎可以入詩嗎？〉、邢杞風〈李商隱〈藥轉〉、〈碧城〉
二詩之謎〉。

高陽說曹雪芹

臺北：聯經出版公司
1983 年 1 月，新 25 開，148 頁

本書選輯作者研究曹雪芹的論述文章。全書收錄〈沒有學術那有
自由──曹雪芹擺脫包衣身分考證初稿〉、〈大陸紅學界的內幕─
─〈曹雪芹的兩個世界〉讀後〉、〈假古董──「靖藏本」〉等八
篇。〈沒有學術那有自由──曹雪芹擺脫包衣身分考證初稿〉後附
錄〈推薦高陽先生有關紅學的一篇重要著作〉，〈大陸紅學界的內
幕──〈曹雪芹的兩個世界〉讀後〉後附錄趙岡〈曹雪芹的兩個
世界〉，〈橫看成嶺側成峰──寫在《曹雪芹別傳》之前〉後附錄
龔鵬程〈遙指紅樓──夜訪高陽於《曹雪芹別傳》發表前〉。

遠景出版公司 1988
（一）

遠景出版公司 1988
（二）

清朝的皇帝（三冊）
臺北：遠景出版公司
1988 年 12 月，32 開，1427 頁
高陽作品集 9

臺北：風雲時代出版公司
2010 年 9 月，25 開，1709 頁

本書為作者對清朝歷代皇帝個人行誼的論述及
考據。全書收錄〈皇帝的種種〉、〈愛新覺羅的
祖先〉、〈太祖、太宗〉等 12 篇。正文前有高
陽〈「高陽作品集」自序〉。正文後有〈「清朝
的皇帝」簡表〉，附錄高陽〈後記〉。
2010 年風雲時代版：全書分「開國雄主」、
「皇清盛世」、「盛衰之際」、「走向式微」、「日
落西山」五冊。內容與 1988 年遠景版同。

遠景出版公司 1988
（三）

風雲時代出版公司
2010（一）

風雲時代出版公司
2010（二）

風雲時代出版公司
2010（三）

風雲時代出版公司
2010（四）

風雲時代出版公司
2010（五）

【散文】

求精出版社 1977　　皇冠出版社 1983

高陽講古

臺北：求精出版社
1977 年 9 月，32 開，192 頁
精益叢書 1

臺北：皇冠出版社
1983 年 1 月，32 開，248 頁
皇冠叢書第 941 種

本書選輯作者關於中國古代宮廷祕事的歷史考
證之作。全書收錄〈燭影斧聲〉、〈華陽教
主〉、〈朱三太子〉等五篇。
1983 年皇冠版：更名為《宮闈蒐秘》。正文新
增〈明宮大喋血發秘〉。

南京出版公司 1981　　皇冠出版社 1983

古今味

臺北：南京出版公司
1981 年 8 月，32 開，207 頁

臺北：皇冠出版社
1983 年 10 月，32 開，208 頁
皇冠叢書第 931 種

本書選輯作者論述中國古今飲食文化、烹飪習
慣之作。全書收錄〈從《刺王僚》說起〉、〈鐘
鳴鼎食〉、〈魚米之鄉〉等十篇。
1983 年皇冠版：更名為《古今食事》。內容與
1981 年南京版同。

高陽出擊

臺北：堯舜出版公司
1981 年 10 月，32 開，300 頁
堯舜叢刊 28

全書選輯作者人物品評、歷史考據與讀後心得之作。全書收錄
〈「周姥撰詩」——為「PPT」進一解〉、〈這樣的一個「清正良
臣」！〉、〈百里流風〉等 22 篇，〈寄語楊絳——我們是你們的
「咱們」〉後附錄楊絳〈「五七幹校」六記〉。

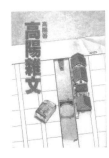

高陽雜文

臺北：遠景出版公司
1988 年 7 月，32 開，259 頁
高陽作品集 26

本書選輯作者感舊懷人及文史考證之作。全書收錄〈從經國先生
的八字談起〉、〈為柯拉蓉「尋根」〉、〈香港的兩個第一——地鐵
與馬場〉、〈「李表哥」的形相〉等 33 篇。正文前有高陽〈「高陽
作品集」自序〉。正文後有高陽〈後記〉。

大故事

臺北：遠景出版公司
1993 年 3 月，25 開，220 頁
高陽作品集 27

瀋陽：遼寧教育出版社
2000 年 1 月，32 開，181 頁
新世紀萬有文庫

本書選輯作者關於孔子家世、科舉考試、晚清
宮闈之考證文章。全書收錄〈天下第一家〉、
〈狀元的故事〉、〈科場弊案知多少〉等七篇。
正文前有高陽〈「高陽作品集」自序〉。
2000 年遼寧教育版：正文與 1993 年遠景版
同。正文前有〈「新世紀萬有文庫」第四輯弁
言〉、傅杰〈本書說明〉。

遠景出版公司 1993　　遼寧教育出版社 2000

【小說】

猛虎與薔薇

高雄：百成書店
1953 年 3 月，32 開，105 頁

長篇小說。本書描寫 1950 年代初，以李潔生與陶佩迪為首的一對
間諜夫婦，及一群為國家利益犧牲個人自由、生命的夥伴們的故
事。全書計有：1.一切與規定相符；2.抹不掉的影子；3.我偏要賭
七三；4.以刺激為不刺激；5.柔情‧壯志等 14 章。正文後有高陽
〈後記〉。

霏霏

高雄：百成書店
1953 年 7 月，32 開，96 頁

長篇小說。全書共 20 章，描述國共政權交替之際，主角梁霏霏嫁
給共產黨員朱標，後因朱標陷害其父梁墨芬，為了替父親報仇，
梁霏霏計畫殺害丈夫的故事。

落花

高雄：百成書店
1956 年 4 月，32 開，94 頁

短篇小說集。全書收錄短篇小說〈二十年〉、〈康乃馨〉、〈香港之
夜〉、〈悲傷在戰爭以外〉、〈焚書〉、〈落花〉共六篇。正文後有高陽
〈後記〉。

紅葉之戀

高雄：百成書店
1959 年 6 月，32 開，126 頁
高陽短篇小說選集之二

短篇小說集。全書收錄短篇小說〈紅葉之戀〉、〈太太的外套〉、
〈小城紀事〉、〈愛和血的二重奏〉、〈民意測驗〉、〈明明〉、〈被埋
葬的愛情〉共七篇。

大業書店 1961　　　堯舜出版公司 1982

凌霄曲

高雄：大業書店
1961 年 5 月，32 開，176 頁
長篇小說叢刊之 23

臺北：堯舜出版公司
1982 年 4 月，32 開，176 頁
堯舜叢刊 53

長篇小說。全書共 12 章，描述空軍軍人孔叔
煒在軍隊中與同袍的交往，以及日常生活中與
家人、朋友之間的故事。
1982 年堯舜版：與 1961 年大業版同。

堯舜出版公司 1981

花落花開

高雄：大業書店
1962 年 7 月，32 開，281 頁
長篇小說叢刊之 34

臺北：堯舜出版公司
1981 年 12 月，32 開，330 頁
堯舜叢刊 34

長篇小說。全書共 11 章，描述主角顎生在知道自己的身世之謎
後，因無法承受而離家的故事。
1981 年堯舜版：正文新增第 12 章。

大業書店 1963

堯舜出版公司 1982

遠景出版公司 1987

避情港

高雄：大業書店
1963 年 1 月，32 開，238 頁
長篇小說叢刊之 36

臺北：堯舜出版公司
1982 年 7 月，32 開，246 頁
堯舜叢刊 60

臺北：遠景出版公司
1987 年 8 月，32 開，237 頁
高陽作品集 21

長篇小說。全書共 14 章，描述主角莫燕春陷入與丈夫江展成、
表妹孟藝雲及友人韋佩弦之間複雜的四角戀愛中，最後跳海自
殺的故事。
1982 年堯舜版：內容與 1963 年大業版同。
1987 年遠景版：正文與 1963 年大業版同。正文前有高陽〈「高
陽作品集」自序〉。

遠景出版公司 1987

紅塵

高雄：長城出版社
1964 年 1 月，32 開，354 頁

臺北：遠景出版公司
1987 年 8 月，32 開，326 頁
高陽作品集 22

長篇小說。
1964 年長城版：（今查無藏本）。
1987 年遠景版：全書共 21 章，描述身為間諜的林雪明在進行任務的過程中，真心愛上任務目標楊育光，最後在其幫助下脫離間諜身分、遠走高飛的故事。正文前有高陽〈「高陽作品集」自序〉。

遠景出版公司 1987

桐花鳳

高雄：長城出版社
1964 年 3 月，32 開，507 頁

臺北：遠景出版公司
1987 年 8 月，32 開，469 頁
高陽作品集 20

北京：中國文聯出版社
1991 年 6 月，32 開，406 頁

長篇小說。
1964 年長城版：（今查無藏本）。
1987 年遠景版：全書共 13 章，描述因假釋出獄的張永登，愛上好友的遠親朱行素，但因雙方的自卑與怯懦，最後導致不必要的悲劇。正文前有高陽〈「高陽作品集」自序〉。
1991 年中國文聯版：更名為《咆哮中的吻》。正文與 1987 年遠景版同。

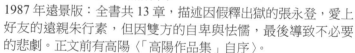

中國文聯出版社 1991

金蘭出版社 1985

幼獅文化公司 1965

驚蟄

臺北：幼獅文化公司
1965 年 3 月，40 開，119 頁
愛國青年傳記小說叢書

臺北：金蘭出版社
1985 年 3 月，32 開，121 頁
革命先烈傳記 7

中篇小說。全書共八章，描寫林覺民投身革命，而後從容就義的故事。正文前有幼獅文化公司〈序〉，正文後有〈參考書目〉。
1985 年金蘭版：更名為《林覺民》。正文與 1965 年幼獅版同。正文前有金蘭出版社〈序〉，林覺民〈與父老書〉、〈與妻訣別書〉、〈致父親訣別書〉手稿。

皇冠出版社 1965

皇冠出版社 1966

中國友誼出版公司
1994

李娃

臺北：皇冠出版社
1965 年 4 月，32 開，608 頁
皇冠叢書第 76 種

臺北：皇冠出版社
1966 年 2 月，32 開，409 頁
皇冠叢書第 76 種

北京：中國友誼出版公司
1994 年 2 月，32 開，425 頁

長篇小說。全書共 13 章，為作者第一部歷史小說，描述唐朝名妓李娃與赴京應試的鄭徽相戀，而後李娃幫助與家中斷絕關係的鄭徽考取功名，最終在鄭徽功成名就時卻選擇離開的故事。正文前有高陽〈歷史・小說・歷史小說——寫在《李娃》前面〉。
1966 年皇冠版：內容與 1965 年皇冠版同。
1994 年中國友誼版：更名為《風塵名妓——李娃》。正文與 1965 年皇冠版同。正文前有〈內容簡介〉。

愛巢
臺中：臺灣省新聞處
1965 年 12 月，32 開，258 頁
省政文藝叢書之 5

長篇小說。全書共 26 章，敘述章鐵中與胡惠美這對新婚夫婦，找尋婚後居所的全部過程。

皇冠出版社 1966　　皇冠出版社 1966

風塵三俠
臺北：皇冠出版社
1966 年 2 月，32 開，472 頁
皇冠叢書第 95 種

臺北：皇冠出版社
1966 年 5 月，32 開，472 頁
皇冠叢書第 95 種

長篇小說。全書共十章，改編自唐傳奇《虯髯客傳》，描述隋朝末年，楊府歌伎紅拂女搭救俠士李靖，後與虯髯客結拜，三人一同協助李世民登上皇位的過程。正文前有高陽〈序曲〉。
1966 年皇冠版：內容與 1966 年皇冠版同。

皇冠出版社 1966　　皇冠出版社 1966

少年遊
臺北：皇冠出版社
1966 年 8 月，32 開，575 頁
皇冠叢書第 121 種

臺北：皇冠出版社
1970 年 12 月，32 開，407 頁
皇冠叢書第 121 種

長篇小說。全書共 12 章，描述北宋詞人周邦彥與名妓李師師交好，某次撞見宋徽宗與李師師的談話，將其寫成〈少年遊〉一詞，因而被貶出汴京的故事。

皇冠出版社 1984

淡江紅

臺北：小說創作社
1967 年 8 月，32 開，340 頁

臺北：皇冠出版社
1984 年 3 月，32 開，309 頁
皇冠叢書第 998 種

長篇小說。
1967 年小說創作版：（今查無藏本）。
1984 年皇冠版：全書共 18 章，描述大學生章敬康對偶然在公車上遇見的女孩李幼文一見鍾情，最後卻因李幼文加入幫派等複雜背景被人殺害。

生活雜誌社 1967

漢林出版社 1983

金色的夢

臺北：生活雜誌社
1967 年 10 月，32 開，240 頁

臺北：漢林出版社
1983 年 1 月，32 開，268 頁
東亞叢書

長篇小說。全書共 23 章，敘述從事看護工作的葉梅珊，在家庭、工作、愛情之中所遭受的痛苦與煩惱。
1983 年漢林版：內容與 1967 年生活雜誌版同。

荊軻

臺北：皇冠出版社
1968 年 8 月，32 開，479 頁
皇冠叢書第 173 種

長篇小說。全書共 16 章，描述荊軻受燕太子丹所託，前往刺殺秦王嬴政，最終失敗被殺的故事。正文前有高陽〈序曲〉。

紅燭
臺北：清流出版社
1968 年 10 月，32 開，224 頁
清流叢書 3

短篇小說集。全書收錄短篇小說〈遲來的幸福〉、〈紅燭〉、〈醫生和情人〉、〈埋淚〉、〈追蹤〉、〈婚變〉、〈絕交〉、〈捉刀〉、〈太太與女工〉、〈枷〉、〈洗手〉、〈悔改〉、〈血債〉、〈睡衣〉、〈在人生的戰場上〉共 15 篇。

清流出版社 1969

堯舜出版公司 1982
（上）

緹縈
臺北：清流出版社
1969 年，32 開，456 頁
清流叢書 8

臺北：堯舜出版公司
1982 年 5 月，32 開，295、274 頁
堯舜叢刊 54、55

臺北：遠景出版公司
1986 年 12 月，32 開，554 頁
高陽作品集 1

長篇小說。全書共 13 章，敘述漢代名醫淳于意之女緹縈，為避免父親遭受肉刑之苦，上書漢文帝，最終使父親獲釋的故事。
1982 年堯舜版：全書分二冊。內容與 1969 年清流版同。
1986 年遠景版：正文與 1969 年清流版同。正文前有高陽〈「高陽作品集」自序〉。

堯舜出版公司 1982
（下）

遠景出版公司 1986

中華日報社 1971

中華日報社 1974

清官冊

臺北：中華日報社
1971 年 3 月，32 開，316 頁
中華日報叢書甲種之九

臺北：中華日報社
1974 年 3 月，32 開，385 頁

臺北：求精出版社
1977 年 10 月，32 開，316 頁
精益叢書 7

臺北：遠景出版公司
1987 年 5 月，32 開，299 頁
高陽作品集 8

求精出版社 1977

遠景出版公司 1987

長篇小說。本書敘述康熙一朝中，湯斌、陸
隴其等理學名臣為官清正廉明的故事。全書
計有：1.天才右文；2.節母之子；3.科場大
獄；4.仕優而學；5.特達之知等六章。正文
前有楚崧秋〈序〉。

1974 年中華日報版：正文與 1971 年中華日報
版同。

1977 年求精版：正文與 1971 年中華日報版
同。

1987 年遠景版：正文與 1971 年中華日報版
同。正文前有高陽〈「高陽作品集」自序〉。

皇冠雜誌社 1971

皇冠文化公司 2013

慈禧前傳

臺北：皇冠雜誌社
1971 年 4 月，32 開，483 頁
皇冠叢書第 282 種

臺北：皇冠文化公司
2013 年 6 月，25 開，483 頁
高陽慈禧全傳作品集 1

長篇小說。全書共十章，為「慈禧全傳」第一
部，描述慈禧太后在咸豐皇帝駕崩後，除去顧
命大臣，與慈安太后一同垂簾聽政之過程。正
文前有高陽〈寫在《慈禧前傳》之前──清文
宗與恭親王〉。

2013 年皇冠版：正文與 1971 年皇冠版同。正
文前新增二月河〈代序──神交高陽〉。

皇冠出版社 1971（上）皇冠出版社 1971（下）

皇冠文化公司 2013
（下）　　　（上）

玉座珠簾（二冊）

臺北：皇冠出版社
1971 年 9 月，32 開，1092 頁
皇冠叢書第 294 種

臺北：皇冠文化公司
2013 年 6 月，25 開，1066 頁
高陽慈禧全傳作品集 2、3

長篇小說。本書為「慈禧全傳」第二部，敘
述慈禧太后於同治年間掌理朝政，不讓同治
皇帝奪回實權的過程。全書計有：1.飛騎捷
報；2.金陵血戰；3.初議修園；4.將帥不和；
5.歌舞昇平；6.宮廷暗鬥；7.小人得志；8.翦
除悍將等 88 章。
2013 年皇冠版：正文與 1971 年皇冠版同。
正文前新增二月河〈代序——神交高陽〉。

皇冠出版社 1972（上）皇冠出版社 1972（下）

皇冠文化公司 2013
（上）　　　（下）

清宮外史（二冊）

臺北：皇冠出版社
1972 年 9 月，32 開，750 頁
皇冠叢書第 322 種

臺北：皇冠文化公司
2013 年 6 月，25 開，713 頁
高陽慈禧全傳作品集 4、5

長篇小說。全書共 13 章，為「慈禧全傳」第
三部，描述慈禧太后於同治皇帝駕崩後，因
慈安太后暴崩、恭親王被黜，一步步獨攬大
權的過程。正文前有高陽〈序曲〉。
2013 年皇冠版：正文與 1972 年皇冠版同。
正文前新增二月河〈代序——神交高陽〉。

紫玉釵

臺北：皇冠雜誌社
1972 年 10 月，32 開，375 頁
皇冠叢書第 312 種

短篇小說集。本書選輯作者敘述中國古典才子佳人故事之作品。全書收錄短篇小說〈紫玉釵〉、〈章臺柳〉、〈藕絲蓮心〉、〈桃花扇〉四篇。

百花洲

臺北：皇冠出版社
1973 年 3 月，32 開，431 頁
皇冠叢書第 341 種

長篇小說。全書共 14 章，描述明朝正德年間，分封於南昌的寧王朱宸濠計畫謀反，後由王守仁平定的過程。正文前有高陽〈楔子〉。

皇冠出版社 1973

母子君臣

臺北：皇冠出版社
1973 年 5 月，32 開，384 頁
皇冠叢書第 343 種

臺北：皇冠文化公司
2013 年 6 月，25 開，381 頁
高陽慈禧全傳作品集 6

長篇小說。本書為「慈禧全傳」第四部，描寫慈禧太后於光緒皇帝親政後仍然大權在握，母子之間漸生齟齬的過程。
2013 年皇冠版：正文與 1973 年皇冠版同。正文前新增二月河〈代序——神交高陽〉。

皇冠文化公司 2013

經濟日報社 1973　　　經濟日報社 1973
（上）　　　　　　　（中）

經濟日報社 1973　　　中國友誼出版公司
（下）　　　　　　　1992（上）

中國友誼出版公司　　中國友誼出版公司
1992（中）　　　　　1992（下）

胡雪巖（三冊）

臺北：經濟日報社
1973 年 10 月，32 開，1420 頁
經濟日報叢書

北京：中國友誼出版公司
1992 年 3 月，新 25 開，1193 頁

長篇小說。全書共 31 章，為「胡雪巖」系列
第一部，描述晚清胡雪巖白手起家，經營「阜
康錢莊」，進而成為一代巨賈的故事。正文前
有高陽〈楔子〉。

1992 年中國友誼版：更名為《胡雪巖全傳——
平步青雲》。正文與 1973 年經濟日報版同。正
文前有〈內容簡介〉、高陽〈楔子〉。正文後有
〈編後小語〉。

堯舜出版公司 1981

遠景出版公司 1987

大將曹彬

臺北：新亞出版社
1973 年，32 開，366 頁
新亞叢書

臺北：堯舜出版公司
1981 年 10 月，32 開，401 頁
堯舜叢刊 26

臺北：遠景出版公司
1987 年 4 月，32 開，401 頁
高陽作品集 3

長篇小說。
1973 年新亞版：（今查無藏本）。
1981 年堯舜版：全書共 31 章，描述宋代開國名將曹彬征服蜀地、攻打江南的經過。
1987 年遠景版：正文與 1981 年堯舜版同。正文前有高陽〈「高陽作品集」自序〉。

新亞出版社 1975

皇冠出版社 1984

鴛鴦譜

臺北：新亞出版社
1975 年，32 開，235 頁
新亞叢書 24

臺北：皇冠出版社
1984 年 3 月，32 開，234 頁
皇冠叢書第 1015 種

中、短篇小說集。本書選輯作者改寫自中國古典傳奇話本的故事。全書收錄短篇小說〈袋中人〉、〈小紅拂〉、〈雪媒〉三篇；中篇小說〈女貞子歌〉、〈鳳還巢〉二篇。正文前有曾永昌〈代序〉。
1984 年皇冠版：正文新增中篇小說〈解差與犯婦〉。

皇冠出版社 1976
（上）　　　　皇冠出版社 1976
（下）

皇冠文化公司 2013
（上）　　　　皇冠文化公司 2013
（下）

胭脂井（二冊）

臺北：皇冠出版社
1976 年 12 月，32 開，707 頁
皇冠叢書第 479 種

臺北：皇冠文化公司
2013 年 6 月，25 開，711 頁
高陽慈禧全傳作品集 7、8

長篇小說。本書為「慈禧全傳」第五部，描述
慈禧太后不甘大權旁落，暗中操縱政局，使光
緒皇帝推行變法維新不順，新政最終失敗的過
程。

2013 年皇冠版：正文與 1976 年皇冠版同。正
文前新增二月河〈代序——神交高陽〉。

聯合報社 1977（上）　聯合報社 1977（下）

金縷鞋（二冊）

臺北：聯合報社
1977 年 7 月，32 開，595 頁
聯合報叢書

長篇小說。本書描述南唐後主李煜與小周后的
愛情故事。

經濟日報社 1977
（上）

經濟日報社 1977
（下）

中國友誼出版公司
1992

紅頂商人（二冊）

臺北：經濟日報社
1977 年 7 月，32 開，463 頁
經濟日報叢書

北京：中國友誼出版公司
1992 年 3 月，新 25 開，391 頁

長篇小說。全書共 11 章，為「胡雪巖」系列
第二部，描述晚清胡雪巖縱橫商場政壇，獲慈
禧太后賜紅頂、賞黃馬褂，事業登上顛峰的故
事。正文前有〈《經濟日報》出版叢書的話〉。
1992 年友誼版：更名為《胡雪巖全傳——紅
頂商人》。全書合一冊，正文與 1977 年經濟日
報版同。正文前有〈內容簡介〉。正文後有
〈編後小語〉。

鐵面御史

臺北：皇冠出版社
1977 年 7 月，32 開，455 頁
皇冠叢書第 492 種

長篇小說。全書共七章，描述明朝正德年間的宿遷縣令張華山與
捕快衛虎狼狽為奸、魚肉鄉里，最後被帶有「尚方寶劍」的巡按
御史劉天鳴懲處的故事。

皇冠出版社 1977　　皇冠文化公司 2013
（上）

皇冠文化公司 2013
（下）

瀛臺落日

臺北：皇冠出版社
1977 年 9 月，32 開，719 頁
皇冠叢書第 517 種

臺北：皇冠文化公司
2013 年 6 月，25 開，629 頁
高陽慈禧全傳作品集 9、10

長篇小說。本書為「慈禧全傳」第六部，描述
八國聯軍後，慈禧太后企圖以立憲抗衡聲勢日
漸壯大的袁世凱，但最終以其離世、溥儀即
位，作為慈禧太后專政時代的告終。
2013 年皇冠版：全書分二冊，正文與 1977 年
皇冠版同。正文前新增二月河〈代序——神交
高陽〉。

南京出版公司 1977　　南京出版公司 1977
（上）　　　　　　　（下）

遠景出版公司 1986

狀元娘子（二冊）

臺北：南京出版公司
1977 年 12 月，32 開，588 頁

臺北：遠景出版公司
1986 年 10 月，32 開，552 頁
高陽作品集 11

長篇小說。全書共 15 章，敘述同治年間煙臺
名妓李藹如一念憐才，助洪鈞考取狀元，得到
「狀元娘子」的美稱，卻遭負心而自盡的故
事。
1986 年遠景版：全書合一冊。內容與 1977 年
南京版同。

小白菜

臺北：皇冠出版社
1978 年 1 月，32 開，843 頁
皇冠叢書第 496 種

長篇小說。本書改寫自清末四大疑案之一，描述同治年間楊乃武與葛畢氏（小白菜）被懷疑通姦殺夫，在刑求後認罪，身陷死牢，雖在數度更審後還予清白，但兩人受盡酷刑折磨的故事。

烏龍院

臺北：求精出版社
1978 年 1 月，32 開，191 頁
精益叢書 11

中篇小說。本書改寫自《水滸傳》中宋江殺死閻婆惜之情節。

翠屏山

臺北：求精出版社
1978 年 3 月，32 開，311 頁
精益叢書 12

長篇小說。本書改寫自《水滸傳》中石秀計殺裴如海與潘巧雲之情節。

漢宮春曉

臺北：南京出版公司
1978 年 3 月，32 開，451 頁

臺北：合成書局
1983 年 8 月，32 開，451 頁
古典小說系列專輯 2

臺北：遠景出版公司
1987 年 2 月，32 開，431 頁
高陽作品集 2

南京出版公司 1978　　合成書局 1983

長篇小說。本書共 30 章，敘述西漢美人王昭君入宮後，因不願賄賂畫工毛延壽而遭陷害，最後嫁予匈奴呼韓邪單于的故事。

1983 年合成版：內容與 1978 年南京版同。

1987 年遠景版：更名為《王昭君》。正文與 1978 年南京版同。正文前有高陽〈「高陽作品集」自序〉。

遠景出版公司 1987

小鳳仙（二冊）
臺北：南京出版公司
1978 年 4 月，32 開，748 頁

臺北：遠景出版公司
1987 年 2 月，32 開，682 頁
高陽作品集 17

長篇小說。全書共 29 章，以民國初年名妓小鳳仙為敘事主軸，側面描寫袁世凱稱帝，以及蔡鍔等人反袁的經過。

1987 年遠景版：全書合一冊，正文與 1978 年南京版同。正文前有高陽〈「高陽作品集」自序〉。

南京出版公司 1978
（上）　南京出版公司 1978（下）

遠景出版公司 1987

乾隆韻事
臺北：皇冠雜誌社
1978 年 5 月，32 開，664 頁
皇冠叢書第 497 種

長篇小說。本書以康熙末年為起始，至乾隆中期作結，敘述乾隆身世、雍正繼位等一系列宮廷祕事。

秣陵春
臺北：聯合報社
1978 年 5 月，32 開，398 頁
聯合報叢書・紅樓夢斷第一部

長篇小說。本書為「紅樓夢斷」系列第一部，以蘇州織造李家的鼎大奶奶自縊為始，描述李、曹兩家衰敗之開端。

琵琶怨
臺北：南京出版公司
1978 年 9 月，32 開，432 頁

臺北：堯舜出版公司
1981 年 9 月，32 開，998 頁
堯舜叢刊 22、23

臺北：遠景出版公司
1986 年 12 月，32 開，998 頁
高陽作品集 6

南京出版公司 1978　堯舜出版公司 1981
（上）

長篇小說。本書以明代嘉靖年間倭寇之亂為背景，描寫官兵與海盜間的爾虞我詐，徐海、胡宗憲與趙文華間的明爭暗鬥，以及名妓王翠翹周旋其間的經過。
1981 年堯舜版：更名為《草莽英雄》。全書分二冊，新增、擴寫部分情節。
1986 年遠景版：更名為《草莽英雄》。全書分二冊，正文與 1981 年堯舜版同。正文前有高陽〈「高陽作品集」自序〉。

堯舜出版公司 1981　遠景出版公司 1986
（下）　　　　　　　（上）

遠景出版公司 1986
（下）

慧龍文化公司 1979　　慧龍文化公司 1979
（上）　　　　　　　（下）

遠景出版公司 1987

徐老虎與白寡婦（二冊）

臺中：慧龍文化公司
1979 年 1 月，32 開，351、314 頁
慧龍書系 705

臺北：遠景出版公司
1987 年 1 月，32 開，631 頁
高陽作品集 15

長篇小說。本書描述光緒年間名震江淮的鹽梟徐老虎與白寡婦，因兩江總督責令嚴緝私鹽，面臨被捕危險，最後白寡婦甘願犧牲以掩護徐老虎的故事。

1987 年遠景版：全書合一冊，新增章節，計有：1.紗帽風波；2.人情圈套；3.清幫「家規」；4.莫非「洗剿」；5.揚州「三老」等 12 章。正文與 1979 年慧龍版同。正文前有高陽〈「高陽作品集」自序〉。

時報文化出版公司　　遠景出版公司 1986
1979

花魁

臺北：時報文化出版公司
1979 年 3 月，32 開，205 頁
時報書系 171

臺北：遠景出版公司
1986 年 12 月，32 開，201 頁
高陽作品集 4

長篇小說。本書改寫自話本小說〈賣油郎獨占花魁〉，描述南宋名妓王美娘，最終嫁給了作小本生意的賣油郎秦朱重的故事。

1986 年遠景版：全書共 4 章，正文與 1979 年時報版同。正文前有高陽〈「高陽作品集」自序〉。

南京出版公司 1979　　遠景出版公司 1986

正德外記

臺北：南京出版公司
1979 年 3 月，32 開，411 頁

臺北：遠景出版公司
1986 年 12 月，32 開，370 頁
高陽作品集 5

長篇小說。本書描寫明武宗在位 16 年間事蹟，深入刻畫「頑童皇帝」與佞臣之互動。1986 年遠景版：正文與 1979 年南京版同。正文前有高陽〈「高陽作品集」自序〉。

印心石

臺北：民生報社
1979 年 8 月，32 開，240 頁
民生報叢書

長篇小說。本書敘述清代的窮秀才陶澍，原先與有「安化第一美人」之稱的孫巧筠訂有婚約，因孫巧筠嫌貧愛富，陶澍被迫退婚，另娶他人；而後陶澍考取功名、官運亨通，而孫家卻逐漸敗落的故事。全書計有：1.人生如戲；2.安化第一美人；3.貧賤不能移；4.荊釵怎及金釵；5.飛上枝頭等 15 章。

茂陵秋

臺北：聯合報社
1979 年 8 月，32 開，672 頁
聯合報叢書・紅樓夢斷第二部

長篇小說。全書共 15 章，為「紅樓夢斷」系列第二部，描述蘇州織造的李家虧空嚴重，家中處境日益艱難，緊接而來康熙駕崩、雍正繼位的消息，更讓整個家族陷入岌岌可危的處境。

南京出版公司 1979　　遠景出版公司 1986

劉三秀

臺北：南京出版公司
1979 年 10 月，32 開，414 頁

臺北：遠景出版公司
1986 年 12 月，32 開，370 頁
高陽作品集 7

長篇小說。全書共二章，改寫清代筆記小說
《過墟志感》，描述漢人寡婦劉三秀因貌美，
遭入關清兵擄走，後嫁予順承郡王的故事。正
文前有高陽〈前言〉。
1986 年遠景版：正文與 1979 年南京版同。正
文前有高陽〈「高陽作品集」自序〉。

五陵遊

臺北：聯合報社
1980 年 3 月，32 開，556 頁
聯合報叢書・紅樓夢斷第三部

長篇小說。本書為「紅樓夢斷」系列第三部，描述江寧織造曹家
的子弟多不知世務、徒事風月，隨著曹老太太的離世，家族也隨
之走向傾頹的過程。

楊門忠烈傳

臺北：皇冠出版社
1980 年 7 月，32 開，328 頁
皇冠叢書第 695 種

長篇小說。本書描寫宋、遼及北漢之間的外交與征戰，同時敘述
楊業由北漢大將轉為宋軍將領，最後在北伐遼國的過程中戰敗被
俘，絕食殉國的故事。

金色曇花

臺北：皇冠出版社
1981 年 3 月，32 開，512 頁
皇冠叢書第 742 種

長篇小說。本書敘述民國初年北洋政府的故事，刻畫袁世凱、黎元洪、馮國璋、徐世昌、曹錕、段祺瑞、張勳、張作霖等人此起彼伏的鬥爭。

堯舜出版公司 1981
（一）

堯舜出版公司 1981
（二）

粉墨春秋（三冊）

臺北：堯舜出版公司
1981 年 4 月，32 開，1109 頁
堯舜叢刊 8、9、10

臺北：遠景出版公司
1987 年 9 月，32 開，1103 頁
高陽作品集 19

臺北：風雲時代出版公司
2014 年 3 月，25 開，390、359、375 頁

堯舜出版公司 1981
（三）

遠景出版公司 1987

長篇小說。本書以汪精衛政權始末為主軸，側面描寫戰時上海社會文化的種種異象。全書共三冊，計有：1.誤中副車；2.迷途未遠；3.殊途同歸；4.組班邀角；5.優孟衣冠；6.時勢英雄；7.壁壘分明；8.紅粉金戈等 50 章。

1987 年遠景版：全書合一冊，正文與 1981 年堯舜版同。正文前有高陽〈「高陽作品集」自序〉。

2014 風雲時代版：更名為《汪政權的粉墨春秋》。內容與 1981 年堯舜版同。

風雲時代出版公司
2014（上）

風雲時代出版公司
2014（中）

風雲時代出版公司
2014（下）

堯舜出版公司 1981　　遠景出版公司 1986

清幫

臺北：堯舜出版公司
1981 年 8 月，32 開，214 頁
堯舜叢刊 24

臺北：遠景出版公司
1986 年 10 月，32 開，204 頁
高陽作品集 10

長篇小說。本書敘述敗家子劉不才結識地痞鄉
紳張秀才父子的經過，側面刻畫「清幫」的源
流與內幕。全書計有：1.欽賜盤龍棍；2.徒弟
與師娘；3.開香堂；4.池大老爺；5.人小鬼大
等十章。正文前有高陽〈前言〉。
1986 年遠景版：更名為《恩怨江湖》。正文與
1981 年堯舜版同。正文前有高陽〈「高陽作品
集」自序〉。

陳光甫外傳

臺北：南京出版公司
1981 年 8 月，32 開，524 頁

長篇小說。本書描寫上海商業儲蓄銀行與上海商業銀行創辦人陳
光甫的故事。全書計有：1.光緒七年；2.從聖路易到江寧；3 從清
朝到民國；4.銀行與旅行；5.北伐前後等十章。正文前有高陽
〈前言〉。

延陵劍

臺北：聯合報社
1981 年 8 月，32 開，777 頁
聯合報叢書・紅樓夢斷第四部

長篇小說。本書為「紅樓夢斷」系列第四部，描述江寧織造曹家
的芹官親身經歷抄家的過程，見證曹李兩家的覆滅。

堯舜出版公司 1981　　遠景出版公司 1987

石破天驚

臺北：堯舜出版公司
1981 年 10 月，32 開，507 頁
堯舜叢刊 27

臺北：遠景出版公司
1987 年 4 月，32 開，505 頁
高陽作品集 16

長篇小說。全書共 20 章，描述孫中山於清末
投身革命，建立民國的過程。
1987 年遠景版：正文與 1981 年堯舜版同。正
文前有高陽〈「高陽作品集」自序〉。

聯合報社 1982（一）　聯合報社 1982（二）

曹雪芹別傳（二冊）

臺北：聯合報社
1982 年 9、12 月，32 開，745 頁
聯合報叢書

長篇小說。本書描述曹家被抄沒後，曹雪芹隨
親族北上，於八旗子弟官學求學的過程與經
歷。

堯舜出版公司 1983　　遠景出版公司 1986

血紅頂

臺北：堯舜出版公司
1983 年 4 月，32 開，443 頁
堯舜叢刊 77

臺北：遠景出版公司
1986 年 10 月，32 開，403 頁
高陽作品集 11

長篇小說。本書共 11 章，以李鴻章在蘇州
「殺降」一事為主軸，描寫同治年間蘇杭發生
洪楊之亂，後由地方仕紳支持的官軍平定的經
過。正文前有高陽〈自序〉。
1986 年遠景版：更名為《李鴻章》。內容與
1983 年堯舜版同。

聯合報社 1983（一）　聯合報社 1984（二）

聯合報社 1985（三）

三春爭及初春景（三冊）

臺北：聯合報社
1983 年 9 月、1984 年 3 月、1985 年 4 月，32
開，1217 頁
聯合報叢書

長篇小說。本書以雍正駕崩、乾隆繼位的宮廷
動盪為始，兼及曹雪芹家族企圖復興的故事。

魚的喜劇

臺北：皇冠出版社
1984 年 2 月，32 開，302 頁
皇冠叢書第 971 種・皇冠 30 年特選文集

短篇小說集。全書收錄短篇小說〈小城紀事〉、〈「魚」的喜劇〉、
〈人海〉、〈失落的筆記本〉、〈月〉、〈諸葛營房〉、〈金石盟〉、〈鄧
通能通〉、〈歸宿〉、〈心潮〉、〈太太的外套〉、〈愛和血的二重
奏〉、〈民意測驗〉、〈明明〉、〈紅葉之戀〉共 15 篇。

野豬林

臺北：皇冠出版社
1984 年 3 月，32 開，320 頁
皇冠叢書第 1014 種

中篇小說集。本書描述《水滸傳》中宋江殺死閻婆惜，以及魯提
轄怒打鎮關西的兩則故事。全書收錄中篇小說〈烏龍院〉、〈野豬
林〉兩篇。

林沖夜奔

臺北：皇冠出版社
1984 年 5 月，32 開，402 頁
皇冠叢書第 1012 種・皇冠 30 年特選文集

中、長篇小說集。本書描述《水滸傳》中林沖被逼上梁山，以及石秀計殺潘巧雲的兩則故事。全書收錄中篇小說〈林沖夜奔〉一篇；長篇小說〈翠屏山〉一篇。

經濟日報社 1985
（一）

經濟日報社 1986
（二）

燈火樓臺（三冊）

臺北：經濟日報社
1985 年 1 月、1986 年 2 月、1987 年 3 月，32 開，1208 頁
經濟日報叢書

北京：中國友誼出版公司
1992 年 3 月、1992 年 4 月，新 25 開，252、216、360 頁

長篇小說。本書為「胡雪巖」系列第三部，描述晚清巨賈胡雪巖畢生建立的輝煌事業與政商關係，在極短的時間盡付東流，最終一無所有的故事。全書計有：1.出將入相；2.深宮疑雲；3.元寶街；4.美人計；5.「螺螄太太」；6.曲折情關；7.幫夫運；8.壽域宏開等 27 章。正文前有高陽〈前記〉。正文後有高陽〈後記〉。1992 年友誼版：更名為《胡雪巖全傳——燈火樓臺》、《胡雪巖全傳——蕭瑟洋場》、《胡雪巖全傳——煙消雲散》三冊。正文與 1985 年經濟日報版同。正文前新增〈內容簡介〉。

經濟日報社 1987
（三）

中國友誼出版公司
1992（燈火樓臺）

中國友誼出版公司
1992（蕭瑟洋場）

中國友誼出版公司
1992（煙消雲散）

聯合報社 1985（一）　　聯合報社 1986（二）

大野龍蛇（三冊）

臺北：聯合報社
1985 年 11 月、1986 年 7 月、1987 年 3 月，32
開，1216 頁
聯合報叢書

長篇小說。本書以乾隆 13 年皇后投河死亡為
開端，敘述「龍」、「蛇」這兩年所發生的朝廷
大事，以及曹家因此再次由盛而衰的過程。

聯合報社 1987（三）

丁香花

臺北：皇冠出版社
1986 年 8 月，32 開，471 頁
皇冠叢書第 1277 種

長篇小說。本書敘述清代文豪龔定庵一生仕途不順、四處遊歷，
卻無端與貝勒奕繪的側福晉顧太清一同捲入「丁香花公案」的經
過。

再生香

臺北：遠景出版公司
1987 年 8 月，32 開，278 頁
高陽作品集 23

長篇小說。本書描述四大名妓之一的董小宛，因被多爾袞部下所
擄，最終入宮為妃的故事。全書計有：1.「太后下嫁」之謎；2.
「衝冠一怒為紅顏」；3.文武衣冠異昔時；4.豪格之死；5.從龍舊
事說從頭等十章。正文前有高陽〈「高陽作品集」自序〉、高陽
〈楔子〉。

八大胡同

臺北：遠景出版公司
1987 年 9 月，32 開，287 頁
高陽作品集 18

長篇小說。本書描述民國初年於北京「八大胡同」內，官員、議員、政客、軍閥相互勾結、行賄收賄、錢權相爭等破壞民主體制的鬧劇。正文前有高陽墨寶。

鳳尾香羅

臺北：聯合報社
1988 年 6 月，32 開，446 頁
聯合報叢書・高陽作品集 17

長篇小說。本書以唐代詩人李商隱之無題詩為脈絡，描述李商隱與妻妹間的畸戀。全書計有：1.心有靈犀一點通；2.欲書花片寄朝雲；3.郎君官貴施行馬；4.十年泉下無消息；5.楚天雲雨盡勘疑等六章。

玉壘浮雲

臺北：遠景出版公司
1988 年 7 月，32 開，178 頁
高陽作品集 25

長篇小說。本書以北洋軍閥割據，國民革命軍北伐史實為基礎，描寫民國初年所發生的軍政大事。正文前有高陽〈「高陽作品集」自序〉。

醉蓬萊

臺北：遠景出版公司
1988 年 11 月，32 開，396 頁
高陽作品集 24

長篇小說。本書描寫康熙年間劇作家洪昇撰寫《長生殿》，以唐明皇與楊貴妃影射順治與董小宛的故事，並引發一件官場公案的始末。正文前有高陽〈「高陽作品集」自序〉、高陽〈清世祖董小宛與唐玄宗楊玉環——寫在《醉蓬萊》之前〉。

安樂堂

臺北：聯合報社
1989 年 11 月，32 開，574 頁
聯合報叢書・高陽作品集 18

香港：華漢文化公司
1991 年 4 月，32 開，574 頁

聯合報社 1989　　華漢文化公司 1991

長篇小說。本書敘述明英宗於土木之變中被俘，但在弟弟景帝死後復辟；以及憲宗寵信善妒的萬貴妃，以致將當時的太子孝宗養於密室的故事。全書共三部：1.土木之變；2.南宮復辟；3.西苑遺恨。

1991 年華漢版：更名為《土木堡風雲》。內容與 1989 年聯合報版同。

STORIES BY GAO YANG（高陽小說選譯）／CHAN SIN-WAI（陳善偉）譯

香港：香港中文大學出版社
1989 年，14x21.2 公分，225 頁

短篇小說集。本書以中英對照的方式呈現《紫玉釵》一書中〈藕絲蓮心〉與〈紫玉釵〉兩篇故事。全書收錄短篇小說"Rekindled Love"（藕絲蓮心）、"Purple Jade Hairpin"（紫玉釵）二篇。正文前有 Chan Sin-wai "Indroduction"。

水龍吟（二冊）

臺北：聯合報社
1991 年 2 月，32 開，516 頁
聯合報叢書・高陽作品集 19

聯合報社 1991（上）　聯合報社 1991（下）

長篇小說。本書以和珅倒臺為起始，描述他的兩位愛妾與家臣的遭遇，展現嘉慶年間的官場文化、風俗案件等。全書共三章：1.福壽全歸；2.白雲深處；3.衣錦歸娶。

蘇州格格

臺北：聯合報社
1992 年 6 月，32 開，274 頁
聯合報叢書・高陽作品集 20

長篇小說。本書以「蘇州格格」鈕祜祿氏獲選入宮、封妃而至成
為清宣宗繼后的故事為主軸，透過小說手法刻畫道光年間的人物
史事。

【傳記】

胡雪巖的結局

臺北：堯舜出版公司
1983 年 9 月，32 開，168 頁
堯舜叢刊 84

全書共九章，考據清末的報章雜誌及時人日記，敘述、推斷胡雪
巖一手建立之商業帝國垮臺的過程與原因。

民生報社 1984

中華書局 1988

梅丘生死摩耶夢

臺北：民生報社
1984 年 3 月，32 開，272 頁
民生報叢書

北京：中華書局
1988 年 12 月，32 開，228 頁

本書採敘議交錯的方式記錄畫家張大千的一
生。全書計有：1.空門行腳；2.惲南田亦此山
僧；3.還俗復還蜀；4.並世無兩的絕藝；5.精鑒
千年第一人等 14 章。
1988 年中華版：更名為《梅丘生死摩耶夢——
張大千傳奇》。內容與 1984 年民生報社版同。

翁同龢傳
臺北：遠景出版公司
1986 年 2 月，32 開，537 頁
歷史小說 7

本書考證史料，以夾敘夾議的筆法剖析翁同龢之生平。全書計
有：1.天子門生；2.門生天子；3.樸園路線；4.再為帝師；5.依違
南北之間等 17 章。正文前有高陽墨寶、〈十疑康有為詩並註〉剪
報、〈翁同龢與張蔭桓論對俄交涉親筆函〉墨寶與釋文、〈李鴻章
致翁同龢、張蔭桓親筆函〉墨寶與釋文、翁同龢照片及墨寶、高
陽〈自序〉，正文後附錄高陽〈十疑康有為詩並註〉。

遠景出版公司 1986

【合集】

假官真做
臺北：遠景出版公司
1988 年 10 月，32 開，222 頁
高陽作品集 13

短篇小說、散文合集。全書分二部分，「短篇小說」收錄〈假官真
做〉一篇。「散文」收錄〈任公與刁間〉、〈買命〉、〈呂不韋〉等四
篇。正文前有高陽〈「高陽作品集」自序〉。

高陽作品系列
臺北：風雲時代出版公司
1989 年 11 月～1990 年 6 月，新 25 開

共 26 部 31 冊。

高陽作品系列 1——緹縈
臺北：風雲時代出版公司
1989 年 11 月，新 25 開，554 頁

收錄長篇小說《緹縈》。

高陽作品系列 2——王昭君
臺北：風雲時代出版公司
1989 年 11 月，新 25 開，431 頁

收錄長篇小說《漢宮春曉》。

高陽作品系列 3——大將曹彬
臺北：風雲時代出版公司
1989 年 11 月，新 25 開，401 頁

收錄長篇小說《大將曹彬》。

高陽作品系列 4——花魁
臺北：風雲時代出版公司
1989 年 11 月，新 25 開，201 頁

收錄長篇小說《花魁》。

高陽作品系列 5──正德外記
臺北：風雲時代出版公司
1989 年 11 月，新 25 開，370 頁

收錄長篇小說《正德外記》。

高陽作品系列 6──草莽英雄（二冊）
臺北：風雲時代出版公司
1990 年 2 月，新 25 開，998 頁

收錄長篇小說《草莽英雄》。

風雲時代出版公司　　風雲時代出版公司
1990（上）　　　　　1990（下）

高陽作品系列 7──劉三秀
臺北：風雲時代出版公司
1990 年 2 月，新 25 開，370 頁

收錄長篇小說《劉三秀》。

高陽作品系列 8──清官冊
臺北：風雲時代出版公司
1990 年 2 月，新 25 開，299 頁

收錄長篇小說《清官冊》。

高陽作品系列 9──清朝的皇帝（三冊）
臺北：風雲時代出版公司
1990 年 1 月，新 25 開，1427 頁

收錄《清朝的皇帝》。

風雲時代出版公司　　風雲時代出版公司
1990（一）　　　　　1990（二）

風雲時代出版公司
1990（三）

高陽作品系列 10——恩怨江湖
臺北：風雲時代出版公司
1990 年 2 月，新 25 開，204 頁

收錄長篇小說《清幫》。

高陽作品系列 11——李鴻章
臺北：風雲時代出版公司
1990 年 2 月，新 25 開，403 頁

收錄長篇小說《血紅頂》。

高陽作品系列 12——狀元娘子
臺北：風雲時代出版公司
1990 年 3 月，新 25 開，552 頁

收錄長篇小說《狀元娘子》。

高陽作品系列 13——假官真做
臺北：風雲時代出版公司
1990 年 2 月，新 25 開，222 頁

收錄短篇小說、散文合集《假官真做》。

高陽作品系列 14——翁同龢傳
臺北：風雲時代出版公司
1989 年 11 月，新 25 開，537 頁

收錄傳記《翁同龢傳》。

高陽作品系列 15——徐老虎與白寡婦
臺北：風雲時代出版公司
1990 年 3 月，新 25 開，631 頁

收錄長篇小說《徐老虎與白寡婦》。

高陽作品系列 16——石破天驚
臺北：風雲時代出版公司
1990 年 5 月，新 25 開，505 頁

收錄長篇小說《石破天驚》。

高陽作品系列 17——小鳳仙
臺北：風雲時代出版公司
1990 年 6 月，新 25 開，682 頁

收錄長篇小說《小鳳仙》。

高陽作品系列 18——八大胡同
臺北：風雲時代出版公司
1990 年 6 月，新 25 開，287 頁

收錄長篇小說《八大胡同》。

風雲時代出版公司　　風雲時代出版公司
1990（上）　　　　　1990（中）

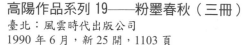

臺北：風雲時代出版公司
1990 年 6 月，新 25 開，1103 頁

收錄長篇小說《粉墨春秋》。全書分「時勢英
雄」、「春夢無痕」、「卿本佳人」三冊。

風雲時代出版公司
1990（下）

高陽作品系列 20──桐花鳳

臺北：風雲時代出版公司
1990 年 4 月，新 25 開，469 頁

收錄長篇小說《桐花鳳》。

高陽作品系列 21──再生香
臺北：風雲時代出版公司
1990 年 6 月，新 25 開，278 頁

收錄長篇小說《再生香》。

高陽作品系列 22──醉蓬萊
臺北：風雲時代出版公司
1990 年 3 月，新 25 開，396 頁

收錄長篇小說《醉蓬萊》。

高陽作品系列 23──玉壘浮雲
臺北：風雲時代出版公司
1990 年 3 月，新 25 開，178 頁

收錄長篇小說《玉壘浮雲》。

高陽作品系列 24──避情港
臺北：風雲時代出版公司
1990 年 6 月，新 25 開，237 頁

收錄長篇小說《避情港》。

高陽作品系列 25──紅塵
臺北：風雲時代出版公司
1990 年 6 月，新 25 開，326 頁

收錄長篇小說《紅塵》。

高陽作品系列 26──高陽雜文
臺北：風雲時代出版公司
1990 年 6 月，新 25 開，259 頁

收錄《高陽雜文》。

高陽作品集
臺北：聯經出版公司
1999 年 10 月～2005 年 11 月，25 開

共 20 部 26 冊。

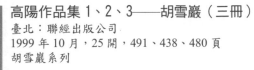

高陽作品集 1、2、3——胡雪巖（三冊）
臺北：聯經出版公司
1999 年 10 月，25 開，491、438、480 頁
胡雪巖系列

收錄長篇小說《胡雪巖》。

聯經出版公司 1999
（上）　　聯經出版公司 1999
（中）

聯經出版公司 1999
（下）

高陽作品集 4——紅頂商人
臺北：聯經出版公司
1999 年 10 月，25 開，460 頁
胡雪巖系列

收錄長篇小說《紅頂商人》。

高陽作品集 5、6──燈火樓台（二冊）
臺北：聯經出版公司
1999 年 10 月，25 開
胡雪巖系列

收錄長篇小說《燈火樓臺》。

聯經出版公司 1999
（上）

聯經出版公司 1999
（下）

高陽作品集 7──秣陵春
臺北：聯經出版公司
2000 年 1 月，25 開，399 頁
紅樓夢斷系列

收錄長篇小說《秣陵春》。

高陽作品集 8──茂陵秋
臺北：聯經出版公司
2000 年 1 月，25 開，677 頁
紅樓夢斷系列

收錄長篇小說《茂陵秋》。

高陽作品集 9──五陵遊
臺北：聯經出版公司
2000 年 1 月，25 開，558 頁
紅樓夢斷系列

收錄長篇小說《五陵遊》。

高陽作品集 10——延陵劍
臺北：聯經出版公司
2000 年 1 月，25 開，780 頁
紅樓夢斷系列

收錄長篇小說《延陵劍》。

聯經出版公司 2001　聯經出版公司 2001
（上）　　　　　　（下）

高陽作品集 11、12——曹雪芹別傳（二冊）
臺北：聯經出版公司
2001 年 9 月，25 開，399、345 頁

收錄長篇小說《曹雪芹別傳》。

聯經出版公司 2001　聯經出版公司 2001
（上）　　　　　　（下）

高陽作品集 13、14——三春爭及初春景（二冊）
臺北：聯經出版公司
2001 年 9 月，25 開，544、522 頁

收錄長篇小說《三春爭及初春景》。

聯經出版公司 2001
（上）

聯經出版公司 2001
（下）

高陽作品集 15、16──大野龍蛇（二冊）
臺北：聯經出版公司
2001 年 10 月，25 開，357、358 頁

收錄長篇小說《大野龍蛇》。

高陽作品集 17──印心石
臺北：聯經出版公司
2001 年 11 月，25 開，241 頁

收錄長篇小說《印心石》。

高陽作品集 18──金縷鞋
臺北：聯經出版公司
2001 年 11 月，25 開，535 頁

收錄長篇小說《金縷鞋》。

高陽作品集 19──鳳尾香羅
臺北：聯經出版公司
2002 年 9 月，25 開，448 頁

收錄長篇小說《鳳尾香羅》。

高陽作品集 20——安樂堂
臺北：聯經出版公司
2002 年 9 月，25 開，508 頁

收錄長篇小說《安樂堂》。

高陽作品集 21——水龍吟
臺北：聯經出版公司
2001 年 11 月，25 開，516 頁

收錄長篇小說《水龍吟》。

高陽作品集 22——蘇州格格
臺北：聯經出版公司
2001 年 11 月，25 開，272 頁

收錄長篇小說《蘇州格格》。

高陽作品集 23——梅丘生死摩耶夢
臺北：聯經出版公司
2004 年 11 月，25 開，266 頁

收錄傳記《梅丘生死摩耶夢》。

高陽作品集 24——紅樓一家言

臺北：聯經出版公司
2005 年 2 月，25 開，153 頁

收錄《紅樓一家言》。

高陽作品集 25——高陽說曹雪芹

臺北：聯經出版公司
2005 年 4 月，25 開，154 頁

收錄《高陽說曹雪芹》。

高陽作品集 26——高陽說詩

臺北：聯經出版公司
2005 年 11 月，25 開，299 頁

收錄《高陽說詩》。正文新增〈「無題」詩案〉、〈董小宛入清宮始末詩證〉、〈「詩史」的明暗兩面〉。正文前有高陽〈增訂本序〉。正文後附錄水晶〈墮胎可以入詩嗎？〉、邢杞風〈李商隱〈藥轉〉、〈碧城〉二詩之謎〉。

高陽名作經典
臺北：風雲時代出版公司
2001 年 2 月～2002 年 4 月，25 開

共 26 部 38 冊。

高陽名作經典 1、2——石破天驚（二冊）
臺北：風雲時代出版公司
2001 年 2 月，25 開，298、289 頁

收錄長篇小說《石破天驚》。

風雲時代出版公司
2001（上）

風雲時代出版公司
2001（下）

高陽名作經典 3、4——小鳳仙（二冊）
臺北：風雲時代出版公司
2001 年 2 月，25 開，330、314 頁

收錄長篇小說《小鳳仙》。

風雲時代出版公司
2001（上）

風雲時代出版公司
2001（下）

高陽名作經典 5——八大胡同
臺北：風雲時代出版公司
2001 年 2 月，25 開，362 頁

收錄長篇小說《八大胡同》。

高陽名作經典 6——玉壘浮雲

臺北：風雲時代出版公司
2001 年 3 月，25 開，184 頁

收錄長篇小說《玉壘浮雲》。

高陽名作經典 7、8、9——粉墨春秋（三冊）

臺北：風雲時代出版公司
2001 年 3 月，25 開，390、359、375 頁

收錄長篇小說《粉墨春秋》。

風雲時代出版公司
2001（上）　　風雲時代出版公司
2001（中）

風雲時代出版公司
2001（下）

高陽名作經典 10、11、12、13、14——清朝的皇帝（五冊）

臺北：風雲時代出版公司
2001 年 4 月，25 開，1709 頁

收錄《清朝的皇帝》。全書分「開國雄主」、「皇清盛世」、「盛衰之際」、「走向式微」、「日落西山」五冊。

風雲時代出版公司
2001（一）　　風雲時代出版公司
2001（二）

風雲時代出版公司
2001（三）

風雲時代出版公司
2001（四）

風雲時代出版公司
2001（五）

風雲時代出版公司
2001（上）

風雲時代出版公司
2001（下）

**高陽名作經典　15、16——清帝之師：翁
同龢傳（二冊）**

臺北：風雲時代出版公司

2001 年 5 月，25 開，314、369 頁

收錄傳記《翁同龢傳》。

風雲時代出版公司
2001（上）　　　風雲時代出版公司
2001（中）

風雲時代出版公司
2001（下）

高陽名作經典　17、18、19——草莽英雄（三冊）

臺北：風雲時代出版公司
2001 年 5 月，25 開，394、387、394 頁

收錄長篇小說《草莽英雄》。

高陽名作經典 20——恩怨江湖

臺北：風雲時代出版公司
2001 年 6 月，25 開，249 頁

收錄長篇小說《清幫》。

高陽名作經典 21——李鴻章

臺北：風雲時代出版公司
2001 年 6 月，25 開，426 頁

收錄長篇小說《血紅頂》。

高陽名作經典 22──狀元娘子
臺北：風雲時代出版公司
2001 年 6 月，25 開，585 頁

收錄長篇小說《狀元娘子》。

高陽名作經典 23──假官真做
臺北：風雲時代出版公司
2001 年 7 月，25 開，277 頁

收錄短篇小說、散文合集《假官真做》。

風雲時代出版公司　　風雲時代出版公司
2001（上）　　　　　2001（下）

高陽名作經典 24、25──徐老虎與白寡婦（二冊）
臺北：風雲時代出版公司
2001 年 7 月，25 開，410、362 頁

收錄長篇小說《徐老虎與白寡婦》。

高陽名作經典 26──劉三秀
臺北：風雲時代出版公司
2001 年 8 月，25 開，457 頁

收錄長篇小說《劉三秀》。

高陽名作經典 27——清宮冊
臺北：風雲時代出版公司
2001 年 8 月，25 開，395 頁

收錄長篇小說《清宮冊》。

高陽名作經典 28——正德外記
臺北：風雲時代出版公司
2001 年 9 月，25 開，405 頁

收錄長篇小說《正德外記》。

高陽名作經典 29——花魁
臺北：風雲時代出版公司
2001 年 9 月，25 開，262 頁

收錄長篇小說《花魁》。

高陽名作經典 30——再生香
臺北：風雲時代出版公司
2001 年 9 月，25 開，329 頁

收錄長篇小說《再生香》。

高陽名作經典 31——桐花鳳
臺北：風雲時代出版公司
2001 年 10 月，25 開，472 頁

收錄長篇小說《桐花鳳》。

高陽名作經典 32——醉蓬萊
臺北：風雲時代出版公司
2001 年 10 月，25 開，397 頁

收錄長篇小說《醉蓬萊》。

高陽名作經典 33——漢宮真相：緹縈
臺北：風雲時代出版公司
2001 年 11 月，25 開，490 頁

收錄長篇小說《緹縈》。

高陽名作經典 34——漢宮春曉：王昭君
臺北：風雲時代出版公司
2001 年 12 月，25 開，457 頁

收錄長篇小說《漢宮春曉》。

高陽名作經典 35──大將曹彬
臺北：風雲時代出版公司
2002 年 1 月，25 開，435 頁

收錄長篇小說《大將曹彬》。

高陽名作經典 36──避情港
臺北：風雲時代出版公司
2002 年 2 月，25 開，251 頁

收錄長篇小說《避情港》。

高陽名作經典 37──紅塵
臺北：風雲時代出版公司
2002 年 3 月，25 開，374 頁

收錄長篇小說《紅塵》。

高陽名作經典 38──高陽文章
臺北：風雲時代出版公司
2002 年 4 月，25 開，265 頁

收錄《高陽雜文》。

高陽作品集
上海：上海三聯書店
2003 年 3 月～2004 年 11 月，16.5×24 公分

共四輯九冊。正文前有高陽〈《高陽作品集》自序〉。

高陽作品集・第一輯（二冊）
上海：上海三聯書店
2003 年 3 月，16.5×24 公分，479、447 頁

收錄長篇小說《清官冊》、《清幫》、《八大胡同》，短篇小說、散文合集《假官真做》。

上海三聯書店 2003
（上）

上海三聯書店 2003
（下）

高陽作品集・第二輯（二冊）
上海：上海三聯書店
2003 年 5 月，16.5×24 公分，1252 頁

收錄長篇小說《再生香》、《大將曹彬》、《花魁》、《緹縈》。

上海三聯書店 2003
（上）

上海三聯書店 2003
（下）

高陽作品集・第三輯（三冊）
上海：上海三聯書店
2004 年 7 月，16.5×24 公分，1398 頁

收錄《清朝的皇帝》。

上海三聯書店 2004
（上）

上海三聯書店 2004
（中）

上海三聯書店 2004
（下）

上海三聯書店 2004
（上）

上海三聯書店 2004
（下）

高陽作品集・第四輯（二冊）

上海：上海三聯書店
2004 年 11 月，16.5×24 公分，795 頁

收錄長篇小說《血紅頂》，傳記《翁同龢傳》。

高陽作品集

北京：團結出版社
2005 年 11 月，17×24 公分

共 15 部 19 冊。正文前有〈半壺酒一春秋──高陽其人其事其作〉。正文後附錄
〈高陽大事年表〉、〈高陽作品表〉。

團結出版社 2005
（上）

團結出版社 2005
（下）

高陽作品集 1──大清皇帝正說（二冊）

北京：團結出版社
2005 年 11 月，17×24 公分，797 頁

收錄《清朝的皇帝》。

高陽作品集 2──大浪淘沙李鴻章
北京：團結出版社
2005 年 11 月，17×24 公分，345 頁

收錄長篇小說《血紅頂》、《清幫》。

高陽作品集 3──大清鹽商徐老虎
北京：團結出版社
2005 年 11 月，17×24 公分，350 頁

收錄長篇小說《徐老虎與白寡婦》。

高陽作品集 4──大清福晉劉三秀
北京：團結出版社
2005 年 11 月，17×24 公分，383 頁

收錄長篇小說《劉三秀》、《清官冊》。

高陽作品集 5──再生香・醉蓬萊
北京：團結出版社
2005 年 11 月，17×24 公分，366 頁

收錄長篇小說《再生香》、《醉蓬萊》。

高陽作品集 6──大清名妓李藹如

北京：團結出版社

2005 年 11 月，17×24 公分，315 頁

收錄長篇小說《狀元娘子》。

高陽作品集 7──清末名妓小鳳仙

北京：團結出版社

2005 年 11 月，17×24 公分，393 頁

收錄長篇小說《小鳳仙》。

高陽作品集 8──八大胡同豔聞祕事

北京：團結出版社

2005 年 11 月，17×24 公分，258 頁

收錄長篇小說《八大胡同》、《玉壘浮雲》。

高陽作品集 9──明武宗正德豔聞祕事

北京：團結出版社

2005 年 11 月，17×24 公分，337 頁

收錄長篇小說《正德外記》，短篇小說、散文合集《假官真做》。

團結出版社 2005
（上）

團結出版社 2005
（下）

高陽作品集　10——漢宮名媛王昭君（二冊）

北京：團結出版社

2005 年 11 月，17×24 公分，525 頁

收錄長篇小說《漢宮春曉》、《緹縈》（更名為《漢代名媛緹縈》）。

高陽作品集 11——北宋名將曹彬

北京：團結出版社

2005 年 11 月，17×24 公分，307 頁

收錄長篇小說《大將曹彬》、《花魁》。

團結出版社 2005
（上）

團結出版社 2005
（下）

高陽作品集　12——大明名妓王翠翹（二冊）

北京：團結出版社

2005 年 11 月，17×24 公分，601 頁

收錄長篇小說《草莽英雄》。

高陽作品集 13——石破天驚孫中山

北京：團結出版社

2005 年 11 月，17×24 公分，267 頁

收錄長篇小說《石破天驚》。

高陽作品集　14——粉墨春秋汪精衛（二冊）

北京：團結出版社

2005 年 11 月，17×24 公分，605 頁

收錄長篇小說《粉墨春秋》。

團結出版社 2005
（上）

團結出版社 2005
（下）

高陽作品集 15——兩朝帝師翁同和

北京：團結出版社

2005 年 11 月，17×24 公分，258 頁

收錄傳記《翁同龢傳》。

高陽作品
北京：華夏出版社
2007 年 10 月～2008 年 3 月，16.5×24 公分

共 27 部 32 冊。

高陽作品──慈禧前傳
北京：華夏出版社
2008 年 3 月，16.5×24 公分，310 頁
慈禧全傳

收錄長篇小說《慈禧前傳》。

華夏出版社 2008　　華夏出版社 2008
（上）　　　　　　（下）

高陽作品──玉座珠簾（二冊）
北京：華夏出版社
2008 年 3 月，16.5×24 公分，706 頁
慈禧全傳

收錄長篇小說《玉座珠簾》。

華夏出版社 2008　　華夏出版社 2008
（上）　　　　　　（下）

高陽作品──清宮外史（二冊）
北京：華夏出版社
2008 年 3 月，16.5×24 公分，507 頁
慈禧全傳

收錄長篇小說《清宮外史》。

高陽作品──母子君臣

北京：華夏出版社
2008 年 3 月，16.5×24 公分，247 頁
慈禧全傳

收錄長篇小說《母子君臣》。

華夏出版社 2008　　華夏出版社 2008
（上）　　　　　　（下）

高陽作品──胭脂井（二冊）

北京：華夏出版社
2008 年 3 月，16.5×24 公分，457 頁
慈禧全傳

收錄長篇小說《胭脂井》。

華夏出版社 2008　　華夏出版社 2008
（上）　　　　　　（下）

高陽作品──瀛臺落日（二冊）

北京：華夏出版社
2008 年 3 月，16.5×24 公分，415 頁
慈禧全傳

收錄長篇小說《瀛臺落日》。

高陽作品──李娃
北京：華夏出版社
2008 年 2 月，16.5×24 公分，274 頁

收錄長篇小說《李娃》。

高陽作品──荊軻
北京：華夏出版社
2008 年 3 月，16.5×24 公分，295 頁

收錄長篇小說《荊軻》。

高陽作品──丁香花
北京：華夏出版社
2008 年 2 月，16.5×24 公分，279 頁

收錄長篇小說《丁香花》。

高陽作品──風塵三俠
北京：華夏出版社
2008 年 2 月，16.5×24 公分，214 頁

收錄長篇小說《風塵三俠》。

高陽作品──乾隆韻事
北京：華夏出版社
2008 年 3 月，16.5×24 公分，364 頁

收錄長篇小說《乾隆韻事》。

高陽作品──柏臺故事
北京：華夏出版社
2008 年 3 月，16.5×24 公分，198 頁

收錄《柏臺故事》。

高陽作品──明末四公子
北京：華夏出版社
2008 年 3 月，16.5×24 公分，116 頁

收錄《明末四公子》。

高陽作品──清末四公子
北京：華夏出版社
2008 年 3 月，16.5×24 公分，225 頁

收錄《清末四公子》。

高陽作品──紫玉釵
北京：華夏出版社
2007 年 10 月，16.5×24 公分，197 頁

收錄短篇小說集《紫玉釵》。

高陽作品──鐵面御史
北京：華夏出版社
2007 年 10 月，16.5×24 公分，242 頁

收錄長篇小說《鐵面御史》。

高陽作品──小白菜（二冊）
北京：華夏出版社
2007 年 10 月，16.5×24 公分，488 頁

收錄長篇小說《小白菜》。

華夏出版社 2007　華夏出版社 2007
（上）　　　　（下）

高陽作品──楊門忠烈傳
北京：華夏出版社
2007 年 10 月，16.5×24 公分，180 頁

收錄長篇小說《楊門忠烈傳》。

高陽作品——金色曇花
北京：華夏出版社
2007 年 10 月，16.5×24 公分，316 頁

收錄長篇小說《金色曇花》。

高陽作品——古今食事
北京：華夏出版社
2007 年 10 月，16.5×24 公分，113 頁

收錄《古今味》。

高陽作品——宮闈搜祕
北京：華夏出版社
2007 年 10 月，16.5×24 公分，137 頁

收錄《宮闈蒐秘》。

高陽作品——同光大老
北京：華夏出版社
2007 年 10 月，16.5×24 公分，168 頁

收錄《同光大老》。

高陽作品──魚的喜劇
北京：華夏出版社
2007 年 10 月，16.5×24 公分，151 頁

收錄短篇小說集《魚的喜劇》。

高陽作品──淡江紅
北京：華夏出版社
2007 年 10 月，16.5×24 公分，189 頁

收錄長篇小說《淡江紅》。

高陽作品──鴛鴦譜
北京：華夏出版社
2007 年 10 月，16.5×24 公分，127 頁

收錄中、短篇小說集《鴛鴦譜》。內容與 1984 年皇冠版同。

高陽作品──野豬林
北京：華夏出版社
2007 年 10 月，16.5×24 公分，192 頁

收錄中篇小說集《野豬林》。

高陽作品──林沖夜奔
北京：華夏出版社
2007 年 10 月，16.5×24 公分，227 頁

收錄中、長篇小說集《林沖夜奔》。

高陽說清史
合肥：黃山書社
2008 年 5～9 月，18 開

共六冊。正文前有高陽〈自序〉。

高陽說清史──李鴻章
合肥：黃山書社
2008 年 5 月，18 開，295 頁

收錄長篇小說《血紅頂》。正文前有〈出版說明〉。

高陽說清史──翁同龢傳
合肥：黃山書社
2008 年 5 月，18 開，386 頁

收錄傳記《翁同龢傳》。

高陽說清史──大故事・高陽雜文
合肥：黃山書社
2008 年 5 月，18 開，320 頁

收錄《大故事》、《高陽雜文》。正文刪去〈從經國先生的八字談起〉、〈陳寅恪自傷淪謫〉、〈我看《大將軍》〉、〈楊絳與她的〈六記〉〉。

高陽說清史──清官冊・假官真做
合肥：黃山書社
2008 年 9 月，18 開，343 頁

收錄長篇小說《清官冊》，短篇小說、散文合集《假官真做》。

高陽說清史──再生香・醉蓬萊
合肥：黃山書社
2008 年 9 月，18 開，416 頁

收錄長篇小說《再生香》、《醉蓬萊》。

高陽說清史──大清福晉劉三秀
合肥：黃山書社
2008 年 9 月，18 開，262 頁

收錄長篇小說《劉三秀》。

文學年表

1922 年	4 月	11 日（農曆 3 月 15 日），出生於浙江杭州橫河橋地區（今杭州華藏寺居民小區），父親許寶樸，母親黃琬（一說姓洪），兄弟姊妹共 11 人，排行第九。據《高陽許氏家譜》，輩分按照族訓「學乃身之寶，儒以道德明」十字排行，屬儒字輩，取名儒鴻，字晏駢。
1930 年	本年	於杭州就讀蕙蘭小學，受大家出身的母親影響極深，對史書、章回小說具有濃厚興趣，奠定日後創作歷史小說的基礎。
1935 年	本年	父親許寶樸逝世。
1936 年	本年	就讀宗文初級中學。
1937 年	冬	因抗日戰爭爆發，不得不輟學躲避戰亂，待局勢稍穩才返回杭州故居，主要的文史知識由自修習得。
1939 年	本年	入蕙蘭高級中學就讀，對文史一類的功課特別感興趣，平時喜歡看京戲、欣賞電影，有時會將觀賞心得寫成劇評、影評，寄至上海或杭州的地方報刊上發表。
1942 年	本年	開始從事新聞工作，先後擔任《正報》、《當代日報》、《之江日報》等地方報刊記者。
1946 年	冬	參加杭州筧橋空軍軍官學校文書人員招考，以優等錄取為書記，與蘇同炳（筆名莊練）、吳詠九（筆名宋瑞）等人成為同事。
1949 年	本年	隨校遷臺至高雄岡山。任空軍少尉，常在空軍軍官學校的軍中週報《筧橋報》上發表文章。
1951 年	本年	長篇小說〈猛虎與薔薇〉、〈霏霏〉等開始於《中華日報》南部

版及南臺灣地方報刊上連載，讀者反應甚佳，稿約相繼而至。

1952 年	11 月	短篇小說〈康乃馨〉發表於《中國文藝》第 1 卷第 9 期。
1953 年	3 月	長篇小說《猛虎與薔薇》由高雄百成書店出版。
	7 月	長篇小說《霏霏》由高雄百成書店出版。
1956 年	4 月	短篇小說集《落花》由高雄百成書店出版。
	9 月	與周一致、孫伯楨、張學義、劉伉武、魏子雲、鄧文來、任法順、李楠淵合著散文、小說合集《筆與槍》，由臺北遠東圖書公司出版。
1958 年	5 月	短篇小說〈何幸秋〉發表於《革命文藝》第 26 期。
	11 月	經好友魏子雲推薦，奉調為由空軍司令升任國防部參謀總長的王叔銘上將之私人祕書，前往臺北任職。
	本年	與張學藝等人合著合集《獵及其他》，由臺北文光書局出版。
1959 年	6 月	短篇小說集《紅葉之戀》由高雄百成書店出版。
	8 月	〈關於《旋風》的研究〉發表於《文學雜誌》第 6 卷第 6 期。
	11 月	以空軍上尉軍銜辭職，成為替各報章雜誌撰文的自由作家。
1960 年	1 月	〈由冤獄想起〉以筆名「孺洪」發表於《作品》第 1 卷第 1 期；短篇小說〈從此時到永恆〉發表於《作品》第 1 卷第 1 期。
	2 月	〈釋禁書條件〉以筆名「孺洪」發表於《作品》第 1 卷第 2 期；短篇小說〈路〉發表於《作品》第 1 卷第 2 期。
	3 月	〈雲霞出海曙——《曉雲》評介〉發表於《作品》第 1 卷第 3 期。
	4 月	短篇小說〈魚的喜劇〉發表於《作品》第 1 卷第 4 期。
	5 月	短篇小說〈考驗〉發表於《作品》第 1 卷第 5 期。
	7 月	〈文藝三題〉發表於《作品》第 1 卷第 7 期。〈《旋風》，姜貴，我〉發表於《幼獅文藝》第 13 卷第 1 期。
	8 月	〈守護神〉發表於《作品》第 1 卷第 8 期。
	9 月	16 日，〈曹雪芹對紅樓夢的最後構想〉連載於《暢流》第 22 卷

2～3 期，至 10 月 1 日止。

10 月　〈放氣作用〉發表於《作品》第 1 卷第 10 期。

11 月　〈我看紅樓〉發表於《作品》第 1 卷第 11 期。

12 月　〈曹雪芹年齡與生父新考〉連載於《作品》第 1 卷第 12 期～第 2 卷第 1 期，至隔年 1 月止。

〈左文右武〉發表於《幼獅文藝》第 13 卷第 6 期。

透過作家林適存（筆名南郭）的引薦，成為《中華日報》特約主筆，負責撰寫社論專欄。

1961　2 月　短篇小說〈鄧通能通〉發表於《作品》第 2 卷第 2 期。

〈智慧之珠〉發表於《中國語文》第 10 卷第 2 期。

4 月　短篇小說〈失落的筆記本〉發表於《作品》第 2 卷第 4 期。

5 月　〈我看《玉娥》〉發表於《作品》第 2 卷第 5 期。

〈由戰鬥文藝談小說的成分〉以筆名「孺洪」發表於《幼獅文藝》第 14 卷第 5 期。

長篇小說《凌霄曲》由高雄大業書店出版。

6 月　2 日，〈如何化敵為友〉發表於《中央日報・綜合副刊》8 版。

短篇小說〈諸葛營房〉連載於《作品》第 2 卷第 6～7 期，至 7 月止。

7 月　〈評《同是天涯淪落人》〉發表於《幼獅文藝》第 15 卷第 1 期。

9 月　〈月〉於發表《作品》第 2 卷第 9 期。

10 月　短篇小說〈蛇山的初陽〉發表於《幼獅文藝》第 15 卷第 4 期。

11 月　短篇小說〈望風披靡〉發表於《幼獅文藝》第 15 卷第 5 期。

12 月　〈悶聲發財〉發表於《作品》第 2 卷第 12 期。

1962 年　1 月　長篇小說〈避情港〉連載於《作品》第 3 卷第 1～11 期，至 11 月止。

4 月　1 日，長篇小說〈紅塵〉連載於《中國勞工》第 274～305 期，至隔年 7 月 16 日止。

短篇小說〈心獄〉發表於《幼獅文藝》第 16 卷第 4 期。

6 月　〈異國朋友的批評〉發表於《幼獅文藝》第 16 卷第 6 期。

7 月　長篇小說《花開花落》由高雄大業書店出版。

9 月　〈南國紀勝——新書評介〉發表於《作品》第 3 卷第 9 期。

10 月　〈露露——新書評介〉發表於《作品》第 3 卷第 10 期。

1963 年　1 月　長篇小說《避情港》由高雄大業書店出版。

〈戲劇界革新〉發表於《幼獅文藝》第 18 卷第 1 期。

3 月　〈鴿子姑娘〉發表於《作品》第 4 卷第 3 期。

4 月　〈學術界豈可不辨是非？〉以筆名「孺洪」發表於《作品》第 4 卷第 4 期；長篇小說〈五色燈下〉連載於《作品》第 4 卷第 4～5 期，至 5 月止。

長篇小說〈雲深不知處〉連載於《幼獅文藝》第 18 卷第 4 期～第 22 卷第 5 期（第 137 期），至隔年 5 月止。

5 月　〈為白萊艦長乾一杯〉、〈由「異鄉人的惆悵」談起〉發表於《作品》第 4 卷第 5 期。

6 月　〈善意的抗議（讀者・作者・編者）〉發表於《文星》第 68 期。

7 月　〈生活的境界〉發表於《文星》第 69 期。

8 月　9 日，〈為薛寶釵辨誣——兼論《紅樓夢》電影與原著之距離〉發表於《聯合報》9 版。

30 日，〈《向日葵》的女主角〉發表於《中央日報》6 版。

〈從語言到文學〉發表於《文星》第 70 期。

〈「紅鷹、他、睫兒」的欣賞與分析〉發表於《作品》第 4 卷第 8 期。

〈清初話題〉發表於《中華雜誌》第 1 卷第 1 期。

9 月　〈開禁〉發表於《作品》第 4 卷第 9 期。

11 月　28 日，短篇小說〈？〉連載於《聯合報》7 版，至 12 月 6 日止。

本年　　應《中華日報》總主筆楊幼炯之邀，受聘為專任主筆。

　　　　應李漢祥等人所組成之國聯影業公司之邀，負責編寫劇本，後出任主任祕書兼總編劇。

1964 年　1 月　長篇小說《紅塵》由高雄長城出版社出版。

　　　　3 月　長篇小說《桐花鳳》由高雄長城出版社出版。

　　　　4 月　28 日，〈歷史・小說・歷史小說——寫在〈李娃〉及其他前面〉發表於《聯合報》7 版。

　　　　　　　29 日，第一部歷史長篇小說〈李娃〉以筆名「高陽」連載於《聯合報》7 版，至 12 月 24 日止，此後著述不輟，創作了大量歷史小說。

　　　　9 月　10 日，擔任編劇的電影《風塵三俠》開拍，由李翰祥執導。

　　　　本年　長篇小說〈淡江紅〉連載於《小說創作》。

1965 年　1 月　8 日，長篇小說〈風塵三俠〉連載於《聯合報》7 版，至 6 月 10 日止。

　　　　2 月　25 日，長篇小說〈百花洲〉連載於《中華日報》6 版，至 9 月 18 日止。

　　　　3 月　中篇小說《驚蟄》由臺北幼獅文化公司出版。

　　　　4 月　長篇小說《李娃》由臺北皇冠出版社出版。

　　　　7 月　14 日，長篇小說〈少年遊〉連載於《聯合報》7 版，至隔年 1 月 29 日止。

　　　10 月　〈紅學漫談〉發表於《藝文誌》第 1 期。

　　　12 月　長篇小說《愛巢》由臺中臺灣省新聞處出版。

1966 年　2 月　1～12 日，〈荊軻人物志〉連載於《聯合報》7 版。

　　　　　　　15 日，長篇小說〈荊軻〉連載於《聯合報》7 版，至 9 月 28 日止。

　　　　　　　17 日，〈萬人如海一身藏〉發表於《徵信新聞報》7 版。

　　　　　　　長篇小說《李娃》、《風塵三俠》由臺北皇冠出版社出版。

	4 月	中篇小說〈林覺民的故事〉發表於《幼獅文藝》第 148 期。
	5 月	長篇小說《風塵三俠》由臺北皇冠出版社出版。
	8 月	長篇小說《少年遊》由臺北皇冠出版社出版。
1967 年	1 月	24 日,〈周揚的「墓誌銘」〉發表於《中華日報》6 版。
		25 日,〈郭沫若與蘭亭序〉發表於《中華日報》6 版。
	8 月	長篇小說《淡江紅》由臺北小說創作社出版。
	10 月	長篇小說《金色的夢》由臺北生活雜誌社出版。
1968 年	1 月	1 日,長篇小說〈緹縈〉連載於《中華日報》9 版,至 9 月 1 日止。
	2 月	〈關於杜甫的少年與壯年——「文家十家傳」輳轕之一〉發表於《中華雜誌》第 6 卷第 2 號。
	3 月	7～8 日,〈假道學的故事——談「安溪相國」的「三案」〉連載於《聯合報》9 版。
	5 月	22～23 日,〈莫「碎」了「七寶樓臺」!——為《夢窗詞》敬質在哈佛的葉嘉瑩女士〉連載於《聯合報》9 版。
	7 月	1 日,〈寫在〈慈禧前傳〉之前——清文宗與恭親王〉發表於《聯合報》9 版;長篇小說〈慈禧前傳〉連載於《聯合報》9 版,至隔年 4 月 6 日止。
		3 日,中篇小說〈水滸畫傳——野豬林〉連載於《徵信新聞報》(後改名《中國時報》)9 版,至 10 月 22 日止。
	8 月	長篇小說《荊軻》由臺北皇冠出版社出版。
	10 月	23 日,中篇小說〈水滸畫傳——林沖夜奔〉連載於《中國時報》9 版,至隔年 1 月 3 日止。
		傳記〈曹雪芹〉發表於《作品》第 1 期。
		短篇小說集《紅燭》由臺北清流出版社出版。
	11 月	傳記〈納蘭成德〉發表於《作品》第 2 期。
	12 月	傳記〈吳梅村〉發表於《作品》第 3 期。

1969 年　1 月　5 日，中篇小說〈水滸畫傳——烏龍院〉連載於《中國時報》9
版，至 5 月 10 日止。

長篇小說〈大將曹斌〉連載於《中央月刊》第 1 卷第 3 期～第 3
卷第 1 期，至隔年 10 月止。

傳記〈龔定庵〉發表於《作品》第 4 期。

2 月　傳記〈吳漢槎〉連載於《作品》第 5～7 期，至 4 月止。

4 月　8～17 日，〈玉座珠簾十二春——主要人物介紹〉連載於《聯合
報》10、9 版。

18 日，長篇小說〈玉座珠簾十二春〉連載於《聯合報》9 版，
至 1971 年 5 月 6 日止。

5 月　1～8 日，〈貨殖列傳——陶朱公〉連載於《經濟日報》9 版。

9～18 日，〈貨殖列傳——呂不韋〉連載於《經濟日報》9 版。

13 日，中篇小說〈水滸畫傳——武松與潘金蓮〉連載於《中國
時報》9 版，至 10 月 17 日止。

19 日，〈貨殖列傳——臨邛卓家〉連載於《經濟日報》9 版，至
7 月 2 日止。

傳記〈南洪北孔〉發表於《作品》第 8 期。

6 月　傳記〈李漁及其他〉發表於《作品》第 9 期。

7 月　3 日，〈貨殖列傳——任公與刁間〉連載於《經濟日報》9 版，
至 8 月 5 日止。

傳記〈屈原〉發表於《作品》第 10 期。

8 月　6 日，長篇小說〈貨殖列傳——胡雪巖〉連載於《經濟日報》
9、10 版，至 1971 年 7 月 29 日止。

傳記〈陸放翁〉發表於《作品》第 11 期。

9 月　傳記〈姜白石〉發表於《作品》第 12 期。

10 月　10 日，〈三國志和三國演義〉發表於《中國時報》12 版。

11～17 日，〈三國畫史——人物介紹〉連載於《中國時報》9

版。

20 日，中篇小說〈三國畫史——桃園結義〉連載於《中國時報》9 版，至 12 月 31 日止。

傳記〈李清照〉發表於《作品》第 13 期。

《文史覓趣》由臺北驚聲文物供應公司出版。

11 月　傳記〈曹子建〉發表於《作品》第 14 期。

12 月　傳記〈太清西林春〉發表於《作品》第 15 期。

本年　長篇小說《緹縈》由臺北清流出版社出版。

1970 年　1 月　1 日，中篇小說〈三國畫史——鳳儀亭〉連載於《中國時報》9 版，至 5 月 5 日止。

〈論君子與小人之爭——關於徐高阮先生之死的感想〉發表於《人間世》第 10 卷第 1 期。

傳記〈金聖嘆〉發表於《作品》第 16 期。

2 月　傳記〈張陶庵〉發表於《作品》第 17 期。

〈中興之世平反冤獄——述楊乃武案始末〉連載於《人間世》第 10 卷第 2～6 期，至 6 月止。

4 月　2 日，〈歷史傳奇人物——天醫星葉天士〉發表於《中國時報》9 版。

9 日，〈歷史傳奇人物——身世成謎的福康安〉發表於《中國時報》9 版。

16 日，〈歷史傳奇人物——楊家將與呼延贊〉發表於《中國時報》9 版。

23 日，〈陳圓圓痴戀冒辟疆〉發表於《中國時報》9 版。

5 月　7 日，〈〈赤壁之戰〉之前〉發表於《中國時報》9 版。

11 日，中篇小說〈赤壁之戰〉連載於《中國時報》9 版，至 7 月 30 日中斷。

14 日，〈歷史傳奇人物——玉京道人〉發表於《中國時報》9

版。

28 日,〈歷史傳奇人物——佐命元勛一和尚〉發表於《中國時報》9 版。

6 月　12 日,〈香妃——穆罕默德的後裔〉發表於《中國時報》9 版。

7 月　〈截搭題及其他〉發表於《人間世》第 10 卷第 7 期。

9 月　11 日,長篇小說〈清官冊〉連載於《中華時報》9 版,至隔年 2 月 9 日止。

10 月　〈言言官不言〉發表於《人間世》第 10 卷第 10 期。

11 月　〈云何哉!〉發表於《人間世》第 10 卷第 11 期。

12 月　1 日,長篇小說〈翠屏山〉連載於《中國時報·人間副刊》10 版,至隔年 5 月 31 日止。

長篇小說《少年遊》由臺北皇冠出版社出版。

本年　升任《中華日報》總主筆。

1971 年　1 月　26 日,長篇小說《緹縈》由李翰祥編導為電影上映。

長篇小說〈石破天驚〉連載於《中央月刊》第 3 卷第 3 期～第 5 卷第 6 期,至 1973 年 4 月止。

2 月　〈如此狂士咄咄咄〉發表於《人間世》第 11 卷第 2 期。

3 月　長篇小說《清官冊》由臺北中華日報社出版。

4 月　長篇小說《慈禧前傳》由臺北皇冠雜誌社出版。

5 月　24 日,長篇小說〈清宮外史〉連載於《聯合報》9 版,至隔年 7 月 15 日止。

6 月　16 日,長篇小說〈小鳳仙〉連載於《中國時報·人間副刊》9 版,至隔年 8 月 20 日止。

〈談書辦〉發表於《人間世》第 11 卷第 6 期。

8 月　11 日,長篇小說〈紅頂商人〉連載於《經濟日報》10 版,至 1974 年 1 月 2 日止。

9 月　〈《紅樓夢新探》質疑〉發表於《幼獅月刊》第 34 卷第 3 期。

〈談宋真宗封禪〉發表於《展望》第 60 期。

長篇小說《玉座珠簾》（二冊）由臺北皇冠出版社出版。

本年　與空軍臺灣地區司令郝中和將軍之女郝天俠結婚。

1972 年　1 月　27 日，長篇小說〈楊門忠烈傳〉連載於《民族晚報》7 版，至 8 月 25 日止。

8 月　23 日，長篇小說〈母子君臣〉連載於《聯合報》9、14 版，至隔年 4 月 6 日止。

9 月　長篇小說《清宮外史》（二冊）由臺北皇冠出版社出版。

《中華日報》總主筆任期屆滿，回任主筆，並兼任《中央日報》主筆。

10 月　短篇小說集《紫玉釵》由臺北皇冠雜誌社出版。

1973 年　3 月　長篇小說《百花洲》由臺北皇冠出版社出版。

4 月　21 日，長篇小說〈金縷鞋〉連載於《聯合報》14 版，至隔年 1 月 21 日止。

5 月　短篇小說〈齊威王納諫〉發表於《中央月刊》第 5 卷第 7 期。

長篇小說《母子君臣》由臺北皇冠出版社出版。

6 月　短篇小說〈趙武靈王胡服騎射〉發表於《中央月刊》第 5 卷第 8 期。

《明朝的皇帝》（三冊）由臺北臺灣學生書局出版。

7 月　短篇小說〈魏文侯禮賢下士〉發表於《中央月刊》第 5 卷第 9 期。

8 月　短篇小說〈燕昭王築臺求賢〉發表於《中央月刊》第 5 卷第 10 期。

10 月　短篇小說〈革命「實行家」〉發表於《中央月刊》第 5 卷第 12 期。

長篇小說《胡雪巖》（三冊）由臺北經濟日報社出版。

本年　長篇小說《大將曹彬》由臺北新亞出版社出版。

1974 年	1 月	29 日，長篇小說〈狀元娘子〉連載於《聯合報》14、12 版，至隔年 2 月 27 日止。
	2 月	1 日，傳記〈紅頂商人胡雪岩的結局〉連載於《經濟日報》10、11 版，至 4 月 16 日止。
		25 日，長篇小說〈琵琶怨〉於連載《中華日報》9 版，至隔年 8 月 17 日止。
	3 月	長篇小說《清官冊》由臺北中華日報社出版。
	5 月	16 日，〈世語新說——明末四公子〉連載於《民族晚報》9 版，至 8 月 8 日止。
	本年	女兒許議今（以今）出生。
1975 年	2 月	20～21 日，〈孔子塑像的服飾——兼談春秋戰國的「服劍」〉連載於《中央日報》10 版。
	3 月	1 日，長篇小說〈小白菜〉連載於《民族晚報》9 版，至隔年 5 月 10 日止。
		10 日，長篇小說〈胭脂井〉連載於《聯合報》12 版，至隔年 8 月 8 日止。
	4 月	16 日，〈溪口蔣氏家風〉發表於《聯合報‧敬悼故總統蔣公逝世特刊》IV 版。
	7 月	1 日，長篇小說〈正德外記〉連載於《臺灣日報》12 版，至隔年 1 月 30 日止。
	本年	中、短篇小說集《鴛鴦譜》由臺北新亞出版社出版。
1976 年	2 月	5 日，長篇小說〈漢宮春曉〉連載於《臺灣日報》12 版，至 11 月 19 日止。
	5 月	11～20 日，〈鹽的種植——寫在〈徐老虎與白寡婦〉之前〉連載於《民族晚報》9 版。
		21 日，長篇小說〈徐老虎與白寡婦〉連載於《民族晚報》9 版，至 1978 年 1 月 1 日止。

8 月	16 日，長篇小說〈瀛臺落日〉連載於《聯合報》12 版，至隔年6 月 18 日止。
9 月	〈喜見「有正本」紅樓夢──提出此本「總評」作者為誰的一個初步假設〉發表於《中國書目季刊》第 10 卷第 2 期。
12 月	16 日，長篇小說〈乾隆韻事〉連載於《臺灣日報》12 版，至1978 年 2 月 1 日止。
	〈唐伯虎這個人〉發表於《教與學》11、12 月號。
	長篇小說《胭脂井》（二冊）由臺北皇冠出版社出版。

1977 年	1 月	29 日，〈我看「中國文學史上一大公案」──談乾隆手抄本百廿回《紅樓夢》稿的收藏者〉發表於《聯合報》12 版。
		〈曹雪芹生平〉發表於《大成》第 38 期。
	3 月	9～12 日，〈紅樓傾談──酬答趙岡教授〉連載於《聯合報》12 版。
	4 月	20 日，長篇小說〈陳光甫外傳〉連載於《經濟日報》12 版，至12 月 30 日止。
	5 月	26 日，〈東南風味〉發表於《聯合報》9 版。
	6 月	25 日，〈我寫〈紅樓夢斷〉〉發表於《聯合報》12 版；〈紅樓夢斷〉連載於《聯合報》12 版，至 12 月 6 日止。
	7 月	〈翁同龢給張蔭桓的兩封信〉發表於《大成》第 44 期。
		長篇小說《紅頂商人》（二冊）由臺北經濟日報社出版；長篇小說《金縷鞋》（二冊）由臺北聯合報社出版；長篇小說《鐵面御史》由皇冠出版社出版。
	8 月	〈關於丁寶楨殺安得海〉發表於《大成》第 45 期。
		《紅樓一家言》由臺北聯經出版公司出版。
	9 月	19 日，〈歷史公案唯有歷史能裁判──請最高檢察長正視一個後患無窮的判例〉發表於《聯合報》3 版。
		長篇小說《瀛臺落日》由臺北皇冠出版社出版；《明末四公

子》、《高陽講古》由臺北求精出版社出版。

10 月　7 日，〈為韓文公後裔考證其先世榮銜的來歷——兼談如何判定「五經博士關防」非出於部頒〉發表於《聯合報》12 版。

長篇小說《清官冊》由臺北求精出版社出版。

11 月　11 日，〈釋〈藥轉〉〉發表於《聯合報》12 版。

12 月　21～22 日，短篇小說〈我找到了！〉連載於《聯合報》8 版。

27 日，長篇小說〈「紅樓夢斷」第二部——茂陵秋〉連載於《聯合報》12 版，至 1979 年 5 月 15 日止。

長篇小說《狀元娘子》（二冊）由臺北南京出版公司出版。

應邀於臺灣大學俞大維圖書室主講「紅樓夢的時代背景」，並與潘重規、葉慶炳、王文興、張曉風、楊牧、羅宗濤、曾永義、楊承祖、曾昭旭、王仁鈞等人座談。

1978 年　1 月　9～28 日，〈英雄・名士・美女——無名美人〉連載於《民族晚報》11 版。

30 日，〈英雄・名士・美人——龔定庵與太清春〉連載於《民族晚報》11 版，至 3 月 4 日止。

中篇小說《烏龍院》由臺北求精出版社出版；長篇小說《小白菜》由臺北皇冠出版社出版。

2 月　1 日，〈清末四公子〉連載於《大華晚報》10 版，至 9 月 30 日止。

3 月　6 日，長篇小說〈英雄・名士・美人——劉三秀〉連載於《民族晚報》11 版，至 9 月 8 日止。

長篇小說《漢宮春曉》由臺北南京出版公司出版；長篇小說《翠屏山》由臺北求精出版社出版。

4 月　長篇小說《小鳳仙》（二冊）由臺北南京出版公司出版。

5 月　長篇小說《乾隆韻事》由臺北皇冠雜誌社出版；長篇小說《秣陵春》由臺北聯合報社出版。

6 月	29 日，〈古今味〉連載於《民生報》7 版，至 10 月 12 日止。	

9 月　1 日，〈魯迅心頭的烙痕——記光緒十九年科場弊案與魯迅的祖父周福清〉發表於《中華日報》11 版。

2～4 日，〈沒有自由，那有學術！——曹雪芹擺脫包衣身分考證初稿〉連載於《聯合報》12 版。

長篇小說《琵琶怨》由臺北南京出版公司出版。

10 月　9 日，傳記〈庸庵尚書〉連載於《大華晚報》10 版，至 12 月 20 日止。

19 日，長篇小說〈印心石〉連載於《民生報》7、12 版，至隔年 4 月 27 日止。

11 月　1 日，長篇小說〈花魁〉連載於《中國時報》12 版，至隔年 2 月 6 日止。

28～29 日，〈大陸紅學界的內幕——《曹雪芹的兩個世界》讀後〉連載於《聯合報》12 版。

1979 年　1 月　1 日，〈同光大老〉連載於《大華晚報》10 版，至 6 月 23 日止。

31 日，〈歸去來——新春專頁〉發表於《聯合報》3 版。

長篇小說《徐老虎與白寡婦》（二冊）由臺中慧龍文化公司出版。

2 月　18 日，長篇小說〈粉墨春秋〉連載於《中國時報》12、8 版，至隔年 11 月 30 日止。

3 月　1 日，〈作家明信片 11——今日是一張小小的明信片　明日是一卷厚厚的文學史〉發表於《聯合報》12 版。

5 日，〈老舍之死〉發表於《聯合報》12 版。

24 日，〈赤色「北京人」——曹禺〉發表於《聯合報》12 版。

長篇小說《正德外記》由臺北南京出版公司出版；長篇小說《花魁》由臺北時報文化出版公司出版。

5 月　23 日，長篇小說〈「紅樓夢斷」第三部——五陵遊〉連載於《聯合報》12、8 版，至隔年 2 月 15 日止。

6 月　24 日，〈柏臺故事〉連載於《大華晚報》10 版，至隔年 1 月 16 日止。

7 月　9～12 日，〈說杜詩一首〉連載於《臺灣時報》12 版。

　　　26～27 日，〈錢鍾書的《管錐篇》〉連載於《聯合報》8 版。

8 月　長篇小說《印心石》由臺北民生報社出版；長篇小說《茂陵秋》由臺北聯合報社出版。

9 月　20 日，〈錢鍾書肯定了實證主義〉發表於《中國時報》8 版。

10 月　16 日，〈笑談周揚「歷史功過」〉發表於《聯合報》8 版。

　　　〈黑塔與弇山——試解《金瓶梅》作者及地點之謎並為沈德福辨誣〉發表於《文學思潮》第 5 期。

　　　長篇小說《劉三秀》由臺北南京出版公司出版。

本年　與蘇同炳合編《花隨人聖盦摭憶全編》，由臺北聯經出版公司出版。

1980 年　1 月　1 日，〈文運關乎世運〉發表於《聯合報》8 版。

2 月　1 日，傳記〈衍聖公與張天師〉連載於《大華晚報》10 版，至 5 月 13 日止。

　　　27 日，長篇小說〈「紅樓夢斷」第四部——延陵劍〉連載於《聯合報》8 版，至隔年 7 月 16 日止。

　　　29 日，長篇小說〈金色曇花〉連載於《中華日報》12 版，至隔年 2 月 4 日止。

3 月　長篇小說《五陵遊》由臺北聯合報社出版。

4 月　25 日，〈江南奇案〉連載於《民眾日報》12 版，至 5 月 8 日中斷。

　　　《同光大老》由臺北南京出版公司出版。

5 月　16 日，與莊練合寫〈雙野史亭雜記〉，連載於《大華晚報·淡水

河副刊》10 版，至 9 月 9 日止。

6 月　6 日，〈曹雪芹以元妃係影射平郡王福彭考〉（節錄）發表於《聯合報》8 版。

7 日，〈曹雪芹以副貢任教正黃旗義學因得與敦氏兄弟遞交考〉（節錄）發表於《聯合報》8 版。

16～20 日，於美國威斯康辛大學舉辦之「首屆國際《紅樓夢》研討會」，請人代讀〈曹雪芹以元妃係影射平郡王福彭考〉、〈曹雪芹以副貢任教正黃旗義學因得與敦氏兄弟遞交考〉。

7 月　長篇小說《楊門忠烈傳》由臺北皇冠出版社出版。

8 月　9 日，〈「知之為知之・不知為不知」——再就偽造照片提供幾點說明〉發表於《聯合報》3 版。

19 日，應邀參加《聯合報》副刊舉辦之「《紅樓夢》研究的未來方向」開放座談會，與會者有白先勇、余英時、宋淇、李田意、周策縱、夏志清、趙剛、潘重規、浦安迪；22～25 日，座談會紀實連載於《聯合報》8 版。

10 月　1 日，〈清朝的皇帝〉連載於《大華晚報・淡水河副刊》10 版，至 1983 年 9 月 22 日止。

《清末四公子》由臺北南京出版公司出版。

1981 年　1 月　《柏臺故事》由臺北南京出版公司出版。

2 月　25 日，長篇小說《徐老虎與白寡婦》由李翰祥編導為電影上映。

3 月　14 日，應邀參加《聯合報》副刊舉辦之「美感的疊現——插畫與小說」座談會，與會者有司馬中原、何懷碩、李錫奇、胡澤民、袁瓊瓊、徐秀美、海虹、陳朝寶、雷驤、鄭清文，主席為趙玉明；21～22 日，座談會紀實連載於《聯合報》8 版。

20 日，〈我看〈大將軍〉〉發表於《聯合報》8 版。

長篇小說《金色曇花》由臺北皇冠出版社出版。

4 月　長篇小說《粉墨春秋》（三冊）由臺北堯舜出版公司出版。

7 月　23 日，〈寄語楊絳：我們是你們的「咱們」！〉發表於《聯合報》8 版。

8 月　29 日，〈橫看成嶺側成峰——寫在〈曹雪芹別傳〉之前〉發表於《聯合報》8 版。

　　　30 日，長篇小說〈曹雪芹別傳〉連載於《聯合報》8 版，至隔年 11 月 7 日止。

　　　長篇小說《陳光甫外傳》，《古今味》由臺北南京出版公司出版；長篇小說《清幫》由臺北堯舜出版公司出版；長篇小說《延陵劍》由臺北聯合報社出版。

9 月　18 日，〈黃河上游水災與三門峽「沙」庫〉發表於《聯合報》3 版。

　　　長篇小說《草莽英雄》（二冊）由臺北堯舜出版公司出版。

10 月　15 日，〈同治光緒兩帝的死因〉發表於《聯合報》3 版。

　　　長篇小說《大將曹彬》、《石破天驚》，《高陽出擊》由臺北堯舜出版公司出版。

12 月　25～26 日，〈〈錦瑟〉詳解〉連載於《中央日報》12 版。

　　　27 日，詩作〈說錦瑟無題諸詩迄緬想玉谿生平感賦四律〉發表於《中央日報》12 版。

　　　長篇小說《花落花開》由臺北堯舜出版公司出版。

本年　與郝天俠協議離婚。

1982 年　3 月　17～18 日，〈陳寅恪自傷淪謫——《柳如是別傳》讀後感〉連載於《聯合報》8 版。

　　　4 月　與南宮博校訂《水滸傳畫冊》（四冊），由臺北堯舜出版公司出版。

　　　長篇小說《凌霄曲》由臺北堯舜出版公司出版。

　　　5 月　長篇小說《緹縈》（二冊）由臺北堯舜出版公司出版。

7 月　長篇小說《避情港》由臺北堯舜出版公司出版。

9 月　14 日，〈妙諦與神韻——《無神的神話》〉發表於《聯合報》8 版。

〈董小宛入清宮始末詩證〉連載於《聯合月刊》第 14～16 期，至 11 月止。

長篇小說《曹雪芹別傳》第一冊由臺北聯合報社出版。

10 月　13 日，〈周文矩與文會圖〉發表於《聯合報》12 版。

11 月　16 日，長篇小說〈三春爭及初春景〉連載於《聯合報》8 版，至 1984 年 11 月 19 日止。

12 月　3～20 日，〈細說紫禁城〉連載於《聯合報》12 版。

29 日，〈蘭亭與太羹〉發表於《民生報》10 版。

《高陽說詩》由臺北聯經出版公司出版；長篇小說《曹雪芹別傳》第二冊由臺北聯合報社出版。

1983 年　1 月　20 日，〈十萬銀子一頓粥〉發表於《聯合報》12 版。

〈張作霖之死與楊宇霆之死——跋陳鵬仁譯〈我殺死了張作霖〉〉發表於《傳記文學》第 42 卷第 1 期。

《高陽說曹雪芹》由臺北聯經出版公司出版；《宮闈蒐秘》由臺北皇冠出版社出版；長篇小說《金色的夢》由臺北漢林出版社出版。

與南宮博校訂《楊門女將畫冊》，由臺北堯舜出版公司出版。

2 月　13 日，〈清宮的新年〉發表於《聯合報》3 版。

19 日，〈談陞官圖〉發表於《聯合報》8 版。

3 月　8～24 日，〈華夏名都〉連載於《聯合報》12 版。

15 日，〈期待俠義的武俠小說——我看〈蜀山劍俠評傳〉〉發表於《民生報》12 版。

26 日，〈異哉！所謂「冬官第」〉發表於《民生報》7 版。

〈關於張作霖之死的一些補充〉發表於《傳記文學》第 42 卷第

3 期。

4 月　7 日，〈摩耶精舍的喜喪〉發表於《聯合報》8 版。

16 日，〈梅丘生死摩耶夢——張大千傳記　五月起連載〉發表於《民生報》7 版。

23 日，〈〈清宮回憶〉的作者溥佳〉發表於《聯合報》8 版。

長篇小說《血紅頂》由臺北堯舜出版公司出版。

5 月　1 日，傳記〈梅丘生死摩耶夢〉連載於《民生報》7 版，至 11 月 22 日止。

校訂《武則天》（五冊），由臺北萬盛出版公司出版。

8 月　長篇小說《漢宮春曉》由臺北合成書局出版。

9 月　24 日，〈復興中華文化的利器・必須掌握在自己手裡——五五五〇專案應即廢棄〉發表於《聯合報》3 版。

《明末四公子》由臺北皇冠出版社出版；長篇小說《三春爭及初春景》第一冊由臺北聯合報社出版；傳記《胡雪巖的結局》由臺北堯舜出版公司出版。

10 月　《古今食事》由臺北皇冠出版社出版。

11 月　〈話紅樓：《石頭記》不是高鶚所補？〉發表於《自由青年》第651 期。

《清末四公子》由臺北皇冠出版社出版。

12 月　17～18 日，應邀參加於輔仁大學舉辦之「第五屆中國古典文學會議」。

19 日，〈鄭成功劉銘傳是名將嗎〉發表於《聯合報》7 版。

23 日，〈許芳卿悼亡　曹雪芹未生〉發表於《聯合報》8 版。

《同光大老》、《柏臺故事》由臺北皇冠出版社出版。

本年　初識吳菊芬，結為異性密友，至逝世為止共同生活九年。

1984 年　1 月　1～15 日，〈甲子談往〉發表於《聯合報・萬象副刊》12 版。

23 日，詩作〈不知有序〉發表於《中央日報・晨鐘副刊》10

版。

2 月　短篇小說集《魚的喜劇》由臺北皇冠出版社出版。

3 月　9 日，傳記〈翁同龢傳〉連載於《大華晚報・淡水河副刊》10 版，至隔年 4 月 4 日止。

長篇小說《淡江紅》，中、短篇小說集《鴛鴦譜》，中篇小說集《野豬林》由臺北皇冠出版社出版；長篇小說《三春爭及初春景》第二冊由臺北聯合報社出版；傳記《梅丘生死摩耶夢》由臺北民生報社出版。。

4 月　23 日，長篇小說〈胡雪巖第三部——燈火樓臺〉連載於《經濟日報》12 版，至 1986 年 11 月 17 日止。

5 月　中、長篇小說集《林沖夜奔》由臺北皇冠出版社出版。

8 月　4～5 日，〈吳梅村的「七夕」詩〉連載於《聯合報》8 版。

26 日，〈生平風義兼師友〉發表於《聯合報》8 版。

10 月　18 日，〈慧心・慧眼・慧業〉發表於《聯合報》8 版。

11 月　11 日，〈「詩史」的明暗兩面〉發表於《聯合報》8 版。

17 日，詩作〈揚州慢〉發表於《中央日報》12 版。

30 日，長篇小說〈大野龍蛇〉連載於《聯合報》8 版，至 1987 年 1 月 24 日止。

12 月　30 日，短篇小說〈孤兒〉發表於《民生報》8 版。

〈「橫橋吟館」圖憶〉發表於《聯合文學》第 2 期。

本年　《高陽說詩》獲中山文藝獎文藝理論獎。

1985 年　1 月　長篇小說《燈火樓臺》第一冊由臺北經濟日報社出版。

2 月　17 日，〈迎春・鞭春・咬春〉發表於《聯合報》8 版。

19 日，〈一百年前——工商界過新年〉發表於《經濟日報》11 版。

〈棄子先生詩畫之什〉發表於《聯合文學》第 4 期。

3 月　中篇小說《林覺民》由臺北金蘭出版社出版。

4 月　〈從滿漢全席談起〉發表於《大成》第 137 期。

　　　長篇小說《三春爭及初春景》第三冊由臺北聯合報社出版。

5 月　3 日,〈十疑康有為詩並註〉發表於《大華晚報‧淡水河副刊》10 版。

　　　〈孫殿英盜皇陵〉發表於《大成》第 138 期。

6 月　5 日,長篇小說〈丁香花〉連載於《大華晚報‧淡水河副刊》10 版,至隔年 1986 年 8 月 9 日止。

　　　〈「起居注」及起居注官〉發表於《大成》第 139 期。

　　　〈至善園歌:用黃山谷松風閣韻〉發表於《故宮文物月刊》第 27 期。

7 月　25 日,〈未免小題大作了!〉發表於《聯合報》3 版。

　　　〈能靜居日記中的曾國藩〉發表於《大成》第 140 期。

8 月　〈中央圖書館鎮館之寶──能靜居日記〉發表於《大成》第 141 期。

　　　應邀參加第一屆全國巡迴文藝營。

9 月　5 日,〈馬君武的一首詩〉發表於《聯合報》8 版。

　　　21 日,應邀參加《聯合文學》主辦之「文學、藝術與同性戀」座談會,與會者有劉光能、張寶琴、文榮光、高陽、瘂弦、李幼新、白先勇、鄭泰安、李歐梵、蔡源煌;1986 年 1 月,座談會特輯發表於《聯合文學》第 15 期。

10 月　〈四庫祕探〉發表於《聯合月刊》第 51 期。

11 月　長篇小說〈再生香〉連載於《聯合文學》第 13～28 期,至 1987 年 2 月止。

　　　長篇小說《大野龍蛇》第一冊由臺北聯合報社出版。

12 月　15 日,〈中國人是什麼樣子?──即令平凡,可大可久〉發表於《聯合報》8 版。

1986 年　1 月　27 日,〈歷史望遠鏡中的哈雷──一則姑妄言之的神話〉發表於

《聯合報》8 版。

31 日,自《中華日報》退休,改聘為特約榮譽主筆,並應邀擔任《聯合報》特約小說作家。

2 月　〈重華宮的新年〉、〈歷史、小說與戲劇〉發表於《聯合文學》第 16 期。

傳記《翁同龢傳》由臺北遠景出版公司出版;長篇小說《燈火樓臺》第二冊由臺北經濟日報社出版。

7 月　13 日,〈「古今同一考」拾遺〉發表於《聯合報》8 版。

長篇小說《大野龍蛇》第二冊由臺北聯合報社出版。

8 月　長篇小說《丁香花》由臺北皇冠出版社出版。

9 月　8 日,〈揚州八怪〉發表於《聯合報・萬象副刊》12 版。

17 日,長篇小說〈八大胡同〉連載於《大華晚報・淡水河副刊》10 版,至隔年 7 月 22 日止。

10 月　長篇小說《狀元娘子》、《恩怨江湖》、《李鴻章》由臺北遠景出版公司出版。

11 月　19 日,〈談三百年前的一次大地震〉發表於《聯合報》8 版。

12 月　〈前瞻人生・回顧歷史〉發表於《張老師月刊》第 108 期。

長篇小說《緹縈》、《花魁》、《正德外記》、《劉三秀》、《草莽英雄》(二冊)由臺北遠景出版公司出版。

1987 年　1 月　10 日,應香港中文大學文化研究所之邀,講演「《紅樓夢》及作者的背景」,並發表多年研究「紅學」之心得。

13 日,參加香港聯合書院歷史系舉辦之學術研討會,發表〈戊戌政變新考〉。

15 日,應香港電視臺之邀,接受「香港早晨」節目的訪問。

17 日,《聯合報》副刊、《聯合文學》主辦「文學之緣」系列,應邀與王文興對談「一種文學、兩種角度」。

長篇小說《徐老虎與白寡婦》由臺北遠景出版公司出版。

2 月　18 日,〈談「坊間」〉發表於《中央日報》10 版。

25～31 日,以《聯合報》專屬作家身分,應邀參加由《聯合文學》舉辦之「文學之旅」日本訪問團。

長篇小說《小鳳仙》、《王昭君》由臺北遠景出版公司出版。

3 月　16 日,〈與高陽一起讀《老殘遊記》——《老殘遊記》提要〉發表於《聯合報》8 版。

24～26 日,〈金字招牌之一——「八大祥」翹楚瑞蚨祥〉連載於《經濟日報》12 版。

24 日,長篇小說〈鳳尾香羅〉連載於《聯合報》8、23 版,至隔年 3 月 12 日止。

28 日,〈與高陽一起讀《老殘遊記》——一部具有獨特國際地位的晚清小說〉發表於《聯合報》8 版。

長篇小說《燈火樓臺》第三冊由臺北經濟日報社出版;長篇小說《大野龍蛇》第三冊由臺北聯合報社出版。。

4 月　長篇小說《大將曹彬》、《石破天驚》由臺北遠景出版公司出版。

5 月　6～23 日,〈金字招牌之二——「天廚味精」與「天字號系統」〉連載於《經濟日報》12 版。

22 日,〈清世祖董小宛與唐玄宗楊玉環——寫在〈醉蓬萊〉之前〉發表於《中央日報》10 版。

27 日,〈禪宗六祖法號辨〉發表於《民生報》4 版。

30 日,長篇小說〈醉蓬萊〉連載於《中央日報》,至隔年 4 月 30 日止。

〈神往神田——兼談日本的酒〉發表於《聯合文學》第 31 期。

長篇小說《清官冊》由臺北遠景出版公司出版。

6 月　2 日,〈韓愈諫佛骨〉發表於《聯合報‧萬象副刊》12 版。

8～13 日,〈金字招牌之三——樂家老舖〉連載於《經濟日報》

12 版。

22 日,〈金字招牌之四——天津仁立地毯〉連載於《經濟日報》
12 版,至 7 月 2 日止。

7 月　6～22 日,〈金字招牌之五——「麵粉大王」榮家兄弟〉連載於
《經濟日報》12 版。

8 月　長篇小說《避情港》、《紅塵》、《桐花鳳》、《再生香》由臺北遠
景出版公司出版。

9 月　2～16 日,〈金字招牌之六——自強自立「抵羊牌」〉連載於《經
濟日報》12 版。

12 日,長篇小說〈玉壘浮雲〉連載於《大華晚報・淡水河副
刊》10 版,至隔年 5 月 7 日止。

〈討論如何正確地看到知識?——評宣仲弘的〈鮭〉〉發表於
《聯合文學》第 35 期。

長篇小說《粉墨春秋》、《八大胡同》由臺北遠景出版公司出
版。

10 月　1 日,〈顧愷之所繪孔子像最真〉發表於《民生報》9 版。

11 月　29 日,應日本梅園學會之邀,於東京中華學校演講「慈禧太后
與伊藤博文」;後透過梅園學會將自己的全套作品(當時計有 76
本)贈送給中華學校圖書館。

12 月　20 日,〈視此雖近邈若山河——唐魯孫先生二三事〉發表於《聯
合報》8 版。

1988 年　1 月　2～17 日,短篇小說〈高陽傳奇——假官真做〉連載於《聯合
報・繽紛副刊》22 版。

6 日,〈王新公與我〉發表於《中央日報》18 版。

12 日,〈老菸槍開腔〉發表於《聯合報・輿情副刊》9 版。

15 日,〈從經國先生的八字談起〉發表於《聯合報・繽紛副刊》
22 版。

2 月　16 日，〈除夕祭書及其他〉發表於《聯合報‧讀書副刊》21 版。

22 日，中篇小說〈高陽傳奇——周大老爺〉連載於《聯合報‧繽紛副刊》22 版，至 7 月 6 日止。

27 日，〈董鄂妃及董小宛的證據〉發表於《中央日報》18 版。

〈慈禧太后與伊藤博文——戊戌政變真相之揭發〉發表於《歷史月刊》創刊號。

3 月　6 日，應邀參加《聯合報》副刊主辦之「酒神的午後」新春座談會，與會者有汪中、林明德、莊伯和、曾道雄、薛平南、瘂弦，由王孝廉主持；11～12 日，座談會紀實連載於《聯合報》23 版。

4 月　2 日，長篇小說〈安樂堂〉連載於《聯合報》23 版，至隔年 4 月 1 日止。

14 日，〈命中注定作傀儡的溥儀〉發表於《中央日報》16 版。

21 日，〈最後的宮廷——溥儀自傳讀後感〉發表於《自由時報》11 版。

5 月　19 日，〈講個情，如何？〉發表於《民生報》9 版。

26 日，〈警察鎮暴如使用過分暴力應負什麼責任？〉發表於《聯合晚報》3 版。

6 月　6 日，〈滿漢全席即燒烤席的明證〉發表於《聯合報‧萬象副刊》5 版。

27 日，〈政治不可支配學術！〉發表於《民生報》5 版。

長篇小說《鳳尾香羅》由臺北聯合報社出版。

7 月　2 日，詩作〈讀李嘉日記寄慨〉發表於《聯合報》21 版。

14 日，〈閒話河豚〉發表於《聯合報‧繽紛副刊》16 版。

〈所謂帝黨有密謀的面面觀——答汪榮祖先生〉發表於《歷史月刊》第 6 期。

長篇小說《玉壘浮雲》，《高陽雜文》由臺北遠景出版公司出

版。

8 月　　1 日，〈高陽傳奇——狀元的故事〉連載於《聯合報・繽紛副
刊》16 版，至 9 月 8 日止。

15～18 日，〈萬園之園話圓明〉連載於《聯合報・萬象副刊》8
版。

28 日，〈阮毅成先生與我〉發表於《中央日報》6 版。

9 月　　12 日，〈國會應即對國信案展開調查〉發表於《經濟日報》2
版。

18 日，〈閒覽小耳朵　天降大收穫〉發表於《民生報》7 版。

19 日，〈玉不琢　不成器〉發表於《民生報》7 版。

20 日，〈秀才遇到兵——義大利「失足記」〉發表於《民生報》7
版。

28 日，〈高陽傳奇——天下第一家〉連載於《聯合報・繽紛副
刊》16 版，至 11 月 18 日止。

〈關於李蓮英的傳說〉發表於《大成》178 期。

10 月　　短篇小說、散文合集《假官真做》由臺北遠景出版公司出版。

11 月　　11 日，〈高陽論金飾——漫談金飾〉發表於《中國時報・大地副
刊》23 版。

27 日，〈關於麥帥與孫立人將軍交往的傳聞〉發表於《聯合報・
繽紛副刊》16 版。

28 日，與三哥許儒傑於香港會面。

長篇小說《醉蓬萊》由臺北遠景出版公司出版。

12 月　　10 日，〈歷史人名愈辯愈錯〉發表於《聯合報》24 版。

《清朝的皇帝》（三冊）由臺北遠景出版公司出版；傳記《梅丘
生死摩耶夢》由北京中華書局出版。

本年　　長篇小說《胡雪巖》改編為 40 集電視連續劇《八月桂花香》，
在港臺地區播出，隨後也在中國播出。

箋注《清朝中興名臣籌畫軍務手札真跡》，由臺北聯經出版公司出版。

1989 年

1 月　8 日，〈日皇裕仁逝世後的省思〉發表於《聯合報》3 版。

3 月　6 日，〈白蘭地 V.S. 威士忌〉發表於《聯合報・繽紛副刊》22 版。

21 日，〈對馬赫俊談話的質疑〉發表於《聯合晚報》2 版。

29 日，〈論賴忠星楊仁壽的法律見解〉發表於《聯合報》3 版。

4 月　9 日，〈高陽在杭州發現大陸報紙強調運動員赴賽淡化郭婉容消息〉發表於《聯合報》3 版。

13 日，〈大陸出版社支付臺灣作家稿酬——中共非正式採行版稅制度未獲得授權一律不准出版〉發表於《聯合報》9 版。

19 日，〈愚民政策該休矣——南京地區學生呼喚：嚴懲官倒！打擊官僚！輿論自由！政治開明！〉發表於《聯合報》9 版。

應上海復旦大學臺港文化研究所之邀，赴上海參加「全國第四屆臺港暨海外華文文學學術討論會」；會後回浙江杭州祭掃祖墳。

6 月　5 日，〈楓橋夜泊——詩碑之謎〉發表於《聯合報・繽紛副刊》22 版。

8 月　10 日，〈「莫須有」入人於罪？——李翰祥不能來台有可議之處〉發表於《聯合報》9 版。

13～14 日，〈明十三陵漫談〉連載於《聯合報・繽紛副刊》22 版。

24 日，〈蕭天讚宜「解職聽勘」〉發表於《聯合報》3 版。

27 日，長篇小說〈水龍吟〉連載於《聯合報》27、29 版，至隔年 9 月 21 日止。

9 月　1～3 日，〈歷史觸擊——范仲淹千歲祭〉連載於《聯合報・繽紛副刊》22 版。

9 日，〈抗議「灰色法治」〉發表於《聯合報》9 版。

10 月　8 日，〈再談孔子生日〉發表於《聯合報・繽紛副刊》28 版。

11 月　21 日，〈寫在「禁城蒐祕」之前〉發表於《聯合報・繽紛副刊》28 版。

22 日，〈禁城蒐祕——香妃的真面目〉發表於《聯合報・繽紛副刊》24 版。

28 日，〈禁城蒐祕——清宮之鐘〉發表於《聯合報・繽紛副刊》28 版。

長篇小說《安樂堂》由臺北聯合報社出版；長篇小說《緹縈》、《王昭君》、《大將曹彬》、《花魁》、《正德外記》，傳記《翁同龢傳》由臺北風雲時代出版公司出版。

12 月　12 日，〈「鐵娘子」丰采不再？！〉發表於《聯合報》3 版。

19 日，〈三項鐵證，原來如此——對〈容妃不是香妃〉一文的回應〉發表於《聯合報・繽紛副刊》28 版。

20 日，〈禁城蒐祕——塞拉西與養心殿〉發表於《聯合報・繽紛副刊》28 版。

本年　*STORIES BY GAO YANG* 由香港中文大學出版社出版。（CHAN SIN-WAI 翻譯）

1990 年　1 月　1 日，〈我也為所謂香妃再說幾句話〉發表於《聯合報・繽紛副刊》28 版。

《清朝的皇帝》（三冊）由臺北風雲時代出版公司出版。

2 月　〈春節飲食漫談〉發表於《故宮文物月刊》第 83 期。

長篇小說《草莽英雄》（二冊）、《劉三秀》、《清官冊》、《恩怨江湖》、《李鴻章》，短篇小說、散文合集《假官真做》由臺北風雲時代出版公司出版。

3 月　11 日，〈禁城蒐祕——慈禧太后坐火車〉發表於《聯合報・繽紛副刊》28 版。

長篇小說《狀元娘子》、《徐老虎與白寡婦》、《醉蓬萊》、《玉壘浮雲》由臺北風雲時代出版公司出版。

4 月　2 日，〈雜感二題〉發表於《聯合報》29 版。

長篇小說《桐花鳳》由臺北風雲時代出版公司出版。

陪同《紅樓夢》劇組前往中國大陸取景，後與三哥許儒傑等親友會面，一同慶祝 68 歲生日。

5 月　長篇小說《石破天驚》由臺北風雲時代出版公司出版。

6 月　長篇小說《小鳳仙》、《八大胡同》、《粉墨春秋》（三冊）、《再生香》、《避情港》、《紅塵》，《高陽雜文》由臺北風雲時代出版公司出版。

7 月　〈清朝的會試〉發表於《故宮文物月刊》第 88 期。

8 月　8 日，〈父親群像 4——幾十年老癮　硬挺過去〉發表於《中國時報》30 版。

　秋　因遊泰山而過勞，返臺後大病。

10 月　9～13 日，〈高陽傳奇——臨城大劫案〉連載於《聯合報・繽紛副刊》28 版。

1991 年　1 月　1 日，因肺疾急送榮民總醫院，幾瀕於危，至 3 月底方出院。

2 月　長篇小說《水龍吟》（二冊）由臺北聯合報社出版。

3 月　1 日，長篇小說《水龍吟》獲選為《中國時報》開卷一週好書金榜。

3 日，〈半龥錄——高陽病中手記〉發表於《聯合報》25 版。

4 月　6 日，〈半龥錄——病中手記之二〉發表於《聯合報》25 版

長篇小說《土木堡風雲》由香港華漢文化公司出版。

5 月　9～10 日，〈黃秋岳父子「獨柳之禍」——病中手記外一篇〉連載於《聯合報》25 版。

6 月　長篇小說《咆哮中的吻》由北京中國文聯出版社出版。

8 月　5 日，長篇小說〈蘇州格格〉連載於《聯合報》25 版，至隔年 3

月 7 日止，為其生前發表的最後一部歷史小說。

1992 年　3 月　16 日，〈誰是「王安石」？請站出來！〉發表於《聯合報》4
版。

長篇小說《胡雪巖全傳——平步青雲》（三冊）、《胡雪巖全傳—
—紅頂商人》、《胡雪巖全傳——燈火樓臺》、《胡雪巖全傳——
蕭瑟洋場》由北京中國友誼出版公司出版。

4 月　30 日，〈我也談談簡體字之禍〉發表於《聯合報》27 版。

長篇小說《胡雪巖全傳——煙消雲散》由北京中國友誼出版公
司出版。

5 月　「高陽作品集」共 73 部 92 冊（《荊軻》、《緹縈》、《王昭君》、
《風塵三俠》、《李娃》、《鳳尾香羅》、《大將曹彬》、《金縷鞋》、
《楊門忠烈傳》、《花魁》、《安樂堂》、《正德外記》、《鐵面御
史》、《草莽英雄》（二冊）、《劉三秀》、《再生香》、《醉蓬萊》、
《清官冊》、《秣陵春》、《茂陵秋》、《五陵遊》、《延陵劍》、《三
春爭及初春景》（三冊）、《大野龍蛇》（三冊）、《曹雪芹別傳》
（二冊）、《乾隆韻事》、《水龍吟》（二冊）、《印心石》、《丁香
花》、《胡雪巖》（三冊）、《紅頂商人》、《燈火樓臺》（三冊）、
《慈禧前傳》、《玉座珠簾》（二冊）、《清宮外史》（二冊）、《母
子君臣》、《胭脂井》（二冊）、《瀛臺落日》（二冊）、《李鴻章》、
《恩怨江湖》、《狀元娘子》、《小白菜》、《徐老虎與白寡婦》、
《石破天驚》、《小鳳仙》、《金色曇花》、《八大胡同》、《玉壘浮
雲》、《粉墨春秋》（三冊）、《林沖夜奔》、《野豬林》、《桐花
鳳》、《避情港》、《紅塵》、《淡江紅》、《魚的喜劇》、《紫玉釵》、
《鴛鴦譜》、《假官真做》、《清朝的皇帝》（三冊）、《翁同龢
傳》、《梅丘生死摩耶夢》、《明末四公子》、《清末四公子》、《宮
闈蒐祕》、《柏臺故事》、《同光大老》、《紅樓一家言》、《高陽說
曹雪芹》、《高陽雜文》、《古今食事》、《高陽說詩》、《蘇州格

格》）由臺北聯經出版公司、皇冠出版社、風雲時代出版公司以
高陽名義共同出版；收入扣除成本後，原計畫供高陽生病療養
之用，後轉為女兒許議今之教育費。

6 月　　6 日，因心肺衰竭於榮民總醫院辭世，享壽七十。

7 日，〈我寫歷史小說的心路歷程〉、〈酒徒〉、〈校江上之役詩紀
稿竟繫以一詞調寄滿江紅〉刊載於《聯合報》25 版。

8～11 日，〈戊戌政變新考──在香港的一場演講筆記〉刊載於
《聯合報》25 版。

12 日，〈《中國歷代名人勝跡大辭典》序〉刊載於《聯合報》31
版。

長篇小說《蘇州格格》由臺北聯合報社出版。

7 月　　19 日，〈病中書〉刊載於《聯合報》25 版。

20 日，〈高陽許氏橫橋老屋舊址碑記〉刊載於《聯合報》25
版；〈買陂塘〉刊載於《中央日報》16 版。

9 月　　4 日，女兒許議今將其照片、手稿與藏書全數捐贈中央圖書館
（今國家圖書館），館方於同月出版《許晏駢（高陽）先生及其
著作簡目》。

本年　　高陽總監修之《中國歷代名人勝跡大辭典》，由臺北旺文社公司
出版。

1994 年　3 月　　《大故事》由臺北遠景出版公司出版；《明朝的皇帝》（二冊）
由臺北臺灣學生書局出版。

6 月　　4～6 日，逝世週年，由行政院文化建設委員會（今文化部）於
臺灣大學思亮館主辦「高陽小說作品研討會」，由蔡詩萍、康來
新、張大春、龔鵬程、林燿德、楊照、許以祺分別作專題報
告，由張佛千、劉紹唐、尉天驄座談高陽其人其作。

1994 年　2 月　　長篇小說《風塵名妓──李娃》由北京中國友誼出版公司出
版。

	12 月	華中師範大學與中國經營報報業聯合體於武漢成立「高陽研究中心」。
1995 年	5 月	高陽研究中心舉辦「高陽創作研討會」。
1999 年	10 月	長篇小說《胡雪巖》（三冊）、紅頂商人、《燈火樓台》（二冊）由臺北聯經出版公司出版。
2000 年	1 月	長篇小說《秣陵春》、《茂陵秋》、《五陵遊》、《延陵劍》由臺北聯經出版公司出版；《大故事》由瀋陽遼寧教育出版社出版。。
2001 年	2 月	長篇小說《石破天驚》（二冊）、小鳳仙（二冊）、《八大胡同》由臺北風雲時代出版公司出版。
	3 月	長篇小說《玉壘浮雲》、《粉墨春秋》（三冊）由臺北風雲時代出版公司出版。
	4 月	《清朝的皇帝》（五冊）由臺北風雲時代出版公司出版。
	5 月	傳記《清帝之師：翁同龢傳》（二冊），長篇小說《草莽英雄》（三冊）由臺北風雲時代出版公司出版。
	6 月	長篇小說《恩怨江湖》、《李鴻章》、《狀元娘子》由臺北風雲時代出版公司出版。
	7 月	短篇小說、散文合集《假官真做》，長篇小說《徐老虎與白寡婦》由臺北風雲時代出版公司出版。
	8 月	長篇小說《劉三秀》、《清官冊》臺北風雲時代出版公司出版。
	9 月	長篇小說《曹雪芹別傳》（二冊）、《三春爭及初春景》（二冊）由臺北聯經出版公司出版；長篇小說《正德外記》、《花魁》、《再生香》由臺北風雲時代出版公司出版。
	10 月	長篇小說《大野龍蛇》（二冊）由臺北聯經出版公司出版；長篇小說《桐花鳳》、《醉蓬萊》由臺北風雲時代出版公司出版。
	11 月	長篇小說《印心石》、《金縷鞋》、《水龍吟》、《蘇州格格》由臺北聯經出版公司出版；長篇小說《漢宮真相：緹縈》由臺北風雲時代出版公司出版。

	12 月	長篇小說《漢宮春曉：王昭君》由臺北風雲時代出版公司出版。
2002 年	1 月	長篇小說《大將曹彬》由臺北風雲時代出版公司出版。
	2 月	長篇小說《避情港》由臺北風雲時代出版公司出版。
	3 月	長篇小說《紅塵》由臺北風雲時代出版公司出版。
	4 月	《高陽文章》由臺北風雲時代出版公司出版。
	9 月	長篇小說《鳳尾香羅》、《安樂堂》由臺北聯經出版公司出版。
2003 年	3 月	《高陽作品集・第一輯》（二冊）由上海三聯書店出版。
	5 月	《高陽作品集・第二輯》（二冊）由上海三聯書店出版。
2004 年	7 月	《高陽作品集・第三輯》（三冊）由上海三聯書店出版。
	11 月	傳記《梅丘生死摩耶夢》由臺北聯經出版公司出版；《高陽作品集・第四輯》（二冊）由上海三聯書店出版。。
2005 年	2 月	《紅樓一家言》由臺北聯經出版公司出版。
	4 月	《高陽說曹雪芹》由臺北聯經出版公司出版。
	11 月	《高陽說詩》由臺北聯經出版公司出版。

「高陽作品集」共 15 部 19 冊（《大清皇帝正說》（二冊）、《大浪淘沙李鴻章》、《大清鹽商徐老虎》、《大清福晉劉三秀》、《再生香・醉蓬萊》、《大清名妓李藹如》、《清末名妓小鳳仙》、《八大胡同豔聞祕事》、《明武宗正德豔聞祕事》、《漢宮名媛王昭君》（二冊）、《北宋名將曹彬》、《大明名妓王翠翹》（二冊）、《石破天驚孫中山》、《粉墨春秋汪精衛》（二冊）、《兩朝帝師翁同和》）由北京團結出版社出版。

2006 年	1 月	《明朝的皇帝》由桂林廣西師範大學出版社出版。
2007 年	10 月	短篇小說集《紫玉釵》、《魚的喜劇》，中、短篇小說集《鴛鴦譜》，中篇小說集《野豬林》，中、長篇小說集《林沖夜奔》，長篇小說《鐵面御史》、《小白菜》（二冊）、《楊門忠烈傳》、《金色曇花》、《淡江紅》、《古今食事》、《宮闈搜祕》、《同光大老》由北京華夏出版社出版。

2008 年　　2 月　　長篇小說《李娃》、《丁香花》、《風塵三俠》由北京華夏出版社出版。

　　　　　　3 月　　長篇小說《慈禧前傳》、《玉座珠簾》（二冊）、《清宮外史》（二冊）、《母子君臣》、《胭脂井》（二冊）、《瀛臺落日》（二冊）、《荊軻》、《乾隆韻事》，《柏臺故事》、《明末四公子》、《清末四公子》由北京華夏出版社出版。

　　　　　　5 月　　長篇小說《李鴻章》，傳記《翁同龢傳》，《大故事・高陽雜文》由合肥黃山書社出版。

　　　　　　9 月　　小說、散文合集《清官冊・假官真做》，長篇小說《再生香・醉蓬萊》、《大清福晉劉三秀》由合肥黃山書社出版。

2010 年　　9 月　　《清朝的皇帝》（五冊）由臺北風雲時代出版公司出版。

2013 年　　6 月　　長篇小說《慈禧前傳》、《玉座珠簾》（二冊）、《清宮外史》（二冊）、《母子君臣》、《胭脂井》（二冊）、《瀛臺落日》（二冊）由臺北皇冠文化公司出版。

2014 年　　3 月　　長篇小說《汪政權的粉墨春秋》（三冊）由臺北風雲時代出版公司出版。

參考資料：

・鄭穎，〈高陽的家世和生平──高陽的人生歷程〉、〈高陽作品出版暨創作繫年〉，《野翰林──高陽研究》，臺北：INK 印刻出版公司，2006 年 10 月，頁 21～42、274～295。

・江澄格，〈韻事為公能數，恨恨向誰誇〉、〈著作繫年〉，《高陽評傳》，臺北：商周出版社，2006 年 12 月，頁 49～77、272～289。

輯三◎
研究綜述

高陽傳奇

◎鄭穎

　　民國 82 年 6 月，由文建會主辦的「高陽小說作品研討會」，在高陽辭世週年的冥誕之日舉辦。與會學者從高陽身世、作品深論等各面向著眼。長達 30 年，擁有眾多閱讀書迷與暢銷書金榜的高陽傳奇，從副刊開始，以一場學術研討會標註上完美休止符。

　　高陽的「歷史小說」傳奇，自 1970 年代始，橫空出世縱橫 30 年。而今，其人已遠，傳奇終成傳奇，只能是高陽，也只有高陽能。

一、橫河橋許家

　　這個傳奇得從橫河橋許家說起。許氏家族於清乾隆年開始，科第鼎盛，以至晚清，家族內多 140 人次出任各級官員，宦跡遍及中國 17 個省分。許晏駢由於世家出身，自幼受家族薰染，文史素養豐盈，母親尤其擅長說講歷史掌故與家族軼聞，他像是一個天生的歷史小說家，家族積累的養分蘊積於高陽一身。出自他筆下的歷史小說，總能將各類中國知識充盈其中，以大量的細節譜寫，造成小說的「似真」情境的書寫技巧。在一次討論會中，他被問到：他的作品中極重視故事所處背景及社會環境的問題；許氏回答：「所謂社會，不外乎人的活動，包括食衣住行及人在社會人群中活動的關係等等，有了對當時的文物制度及生活各方面的了解，才能了解人物在社會裡的關係和作用。坦白說，歷史以民生為中心，經濟條件是足以決定社會的。」可知其人的治學方式，是延續家族傳統而來。我們每每在高陽作品裡，見他不厭其煩地詳加敘述唐代的喪禮、清皇帝大婚的

禮節；甚至是報紙上幾乎占去半版用以考據「300 年前的一次大地震」的文章，與其說他身上有隨時作用的考據癖，毋寧說是高陽身上有著先祖一貫的經世治學傳統的承襲，就中國傳統官僚系統而言，他們是最好的幕僚或上層文官；時至現代，研究工作可能仍是他們最能發揮所長的領域。然而，高陽將這套治學的工夫，用在歷史小說的書寫及考證工作上，可以說是另一種發揮所長最好的途徑了。

　　當然，我們並不以此來將高陽歸入滿清遺老一類，然而，必須關注的是，如杭州許家這般長期以來，世受皇恩的家族，整個家族最風光顯赫的時光都在清代，後代子孫油然而生一種追緬繁華過往的心態恐怕是有的。出自他筆下，以清朝為取材背景的小說，更是家史、國史的相融相合。楊照的〈歷史小說與歷史民族誌——高陽作品中的傳承與創新〉分析高陽作品，提出觀看高陽作品的角度：「寫清朝比其他時期都好」，成為評定高陽作品成就的原則之一；以許氏家族為中心點，擴散環繞在外的家族故舊，在高陽小說中多有著墨，反而是家族本身的宦途事蹟為作者輕輕略過，在這個疏者多寫、親者避寫的現象中，顯見小說家的史筆，對於家族有多維護，更可見家族對高陽其人的意義。

　　高陽在〈記唐魯孫先生二三事〉中，稱民國以來談掌故的巨擘，當推徐氏凌霄；但專記燕京的遺聞軼事、風土人情者，則必以震鈞的《天咫偶聞》。而唐魯孫先生，跟震鈞一樣，出身於滿州的八大貴族，唐魯孫先生的祖姑即為光緒皇帝的珍妃、瑾妃。「魯孫早年，常隨親長入宮『會親』，所以他記勝國遺聞，非道聽塗說者可比……由於我在八旗制度上下過工夫，亦嗜口腹之慾，魯孫生前許我為可語言者之一。」他所舉對清史掌故遺聞有成的大家，皆出身於世家或是滿州清貴，許氏雖自謙，由於自己對八旗掌故有研究，故而能與之言，言下之意當亦自豪於自己的家學淵源。這段極富情感的話語，正適合用以表述高陽對橫河橋許氏家族的情感。當高陽以歷史小說作為創作的形式，作為其家族在清朝曾經顯赫風光的後代子孫，他的筆下國史與家史交互纏繞糾葛，這個時間橋段便成為一個遙遠、

緬懷、企望，深刻於心且不可磨滅的印記。

　　可不是嗎？高陽晚年自封「野翰林」，深表自己學、官兩不成的遺憾，前妻郝天俠也說：「若高陽能早生個 100 年，境遇也許完全不同。」然而，這變化之巨之烈的 100 年，他雖未能跟上家族宦途最盛豔繁華的最好時光；但他的確得到最多世俗的榮寵。首先，他的連載小說是締造報紙銷售量的鍍金招牌；其二，作為當代稿酬最豐的作家之一，他雖一輩子喊窮，但書本的發行與出版，確有其通路；其三，高陽獨具的考據癖使得他以歷史的偵探自居，他「以考據入歷史小說」的創作觀，成就他歷史小說的宗師地位。

　　雖然，高陽並不滿足於他歷史小說家的地位，他的企圖心不在做一個成功的「說書人」，他要的是學界的認同，和個人史觀的建立。這個企圖若溯源往上尋根，不正是傳統知識分子，或說是舊文人官僚系統學優而官、為天下立言的企圖嗎！簡單的說，不正是杭州許家一門科第榮耀下所示範的成功典型嗎？高陽在回憶老家橫橋吟館的匾額時，提到：「金底飾龍文、鈐御璽的匾額還有好幾方，每一方都有一個『令人羨慕』的故事。」筆者所以將「令人羨慕」括弧而出，便是要提醒，對於高陽而言，歷史小說大師的稱謂也許仍不能滿足他內心對成功人生的真正期望，就他的生命歷程來看，學位未成、官位未就，只怕才是他最大的遺憾。所以他晚年時自刻閒章「野翰林」，正是自書寄託。

　　我們每在高陽的歷史小說中看到他對人情世故的熟練，像胡雪巖系列、像慈禧系列，但若仔細評批，與其說他的歷史小說中表現出了人情練達的一面，不如說是他對官場宦途的熟稔，這可是許氏家族長期陪伴君側、累積數代對官場生態的深刻體悟，這也難怪，許多高層官員將「胡雪巖」、「慈禧全傳」視為升官發財的教本。如是說來，高陽才學兼得的配備，並非為了寫作歷史小說而準備，他的理想應是同祖上一樣可以做大官、做大事的。然而，人生際遇總有不稱人意之時，這也難怪，高陽已在歷史小說的版圖上可謂名利雙收，卻仍對學界是否肯定，耿耿於懷。友人

胡正群提到：「高陽對書、畫、雅玩的鑑定，功夫有獨到之處，當年蔡家國泰美術館庋藏頗豐，有不少珍品都是由高陽參與鑑定的。」在這些部分，許氏與龔自珍真有許多相似之處。我們或許也可以用這個角度來看待高陽，相對於歷史小說領域內的成就，許氏顯然仍另有所期，然而，終其一生，這個期望顯然未能實現，因此，他的狂態，或是某種抑鬱落寞，正是因為懷「才」不遇吧。不被學院認可而忿忿不平，他自封「野翰林」，大有生不逢時，我自封我官的意味。他其實占盡了時代的風華。

二、從橫河橋許家到「文化中國」

從橫河橋許氏家族到歷史小說家高陽，前言提到「寫清朝比其他時期都好」（楊照語）一條，早已是研究高陽作品者一致的共論。首先，高陽對清代可以說是情有獨鍾，他的作品中，故事背景發生在清代的就有 32 部之多；其二，他被公認最好的作品，如「慈禧」系列、「胡雪巖」系列、「紅樓夢與曹雪芹」系列，都是取材清代；其三，他最得意的考據上的成就，也就是與曹雪芹相關的《紅樓夢》成書過程，及雪芹回京後的相關考據，也是圍繞在清三代時期。因此，清代作為高陽最感興趣的一段時間段落，確實無庸置疑。長期富貴榮顯的世家背景，對高陽而言是層層疊疊、密密羅織，無從割去的身世記憶；當他選擇以歷史小說書寫作為演出的舞臺，歷史知識對他而言，不僅是積壓底層的身世，更成為安身立業的材料。種種條件的因緣際會下，高陽成為書寫歷史小說的不二人選，如同閱盡繁華的曹雪芹，才得以寫得出《紅樓夢》一樣。

高陽在〈「橫橋吟館」圖憶〉中，感情豐富且如電影鏡頭般歷歷記錄了杭州「橫橋老屋」的古老傳說、生活方式、祭祀場面或歷代祖先在清代朝廷輝煌顯赫的功名背景：輝煌顯赫的家世，掛滿匾額的祖屋，祭祀時各房祭席上穿著明清官服的祖先們。那個「靜止的世界」對於高陽，可能不止於一個象徵秩序的「文化中國」，而是充滿實體感，充滿繁文縟節或老輩族人恭敬祭祖，或由母親口傳家族盛景，那家族系譜由一代一代「穿官服」

的清代朝廷重臣的照片所建構的大宅院（他口中感傷並謙抑地自稱的「式微世家」）。就是這些實體，這些活生生的往昔生活細節，以及藉由自祖屋源頭上溯的明清歷史的龐大知識系譜，形成高陽近六十部長短篇歷史小說著作的文化底蘊；那其實也構成了高陽不論選擇那一斷代或那一歷史公案作為小說主體時，都可以將不同層次的小說元素揉合編織。

此一大宅院（「橫橋吟館」圖憶）的空間權力配置關係而細膩交接的人際關係，「大觀園」式的繁眾人物的素描特寫或心理分析，背後隱著大清權力核心的臍帶，「聖眷在，則傳奇主人翁的境遇如繁華盛景；聖眷一去，則家毀人亡」，這樣的中心意識形成了高陽三個重要歷史小說系列「慈禧」、「曹雪芹」、「胡雪巖」的悲劇或傳奇結構——「大觀園」的「小宇宙」所羅列紛呈的「清明上河圖」：庶民工匠技藝、經濟狀況、男女歡場應酬、以及飲食烹調的細節、漕幫江湖人物的道義傳奇，這種種民間社會的場面調度與寫實主義細節，全部回饋繫鎖著清代朝廷的「大宇宙」。它們是：高陽自幼著迷的清代官制（陞官圖），滿清十大奇案（尤其是以《大義覺迷錄》為謎面的雍正奪嫡案，以及乾隆身世的乾隆生母考），高陽正是藉著像皇帝親批封疆大臣的密摺所推敲出來的天子權術與清代各朝各榜各臣的權勢浮沉。

然而，「國將大變」，高陽筆下人物的宿命其實緊繫於歷史不可違逆的變動。主角——權力中心（靠山）——歷史變局之間，成為一個連動的關係。他寫胡雪巖的失敗，個人事業的「煙消雲散」，像是《紅樓夢》裡的抄家場景。死生關係其實就是歷史興衰的流轉。「經濟」、「男女」、「生死」，三種關係，交織羅列出他的歷史小說，如以《胡雪巖》三部曲為主的敘事策略，發現高陽正是以真實故事為經，以想像和虛構為緯，民間傳說和野史材料加以編寫並給予想像擴張，成為深入中國傳統社會，了解宮廷、政治傾軋，以及人際交往的最佳讀本。在他駁雜的歷史掌故中，穿梭編織的，正是一個一個中國人情義理的世界，以及「人情世故」的細膩與城府。他筆下的胡雪巖在平行的交際中透過結交人才、濟人於危急等方式收

人、用人；再將個人的事業體與官方權力交涉，成為種種經濟關係的掛鉤
與結盟，成就他紅頂商人傳奇，小說直是 19 世紀中國經濟生態的實況搬
演。而男女關係的使用亦同，高陽以其有限男女情事書寫，作為他推動男
性人物擴展其他人際關係的主軸。在小說中，男女情愫經常被轉換成經濟
因素的計算，作家筆下的胡雪巖，動輒將所愛的女子慨贈他人，視此為
「賞心樂事」。不光男人在戀情豔遇間權衡利害得失，將男歡女愛之私領域
擴大至事業版圖的人際布局中；女子也在涕、瞋、笑間步步為營，爭取自
身權益。

　　這不只是從許氏家族而來的宇宙觀，更是以「文化中國」為核心的宇
宙觀！他藉由稗官野史、筆記、考證，藉由宮闈內幕、江湖異聞等種種知
識百科，營造出一個平行於正史之外，豐饒而生動的活生生、彷彿現場的
古代中國；它們來自筆記與傳情、家族血統的繼承。高陽宇宙的核心，其
實是有形的清代政經社會，以及無形的中國傳統倫理與人情世故。於是，
在他的「紅樓夢斷」系列小說中，他將他所迷心的「當時的歷史條件──
人情世故之必然」淋漓盡致地發揮出來，重現出一個龐大的清宗室政權治
術的網路。

　　而作為高陽勘破《紅樓夢》機關的子平之術，看似作家掉入了玄理的
迷障中，而其實，子平之術正是高陽藉以理解清代君臣關係的一個重要門
徑。其「考據癖」與「小說家言」的邊界時時混淆不清；仔細分別，高陽
其實是藉著環繞於《紅樓夢》文本的這個小宇宙，經由考據、推理、解
謎，一步步埋首於清史、奏摺、硃批、稗官野史、官場筆記、甚至子平之
術，逐漸描繪出一個屬於他個人想像的，既實體又虛構的清朝圖象，這個
高陽的大宇宙。而由此一大宇宙的形成，許許多多以清代作為取材背景的
其他文本世界於焉出現，也就是高陽的歷史小說群。這些小說的出現，正
是憑藉著他的考據功力，及其小說家的天分。

三、高陽傳奇

行文至此,「橫空出世」、縱橫 30 年的歷史小說傳奇,竟可能從此失傳麼?答案恐怕是的。

作為感性層面的「文化中國」想像,高陽藉由稗官野史、藉由筆記與考證、藉由「跑野馬」的官闈內幕或江湖藝文等等種種庶民知識或技藝百科,暈造出一平行於正史之外的,豐饒而生動的「活生生彷彿現場的古代中國」。這個所謂的「大傳統—倫理觀念」、「小傳統—儀式」,正好暗暗呼應黃仁宇所說「文學家敘述到不同的關係時,即已勾畫出來其後的社會背景」的說法。高陽的歷史小說裡,那「野翰林」龐雜淵博的歷史典故、稗官野史,無疑是讓許多角色展現出超凡的細膩心計和曲折城府;而那些宮闈祕聞與市民經濟、工匠技藝、庶民生活包羅種種吃、喝、玩、嫖、賭的瑣碎知識百科,後面正羅織拼貼著一個「穩定和諧的世界」。一個透過人情世故、人際關係再交接遞轉中拿捏揣度的「合宜」,以重建一個繁複中隱然有序、利用每一個不同身分卻皆具備處世分際拿捏之素養的角色。一如權力頂層的慈禧太后,在權力鬥爭風氣中的樞機大臣或封疆大吏,操弄權術的太監;再者或是紅頂商人胡雪巖或環繞著他的商場夥伴、地方官僚、漕幫中人、風月場所屈意承歡的女人,或像七姑奶奶這樣「胳膊上可跑馬」的女中豪傑,幾乎人人都有極謹慎世故、試探對方心機的語言藝術或內心獨白。因此,我們可以說高陽透過一個以晚清為主要場景的,用考據、典故、筆記等種種知識細節為時光隧道,建立了一個「小說中國」。而這一切的核心源頭,仍與高陽的家學及時代密不可分。1949 年隨空軍來臺是高陽生命歷程中的第一個轉機——因為產生距離,對於故園舊朝的懷想,反激化為創作的動力;1964 年第一本歷史小說創作,是他生命中第二個轉機:高陽二字,成為歷史小說的代言人。直至 1992 年,因病歇筆,許氏以幾近三十年的歷史小說創作,打造了一個高陽的歷史小說王國。然而,他的生命因長期勞累,走到終點。高陽歷史小說王國亦宣告終結。

　　2004 年 4 月起，行政院文化建設委員會、國立臺灣文學館委託財團法人臺灣文學發展基金會進行「臺灣現當代作家評論資料目錄」編纂計畫，高陽名列其中。藉資料編纂過程，進而審視關於高陽生平、作品評論與學位論文等書寫狀況。不難發現，學院內的高陽研究步履已從臺灣移足至大陸；從 1998 年起，至 2003 年止，19 份學位論文中，有 9 份寫自中國大陸，除單一長篇研究外，多著眼其歷史小說的文化與歷史定位。而單篇論文或評論，則像是時光凝止一般，隨高陽辭世，嘎然而止。

　　高陽其人其文密不可分，目錄篇幅有限，為求相關資料的完整度，本書收文特由以下三方面體現：

　　1.高陽自言與自序。因高陽作品版權分屬幾家出版社，除身後由三大出版社（聯經、皇冠、風雲時代）聯合出版的「高陽作品集」外，許多序言提及創作理念等，散見各書。藉此編纂機會，收錄凡高陽自述家史、創作相關理念等完整文章。

・高陽，〈歷史・小說・歷史小說──寫在《李娃》及其他前面〉
・高陽，〈寫在《慈禧前傳》之前──清文宗與恭親王〉
・高陽，〈《陳光甫外傳》前言〉
・高陽，〈我寫「紅樓夢斷」〉
・高陽，〈橫看成嶺側成峰──寫在《曹雪芹別傳》之前〉
・高陽，〈《翁同龢傳》自序〉
・高陽，〈前瞻人生・回觀歷史〉
・高陽，〈「詩史」的明暗兩面〉
・高陽，〈《高陽雜文》後記〉
・高陽，〈《清朝的皇帝》後記〉
・高陽，〈我寫歷史小說的心路歷程〉
・高陽，〈病中書〉

2.懷念文章。1949 年隨空軍來臺的高陽，生命大部分時間是在臺灣度過。從軍旅時期（1946 年～1959 年 11 月）、《中華日報》時期（1960 年 12 月～1986 年 1 月）到《聯合報》時期（1986 年 2 月～1992 年 6 月），一生相交，有摯友親舊、文壇知己，本書蒐羅不同面向的憶懷諸文，企圖拼貼高陽至情面貌。

・桂文亞，〈歷史與小說──高陽先生訪問記〉
・龔鵬程，〈從歷史中擎出一盞燈──高陽與青年朋友談歷史小說〉
・龔鵬程，〈遙指紅樓──夜訪高陽於《曹雪芹別傳》發表前〉
・蘇偉貞，〈走進高陽書房〉
・許議今，〈女兒的呼喚──寫給父親〉
・姚宜瑛，〈熊掌和灑金箋──記唐魯孫先生和高陽〉
・李瑞騰，〈高陽的歷史風雲〉
・龔鵬程，〈念高陽〉
・尉天驄，〈蒼茫獨立唱輓歌──說高陽〉

3.高陽歷史小說研究專論。面對一位擁有豐富學識與龐大創作量的作家，研究高陽生平與創作，似乎很難全景籠罩、全面深掘；於是，從不同時期、不同朝代、不同面向，成為考掘評論高陽作品最好的方式。民國 82 年 6 月，由文建會主辦的「高陽小說作品研討會」，並由聯合文學出版社出版的《高陽小說研究》收錄七家評論於一秩，實屬難得，可作為高陽專論研究的入手書。本書選錄散見他著的精闢專論，可見高陽歷史小說創作以外，更全面的文學史定位。

・瘂弦，〈歷史文學──關於《聯合文學》「高陽歷史小說」專頁〉
・李瑞騰，〈全景觀照歷史〉
・龔鵬程，〈論高陽說詩〉

- 管仁健,〈虎兔相逢大夢歸──高陽的紅學世界初探〉
- 吳秀明、陳擇綱,〈高陽歷史小說論〉
- 江少川,〈高陽和他的歷史小說〉
- 蔡芝蘭,〈論高陽《花魁》之書寫藝術〉

四、「高陽式」歷史小說的未來景觀

　　長時間以來,高陽寫作歷史小說的不立大綱,不打草稿,案頭不備參考資料的習慣,幾乎已被視為神話,尤其是他同一時間手上有五個連載小說的紀錄。高陽說:「我是從來不訂綱要的。……不過,寫作之前,先將整個故事做一個構想:哪一部分需要強調?哪一部分可以省略?如何把握人物的性格,大致上有一個腹案,就可以動筆了。」他說得如此輕鬆,可他歷史小說的時代背景上至春秋戰國時期,下至清代民國,各朝的章典制度、習俗文物,乃至於地理交通,尤其不時出現的野史、掌故,在書中縱橫鋪排開來,這讓我們不禁好奇他的知識系譜。高陽的歷史小說創作,當然一如張大春所言,大有「於故紙堆中」紓解其牢騷的用心,然而,他那「歷史偵探」式的考據癖,在一些雜文及考據文章中,更是凸顯其深究歷史的企圖,雖然其中也有失之偏頗的結論,但他的考據癖對於許多歷史懸案的解決,的確提供了某些新的路徑。

　　高陽的歷史小說借報紙副刊暢行,因應副刊連載而對於篇幅及情節巧妙安排的結構方式,通常會與全書整體有所衝突;但是,高陽對於這些細節的掌握,確是頗見天才的。他即使不立大綱、不打草稿,在連載形式上卻總能吊住讀者胃口。嚴格說來,副刊意味著主流、以及某一個特定文化範圍之內的傳統,這個文化傳統,簡單的說,即是中國傳統的人情世故及其內在的倫理情感,這顯然正是高陽極力捍衛的,他的整個體系都是中國的。晚清的政治主權易位,改變巨大的,在於固有「道統」及傳統官僚系統的徹底消失。對高陽而言,這是他生命最大的遺憾,未能再造許氏家族

的繁華宦境，使得他晚年即使享有歷史小說創作的盛名，仍要自封野翰林以自況。清代的消失，象徵一個古老的中國文化隨之變形，這個改變，對高陽而言，是缺憾，卻也是他的歷史小說所以備受肯定的契機。由於，歷史小說中挾著清楚而大量的中國素質，尤其他的歷史小說擅長仿擬歷史的場景，總將讀者帶回一個悠遠的歷史場景，成為高陽歷史小說廣受歡迎的原因。

高陽繼承了晚清譴責小說、公案小說對人性與民族國家賦予浪漫關懷的表現，加以鴛鴦蝴蝶派的影響，在高陽筆下出現一種新風貌的歷史小說，它既中國又有西方小說寫實的技法，加上洗練典雅的白話文，而他在現代的媒體傳播方式下，成功地經由副刊連載形式，成為知名作家，因此，他的成功與副刊的發展是同步的。高陽自認寫作風格受到《史記》、《漢書》、《三國志》、《新五代史》、《明史》的影響頗大，做為一位出色的歷史小說家，他自傳統史傳汲取了豐富的養分。許氏藏書目錄中大量傳統史書、野史、筆記及詩文集子的存目，是高陽自古籍中汲取傳統文學的最好佐證；再者，他的歷史小說創作更是充分地繼承了史家實錄的精神，並且無一不展現他個人的史觀；這是高陽小說在 1949 年，大批隨政府後撤的中國文的讀者，以及大多數的華人市場，能得到普遍認同的原因。

其次，由國家圖書館提供所提供「高陽捐贈藏書書目」，使得長期以來，神祕不可知的許氏知識系譜，得到清楚的依據來源，由此並可探得他關注的焦點。藏書目錄顯示：筆記、年譜、野史、傳記為數頗多。高陽曾說：「寫歷史小說的一個先決條件是：必須對中國歷史有一個通盤性的了解，尤其對各朝代政治、經濟、文化等制度上的變遷，所影響於社會者，更不能不下點工夫。」這正是高陽歷史小說所以特出於他人的一個關鍵，參照他的藏書，正與此創作觀不謀而合。他的工具書甚多，如歷史編年、歷史地圖、帝王世系表、歷代職官表等，這些工具書可以說是保證歷史小說編年敘述正確的屏障。清楚可見清代仍是高陽最感興趣的朝代。書目中與清代有關的書籍占了大部分，以史料為例，幾乎從清史、清代野史、清

代官制、宮廷實錄、幕府制度,到清遜帝的生活等無所不包。其次,則是唐代、清代史等。尤其是作為明清以來,政治的中心,「北平」(故都、燕京),高陽有特別的掌握,在藏書中與之相關的書籍,即有故都變遷、歷史風工、生活費之分析、鄉土叢考、史蹟等面向的圖書,加上他時常翻查的《北平風俗類徵》。難怪許氏雖遲至 1989 年才第一次到北京紫禁城,但是,對於故都的一切,卻瞭然於胸,寫出許多以北京作為主要活動場景的歷史小說。一般論者所討論高陽小說中跑野馬的現象,在他的藏書書目裡也可以看到資料的來源與所據,這些所謂「挾泥沙」、「生枝蔓」、「跑野馬」的現象正展現了其嫻熟史料的功力,它們都並非憑空捏造,全來自許氏的廣泛閱讀,我們在此書目中得到了清楚的佐證。

另外,藏書中與京劇或梨園相關的書籍,除作為參考書目外,不確定是否為高陽個人興趣所在。又如,前妻郝天俠及高陽友人胡正群都提過,高陽曾有意寫作以張學良為主角的《張氏父子》一書。當然,我們始終未能見到這部《張氏父子》。然而,高陽藏書中的《北洋軍閥統治時期史話》、《北洋軍閥史話》、《九一八事變史跡》,及與日本侵華有關的書,這些史料的時間落點距離高陽的《八大胡同》、《粉墨春秋》的背景——民國初年——為晚,因此,極有可能,高陽曾為寫《張氏父子》作準備。然而以他後期的生活型態,總是為了經濟狀況爬格子以應所需的情形看來,並不允許他有時間來寫出這本未可立即出版的書,這當然是一大遺憾。

關於高陽更廣泛更多面向的研究,顯然仍有努力的空間。

「有水井處有金庸,有村鎮處有高陽」,1992 年 6 月 6 日高陽辭世,他的歷史小說創作就此停住。時至今日,曾經風華的暢銷盛況也成為過去。為編纂研究資料,全面擇選高陽研究評論文章時,也發現同一現象:高陽的閱讀者與研究者並未與時俱進,相反地,顯然愈見渺渺了。高陽作品與新文藝之間有一個填不起來的細縫,隨著一個時代的結束而停住了。除了閱讀貧弱的大趨勢外,恐怕還跟「歷史小說的通俗化,或武俠小說化」有關。

　　高陽書寫的企圖在於推演與建立一個更大的歷史史觀，不僅僅止於述說一個完整故事；他即使繼承了史傳或傳說故事中的豪俠類型故事，卻在一個分岔口上，和以敘述江湖俠士為主體的「武俠小說」徹底分道揚鑣，原因就在他所迷戀者，在於歷史史觀的建立、歷史場景的重建，亦是更細緻的人情世故的琢磨。也因此，即使極度仿寫傳統史傳，他的歷史小說仍閃耀出異樣的光澤。當我們一頁頁閱讀著高陽手書的浩瀚卷帙時，不難感受高陽「重塑」歷史的企圖。在重塑的過程中，他無時無刻對筆下的時代、人物做品評檢查的工作。於是我們讀到他字裡行間的褒貶臧否。這些刻意或者不經意流露的褒貶臧否正是高陽不同以往、不合於流的史觀通俗的平話、演義需要文人來提升品質，而文人在寫這些通俗作品時，若底層心態上仍以知識分子自居，頗以為從事通俗文學創作是不入流的，便會在創作理念上與實踐上產生扦格，甚至無法創作出符合市場需求的作品。文人強調作品的教化意義，在某些程度上其實用來安慰自己，或者說，是對孔夫子交代用的。

　　而事實上，既要通俗，又要堅持文人氣，二者之間實難兼得。以現代的類型書寫來看，金庸的武俠小說和高陽的歷史小說都在處理歷史的元素，金庸顯然因為靠「讀者」的一方前進的多一些，書的銷售量直到今天仍十分驚人；反觀高陽，要重擬一個「似真」的歷史小說，其所需的煩瑣考據與歷史細節的交代，作品中通俗成分相對降低。可惜的是，除了被當成「經商寶典」的胡雪巖系列外，高陽的歷史小說，其閱讀人口正在急遽下降。再比對來看大陸今日以《雍正王朝》締造銷售佳績的二月河，和羅貫中歷史小說獎的得獎作品也是一樣。他們所畫出的趨勢是：雅與俗的拔河，愈向俗的一方滑去，這個現象，在可預見的未來仍會持續。

　　高陽晚年的兩件事，一是企望尋得接班人；一是積極籌洽自己的大全集，而這二者正好作為「高陽傳奇」的一個尾聲。

　　高陽帶來歷史小說書寫的新紀元，他把歷史小說的書寫與閱讀，通過報刊連載形式，有異於同時代的新文藝與通俗文學，自成一獨立的文學類

型；亦透過他浩冊帙卷的歷史小說著作，再生產了不只一個世代、同樣著迷於他的小說世界、史料的讀者群。然而，這樣的小說書寫恐怕再也後繼無人，晚近的歷史小說家，即使有著與高陽同樣擅長於說故事的能力，卻無人能具備他豐富的史學長才及文化素養。因此，高陽式的歷史小說書寫，終將走入歷史，成為絕響。

輯四◎
重要評論文章選刊

歷史‧小說‧歷史小說

寫在《李娃》及其他前面

◎高陽

歷史與小說的要求相同，都在求真。但歷史所著重的是事實，小說所著重的是情感。記不得什麼人說過這樣的話：「歷史，除了人名地名以外，都是假的；小說，除了人名地名以外，都是真的。」對歷史學者來說，這話未免過分，不過由這兩句話中所顯示的強烈的對比，確可以看出歷史與小說在本質上的差異與作為上的衝突──這是我所深切體驗過的。

投身於歷史的領域中，如果不談義理，只講考據，幾乎純然屬於一種科學的研究。考據只是發掘事實，闡明事實，重懷疑，更重證據。而小說需要編造「事實」，即所謂「故事的構想」，為小說作者最起碼的一項本領；這個故事在客觀的現實中是不是可能發生？不值得太注意；要注意的是，作者是不是能使讀者相信在過去、現在或未來中會有這樣的故事發生？

因此，歷史的考慮與小說的考慮，在我們的思維上構成絕然不同的兩種狀態：實際與空想、謹慎與放縱。只能求一，不可得兼。所謂「大膽的假設」，雖為想像的放縱，但此假設不是憑空的假設，仍得摸索到一點可能性，才有假設出現；同時在「大膽的假設」之後，緊接著的是「小心的求證」，復歸於實際與謹慎。而小說不需要求證，小說作者致全力於假設，一個個不同的假設出現在腦中，經過衝突、修正、發酵、融和而成為完整的故事。所謂「以意為之」，在小說作者是當然之事，而對歷史學者來說，就變了一句罵人的話。

對於歷史的研究，我只是一個未窺門徑的學徒，但我一直對歷史具有濃厚的興趣，並曾以虔敬的心情，出發去朝拜歷史的殿堂；雖不幸半途而

廢，而如村夫愚婦，朝山進香，在一步一拜的艱難行程中，至少已讓我深深體會到已窺堂奧的歷史學者的成就，是如何地得來不易？以及朝拜途中，迷失於雲山霧沼的人，卻自以為見到了縹緲仙山，歸來以後，大談其三千珠闕，十二瑤城，是如何地自欺欺人得可笑？

我的無法去追求歷史興趣的滿足，是由於我無法捨棄小說的寫作。在我著迷於曹雪芹身世考證的時期，對於小說的構想，變得異常低能。胡適之先生的「拿證據來」這句話，支配了我的下意識，以至於變得沒有事實的階石在面前，想像的足步便跨不開去。小說寫作是我的志業，既然與考據工作發生了衝突，那末我唯一所能做的事，便是從故紙堆中鑽了出來。

不過，放棄歷史的研究，並不等於失卻歷史的興趣。桓溫、唐太宗、劉仁軌、范仲淹、戚繼光、清世宗、胡林翼、喻培倫等等，常會出現在我的腦中。因此，我一直想嘗試著寫一寫歷史小說。這是一種想得兼魚與熊掌的奢望。

這個念頭起了已不止一年，我也曾找過許多題材，而終於廢然罷手；唯一的癥結，仍在歷史與小說的性質的基本衝突上面。歷史必須求真，是一條絕對的法則；而小說作者對人物的處理，具有完全的自由，也是一條絕對的法則。真人真事，通過小說的技巧，剪裁增刪，必非絕對的真；我敢斷言，即使是自傳體的小說，像《儒林外史》、《紅樓夢》，與吳敬梓、曹雪芹的真人真事，也是有出入的。

在歷史與小說之間，我無法找到兩全之道。且讓我舉個例作具體說明：

我曾見過一段記載，說明太祖第八子，封在長沙的潭王，是陳友諒的兒子。洪武 23 年，胡惟庸謀反，潭王牽連在內，夫婦倆焚宮自殺。這個簡單的傳說，通過小說的手法，可以發展為一個極其壯烈的悲劇，因為明太祖在潭王，一方面是深受養育之恩的父子；一方面卻是殺父辱母的仇人；由複雜的恩怨發展為政治的鬥爭，終於造成倫常劇變，而且反映了明朝——甚至於是中國政治史上的一件大事：明太祖因胡惟庸之反遷怒而侵奪相權。是一部所謂大小說的題材；但必為歷史學者所嚴屬指斥，因為沒有實在的證據

可用以支持我的假設。這就是我所以不敢試寫歷史小說的最大原因。

　　然而，我終於要來嘗試一下了。

　　以虛構的人物，納入歷史的背景中，可能是歷史研究與小說寫作之間的兩全之道。歐洲許多小說採用這樣的方法；黎東方博士也跟我說過這個主張。但是虛構歷史上的人物，也不是件容易的事。歷史小說應合乎歷史與小說的雙重要求，小說中的人物，要求其生動、凸出；歷史小說中的人物，還得要求他或她能反映時代的特色，武則天是武則天，慈禧是慈禧，她們的不同，不僅僅是服飾的不同。如果在五光十色的歷史背景之下，相去千百年的人物，表現了同樣的人生哲學、同樣的感情狀態、乃至於同樣的生活習慣，那是件不可思議的事。

　　由於自知虛構歷史人物的不容易，一直不敢輕易動筆。最近承本刊編者的好意，一再鼓勵，我決定挑選唐人傳奇、元明雜劇中的若干故事，改寫成現代形式的短篇小說。第一篇是《李娃》。

　　《李娃》本於唐朝白行簡的《李娃傳》，是唐人傳奇中的精品。後人根據此故事而造作的劇本，有元朝石君實的《曲江池》及明朝薛近兗的《繡襦記》，李娃稱為李亞仙，鄭生稱為鄭元和。

　　文學批評的書上說：《繡襦記》勝於《曲江池》。以我看，《繡襦記》所描寫的也只是明朝的李亞仙和鄭元和，不是開元、天寶，唐朝全盛時期的長安名妓李娃，和當時全國最有名望的「王姓」之一的滎陽鄭生。舉個例說：《繡襦記》的曲文：「弓鞋裙襯雙鳳頭」，「金蓮小，香塵無跡」之類，誤以為唐朝婦女，已經纏足，豈非笑話？

　　因此，我決定根據白行簡的原作改寫，完全不受《曲江池》及《繡襦記》的影響。不過，原作的結局，落於俗套，我不能不動一動「手術」。

　　原作中有許多驟看不可解的地方，要經過考證方能明白。譬如有一段描寫類似現在的殯儀館的「凶肆」的文章：

　　……生（按：指鄭生）怨懟，絕食三日，遘疾甚篤，旬餘愈甚，邸主懼

其不起，徙之於凶肆之中……後稍愈，杖而能起。由是凶肆日假之，會執繐帷，獲其直以自給，累月漸復壯，每聽其哀歌，自嘆不及逝者，輒嗚咽流涕，不能自止，歸則效之；生聰敏者也，無何，曲盡其妙，雖長安無有倫比。

初，二肆之備凶器者，互爭勝負，其東肆，車輿皆奇麗，殆不敵，唯哀挽劣焉。其東肆長，知生妙絕，乃醵錢二萬，索顧焉。其黨者舊，共較其所能者，陰教生新聲，而相讚和，累旬，人莫知之。其二肆長相謂曰：「我欲各閱所備之器於天門街以較優劣，不勝者罰直五萬，以備酒饌之用，可乎？」二肆許諾，乃邀立符契，署以保證，然後閱之，士女大和會，聚至數萬。於是里胥告於賊曹，賊曹聞於京尹，四方之士，盡趨赴焉，巷無居人。

由這段敘述中，可知唐朝的葬儀相當隆重，而且出殯時，對輓歌十分重視。但也有許多疑問：第一，出殯時到底有些什麼花樣，居然可以像現在辦商展那樣拿出來展覽競爭，並且造成萬人空巷的盛況？第二，天門街在什麼地方？何以能容納觀眾數萬之多？

現在我先回答第二個問題，據日本史學家足立喜六及平岡武夫的考證，唐朝的長安城，共有三個城，最北面是宮城；宮城東南西三面，圍以皇城；皇城東南西三面圍以外城，外城南至曲池為止，共分 110 坊，東西兩市，每坊大小約略相等，成九六比例的長方形。坊與坊之間的大街，南北 11 條，東西 14 條。南北正中一條幹道，由皇城的朱雀門，直通外城的明德門，稱為朱雀街，街東屬萬年縣治，街西屬長安縣治，整個長安城的最高地方長官，就是有名的所謂「京兆尹」。

長安城的街道寬度，為古今中外所無。南北 11 條，一律 100 步寬；東西 14 條則有 100 步、66 步、47 步三種不同的寬度。唐朝的制度，一里 360 步，一步五尺，尺有大小，大尺合現在 0.3157 公尺，小尺合 0.303 公尺。就算它是小尺好了，100 步 500 尺，就是現在的 151.5 公尺。

由皇城左後方大明宮正門的丹鳳門前延伸，貫串光寶坊及永昌坊，即為丹鳳門大街，自貞觀末年起，歷朝皇帝都居大明宮，所以又稱為天門街。既然寬度達 151.5 公尺之多，容納數萬觀眾自無問題。

關於唐朝的葬儀，據劉伯驥先生所著《唐朝政教史》引《新唐書》杜佑、李吉甫、白敏中、韋挺等傳，以及《通典》,《唐語林》等書，刊敍如下：

> ……閭里庶民，每有重喪，不即發問，先造邑社，待辦營具，乃始發哀……。既葬，鄰伍會集，相與酣醉，名曰「出孝」。……王公百官，競為厚葬，偶人像焉，雕飾如生。……送葬有明器，又有墓田。開元時，三品以上，先是明器九十，減為七十，……庶人限十五枚。……送葬者每於當衢設祭，張施幃幕，有假花假果粉人粉帳之屬……其後祭盤帳幕，高至九十尺，……大歷中，又有祭盤，刻木為古戲，靈車過時，繚經者皆手擘布幕，輟哭觀戲。又有歸葬時，沿途設祭，每半里一祭，連續相次。……。

唐朝的大出喪是如此地奢靡華麗，難怪「凶器」亦可陳列展覽，招引遊客。說路祭帳幕，高至 90 尺，足見道路之寬。但這段文中，最可注意的是「繚經者，皆輟哭觀戲」這句話，驟看好像荒唐滑稽，不近人情；但如深入地去了解開元天寶間人民富庶的情形，就會有這樣一個了解：過分優裕的生活，養成了人民異常開闊樂觀的性格，以至於喪葬凶禮，亦可轉化為一種娛樂。這是盛唐社會的一個特徵；我改寫這些小說，即希望能把握住各時代的這許多不同的社會特徵，這樣才能讓我引領讀者一起神遊於唐朝的長安或明朝的虎丘之間。

話是這樣說，究能做到幾分？實在也沒有什麼把握。請親愛的讀者包涵、指教！

——選自《聯合報》，1964 年 4 月 28 日，7 版

寫在《慈禧前傳》之前
清文宗與恭親王

◎高陽

　　清咸豐 11 年辛酉 7 月 16 日，文宗崩於熱河。遺命以皇長子載淳繼位，並派怡親王載垣等軍機大臣，額駙景壽及輔國公肅順等總共八人，「贊襄一切政務」。這就是清朝家法中，「顧命大臣」輔弼幼主的制度。

　　不久，幼帝的生母慈禧太后（其時仿明朝萬曆的成例稱她「聖母皇太后」），既不甘於大權的旁落，又深憾於肅順的跋扈，於是與文宗異母弟恭親王奕訢密謀，奪取政權，由「顧命」而變為「垂簾」，兩宮臨朝稱制於上，恭王綜攬全局於下，是為近代史上有名的「辛酉政變」。

　　「辛酉政變」爭權的兩方，縮小範圍來說，一方為慈禧和恭王，一方是肅順及其同黨。但肅順為文宗所重用；而文宗的重用肅順，則在恭親王於咸豐 5 年奉旨「罷直軍機，回上書房讀書」以後——此為文宗與恭親王兄弟失和的表面化。換言之，沒有恭親王於咸豐 5 年的退出軍機；就沒有肅順於咸豐 6、7 年始的逐漸被重用，即令肅順在御前當差，有心攬權，則以恭親王的地位，足以裁抑，然則文宗的末命，必以嗣君付託恭王，不特無「政變」之可言，且亦無「垂簾」之變局。王湘綺詩：「祖制重顧命，姜姒不佐周」，「垂簾」原是恭王與慈禧合作的條件之一；倘恭王亦在「顧命」之列，一定也跟肅順、載垣一樣，對「垂簾」之議，持堅決反對的態度。

　　由此可見，「辛酉政變」實種因於文宗與恭王的兄弟失和；其間牽涉到帝位、親情、禮法、隱衷。重重因素的糾結，構成了複雜微妙的過程。我以為在貢獻《慈禧前傳》於讀者之前，有先一敘此過程的必要，因作本篇。

一

宣宗生前，三后九子，二、三兩子幼殤；第一子薨於道光 11 年 4 月；兩個月以後，皇四子奕詝生，是為文宗。

文宗的母親鈕祜祿氏，由全嬪累進為全貴妃；13 年 4 月，繼后佟佳氏崩，全貴妃晉為皇貴妃，攝六宮事；14 年 10 月，正位中宮。20 年正月初九崩，年 33。宣宗親自定諡為「孝全」。

清宮詞：「蕙質蘭心並世無，垂髫曾記住姑蘇，譜成六合同春字，絕勝璇璣織錦圖。」原注：「孝全皇后為承恩公頤齡之女，幼時隨宦至蘇州，明慧絕時。曾仿世俗所謂乞巧板者，斲木片若干方，排成『六合同春』四字，以為宮中新年玩具。」因生長蘇州之故，亦可想見其在「明慧」以外，還有江南女兒的溫柔，這與旗下格格的開朗爽健是大異其趣的，此所以獨蒙帝眷。

孝全之崩，曾有異聞。清宮詞：「如意多因少小憐，螯杯鴆毒兆當筵，溫成貴寵傷盤水，天語親褒有孝全。」原注：「孝全皇后由皇貴妃攝六宮事，旋正中宮；數年暴崩，事多隱祕。其時孝和太后尚在，家法森嚴，宣宗亦不敢違命也，故特諡之曰：『全』。宣宗既痛孝全之逝，遂不立他妃嬪之子而立文宗，以其為孝全所出，且於諸子中年齡較長。」照這首詩看，孝全暴崩，似是新年宮中家宴，為人下毒所致。但「溫成貴寵傷盤水」，兼用宋仁宗張妃怙寵及慶曆 8 年，近侍作亂縱火，曹后率宮人救火擒賊的故事，不知意何所指？詞連孝和，尤不可解。史載：宋仁宗張妃頗與聞外事，曾為其伯父堯佐乞官；或者孝全亦有類似的舉動，而宣宗繼母孝和太后秉性嚴毅，有所責備，孝全因而羞懼服毒。宣宗哀矜，諡以「全」字。這是我的猜想；究竟真相如何？誠所謂「宮闈事祕，莫得聞矣！」

孝全崩後，宣宗未再立后。其時妃嬪中，名位最高的是靜皇貴妃；幼殤的皇二子、皇三子，都是她所出，再生一子，就是皇六子奕訢。孝全崩時，奕訢即由靜皇貴妃撫養，王闓運《祺祥故事》：「恭忠王母，文宗慈母

也。全太后以託康慈貴妃，貴妃舍其子而乳文宗，故與王如親昆弟。」靜皇貴妃在文宗即位後，被尊為「皇考康慈皇貴太妃」；所謂「乳文宗」的「乳」字，如作哺育解，不實；「舍其子」更不實，靜皇貴妃多少是偏愛親子的。但文宗與奕訢為皇子時如「親昆弟」則可信；因不獨同在一母照拂之下，且年齡相仿，同在書房；兼之皇五子奕誴出嗣為惇親王後，不在宮中，皇七子奕譞還小，不足為侶，除此以外，宮中別無可以談得來的弟兄，感情自然而然就親密了。

二

　　奕訢的才具，無疑地勝過奕詝；宣宗亦最鍾愛這個兒子。但大位終歸於奕詝者，另有緣故；《清史稿・杜受田傳》：「文宗自六歲入學，受田朝夕納誨，必以正道，歷十餘年。至宣宗晚年，以文宗長且賢，欲傳大業，猶未決；會校獵南苑，諸皇子皆從，恭親王獲禽最多，文宗未發一矢，問之，對曰：『時方春，鳥獸孳育，不忍傷生以干天和。』宣宗大悅曰：『此真帝者之言！』立儲遂密定。」文宗的這段話，就是杜受田的傳授。又清人筆記載：「道光之季，宣宗衰病，一日召二皇子入對，將藉以決定儲位。二皇子各請命於其師，卓（秉恬）教恭王，以上如有所垂詢，當知無不言，言無不盡。杜則謂咸豐帝曰：『阿哥如條陳時政，智識萬不敵六爺。唯有一策，皇上若自言老病，將不久於此位，阿哥唯伏地流涕，以表孺慕之誠而已。』如其言，帝大悅，謂皇四子仁孝，儲位遂定。」

　　如上所引，文宗得位，不無巧取之嫌；而恭王的內心不甚甘服，亦可想而知。兄弟各有心病，種下了猜嫌不和的根由；而以靜皇貴妃的封號一事為導火線，積嫌到咸豐 5 年，出現了明顯的裂痕。茲就王湘綺所著《祺祥故事》中，有關此事的記載，分段錄引注釋如次，以明究竟。

　　　　會太妃疾，王日省，帝亦省視。一日，太妃寢未覺，上問安至，宮監將告，上搖手令勿驚。妃見床前影，以為恭王，即問曰：「汝何尚在此？

> 我所有盡與汝矣！他性情不易知，勿生嫌疑也。」帝知其誤，即呼「額
> 娘」。太妃覺焉，回面一視，仍向內臥不言。自此始有猜，而王不知
> 也。

圓明園三園之一的萬春園，原名綺春園。道光年間，尊養孝和太后於
此；文宗即位，亦奉康慈太妃居綺春，這是文宗以宣宗尊孝和者尊康慈；
而視疾問安，又無異親子，凡此都是益以答撫育之恩。但看康慈誤認文宗
為恭王所說的一段話，偏心自見；而猜嫌固先起自康慈。

> 又一日，上問安入，遇恭王自內而出，上問病如何？王跪泣言：已篤！
> 意待封號以瞑。上但曰：「哦，哦！」王至軍機，遂傳旨令具冊禮。

此記康慈不得太后封號，死不瞑目。「哦，哦！」是暫不置可否之詞；
恭王則以為文宗已經許諾。這可能是一種誤會；但恭王行事，有時亦確不
免衝動冒失，因而被認為「狂妄自大」，以後與慈禧的不和，即由於此種性
格使然。

恭王初入軍機在咸豐 3 年 10 月，雖為新進，但以爵位最尊，成為掌印
鑰的「領班軍機大臣」；所謂「軍機領袖」、「首輔」、「首揆」都是指領班的
軍機大臣。召見軍機，自乾隆 13、14 年間開始，全班同見，但首輔或一日
數召，面聽指示為「承旨」；既承旨而繕擬上諭進呈，稱為「述旨」；至於
「傳旨」，通常指口頭傳達旨而言。

> 所司以禮請，上不肯卻奏，依而上尊號，遂慍王，令出軍機，入上書
> 房；而減殺太后喪儀，皆稱遺詔減損之。自此遠王同諸王矣！

「所司」指禮部。尊封皇太后，應由禮部具奏，陳明一切儀典。恭王
傳旨，雖非文宗本意；但皇帝如擯拒禮部請尊封皇太后的奏章，則將鬧成

大笑話，所以不得不依奏。而恭王的「傳旨」，起於誤會，終同挾制；文宗自然要懊惱。

《清史稿‧文宗本紀》，咸豐 5 年秋 7 月壬戌朔：「尊皇貴太妃為康慈皇太后。」到 7 月庚午（初九），皇太后崩，11 天以後，恭王以「辦理皇太后喪儀疏略」的「原因」，奉旨退出軍機，回上書房讀書。所謂「自此遠王同諸王」的「諸王」，指惇郡王奕誴、醇郡王奕譞、鍾郡王奕詥、孚郡王奕譓四人，這就是說，文宗從此看待奕訢，與其他異母弟並無分別；不復如「親昆弟」。而康慈的撫育之恩，也算在尊封太后一事中報答過了。

據《清史稿‧禮志》，康慈太后崩，「帝持服百日如制」。所謂「減殺太后喪儀」，最主要的是諡法有異，《清史稿‧后妃傳》，康慈崩後，「上諡曰『孝靜康慈弼天輔聖皇后』，不繫宣宗諡，不祔廟」。按：封后而不繫帝諡，起於明憲宗生母孝肅太后，《明史‧后妃傳》：「孝肅周太后，英宗妃，憲宗生母也。……嘉靖十五年與紀邵二太后並移祀陵殿，題主曰皇后，不繫帝祀，以別嫡庶，其後穆宗母孝恪、神宗母孝定、光宗母孝靖、熹宗母孝和、莊烈帝母孝純，咸遵用其制。」但在清朝，上諡太后，並無此前例；文宗不以家法而沿用前朝故事，一方面表示，孝靜太后撫育有恩，侍奉如生母；一方面亦表示嫡庶究竟有別。致憾之深，可以想見。

以後到了咸豐 7 年，奕訢復起，受命為都統；其時肅順已開始得寵，為固位計，不免對奕訢有所中傷。英法聯軍，進逼京師，文宗以「秋獮木蘭」為名，倉皇避往熱河，命奕訢留京「辦理撫局」，則由於肅順的製造空氣及守舊派的推波助瀾，相率以為奕訢將借洋人的勢力，重演「土木之變」的故事，甚至連惇親王奕誴亦相信奕訢要謀反。於是文宗與恭親王手足之間，猜忌愈深。

總之，如無牢不可解的心病，則以兄弟之親，讒言不入，文宗末命的顧命八大臣，當以奕訢為首。「祖制重顧命」，以恭王的才具，執行尊嚴的家法，慈禧決不可能取得任何政治上的權力。照這樣看，清文宗與恭親王

的手足參商，不過便宜了慈禧一個人而已。歷史的因果關係，有時奇妙難
測，此為一例。

——選自高陽《慈禧前傳》

臺北：皇冠雜誌社，1971 年 4 月

《陳光甫外傳》前言

◎高陽

　　昔與俞大維先生論興亡之道，以為國史上可視之為正統的朝代，不脫「生老病死」的過程，不過在老化的過程中，如果待民寬厚，縱有水火刀兵，而但得一日之安，不忘教忠教孝，督課子弟；則此朝代，雖老雖病，已伏新生的契機。歷朝凡稱中興或濟危扶傾而有功者，無非有此深仁厚澤，因得養士之報。試以明朝而言，有永樂、洪熙、宣德三朝之治，乃有于謙、郭登；有弘治君臣之美，乃有王守仁、王瓊。然而亦唯有憲宗，始有汪直；有熹宗始有魏忠賢；有思宗始有溫體仁、周延儒、薛國觀、楊嗣昌、吳三桂。所謂「朕非亡國之君，諸卿乃亡國之臣！」思宗之言，適得其反，謂之何哉？

　　因此，我讀史常注意人才的進退多寡。人才之盡其用，有三個必要的條件：培養、容納、識拔。古人以 30 年為一世，人才的培養，大致亦以 30 年為週期；若有十年八年的安定，而又注重教育，則 30 年之後，有才可用。其時又須是個進取的時代，諸流平進，易於容納；而當其未形成冗濫之前，識拔真才，用之弗疑，可成盛世。

　　更進一步看，人才之道，不患缺乏，患在不能容納；不患冗濫，患在不能識拔。論者以為中國歷史上人才之盛，無過於秦漢之際及三國；我則以為還應該加上清初。秦漢之際人才並起，固得力於戰國末期，諸子百家，競奇爭妍，可說是個「知識爆炸」的時代；三國人才的輩出，由於東漢士習之美，著稱於史。東漢末期，並非安定的時代，但能避興革，即不廢弦誦，而自政府到民間，皆知讀書是最好之事，讀書人是天

下第一等人,連盜賊對讀書人都另眼相看;在這樣的激勵之下,何能不出人才?當然,這是指三國而言;秦漢之際的人才,很多不是讀書人,但誘發人才,則出自讀書人。當時高級知識分子所影響於統治階層者,至於深切,如不識字的竇太后,亦知黃老之學,信之彌篤,即為著例。

清初的人才,為明末所培養。其時的人才,大都出在江南;因為自萬曆末年起,雖外有滿洲之患,內有流寇之禍,而「破邊墻」騷擾的滿洲人,到山東而止;流寇則始終在長江以北,而以中原被禍為尤烈。湯武若非僑居孔子南宗所在地的衢州,恐無成為一代理學名臣的機會。

可惜,明末在比較安定的江南,而以東林為宗所培養的人才,一部分犧牲在「國變」中;一部分成為遺逸,老死於巖壑;而一部分則反為滿清所用。康熙初期能容納、能識拔,末期則本身培植的人才,亦可為用;蓋以雍正、乾隆,皆為英主,是故造成了一百餘年的盛世。嘉道守文,拘於文法,不甚欣賞奇才異士;道光尤苦無知人之明,但對培植人才,並未輕忽;且亦還具備容納人才的條件,是故洪楊亂起,文宗納肅順、文慶之言,重用漢人,一經識拔,人才立見,曾左胡之崛起,實非偶然。辛酉政變,肅順被誅,而其重用漢人的政策,為其政敵恭王奕訢所繼承不替,卒以戡平大亂,造成短暫的同光中興之局。知恭王之賢,乃知滿清末造,載灃、載澤、鐵良之流之愚!

所謂「同光中興」,以我的了解,共有 17 年的歲月,即自同治 5 年,甲子平洪楊起至光緒 7 年辛巳慈安太后暴崩為止。自辛巳至宣統 3 年辛亥,適為 30 年;此一時期所培植的人才,已不能為滿清所用。立身不謹者,在洪憲 83 天的黃粱大夢中,扮演了很吃重的角色;進退不苟者,則翼贊了肇造中華民國,內而統一,外而恢復了國家獨立自主的神聖大業。

我的傳主陳光甫先生,恰好生於光緒 7 年;在個人的感覺中,實在是一個意義與趣味兩俱深長的巧合。這一年生的人,頗多傑出之士;但對國家社會貢獻之大,個人成就之多,無疑地應推「光甫先生」。

茲應約，作《陳光甫外傳》；請自光緒 7 年發筆！

——選自高陽《陳光甫外傳》

臺北：南京出版公司，1981 年 8 月

我寫「紅樓夢斷」

◎高陽

「紅樓夢斷」寫曹雪芹的故事。我相信讀者看到我這句話，首先會提出一個疑問：曹雪芹是不是賈寶玉？

要解答這個疑問，我得先談一個人：《紅樓夢新證》的作者周汝昌。

此人是胡適之先生的學生。胡先生曾當面跟我說過，周汝昌是他「最後收的一個徒弟」。照江湖上的說法，這就是「關山門」的得意弟子了。其時大陸正在清算「胡適思想」；周汝昌一馬當先，力攻師門；而胡先生則不但原諒周汝昌，還為他說了許多好話。這使我想起周作人的學生沈啓无，做了件對不起老師的事；周作人立即公開聲明「破門」，逐沈出「苦雨齋」。周作人之為周作人，胡適之之為胡適之，不同的地方，大概就在這裡。

周汝昌的《紅樓夢新證》，下的功夫可觀！不幸地是他看死了「《紅樓夢》為曹雪芹自傳說」，認為《紅樓夢》中無一人無來歷，無一事無根據，以曹家的遭遇與《紅樓夢》的描寫，兩相對照，自以為嚴絲合縫，完全吻合。我從來沒有看過這樣穿鑿附會的文章。

當然，他所舉的曹家的「真人實事」，有些是子虛烏有的。譬如說，曹家曾一度「中興」，是因為出了一位皇妃（非王妃）；即為「想當然耳」。且看趙岡的議論：

> 中興說由周汝昌首創。他的理由如下：消極方面，他主張曹雪芹逝世時享年四十，算來應生於雍正 2 年（1724 年）。依此算法，曹頫抄家時雪芹

只有四歲，當然記不住曹家在南京的繁華生活。這樣，就只好假定曹家
回京後又一度中興。曹雪芹在《紅樓夢》中所描寫的是中興後的生活。
曹家中興後若干年，又第二度被抄家，從此一敗塗地。周汝昌的積極理
由是：他相信《紅樓夢》是百分之百的寫實。曹家在南京時代既然沒有
一個女兒被選為皇妃，那麼這位曹貴妃一定是抄家以後才入選的。女兒
當了貴妃，國丈曹頫豈有不中興之理。周汝昌比較書中所記年日，季節
之處與乾隆初年的實事，發現兩者吻合的程度是驚人的。所以書中所述
一定是乾隆初年之事，而此時曹家一定已東山再起。細審各種有關條
件，周汝昌的中興說實在不能成立。

　　我完全同意趙岡的看法。不過，趙岡是「細審」了「各種有關條件」；
而我是從一項清史學家所公認的事實上去作根本的否定。如周汝昌所云，
曹家有此一位皇妃，自然是乾隆的妃子；推恩妃家，故而曹氏得以中興。
這在乾隆朝是決不會有的事。清懲明失，對勤政、皇子教育、防範外戚、
裁抑太監四事，格外看重；後兩事則在乾隆朝執行得更為澈底。傅恆以孝
賢純皇后的胞弟，見了「姊夫」，每每汗流浹背；皇貴妃高佳氏有寵，而不
能免其一兄一姪，高恒、高樸父子因貪汙而先後被誅；甚至太后母家有人
常進出蒼震門，亦為帝所不滿，嚴諭禁止。至於傅恆父子、高斌父子之得
居高位，自有其家世的淵源與本身的條件，非由裙帶而致。是故乾隆朝即
令有一「曹貴妃」，亦不足以證明曹家之必蒙推恩而「中興」。
　　其實，在乾隆初年如果曹家可藉裙帶的汲引而「中興」，也並不需要
「皇妃」；有「王妃」已儘夠了。雪芹的姑母為平郡王訥爾蘇的嫡福晉；生
子福彭於雍正 5 年襲爵，亦即《紅樓夢》中北靜王的影子。福彭大乾隆三
歲，自幼交好；曾為乾隆的《樂善堂集》作序。雍正 13 年 9 月，乾隆即
位，未幾即以福彭協辦總理事務，得參大政；隔年三月又兼管正白旗滿洲
都統事務，正就是曹家所隸的旗分。如此顯煊的親戚，若能照應曹家，又
何必非出「皇妃」始獲助力。而考查實際，則福彭對舅家即或有所照拂，

亦屬微乎其微；相反地，曹雪芹到處碰壁的窘況，稽諸文獻，倒是信而有徵的；最明顯的，莫如敦誠贈曹雪芹的詩：「勸君莫彈食客鋏，勸君莫叩富兒門，殘杯冷炙有德色，不如著書黃葉村！」

小說的構成，有其特定的條件，《紅樓夢》決不例外。《紅樓夢》中可容納一部分曹家的真人實事；而更多的部分是汲取了有關的素材，經過分解選擇，重新組合而成。此即是藝術手法；而為從未有過小說或劇本創作經驗的《紅樓夢》研究者所難理解。姜貴的看法亦是如此。

如果肯接受此一觀點去研究《紅樓夢》，就會覺得周汝昌挖空心思要想證明賈寶玉即是曹家的某一個真實人物，是如何地可笑！不存成見，臨空鑑衡，則賈寶玉應該是曹顒的影子，但亦有曹雪芹自己的成分在內，而其從內到外所顯示者，則為八旗世族紈袴子弟的兩個典型之一；另一個是薛蟠。其區分在家譜上曾染書香與否？

對一個文藝工作者來說，曹雪芹如何創造了賈寶玉這個典型，比曹雪芹是不是賈寶玉這個問題，更來得有興趣。「字字看來皆是血，十年辛苦不尋常」，此中艱難曲折的過程，莫非不值得寫一篇小說？這是我想寫「紅樓夢斷」的動機。

「紅樓夢斷」自然脫不開《紅樓夢》。就《紅樓》談《紅樓》，曹雪芹所要寫的《紅樓夢》的後半部，決不是現在這個樣子。我曾寫過一篇研究《紅樓夢》的稿子，以為第五回「金陵十二釵正冊、副冊、又副冊」的圖與詩，即是全書結局的預告。而《紅樓夢敘錄》諸家筆記述所見「原本」的情節，以及「脂批」中有意無意對後文的透露，就小說的要求來說，其構想遠比現行本來得高明；曹雪芹如何安排及描寫這些情節，已是天壤之間不可解的一個謎。但如果能依照曹雪芹的提示，並假定那些極人世坎坷的情節，即為曹雪芹親身的遭遇而加以深入地描畫，應該可以成為一部很動人的小說。尤其是「史湘雲」；筆記中有如下的記載：

或曰：31 回篇目曰：「因麒麟伏白首」是寶玉偕老的，史湘雲也。殆寶釵

不永年，湘雲其再醮者乎？

——佚名氏《談紅樓夢隨筆》

世所傳《紅樓夢》，小說家第一品也。余昔聞滌甫師言，本尚有 40 回，
至寶玉作看街兵，史湘雲再醮與寶玉，方完卷。

——趙之謙《章安雜記》

《紅樓夢》80 回以後，皆經後人竄易，世多知之。某筆記言，有人曾見
舊時真本，後數十回文字皆與今本絕異。榮、寧籍沒以後，各極蕭條。
寶釵亦早卒，寶玉無以為家，至淪為擊柝之役。史湘雲則為乞丐，後乃
與寶玉成婚。

——臞蝯《紅樓佚話》

先慈嘗語之云：幼時見是書原本，林薛夭亡，榮寧衰替，寶玉糟糠之
配，實維湘雲云。

——董康《書舶庸譚》

　　此外清人筆記中提到史湘雲嫁賈寶玉者尚多。而考諸史實，「史湘雲」
為李煦之孫女或姪孫女，確鑿無疑。她的口音跟曹家不一樣，從小生長在
揚州，讀「二」略如張口音的「啊」；因為是大舌頭，結果出聲如「愛」，
叫寶玉「二哥哥」便成了「愛哥哥」。按北方只叫「二哥」；「哥哥」連稱，
亦為揚屬的稱謂。

　　既然如此，則「史湘雲」的身世，在其諸姨姑表姊妹中，實為最慘；
因李煦籍沒以後，又因案充軍，歿於關外。「史湘雲」如遇人不淑而流落在
京，則母家無人，與雪芹重逢於淪落之後，議及婚娶是非常自然的事。果
真如此，則「史湘雲」必為雪芹寫《紅樓夢》的助手，其唯「脂硯」乎？
而「史湘雲」之先亡，以及幼子之夭折，對雪芹皆為精神上極沉重之打
擊。我的「紅樓夢斷」，主要的情節就是想這樣安排。我決不敢說真是如

此，但可說：極可能如此。假如這樣寫失敗了，決非曹雪芹的故事——至死不休，至死不倦地從事藝術創作，並不斷地追求更完美的境界的奮鬥過程，不能寫成一部好小說；只是我的筆力不夠而已。

年初有幾篇與趙岡商略《紅樓》的文字，過蒙推獎；「臺公」——臺靜農先生亦許我談《紅樓》自成一家之言；聯經出版公司因而極力慫恿我將此方面的文字，結集出版，並請臺公題名《紅樓一家言》，凡此都是促成我決心寫「紅樓夢斷」的有力因素。

對於曹雪芹的身世，時代背景，以及他及他家族可能的遭遇之了解，自信不致謬妄。但「紅樓夢斷」決非《紅樓夢》的仿作，我必得提醒親愛的讀者，如果以讀《紅樓夢》的心情與眼光來看「紅樓夢斷」，將會不可避免地感到失望。

——選自高陽《紅樓一家言》
臺北：聯經出版公司，1977 年 8 月

橫看成嶺側成峰
寫在《曹雪芹別傳》之前

◎高陽

　　文網之密，無逾清朝，但康熙年間與雍乾兩朝的文字獄，在忌諱上有極大的不同。康熙年間，對鼓吹反清復明的詩文，懸為厲禁；雍乾兩朝則因世宗與高宗，皆有足以損毀其作為天子的形象的缺陷，因而假借防止謀反大逆的大題目，箝制士林，同時運用各種手段，湮滅不利於他們父子的證據。

　　這個工作，到了乾隆 38 年詔修四庫全書，推至頂點；高宗以為他的身世之謎，永遠不會有人知道了；但防民之口，甚於防川，由於三百年來口頭相傳，後世乃知清初有四大疑案；如今考定不疑者有雍正奪嫡，而在我自以為亦已考定不疑者，有董小宛入宮封妃晉后及世祖準備出家一案。此外，孝莊太后下嫁及高宗為海寧陳家之後兩案，與事實雖有出入，但絕非全無影響之事。「夜半橋頭呼孺子，人間猶有未燒書」，有形之書可燒，無形之文不滅，隱跡於字裡行間，得與古人會心，自能通曉。

　　去年為了參加世界紅學會議，我重新下一番工夫；由發現「右翼宗學」最初在石虎胡同這一點上突破，一路抽絲剝繭，到悟出元春為影射平郡王福彭，終於豁然貫通，看到了曹雪芹的真面目和《紅樓夢》的另一個世界；雖然有些模糊，但輪廓是絕不會錯的。

　　曹雪芹的真面目如何？《紅樓夢》的另一個世界又如何？在未作解答之前，我要特別介紹《國初鈔本原本紅樓夢》即所謂「有正本」中，戚蓼生的一篇〈《石頭記》序〉：

吾聞絳樹兩歌，一聲在喉，一聲在鼻；黃華二牘，左腕能楷，右腕能草。神乎技矣，吾未之見也。今則兩歌而不分喉鼻，二牘而無區乎左右；一聲也而兩歌，一手也而二牘；此萬萬所不能有之事，不可得之奇，而竟得之《石頭記》一書，嘻！異矣。夫敷華掞藻，立意遣詞，無一落前人窠臼，此固有目共賞，姑不具論。第觀其蘊於心於抒於手也，注彼而寫此，目送而手揮，似謔而正，似則而淫，如春秋之有微詞，史家之多曲筆。

「絳樹」美人名，能歌善舞；「兩歌」、「二牘」典出《琅嬛記》：「絳樹一聲能歌兩曲，二人細聽，各聞一曲，一字不亂；人疑其一聲在鼻，竟不測其何術？當時有黃華者，雙手能寫二牘、或楷或草，揮毫不輟，各自有意。」如此「神技」，任何人都「未之見也」；而曹雪芹則較絳樹、黃華猶且過之，竟能一聲兩歌，一手兩牘。此又何說？戚蓼生的解釋是：

試一一讀而繹之：寫閨房則極其雍肅也，而豔冶已滿紙矣；狀閥閱則極其豐整也，而式微已盈睫矣；寫寶玉之淫而癡也，而多情善悟不減歷下琅玡；寫黛玉之妬而尖也，而篤愛深憐不啻桑娥石女。他如摹繪玉釵金屋，刻畫蘋澤羅襦，靡靡焉幾令讀者心蕩神怡矣，而欲求其一字一句之粗鄙猥褻不可得也。蓋聲止一聲，手止一手，而淫佚貞靜，悲戚歡愉，不啻雙管之齊下也，噫！異矣。其殆稗官野史中之盲左、腐遷乎？

這段文章的本身就是曲筆，「淫佚貞靜，悲戚歡愉，不啻雙管之齊下」，乃是文學上的本事，與史學上的修養無關；然則何以不擬之為司馬相如、揚雄，而比作左丘明、司馬遷？當然，「盲左」、「腐遷」亦可稱為文學家，但歸類則必入史學。我們再看前文「如春秋之有微詞，史家之多曲筆」，更可知所謂「一聲兩歌、一手二牘」，為兼寫不同時期的「金陵」與「長安」；亦可說明寫「金陵」，暗寫「長安」；更可說虛寫「金陵」，實寫

「長安」。因為寫「長安」犯了極大的忌諱，所以必得加上一道障眼法；照現在的說法是加上一層保護色。

障眼法也好，保護色也好，只諱淺者，不諱知己。曹雪芹的知己敦敏、敦誠兄弟，甚至為他「刷色」；如「揚州舊夢久已絕」；「秦淮舊夢人猶在」；「秦淮風月憶繁華」之類的詩句，幫助曹雪芹使讀者產生錯覺，以為《紅樓夢》寫的是「金陵」。試想，以敦敏、敦誠與曹雪芹的交誼，除了一句「不如著書黃葉村」；以及輓詩中的一句「開篋猶存冰雪文」以外，從未提到曹雪芹一生事業所寄的《紅樓夢》，其故安在，豈不可思！

如上所談，顯然的，戚蓼生也知道《紅樓夢》兼寫「金陵」與「長安」；因徵絳樹、黃華之典作譬喻。但他也知道忌諱猶在，為了保護自己，不能不用曲筆。在以前，我亦只聞一歌，只見一牘；如今才懂得「橫看成嶺側成峰」。所謂「紅學」；自嘉慶年間至今，已有 160、170 年的歷史，而《紅樓夢》自內容至版本，到處都是問題，聚訟紛紜，各執一見，而終無定論，皆由只聞一歌；只見一牘而起。如今，我可以毫不愧怍地說一句：大部分的疑問，都可以獲得初步的解答了。這自然是因為我已得聞另一歌；得見另一牘的緣故。而如許紅學專家，何以我獨耳聰目明？如讀者以此責我大言不慚；我只能說：我很幸運，本意是開煤礦；不道發現了石油。我是從研究孟心史先生的〈清世宗入承大統考實〉及〈海寧陳家〉這兩篇清史論文中，窺破了曹雪芹與《紅樓夢》的祕密。

然則此另一歌、另一牘到底是甚麼？我寫《曹雪芹別傳》，正就是要解答這個問題。不過，我必須先指出：曹雪芹與《紅樓夢》之間，不能只畫一個等號。我是寫《曹雪芹別傳》這麼一部歷史小說；並非作《紅樓夢》內容研究的學術論文。當然寫曹雪芹就必須寫《紅樓夢》，但我的重點是擺在曹雪芹寫《紅樓夢》的前因後果上，對探索《紅樓夢》中那些人是曹雪芹的家族、親戚、朋友，只能本乎「知之為知之，不知為不知」的原則，量力而為——事實上賈寶玉、林黛玉、薛寶釵，都屬於文學上的創造；而非某一真實人物的傳真。唯其如此，《紅樓夢》才真正顯得偉大。

　　我所要描寫的曹雪芹的真面目，也就是《曹雪芹別傳》的內容是如此：

　　雍正 6 年元宵前後，曹頫革職抄家，舉家回旗。由於平郡王福彭及怡親王胤祥的照應，不再有甚麼罪過；而且「百足之蟲，死而不僵」，劫餘的遺財，也還能維持一個相當水準的生活。曹雪芹是包衣子弟，被選拔到新設的「咸安宮官學」去念書。這樣到了雍正 11 年，曹家又轉運了。

　　這年二月，平郡王福彭被派為「玉牒館總裁」，表面是主持十年一次的修訂皇室家譜的工作；暗中卻負有一項祕密任務，刪除宗人府的「黃冊」中，一切不利於雍正及皇四子弘曆的記載。福彭圓滿地達成了任務。他一直為雍正所培養，至此通過了考驗，雍正認為他才堪大用，四月間入軍機；三個月後，繼順承郡王錫保而為「定邊大將軍」；奉有敕命，軍前文官四品以下、武官三品以下犯法者，得便宜行事，先斬後奏。

　　由於福彭被賦以這麼大的權威，因而曹頫雖未起復，但以定邊大將軍至親的資格，自有人來趨炎附勢，託人情、走門路，門前車馬紛紛，重見興旺的氣象。

　　及至乾隆即位，福彭內召，復入軍機，成為乾隆的心腹，權力僅次於莊親王胤祿；這因為他們從小親密、關係特殊之故。當然，曹頫是起復了；而且還升了官，由員外升為郎中，奉派了好些闊差使。境遇優裕的曹雪芹，復成紈袴；但以性之所近，漸漸成了個少年名士。

　　到了乾隆 4 年，福彭由於未能消弭一場潛在的政治危機，漸失寵信。乾隆 13 年春天，孝賢皇后在德州投水自殺，流言四起，大傷帝德；於是乾隆殺大臣立威，漸有牽連及於福彭之勢。積勞加上憂煩，福彭在這年冬天，中風不治而薨。

　　曹家的靠山倒了，誰知禍不單行，第二年正月初五，和親王府失火；禍首曹頫，於是第二次被革職抄家——這一次很慘，因為落井下石的人很多，抄家抄得相當澈底，不但猝不及防，無法稍留退步；而且還有好些債務要料理。

　　乾隆 15 年庚午鄉試，曹雪芹捐了個監生下場；如果中舉，下一年春天會試聯捷，成了新科進士，則積逋可緩，新債得舉，境遇又可改觀。無奈曹雪芹最討厭的就是八股文；結果僅中了一名副榜，等於未中。

　　但副榜亦有用處，可以成為「五貢」中的「副貢」；憑此資格，曹雪芹成了「正黃旗義學滿漢教習」。這個義學設在西城石虎胡同，與「右翼宗學」為鄰；曹雪芹因而得與在右翼宗學念書的敦敏、敦誠兄弟締交。

　　《紅樓夢》的寫作，即始於此時。君恩難恃、富貴無常；興衰之速、境遇之奇、人情之薄、悔恨之深，以及他目擊耳聞的許多政治上的祕密、豪門貴族的內幕，在在構成為文學上強烈而持久的創造欲，所以不過三、四年的工夫，已經「抄閱再評」了。

　　當《紅樓夢》初稿完成後，曹雪芹送請親友詳閱，立刻引起了相當嚴重的反應；由於他是以象徵的手法，描寫康熙末年的政治糾紛，並穿插了好些王公府第中的遺聞軼事，因而招來了許多抗議、警告、規勸以及修改的意見。最強的壓力來自平郡王府，因為第 83 回「省宮闈賈元妃染恙」，解釋何謂「虎兔相逢大夢歸」，配合第五回「金陵十二釵正冊」寫元春的詩與畫來看，一望而知是指平郡王福彭，所以決不容《紅樓夢》問世。

　　於是曹雪芹作了很大的一個讓步，將後 40 回割愛。這一來夢無著落，便只好改名，先改石頭記，再改情僧錄，又改風月寶鑑；越改越俗，最後覺得還是石頭記，既為主題所寄，又復語帶雙關——金陵一稱「石頭城」——比較貼切，因而至乾隆 19 年甲戌，正式定名為「石頭記」。

　　儘管如此，仍舊不能獲得平郡王府的同意，此後一改再改，務期「真事隱去」，遷就豪門，但始終不能盡如人意，亦就始終不能付梓。到得乾隆 24 年己卯，又來了一股新而強的壓力，怡親王弘曉亦不能同意《紅樓夢》刊行；因為其中的「礙語」，必將牽涉到他的父親怡賢親王胤祥，以及他的胞兄寧郡王弘皎。

　　為了希望曹雪芹放棄《紅樓夢》，怡、平兩府極盡其威脅利誘之能事，利誘是可以保荐曹雪芹為「如意館供奉」，充任御用的畫師；威脅是利用曹

雪芹包衣的身分，予以羞辱——傳他到宮裡當差，像唐朝的閻立本那樣，跪著畫畫。但曹雪芹不為所屈，竟至於「斷六親」；內務府不理他、親戚朋友不敢惹他。同情他、佩服他的人自然很多；但敢於在口頭上、文字上提到他的，卻只有極少數的幾個人，如敦敏、敦誠及他們的叔叔額爾赫宜、「覺羅詩人」永忠等。這也有個緣故，敦敏、敦誠為英親王阿濟格之後，阿濟格功高而被誅；永忠則為恂郡王胤禎的孫子，先世都曾受過極大的委屈，視《紅樓夢》為替他們一吐怨氣，對曹雪芹自然另眼相看。

由於《紅樓夢》，曹雪芹生不能一飽，死無以為殮；他為甚麼付出這樣大的代價？是因為他忠於藝術；他筆下的賈寶玉、林黛玉、薛寶釵、賈太君、王熙鳳，先只是影射某一個人，但一改再改，隱去真事，筆觸由史學的轉向文學的，被影射的人，逐漸有了他們自己的個性與型格，成了他筆下的嫡親骨血，而且個個出類拔萃，如見其人，試問曹雪芹如何割捨得下？

最後讓我在「紅學」這個範疇中說幾句話：除了跟龔鵬程先生所談各種問題外，我要補充的是：

第一，由於「虎兔相逢大夢歸」這個迷的解說，後 40 回確為曹雪芹原稿，而非高鶚所續，敢說鐵案如山。《紅樓夢》之所以有種種糾纏不清，任何一種說法都有矛盾不通之處；割裂了《紅樓夢》，只以前 80 回為研究對象，是主要原因之一。

第二，「紅學」有治絲愈棻之勢，是由於有成見的人太多；而且還有偽造的版本，如所謂「於 1959 年由南京毛國瑤發現」的「靖藏本」就是。這個本子「未經紅學家目驗，即告『迷失』」（見聯經版陳慶浩編著《新編石頭記脂硯齋評語輯校》）。事實上根本沒有這個抄本，只有毛國瑤偽造的脂評。

據說，靖藏本可能於乾隆 41 年（丙申）抄錄，封面原黏有一紙，首行書「夕葵書屋石頭記卷之一」字樣；周汝昌考出「夕葵書店」是乾嘉年間四六名家吳山尊的書齋名；可惜他未曾一考「夕葵」的出典；否則，他就會發覺這件事是如何荒唐。

　　先敘吳山尊的簡歷：乾隆 20 年生；嘉慶 4 年進士，時年 45 歲；9 年放廣西主考，時年 50 歲；後以母老告歸，僑寓揚州；卒於道光元年，得年 67 歲。

　　由此可知，吳山尊起「夕葵書屋」這個齋名，必在母老告歸的 50 歲以後，因為「夕葵」即有養親之意，典出杜詩：「孟氏好兄弟，養親唯小園，負米夕葵外，讀書秋樹根」。乾隆丙申，吳山尊年方 22 歲，尚未出仕，何來告歸養親？又何來「夕葵書屋」？只此便是作偽的確證。而且很可能就是周汝昌的指使。龔鵬程於此事別有考證，我不必多說了。

　　第三，《紅樓夢》的內容，歷來分為索隱、自傳兩派，壁壘分明。其實既為索隱，亦為自傳。而索隱派中，我特別要推崇邱世亮先生，他在〈紅樓夢解〉一文中說：「《紅樓夢》影射康熙皇帝第四子雍親王胤禛，以陰謀手段奪得帝位的祕史。寶釵影射雍正皇帝、鳳姐影射隆科多、黛玉影射與雍正爭位的皇子（按：指胤禛的同母弟、皇十四子胤禎）、寶玉指康熙，而通靈玉即為傳國璽。」此說大致不謬，但寶玉非指康熙，賈太君中有康熙的影子；寶玉影射廢太子胤礽。此所以永忠〈弔雪芹〉的三絕：「可恨同時不相識，幾回掩卷哭曹侯」，是為他祖父伸冤而感激涕零。第三首尤為明白：「都來眼底復心頭」，是感懷往事；「辛苦才人用意搜」，搜羅當年的祕辛；「混沌一時七竅鑿」，將皇位何以由用正黃旗纛，代天子親征的「大將軍、王」胤禎，轉到雍親王胤禛手中之謎，一下都解開了；「爭（怎）教天下不賦窮愁」，是著此決不能梓板刊行之書，為無可救藥的「窮愁」。詩上誠恪親王胤祕之子弘旿的眉批：「此三章詩極妙。第《紅樓夢》非傳世小說，余聞之久矣，而終不欲一見，恐其中有礙語也。」是何「礙語」，竟令天潢貴冑，亦不敢一閱；亦就可以想見了。

——原載 1981 年 8 月 29 日《聯合報》

——選自高陽《高陽說曹雪芹》
臺北：聯經出版公司，1983 年 1 月

《翁同龢傳》自序

◎高陽

　　我曾經「發明」一條「定律」：任何人凡名實不符，相對的兩端失去平衡者，一定會造成悲劇，小則禍己，大則禍國。翁同龢的一生，恰為我這條「定律」作了最明白的註腳。

　　翁同龢的性向與際遇；志氣與才具；責任與權力；興趣與任務；地位與作風，皆不相侔，甚至相反，種種不平衡的積累、禍己、禍君、禍國。這是時代的悲劇。

　　然而，他是愷悌君子；結局之悽涼，令人酸鼻。希望我這本書，能為他一抒難言的隱恨委屈。相對地，李鴻章、康有為之輩，我亦不相容他們逍遙「史」外；尤其是康有為賣君、賣師、賣弟、賣友之罪，有我高陽在，他將無所逃於天壤之間；我還要寫一本書：《戊戌政變新考》。以此預告，作本書之序。

　　　　　　　　　　　　　　　　　　——選自高陽《翁同龢傳》
　　　　　　　　　　　　　　　　　　臺北：遠景出版公司，1986 年 2 月

前瞻人生‧回觀歷史

◎高陽
◎王桂花整理[*]

　　我生於杭州橫河橋的許家，算是一個家學淵博的大家庭，家中長輩有多位擔任清朝官位進士，並懸掛多幅慈禧、道光頒贈的扁額。因此，對於清朝的故事自小耳濡目染，例如，我的高祖與何桂清是同年，家人時常談論何桂清與王有齡的關係，以及胡雪巖與王有齡遇合之事。沒想到這些從小聽聞的事情竟成為日後撰寫清宮故事的最好資料。

　　我之所以對歷史有興趣，主要是受母親的影響。我是家中老么，母親生我時已經 41 歲，兄姊皆已長大，於是對我備加寵愛。由於我入學較遲，自幼便由母親教我認字、唸詩，可以說是我的開蒙老師。母親很會說故事，常說些歷史故事給我聽，有回她說起明朝靖安之變的事：明太祖有廿多個兒子，分封各地鞏衛皇都。明成祖是第四子，分封北平，稱為燕王。燕王有位軍師是和尚，俗名姚廣孝。有一天，姚廣孝對燕王說：「大王，我想送你一頂白帽子戴。」「王」字上面加個「白」不就是「皇」嗎？原來，姚廣孝欲為燕王謀奪王位，終而釀成靖安之變。

　　我對這個故事印象深刻，尤其對於姚廣孝要送白帽子給燕王更是興趣濃厚，便追問整樁事件的前因後果，把靖安之變的來龍去脈弄得一清二楚。

　　母親讀的書並不多，但是善於表達，常能抓到故事要點，強調突出部分。稍長，當我讀到美國著名的短篇小說家 O. Henry 的作品時，覺得母親

---

[*]發表文章時任職於張老師文化公司，現為心靈工坊文化公司總編輯。

說故事的本事，與 O. Henry 的寫作技巧不相上下，總是在劇情順利發展後出現突變，讓人以為出乎情理之外，實又在情理之中。

由於母親的影響，心中很早便埋下寫作生命的種子，同時，對於故事的結構、布局和轉折也有較深的體會。若說我今天有些小小成就，最當感謝的便是母親。

對我而言，我始終覺得文史是不分家的，所以一直試圖在歷史與小說之間尋找兩全之道。其實，歷史與小說的要求相同，二者都在求真，但歷史所著重的是事實，小說所著重的是情感。二者的相異處還有：歷史考據只是發掘事實，闡明事實，更重證據，純然是一種科學研究；而小說需要編造「事實」，使讀者相信過去，現在和未來中，會有這樣的事情發生。換句話說，小說是以虛構的人物納入歷史的背景中。

自從我的第一部歷史小說《李娃》問世，受到讀者的歡迎後，我更肯定朝著這個方向寫下去。

要寫歷史小說，必須對那個朝代的背景有相當的了解，尤其是經濟生活，因為經濟是歷史的重心，而交通又是經濟的重心；另外，對於當時的官制、考試制度、民風習俗亦需深入研究。愈能了解其中細節，愈能發現其中趣味，如此，整篇小說的想像與幻想才會有寄託之處。比如，我寫「乾隆」，腦海中便浮現清廷整個社會背景，絕不牽扯清末；我寫「緹縈」，便對漢朝的政治、社會做最適當的表現，不讓人覺得是在明朝發生的事。對於一個寫歷史小說的人而言，一定要對中國通史有相當整體性的概念。倘若不能掌握各個時代的特色，不論寫小說或是拍電影，都只不過是把現代故事披上古代的外衣而已。

最近，我很有興趣從詩史中考證古人生活的真相。中國有許多豐富的傳統典故，古人以它們來象徵、隱射或譬喻，詩人也將這些歷史典故隱於詩文之中，杜甫便是以詩的形式描寫歷史，稱為詩史。我的興趣便是想從詩史中挖掘歷史的真相，讓我們更了解中國典故的隱含意義。

從事歷史小說寫作以來，二十餘年心血所得，得書若干？計字又若

干？說實話連我自己都不甚了了，約略而計，出書總在 60 部以上；計字則平均日寫三千，年得百萬，保守估計，至少亦有五千五百萬字。所謂「著作等身」，自覺無忝。

上下五千年，史實浩如煙海，所以我的小說題材永遠發掘不盡；更堪自慰的是，以臺灣為中心的世界華人社會，無一處沒有我的讀者。有些讀者獎飾之殷，期勉之切，在我只有用「慚感交併」四字來形容心境。

行年六十有五，或許得力於凡事看得開；更應慶幸於生活在自由自在、不虞匱乏的大環境中，所以心理與生理兩方面可說並未老化；與筆續盟，廿戴可期。今後的筆墨生涯，一方面從事寫作；另一方面亦整理舊稿。

我期許自己能做個自由人，所謂自由是以不妨礙他人的自由為限，也就是「己所不欲，勿施於人」。對於身外之物，我一向看得很淡，往往寫完了一本書，又開始著手下一本書，也許有些人會為目前的成就而顧影自憐，但我不是，因為我是永遠往前看的。

——選自《張老師月刊》第 108 期，1986 年 12 月

「詩史」的明暗兩面

◎高陽

　　首先我要聲明：拙作只是若干篇讀詩心得的結集，初無意於在詩的理論上有所創建；但結集問世後，有一位朋友向我說：「由你的分析來看，中國傳統的詩，可通過運用典故的手法，來隱藏歷史的真相或者個人的感情與祕密。這是任何國家的詩，所辦不到的事；同時也是擴展了中國傳統的詩的內涵與功能。」

　　真是所謂「不知廬山真面目，只緣身在此山中」；亦就是成語所說的「當局者迷」。我脫離《高陽說詩》作者的地位，來看《高陽說詩》，自覺對詩的理論法則，不無闡發，我在無形中提出了一個有關中國傳統之詩的功能的看法，如我友所言：「通過運用典故的手法，來隱藏歷史的真相，或者個人的感情與祕密。」

　　以詩與歷史的關係來說，像杜甫那樣：「善陳時事，剴切精深，至千言不少衰，世號『詩史』。」乃是以詩的形式來寫歷史。寫史本有直筆、曲筆、隱筆之分；杜甫的詩史，類多直筆，間有曲筆，但另有一種用隱筆來寫的詩史，古人以吳梅村為巨擘，近人則陳寅恪獨步。如果個人的感情與祕密，因其特出的成就與特殊的地位，亦可視之為歷史的一部分，則李義山的詩更值得我們珍視，他的刻意隱藏真相，使得他的詩具有一種罕見的深邃幽窅，綽約朦朧之美，而又能寄託無限深情，為詩的藝術上的一種偉大的創造。

　　於此可知，所謂「詩史」有明的與暗的兩面。我不敢說，這是我的創獲，因為古人原有「寄託」之說。不過，至少我已用具體的例證，表明了

在這方面的理論，大有探索的餘地，甚至可發展為一套完整的體系。當然，我現在只不過是為這套理論體系建立了一個立足點。

下面就我在《高陽說詩》中，可以尋繹出來的理論，作一概略的序言。

首先，我們要問，為何要將真相與祕密隱藏在詩中？當然是有決不能秉筆直書的原因在內；而此原因不外乎：怕觸犯時忌而賈禍，或者公開個人的祕密，會傷害到某一個人，不得不有所隱諱。前者如吳梅村的〈七夕感事〉；後者如李義山的「無題」。

〈七夕感事〉是一首五律，寫鄭成功與張蒼水在順治 16 年，率義師入長江，攻金陵的「江上之役」；此役為反清復明功敗垂成的一大恨事，遺民志士無不痛心。如直書其事，立即便有殺身之禍，因此，吳梅村用赤壁鏖兵的故實來紀事抒感。義師與清軍的兵力為十七對一之比，與曹操征吳相似；結果優勢兵力的一方大敗亦相似。起句「南飛烏鵲夜」，典出曹操〈短歌行〉；結句「眼見孫曹事，他年著異聞」，以孫曹的故事，掩護中間兩聯所寫的鄭成功兵敗的真相，復又寫出欲哭無淚的心情，卻只得一首五律 40 字。詳見拙作〈「江上之役」詩紀〉。

李義山的「無題」詩，關於七律部分，其實是難以命題，暫時從缺，非製題有一體曰「無題」。義山曾有與妻妹熱戀，而又遭受誤解的難言之隱，〈牡丹〉詩中的「朝雲」，原指「小姑居處本無郎」的巫山神女；而嫉義山者讒於令狐綯，說是與他的姬妾有染，由於南北朝洛陽有巨家歌伎名朝雲，所以令狐綯不能無疑。李義山如果公開了真相，自可闢謠，但那一來會傷害已嫁的妻妹，且反坐實了「儇薄無行」的惡意指責。此為難以標題的苦衷；而詩中描寫的事實固甚清晰，其次序如下：

一、〈牡丹〉一題：此為義山極自賞之作，故自長安寄隨姊而居於其家的妻妹，以冀見賞。

二、「相見時難別亦難」：歸洛陽知妻妹將嫁，且為其妻所隔離，因作此詩，命婢女致意。

三、「來是空言去無蹤」：片面訂後約，並望與妻妹一晤，竟無回信。

四、「鳳尾香羅薄幾重」：由遙見趕製嫁衣寫到次日送嫁，知妻妹已變心。

五、「重帷深下莫愁堂」：送嫁之日，回憶往事而失眠。

六、〈昨日〉一題：妻妹既嫁，則夫婦琴瑟復調，慰妻亦自解之作。

七、「颯颯東風細雨來」：事後方知妻妹迫嫁的真相。當義山在長安作〈牡丹〉詩時，其家有年少者作客，妻妹與通；義山之妻因作主許妹為此人次妻，趕製妝奩遣嫁，俾絕後患。

以上分析，略見於拙作〈《錦瑟》詳解〉，並又另作玉谿〈「無題」詩案〉一文，收入《高陽說詩》增訂本中。從來以為李義山的「無題」詩，寫其不遇自傷；而不遇之故，在於他「叛牛投李」，致為令狐綯所棄。義山是「東閣無因得再窺」的小官，何致牽涉及於有關朝局的「牛李黨爭」？但因「無題」詩中所描寫的情事，無由索解，以致千古傳疑。如果詩史明暗兩面的理論能夠發展為完整的體系，則不僅豐富了詩的內涵，開拓了史的領域，而且據此理論去詮釋古來的詩中名作，欣賞的層次提高，將益顯李、杜以來大詩人的萬丈光芒。

得獎的原因，不外肯定其成就；鼓勵其未來兩者。對我來說，當然是鼓勵；但使行有餘力，我將從考據唐宋以來詩的本事，研究運典的技巧，來說明詩史的明暗兩面。但願有一天，我有足夠的學養在中文系中開這樣一門課。

——選自高陽《高陽雜文》

臺北：遠景出版公司，1988 年 7 月

《高陽雜文》後記

◎高陽

　　這本集子是名符其實的雜文、內容龐雜，大致可分為五部分，第一是雜感，為了表示對一代偉人蔣故總統的崇敬，我將〈從經國先生的八字談起〉一文，列為第一篇；其次是為感舊懷人之作；第三是若干小考證附〈閱微新記〉四篇，這部分在我自己看來是分量最輕的；第四提出我在對文學與文人的一些看法及若干書評；最後一部分、收錄了四篇稿子：談300 年前的一次大地震、談歷史上的哈雷彗星、談康有為、談伊藤博文與西太后，都有一些新發現在內。我寫小說，從不把自己的影子擺在裡面；而頻年以來，居然常有人對「高陽是怎麼樣一個人」這個問題發生興趣；我這本雜文或許能使這些愛護我的讀者，稍得滿足。當然，出這本集子的目的，不僅於此；就我個人來說，有些稿子，固雞肋之不如，但也有幾篇，是多年心血所累積，可以顯一顯我的「功力」，確信能為知音所賞，而不忍捨棄的。

　　古人云：「開卷有益」。但願這本雜文能不負此四字。

——選自高陽《高陽雜文》

臺北：遠景出版公司，1988 年 7 月

《清朝的皇帝》後記

◎高陽

　　《清朝的皇帝》談到德宗、慈禧先後崩逝，即告結束，未談宣統的原因是：第一、宣統三年之中，溥儀本人無可談。談他是另一話題；詳近略遠，史家通則，拙作雖然閒談，亦期不悖史例，但那一來，就會大談民初人物，甚至還要談日本人與英國人（莊士敦），跑野馬會跑得漫無邊際，不如就此打住。其次，清朝至光緒 33 年丁未政變，慶王、袁世凱，與端方等相勾結，排去瞿鴻禨、岑春煊時，愛新覺羅皇朝可說已不可救藥。宣統 3 年不過此一皇朝的「彌留」狀態，無可談，亦不必談了。

　　談完了事實，少不得還要發點議論，猶如紀傳以後的論贊。茲請先一論清朝亡國的原因，也就是解釋，何以丁未政變可以看出清朝已無可救藥。

　　這就要先談一談我自己摸索出來的，研究歷史的兩個關鍵性的問題，一個是，歷史的重心在民生，亦就是歷史的重心在經濟；而經濟的重心在交通，這交通是廣義的，包括水利在內。凡有舟楫之利，易求灌溉之益，苟獲馳驛之便，何難平準之濟？任何時代的交通水利都能充分反映經濟情況，同時亦可看出軍事態勢的強弱，社會風俗的變遷。

　　另一個關鍵是，了解政治上的中心勢力。看支配政治的是知識分子、貴族、外戚、宦官，還是藩鎮？大致知識分子掌權，常為昇平盛世；藩鎮跋扈，則每成割據的局面，地方有幸有不幸；貴族干政，應視所結合的勢力為何，結合知識分子，便有清明之象；結合外戚或宦官，必致宮廷多故。最壞的是以閹人而操國柄，為蒼生之大不幸。

以清朝而言，創業時期自太祖至世祖，大致皆為貴族結合知識分子操持國事；至康熙朝則充分尊重知識分子，且無中外滿漢之畛域，故能成其媲美文景之治。雍正、乾隆、嘉慶亦然，但以在上者好尚能力之不同，因而知識分子所能發生的作用亦有差異。

有清國勢之衰，肇端於乾隆末年；漸顯於嘉慶中期；而大著於道光一朝。嘉慶仁厚有餘，才智不足，以致雍乾兩朝久受抑制的貴族，漸有干政的傾向；此種傾向至道光朝益見明顯，而致命傷則以宣宗資質愚下，近似崇禎，乃發生假知識分子與才足以濟其惡的小人相結，排斥正統知識分子的現象。

所謂假知識分子即假道學；此輩歷朝皆有，但康熙則敬遠之，雍正則驅使之，乾隆則狎侮之，至嘉慶朝雖漸見尊重，而不若道光之信任曹振鏞至其人既歿而猶不悟。但道光一朝，真正知識分子在政治上雖不甚得意，猶幸假知識分子只能「衡文惟遵功令，不取淹博才華之士」，而不能限制「淹博才華之士」著書講學，於是至咸豐一朝，人材蔚起，而自文宗以下，政治上對立的派系，不論恭王還是肅順，皆知重用知識分子，故能戡平大亂，成短暫的同光中興之治。

至光緒甲申，恭王以次，全班出樞，朝局陡變，此後的政治情勢，漸趨複雜。就整個愛新覺羅而言；光緒甲申以前，支配政治者，不外八旗及知識分子兩大中心勢力的排宕結合，以知識分子為主，結合八旗勢力，為最理想的政治型態；其次以八旗為主，而知識分子尚有相當發言地位，即如道光末年之危，亦尚能挽救。

及至光緒甲申，政治領導階層的架構，逐漸發生了基本上的變化，此即八旗勢力轉化為貴族、外戚兩種勢力；假知識分子，亦即徐桐、崇綺一派，昧於外勢，實際上可說無知無識的頑固守舊派，為慈禧所扶植，以箝制真正知識分子；而李鴻章漸有鎮藩模樣；李蓮英勾結內務府攬權，則宦寺介入政事。

此種種惡勢力集結於一女主之下，國事遂不可問。猶幸真正知識分子

尚能柄政,故雖國脈如絲,尚存一線之望。迨瞿鴻禨罷歸,一線之望亦已斬絕,當時的政治領導階層的架構是:

一、外戚:軍機大臣醇王載灃;度支部尚書載澤(此兩人雖為貴族,但以外戚身分,始得進用。載灃為慈禧姨表姪;載澤為慈禧內姪婿,亦即德宗的聯襟。)

二、貴族:外務部總理大臣慶王奕劻;民政部尚書善耆;農工商部尚書溥庭。

三、藩鎮:軍機大臣袁世凱。

四、宦寺:軍機大臣內務府大臣世續(內務府大臣應視之為宦寺系統)。

至於張之洞、鹿傳霖之在軍機,不過聊備一格而已,不能與瞿鴻禨相提並論。如瞿鴻禨仍舊在位,則奕劻必去;袁世凱不得入樞,載澤亦無掌度支的機會,愛新覺羅皇朝之亡,必不致如是之速。

張之洞是漢人知識分子中,效忠愛新覺羅皇朝最後一人。他亦早看出來,清祚將移,而以亡國孤臣自命;曾賦詩云:

南人不相宋家傳,自詡津橋警杜鵑;辛苦李虞文陸輩,追隨落日到虞淵。

此詩當作於庚子亂後,「南人不相」指翁同龢;次句用天津橋聞杜鵑故事,謂早知用翁同龢,天下將大亂。「李虞文陸」指李綱、虞允文、文天祥、陸秀夫;「虞淵」乃日沒之處,張之洞以李虞文陸自況,有明知其不可為而為之意;而「生為大清之臣,死作大清之鬼」的忠貞似乎亦情見乎詞。但最後竟成了「自作多情」;病亟時有〈讀白樂天「以心感人人心歸」樂府句〉詩云:

誠感人心心乃歸,君臣末世自乖離;豈知人感天方感,淚灑香山諷諭詩。

張秉鐸作《張之洞評傳》，引此傳並加按語云：

宣統元年，監國將以洵貝勒辦海軍，濤貝勒管理軍諮，時之洞已入軍
機、兼筦學部，見監國如此，乃面諍曰：「此國家重政，應於通國督撫大
員中，選知兵者任其事。洵、濤年幼無識，何可以機要為兒戲？」監國
不聽，之洞力爭之；監國頓足色然曰：「無關汝事！」之洞感憤成疾，遂
以不起，以詩即為是而作。

　　總而言之，清朝的皇帝，平均要比明朝的皇帝好得多。可惜雍乾兩朝
的許多史實已不可知，倘或辛勤搜求，細心爬梳，也許有少數皇帝，尚須
重新評價。

——選自高陽《清朝的皇帝》

臺北：遠景出版公司，1988 年 12 月

我寫歷史小說的心路歷程

◎高陽

自《李娃》開始，我寫了三十多年的歷史小說，但如問我一共寫了多少萬字；出過多少單行本，我無法給你滿意的答覆。我也不曾保存整套的自己的作品，因此，有些好朋友說，我不愛惜自己的文字，我只有報以苦笑。我所重視的是臨筆之頃，也就是所謂創作的過程，每當預定的篇幅完成之後，輒有如釋重負之感，以後的事就懶得去問了。

然則是什麼力量能驅使我終年負重亙三十餘年之久呢？細想一想，不外乎三個因素，第一，寫作是我的職業，煮字療飢，不寫不可；第二，在小說創作過程中，有一種必須多寫、多想才可能出現的境界，那就是把自己創造的人物寫活了，書中人有他或她自己的生命、思想、情感與語言，根本就不受作者的驅遣。那是小說作家的「極樂世界」。曹雪芹寫《紅樓夢》，遭遇到平郡王、怡親王兩家豪門的迫害；但也曾想荐他為宮廷畫家以利誘來交換他中止《紅樓夢》的寫作，但曹雪芹窮得「日暮西止餐暮霞」，亦不肯擱筆，直到死而後已。真個「威武不能屈、富貴不能淫、貧賤不能移」，這是所為何來？就為的是他把賈寶玉、林黛玉、薛寶釵、賈太君、王熙鳳等人都寫活了，自己掉進了自己的迷魂陣中之故。

不過「療飢」不一定要「煮字」；而「極樂世界」的境遇亦難得出現，能刺激我的創作欲歷久不衰的，是另一個客觀的因素；在寫完「紅樓夢斷」四部曲時，我做了一首詩：「夢斷紅樓說四陵，疑真疑幻不分明，倘能搦筆娛人意，老眼猶挑午夜燈。」有時實在懶得寫，但只要一想到《聯副》編輯部告訴我，一斷稿必有讀者打電話來問，我就自然而然地會坐到

寫字檯前鋪紙提筆了。

自製集字聯‧似謙而實傲

　　因此，我的歷史小說，不為「學院派」所重。有一年聯合報系董事長王惕吾老說：「應該給高陽一個特別獎。」但某大學的文學院長說：「高陽寫的是通俗讀物，不能算是文學作品。」我的「特別獎」因而告吹。但學院派中研究歐洲文學的教授，對我的評價又自不同，如尉天驄兄將我比擬為巴爾札克，我說：「愧不敢當！我跟巴爾札克相似的，只有晚婚這一點。」

　　平生以妄取虛名為戒，尤以倖致盛名為懼，因為名不副實，必生災殃，語云：「暴得大名則不祥」，殊不知盛名之下，難乎為繼，往往身以殉名，前有海明威，後有三島由紀夫，近年則有三毛，自殺皆以此故。但我雖淡於名的觀念，而藉由《聯合報》這一強大媒體的傳播，不虞之譽，始終不斷，前兩年曾集杜工部、龔定庵的詩句，作一楹帖曰：

　　　豈有文章驚海內？
　　　料無富貴逼人來。

　　臺靜農先生生前，極賞此聯，特用佳紙，書以相賜；他的評語是：「確能自寫其性情及境遇，又能占盡身分。就文字技巧而言，不特對仗工穩，且出語奇警，與『避席畏聞文字獄，著書都為稻粱謀』的句法相似，置之《定庵集》中，不復能辨其為集句。」這完全是老輩獎飾後進的溢美之詞，盛意著實可感。

　　另有位朋友說我此聯，「似謙而實傲」。傲之一字，我不敢辭；我輩措大，身無長物，所可傲人者，正就是「傲」之一字，但這話細細想去，似又不然，「布衣傲王侯」，並非凡為布衣，皆可傲王侯，客觀上別有可傲王侯者在；主觀上，是王侯不能欣賞或輕視布衣的反彈。

　　如我考證李義山的無題詩，為與妻妹發生畸戀寄情寄憤之作；董小宛

確曾入清宮，為順治的寵妃，曾追封為「端敬皇后」；戊戌政變，主角為李鴻章及剛毅，配角為楊崇伊及康有為，而袁世凱是在剛毅以刀筆吏的手法脅迫之下，作了偽證。我作這些考據，如傅斯年先生之所謂「上窮碧落下黃泉，動手動腳找東西」，所列舉的證據，有正面的「立」，也有反面的「破」，衷心希望有人來駁倒我，而史學界的反應，異常冷淡。有人為我分析，說現在的史學界，以考據一環為最弱，也最不長進，都讓前人牽著鼻子走，李義山的無題詩案，說成「牛李黨爭」，久成定論，殊不知李義山當時在中樞的政治地位，充其量如現在行政院的一位機要祕書，那裡牽涉得到牛李黨爭？否定董小宛入清宮，是因為皆惑於孟心史的董比順治大 14 歲之說，其實，孟作《董小宛考》，連冒氏[1]《同人集》都沒有看過，計算董小宛的年齡竟差一歲，遑論其他。戊戌政變，一定要將袁世凱定作罪魁禍首，是因為他有稱帝一事，所以眾惡皆歸。而康有為則被現代史學家捧為發憤圖強、憂民憂國的先知先覺，完全無視於他人格上醜陋的一面，如「衣帶詔」之類的笑話。

考證自成一家・學界報以冷淡

至於李鴻章，百足之蟲，死而不僵，門生故舊，遍及天下，延及後世，淮軍系統文武一直在北伐以前的政局中居於主導地位，自然要出全力維護他們的這位「大菩薩」，那裡會承認他在俄受賄，以及「膠灣事件」中開門揖盜等等，這些「佛頭著糞」大殺風景之事？由此看來，史學界對你的考據文章之冷淡，是無怪其然的，表面看來彷彿不屑與你爭辯，其實是無力與你爭辯，譬如你引清初「江左三大家」的詩詞為董小宛曾入清宮的證據，若要駁倒你，必須先在三大家的集子上下一番工夫，而有些情況，若非你提供明確的證據，是一般人所想像不到的，如錢牧齋為小宛清償債務，恩重如山，但董小宛「死」後，錢牧齋的弔唁信只有一封，就這麼一

---

[1]編按：冒氏，指冒襄（1611～1693），字辟疆，明末清初的文學家。

封，在後來冒氏《同人集》重印時，全文均以化作「墨釘」，想來其中必有冒辟疆不願為人所知的話，此中有何內幕？吳梅村題董小宛畫像八絕，作於康熙 3 年錢牧齋下世後，且為徇冒之請所作，此中又有何內幕？龔芝麓與冒辟疆為換帖兄弟，但弔董小宛的一闋〈賀新涼〉，遲至晚年辭官後才交卷，此中更有何內幕？如果對這些疑問不能有令人滿意的解釋就駁不倒你的論據，但又不願承認你參野狐禪的考證，比他們得了學位、久享大名的人來得高明，只好報以冷淡了。

為報文字知己・彙編全集成套

我很感激我的這位朋友，為我大抱不平；但我必須強調的是，我雖傲，但也很服善，只要確實比我高明，不吝指教，則不但不容我傲，而且頫首降心，甘願瓣香，如我在《鳳尾香羅》中談李義山的一首七律〈淚〉，為送別李衛公（德裕）謫海南島之作，這首詩與〈牡丹〉同為玉谿變體中上之作，我說全詩八句，皆用「淚」的典故，只有第二句「離情終日思風波」是白描。此稿刊出後，有政大一位素昧平生的閔教授寫信給我，說此句亦有典，典出李陵〈報蘇武書〉，一查果然。我立即回信給閔教授道謝並致敬。以後我不只一次向人說過，現代論玉谿詩者，包括張爾田在內，我只佩服兩位，一位是周棄子先生，另一位就是閔教授。

1990 年冬天一場大病，出生入死，住院 45 天，35 天掛著病危的「紅牌子」，發病時唯求速死，世俗之事，一無所戀；不發病時，口不能言，耳不能聽，手足為各種導管所牽制束縛，亦仍如受刑，只有明燈午夜，萬籟俱寂，呼吸比較暢順時，才略感生趣；那時除了掙扎著與特別護士小姐筆談，討論病情以外，便是閉目冥想，只覺放不下心的，只有兩件事，一件是我的遠在大陸，與鄧小平同歲的胞姊，但只要我能不死，對她即不構成任何傷害，這一了解往往激發出我求生的意志；另一件事便是想到我的讀者。

我常說，文字知己，刻骨銘心，想到許多賞識我的文字的人，每每熱

淚盈眶，但像這樣的讀者，我不知道的還很多，在我病重住院的消息見報後，有好些讀者寫信到我的醫院來，請「轉投」給我，或則慰問，或則祝福，還有荐醫，荐藥的，這些溫馨的慰藉，都化成為我的生命力；林英喆老弟說我的生命力非常強韌，他不知道那些讀者的來函，是一道道的韌帶。

　　然則我應該如何報答我的讀者呢？這就自然而然地浮起了我蓄之中心已久的一個宏願，想將我的全部作品重校重排，精印成一整套。於是當《聯副》主編瘂弦兄偕義芝、偉貞來探病時，我表達了我的意願，我說：「如果我死了，你們一定會整理我的遺作，重新出版；那就不如現在就辦，讓我及身得見，豈不實惠？」瘂弦他們三位，欣然見許。回報社後，立即跟聯經出版公司劉國瑞兄接頭。國瑞邀約皇冠平鑫濤兄、風雲時代陳曉林兄會談，認為重排重印，工程浩大，需要很長的時間，太不切實際。因此決定，由三大出版社集中我的已出之書，彙輯精裝成套，並加編號，以供讀者珍藏，所得全數相贈，助我療養復元之需。這番盛情，我除了感激之外，不能置一詞。

　　集書彙編精裝的技術工作，由《聯副》及聯經的朋友幫忙，偉貞打電話給我，說應該作一篇自序。我平生不喜作序，亦不善作，以故一直遷延未報，無奈偉貞催之不已，只好自敘我寫歷史小說的心路歷程，權代序言，語多率直，請讀者恕其狂妄。

——選自《聯合報》，1992 年 6 月 7 日，25 版

病中書

◎高陽

以元[1]：

　　提起筆來，感慨萬千。說實話，我原以為可能不會再有給你寫信的機會；更不以為能以與以前一樣的心境，給你寫信，而結果出乎我的預料，回想本年以前的情形，恍同隔世。我的病，伏根已久，只以平時毫無絲毫異象，所以從不以為意，以致一發不可收拾。去年曾兩次住院，主治大夫並未發現我氣喘的嚴重性，耽誤了一個多月，出院後，求治於專科醫生，但亦僅止於了解氣喘麻煩而已，投藥並無多大效果，彼時心境即甚灰惡。1月16日[2]中午看電視新聞，所關心的波灣戰爭，終不可免，益覺鬱悶不舒，是日下午四時許嘔血，旋即氣喘，來勢猛於以前兩次發病，種種機緣湊巧，先送國泰醫院，當晚再轉榮總，實為命不該絕，如仍送長老會所辦之馬偕醫院，必難倖免。在這一連串湊巧的機緣中，菊芬[3]當然是個關鍵性的因素。

　　當送至國泰急救時，人已陷入昏迷狀態，據說皮膚已經發紫。轉送榮總後，除肺疾的針藥外，治氣喘僅用支氣管擴張術，收效不大，約十天以後，氣喘大發，榮總動員五位醫師、近十護士急救，安而復危，自黃昏至夜間十時、方始甦醒，以今[4]及其母均趕到醫院探視。其時人雖復甦，病未脫險，呼吸衰竭，全靠藥物、機器、手術，維持生命，以兩軟管自鼻端插

---

[1] 〔編按：全篇註腳皆為蘇偉貞注〕高陽三哥許儒傑之女。
[2] 民國80年。
[3] 高陽女友吳菊芬女士。
[4] 高陽女兒，譜名以今，學名議今。

入，一通肺部，另端接呼吸機，自此管中不斷輸入氧氣及抽痰；一通胃部，以進流體食物。榮總每天供給美國進口的「營養牛奶」六罐，所費不貲，此物至今仍在購服，唯每天減為三罐。

我住院 70 天，其中 45 天（掛紅牌），即在隨時可以生變的危急狀態中。陰曆年前，動一次手術，初開氣管，植入金屬管子，以活動軟管，連接呼吸機，此在行動上雖略感自由，但又增加一重心理負擔，即此管一裝上以後，恐難取消。內科主任表示，將來即使帶病延年，亦會活得很辛苦。但主治醫師施大夫，為臺灣胸腔內科兩名博士之一，醫德亦極好，除了盡可能予以最好的醫藥照料之外，對我多方鼓勵，練習深呼吸，以期能擺脫呼吸機的牽制。其間曾經數次發病，須用幫浦加強輸入氧氣，並做氣管擴張術，才能轉危為安。其後病況日有進步，先是去除通胃之軟管，可進食固體食物；然後嘗試不用呼吸機，逐漸減低機器的輔助功能，經半個月之奮鬥，終於擺脫了機器。

出院之前，曾與醫生研究「氣切管」要不要取消？為防萬一起見，決定保留，因為舊疾復發，唯抽痰可解，如取消「氣切管」，不便抽痰，呼吸停止數分鐘，即令臨時裝管，得以抽痰，而腦中缺氧，將成植物人，為求心理上有恃無恐，故不宜取消。

3 月 27 日出院，購置全套抽痰設備及醫療用氧氣，但一直沒有使用的機會，主要的是對此病，我已積有許多心得，要自力更生，能不借助外力，最好不借，故抽痰一事，在我脫離機器以後，即盡量避免，力求自然咳出。經月餘的休養，我認為決不會有痰咳不出來，需要機械抽取的情形發生，因此於本月 15 日[5]赴榮總請醫生將氣切管取消、傷口縫合，至今一週，情況良好。

榮總醫師對我居然能死裡逃生，或稱之為不可思議，或稱之為奇蹟，在我自己亦有非始料所及之感，平心靜思，得力在如下數端：

---

[5]民國 80 年 5 月。

一、得遇良醫，並受到最進步的醫藥照料。

二、看護周到，《聯合報》王董事長為我請了三班特別護士，24 小時都有人照料。

三、是我心理上的自我調適，我認為死的痛苦在於過程，而非結束，過程愈長愈痛苦，所以我贊成自殺，你知道有這樣的思想的人，是無懼於死的，所懼者求生不能、求死亦不得，當氣喘最劇時，確有此懼，因此在未發病時，我既無遠慮，亦無近憂，所全神貫注者為如何解除當前的痛苦，未擺脫機器以前，因軟管在氣管中毫無空隙，所以不能言語，而有段時間，由於藥物的副作用，兩耳失聰，口不能言，耳不能聽，幸而猶可筆談，如此退一步想，一切痛苦，皆易於忍受。

四、是友人、讀者的慰問，覺得不該辜負大家的期望，此亦為維持生之意志的一個重要因素。

自 3 月 27 日出院以來，將近兩月，整個病況，日有進步，目前最要者為培養體力，而以加強胃納及休息為主，肺疾以三種最進步之療法併用，服藥尚須數月，氣喘已有把握，可以不致復發，但不能稍勞，目前尚不宜遠行，俟秋診後，看情形或可回大陸稍住。

小穎[6]在美的情形，聞之甚慰，我亦接到了她的信，希望她單身在外，一切自己小心。我也接到了東東[7]的信，他的出路，寄望於下半年，此間與大陸直接通航，會在大陸設分公司，我必為之盡力設法。此信述我病情部分，可作一影本寄他，並轉其父母，但不必告訴他祖母，要緊要緊。以今托福考試，成績不及小穎，但亦達到高中出國標準，打算赴瑞士進旅館學校，人各有志，我表示贊成，現正辦理入學申請中，事情有無變化，尚不可知。

以祺[8]於四月間來臺，詢其杭州情形，茫然不知，紀念碑[9]事，經過情形

[6]許以元女兒。
[7]高陽大姊許儒珍的外孫。
[8]高陽侄子。
[9]許氏橫橋老屋，建於明代，許氏後代子孫計畫立碑紀念，紀念碑文由高陽執筆。

如何，望詳告，有照片寄來更佳。至於我個人計畫，將全力進行出全集事，唯此事甚為複雜，我又缺少幫手，所以推動極感吃力。大陸方面，霍寶珍[10]女士亦有此計畫，但以我生病，未談下去，容再續告。現有一事，盼你即著手計畫進行，即我在大陸出版的書，究有多少，應重新作一調查統計，以祺很忙，我對他並不寄以多大期望，現正要求他將各出版社已付稿費之社名、書名、款數開單告我，俟寄到當轉寄，以便作為清理之根據。

　　父親及八叔等近況如何？盼詳告。你父親、大姑母、八叔、十姑母之生日望開一單寄我。匆此並祝

　　康健。

駢[11]
5 月 27 日

——選自《聯合報》，1992 年 7 月 19 日，25 版

---

[10]海南出版公司董事長兼總編輯。
[11]高陽本名許晏駢。

歷史與小說
高陽先生訪問記

◎桂文亞[*]

　　在中國歷史小說的寫作殿堂上，高陽先生具有相當的代表性，由於史學研究與小說藝術的修養，構成他作品中「實際與空想，謹慎與放縱」兩種截然不同，卻又融合為一的境界。

　　「歷史與小說的要求相同，都在求真。但是歷史所著重的是事實，小說所著重的是感情。我無法去追求歷史興趣的滿足，是由於我無法捨棄小說的寫作；以虛構的人物納入歷史背景中，可能是歷史研究與小說寫作之間的兩全之道。」

　　高陽先生開門見山的說，投身於歷史的領域中，如果不談義理，只講考據，屬於科學的研究；考據是發掘事實闡明事實，重懷疑，更重證據，而小說需要「故事的構想」，這個故事在客觀環境中可不可能發生？不值得太注意；重要的是，作者是不是能使讀者相信在過去、現在或未來會有這樣的故事發生？

　　「因此，除去事實，兼顧情理做一個相當的解釋，是我寫歷史小說的目的之一。」

　　高陽先生第一部發表的長篇歷史小說，是民國 53 年 4 月開始在《聯合副刊》連載的《李娃》，整整 13 年了，他仍舊堅持著一個原則：「歷史小說應該合乎歷史與小說的雙重要求，不僅小說的人物要求其生動、凸出，還要能夠把握各時代的特色，以及反映各時代裡不同的社會特徵。」

---

[*]散文家、兒童文學家。發表文章時任職於《聯合報》，現成立「思想貓兒童文學研究室」，經營「思想貓兒童文學網站」，並任浙江師範大學兒童文化研究院講座教授。。

這次訪問談話的地點是在高陽先生的寫作室，冬日午後，無甚陽光，四扇大型鋁窗外，是一幢幢大小不等蒙上淡灰色的高樓建築。

每日傍晚時分，多會見到戴著眼鏡，微微傴僂著背的高陽先生，在《聯合報》四樓編輯部內，一會兒和朋友寒暄，一會兒打電話，更多的時候是到資料室抱出一疊疊又厚又重的參考書，邊走邊翻。

寫作室靠會議室左手邊，裡面有一張長形木桌，堆滿了各種書報雜誌，只要經過門口，一眼便可以見著高陽先生正埋首疾書──趕著交稿，桌面就只留出那麼一小塊空白，剛夠放菸灰缸和稿紙。

目前為止，高陽先生發表過的長篇歷史小說有 20 部以上，超過一千萬字，「作品寫完以後，在我就算了結了一樁心事，並不想使作品商業化，也無意擴大影響力，我只有一個理想：不斷的求『新』。」

高陽本名許晏駢，浙江杭州人，對歷史小說發生興趣，早在童年時期。許家是一個大族，在杭州世居了兩百多年，清朝乾隆年間開始，已有不少族人自考試中為官從政。身在書香門第，耳濡目染，高陽從小便從長輩的談話中得知許多清朝人物的生平行誼。

譬如他的高祖，做過江蘇巡撫的許乃釗，和後來的兩江總督何桂清，是道光 15 年會試的同年，高陽先生在寫《胡雪巖》這部小說的時候，其中有關何桂清和王有齡的部分，便是得自童年的聽聞。

此外，兄弟四人，姊妹三人，在家中排行老么的高陽，自小與母親最接近，也受到他母親不少影響。

高陽的母親在當時來說，是一位相當開明的女性，家中訂的《申報》、《新聞報》，每日必讀，由於熟讀綱鑑，對各種歷史掌故如數家珍，高陽更是聽得津津有味。

洪武 31 年，明太祖去世，太孫允炆繼位，是為惠帝，當時諸王跋扈，惠帝便與他寵信的大臣齊泰、黃子澄密議，決計削藩，周王橚、齊王榑、代王桂、岷王楩等人，相繼被廢。惠帝建元元年，早有謀反之意的太祖第四子燕王棣，發動兵變，燕王驍勇善戰，頗有威名，自惠帝為皇太孫，心

中不平，惠帝即位以後，以誅齊泰、黃子澄為名，率兵進犯，史稱「靖難之變」。

「靖難之變」中有一段小插曲：做了和尚的姚廣孝，是燕王棣的謀士，一天，姚問燕王：「大王，我想送您一頂白帽子戴，如何？」「王」字上加一個「白」，便是「皇」，影射逆取王位，深具野心的燕王棣受到暗示，怦然心動。

「諸如此類的小故事，家母說過許多，都使我留下了極深的印象；由此你也可以想到，我對歷史人物的傳奇，某一件歷史公案的背景或是癥結所在感到興趣，便是在這種情況下培養的。」高陽先生笑著說。

除了閱讀報章雜誌和聆聽掌故，高陽先生也飽覽中外文學名著，舊小說中《兒女英雄傳》、《水滸傳》、《西遊記》都為他所愛讀；西洋文學作品，則偏愛歐亨利的短篇小說；至於寫作技巧，自認頗受張恨水的影響，事實上，高陽先生在專業寫作歷史小說以前，現代小說也寫得相當出色。

民國 38 年，高陽先生隨軍來臺，在南部空軍官校服役，任職其間，曾經擔任過前參謀總長王叔銘將軍的祕書，民國 45 年退役，同年，進入新聞界，專任《中華日報》主筆至今。

高陽先生勤於筆耕，目前除了為《聯副》撰寫長篇小說《紅樓夢斷》外，同時進行三部長篇：《經濟日報》的《陳光甫外傳》，《民族晚報》的《徐老虎和白寡婦》和《臺灣日報》的《乾隆韻事》。

同時撰寫四部長篇，是否有一個寫作計畫或是進度表呢？

「我是從來不訂綱要的。」高陽先生靠著椅背，吸了一口雪茄，笑著說：「不過，寫作之前，總要先將整個故事做一個構想：那一部分需要強調？那一部分可以忽略？如何塑造人物？如何把握人物的性格，大致上有一個腹案，就可以動筆了。」

「寫歷史小說的一個先決條件是：必需對中國歷史有一個通盤性的了解，尤其對各朝代政治、經濟、文化等制度上的變遷，所影響於社會者，更不能不下點功夫。」

譬如明朝末年，長江以南與黃河以北，便有如天堂與地獄之別，據
《板橋雜記》描寫，當時的南京是全國觀光、時裝、消費中心；而黃河以
北，流寇所經之處，數百里不見人煙，無足為奇。「所以，如果對歷史的了
解不夠，就不能掌握矛盾與衝突，小說的效果也就差得多了。」

寫作歷史小說，資料的收集與運用，是相當必要的。

高陽先生舉了一個例子：

寫《李娃》的時候，有一段文字談到唐人打毬的場面。為了了解真
相，他花了很大功夫，終於在中央研究院找到了一份論文，不僅對唐人打
毬的文字說明十分詳盡，還附有從日本搜集來的實況圖片。

原來，唐人的打毬，實在是一種戰技訓練，每每在皇帝面前表演。唐
人打毬類似現代人的馬球，擊球的桿子約略如高爾夫球桿，分甲乙兩隊，
每隊六至七人，每一方有一個小小的球門，雙方球員爭毬，毬落球門可得
一分，球場澆了桐油再築實，異常光滑，打毬時等於冰上跑馬，球員一擁
而上，受不住激烈撞擊的人，很容易摔下馬來，慘遭馬群踐踏，一場球賽
下來，死傷纍纍。

高陽先生再舉第二個例子：

白行簡在《李娃傳》原作中，有一段描寫類似現代殯儀館「凶肆」的
文章，文內描述唐人的葬儀隆重奢靡，出殯時的場面甚至造成萬人空巷的
盛況。

為了查證實情，高陽先生特別參考了許多唐人的筆記，以及日本史學
家足立喜六及平岡武夫的考證。

「原來，由於中唐盛世，優渥富裕的生活養成人民異常開闊樂觀的性
格，以致喪葬凶禮，也可以轉化為娛樂，成為盛唐社會的特徵之一。」

高陽先生噴了一口煙，神色莊嚴地說：「嚴格說起來，這類問題已經屬
於史學考證的範圍。尤其是歷史上有名有姓的人，我更不能隨便落筆。」

高陽先生說，他以研究歷史的嚴肅態度來寫歷史小說，歷史上的人
物，需要辯護的，就要替他辯護；需要揭發的，決不可感情用事，如果沒

有足夠的證據，他是不輕易否定某一古人的。

　　談到考證，順便想到一事。最近，高陽先生受故宮博物院文獻處處長、目錄學家昌彼得先生之託，整理了一百多封翁同龢寫給張蔭桓的信件，翁同龢光緒 15 年至 25 年當政，由於他對財政外交上的外行，便藉著書信與張蔭桓商量軍國要事，這一百多封信，便是在那段時間裡寫的，其中不少信件未曾註明日期，加上彼此心照不宣，用了許多隱語，前後啣接更不容易，結果，在高陽先生細心的研究下，不但理出了頭緒，還可以從信中斷定李鴻章受了俄國人的賄賂！也由此可見，高陽先生在考據方面所下的功夫和素養了。

　　除了歷史的考據和以真實人物做背景外，自然免不了一些渲染、虛構和醱酵。

　　「譬如《少年遊》裡的『浪子宰相』李邦彥，實際上名如其人，是個浪子，而我將他美化了。」高陽先生繼續舉例說明。

　　《少年遊》這部小說描寫的是宋代詩人周邦彥和汴京名妓李師師一段纏綿悱惻的愛情，由於高陽先生巧妙闡釋與運用了周邦彥的詩詞，這部小說特別得到許多對詩詞有研究的讀者們的共鳴和激賞。

　　那麼，高陽先生發表過的作品中，有那一部是自己比較感到滿意的呢？

　　「《荊軻》。」他很快的回答。

　　《荊軻》大概有四十萬字，民國 55 年 2 月 15 日《聯合副刊》開始連載。

　　高陽先生自認將「荊軻」的主題把握得很緊。他說，荊軻雖然出現在〈刺客列傳〉裡，事實上並不適合做一名刺客；荊軻的失敗，早在沒有成行之前，已經可以看出七、八分了，但由於太子丹用各種方法籠絡荊軻，使得他不能不去冒險，一死以報知己。

　　「處理這篇小說的時候，感情上，我同情太子丹，但是在理智上，我批判了太子丹。以他當時在燕國的地位，已經等於實際上的執政者，應該

聯合各國一致對付秦王，實在不應該為了個人恩怨，非要置之於死地而後快。」

再如《史記》上稱鑄劍名家徐夫人是一位男士，「徐」是姓，「夫人」二字是名，而高陽先生認為是女人；女人也能鑄劍嗎？高陽先生認為：「鑄劍必須上好的原料，火力發揮到最高點，才能鑄成利劍；如何才能知道火力已經發揮到最旺盛的程度，全憑經驗和眼力謂之『望氣』。鑄劍，並不需要親自動手，徐夫人身為女人，一樣可以鑄劍。」

今年年初，高陽先生和趙岡先生有過幾次暢談《紅樓夢》的機會，由於彼此一個共同的看法，激發了高陽先生寫「紅樓夢斷」的動機。

「這個看法是由趙先生發現，我進一步支持的。我現在可以大膽的說，如果沒有相反的證據來駁倒我們的論據的話，應該可以說是定論了。今後所需要的，是更深一步的發掘。」

這個發現是什麼呢？就是《紅樓夢》的寧國府，乃是影射蘇州李煦一家，而新臺之醜的男主角應是李煦，女主角應是李鼎之妻。

但是對於曹雪芹的身世，高、趙兩位先生的看法卻有出入。高陽先生認為，曹雪芹是曹顒的遺腹子，趙岡先生則認為，曹顒的遺腹子是曹天祐，曹雪芹另有其人。

談到《紅樓夢》，爭議最多的自然莫過於賈寶玉是不是曹雪芹本人了。

高陽先生首先力駁《紅樓夢新證》作者周汝昌的「紅樓夢為曹雪芹自傳」的說法。

他認為：「小說的構成，有其特定的條件，《紅樓夢》決不例外。《紅樓夢》中可容納一部分曹家的真人實事，而更多的部分是汲取了有關的素材，經過分解選擇，重新組合而成。」

高陽先生確信，賈寶玉的影子，主要是曹顒，另外，也用了幾個模特兒，將片斷的情節、性格，揉和在一起，「至於書中人物的親屬關係，與實際曹家上世的親屬，大都吻合，但是書中人物的事跡，與真實人物又不符，曹雪芹往往是把某一代的事跡，安排在另一代人的身上了。」

　　他在〈曹雪芹生平〉一文中曾談過：「關於《紅樓夢》的本身，自胡適先生的考證發表以後，澄清了蔡元培先生所主張的『寓言說』的誤解，但不幸又引起新的誤解，以為《紅樓夢》是曹雪芹的自傳，所以大部分的考證，流於瑣碎穿鑿，對《紅樓夢》的文學價值作者在創作過程中所下的苦心，反而缺乏深入的了解，這是因為那些『紅學』專家，多無小說創作經驗之故。」

　　「紅樓夢斷」，便是高陽先生依據自己對《紅樓夢》的種種考證，所寫的一部歷史長篇小說創作。計分：《秣陵春》、《茂陵秋》、《五陵遊》和《廣陵散》四部。

　　「第一部《秣陵春》，繡春所占的篇幅很多，乍看之下與主題無關，似乎『跑野馬』跑得太厲害了。」高陽先生解釋：「我的看法卻是這樣的：一個家族由新興至老化而至衰敗，總有一個過程，一個基本的原因，世家大族最重禮法，賴以維持其整體；禮法一壞，家族間的秩序便將無法維持；而蕩檢踰閑，往往禮法破壞的主要因素，所以有『萬惡淫為首』的話，我之寫繡春，主要的是從這個女主角身上反映世家大族中，各個不同身分的人，以其不同的觀點，而有不同的想法做法，已伏下分崩離析的因子。」

　　高陽先生強調，賈家和曹家失敗的徵兆，便是由這些地方來看，由於男女關係的混亂，導致婆媳之間、夫妻之間、父子之間的內在關係發生種種變動，「一個大家族表面看起來好像很和諧，實際上存在著種種的矛盾，讀者如果能夠從這個角度體會，就不難了解我的用意了。」

　　您是否認為，白話文言交互運用的寫作方式，更能表現歷史小說的特色與背景呢？

　　「我確實有這個感覺，」他點頭：「現在的文言，在多少年以前也是白話；文字是活的，就如同時裝，變來變去變不出來了，就回復到原來的式樣，當然不是完全照抄，而是有變化的，所謂『融古入今』，用在小說裡可以陪襯場景和氣氛。」

　　高陽先生小說的最大特色，應該是將人情世故表現得淋漓致極。

　　「我們必須承認一點，一個人總是有人性的，從人情的出發點去觀察，必然不會相差太遠。很多人可能有這種誤解，大人物的整個生活是不尋常的，事實上並不如此，大人物也有七情六慾，也會鬧脾氣，有些大人物在某些方面的認識非常貧乏，甚至到了可笑無知的程度。」

　　「不過，成為大人物總有他的特性，以一個領導人物來說，他最重要的一件事情，就是能識人，不為自己的感情所左右，這是一種自我訓練，往往也就是做為一個領導者的條件。」

　　高陽先生舉了最後一個例子。他說，慈禧太后最厲害的地方，就是她永遠知道自己權力的臨界限度線在那裡，譬如義和團到宮裡胡鬧，她就表示「沒辦法」，因為局面已經超過了她的權力界線，如果太后的命令不發生效果，將會導致整個威信的失墜，不如容忍；雖傷威信，也只是一時的，可以補救的；其次，她也知道控制權力的方法，軍國大事絕不受個人感情支配，所以臨死前，她的大權仍舊沒有旁落。

　　……。

　　和高陽先生談話感到痛快，縱橫議論，胸羅萬卷，兩小時下來，如同一堂精采的講演，更難得的還是，「筆墨之外有主張」。

　　　　　　　　　　　　　　　——選自《聯合報》，1977 年 12 月 20 日，28 版

從歷史中擎出一盞燈
高陽與青年朋友談歷史小說

◎龔鵬程*

《紅樓夢》──真真假假的一部大書

問：關於《紅樓夢》，您是已成一家之言的了，能不能大略談談您的看法？為什麼會研究紅學？

高：《紅樓夢》我當然是很小就開始看了，我一位姑丈就是俞平伯，當時家裡人告訴我：你姑丈正在研究一門學問，叫做紅學。那時候我就頗不以為然。後來到臺灣來，和幾個朋友辦了一份《作品》雜誌，有天聚會遇到胡適之先生，胡先生告訴我，他《紅樓夢》並沒有讀完，也不喜歡《紅樓夢》。其後大陸上開始全面批判胡適之思想，出了一冊書：周汝昌的《紅樓夢新證》。我拿給胡先生看，胡先生居然還替他護短，說周汝昌是他最後收的一個小徒弟。這種老師未免太偉大了一點。

當時我一方面是不服，一方面也準備跟胡先生抬槓，就把這本書詳盡地看了一遍，發現其中穿鑿附會的地方很多，譬如他認為《紅樓夢》完完全全是曹家生活的紀錄，連時日都不差；這在我看來是絕對無法接受的，只有缺乏創作經驗的人，才會說出這種呆話。不要說曹雪芹，就是我來寫我自己，寫我父親，也多少會歪曲一點，記憶失真或有意隱匿呀！

據我看，《紅樓夢》寫的並非曹雪芹本人的經歷，可能是他父親或他家族的事蹟，把許多素材揉合起來，其中真真假假，構成一部大書。另外，

*發表文章時為淡江大學中國文學學系教授，現為北京大學中國語言文學系特聘教授、文化資源研究中心主任。

在《紅樓夢》的研究中，有一點是我所獨創的，也是趙岡等人所不如我的地方，那就是對歷代中心勢力的了解。——凡是我們要研究一個朝代，必先了解其中心勢力的結構，譬如東漢的外戚與宦官，唐代的藩鎮、明代的宦官、清代的八旗，以至於民國的國民黨等等。如果我們要研究明朝末年的流寇，而不了解明代從司禮監以下的宦官政治，如何能解決問題？同樣的，要研究清朝，倘或不了解八旗之組織和作用，豈能了解其興衰之故？像清代末年，親貴用事等等，無論其好與壞，都脫離不了這個中心勢力。

對八旗制度要有深刻了解

現在既然曹寅是個旗人，而且是個上三旗的包衣，與皇帝的關係格外密切，如果你不了解八旗的制度，又怎能了解《紅樓夢》？譬如我們看《紅樓夢》，賈母對待下人都非常尊重，這是為什麼呢？因為曹寅的母親本身就是康熙的褓姆（入宮聽差，都是由內務府上三旗包衣中遴選），她本身是這個身分，當然對底下人特別尊重了；這種尊重就是尊重他自己的家世。

類此的情形還很多，我在威斯康辛紅學會議裡即準備就這一點來討論。據我的了解，曹雪芹後來在內務府已經淪落到大家都認為他已不可救藥的地步了，只好讓他自生自滅。為什麼呢？曹家在金陵固然是極為顯赫，但回到內務府去，他和其他的人一樣，都是聽差的性質。曹雪芹不願受到這種束縛，才脫離了內務府，鬻文自活（清代乾隆間，因為旗人本來較少，後來逐漸增多，還有些旗人帶來的漢人，管理較為困難，有些自有辦法的，就脫離旗籍，自謀生活；而曹雪芹就是生長在這種對旗籍的管理最為鬆弛的時代。這又牽涉到我們前面所說可能與不可能的條件問題，如果這種情形發生在雍正時就不太可能，因為雍正對旗人的控制非常嚴格，不但旗人不能任意離開指定的地點，逗留外地；正白旗鑲黃旗等也經常調動。到乾隆時則是最鬆弛的時候）。

我們看《清會典》就知道，清代的內務府，其本身就像一個政府，有

他們自己的制度和系統，其掌握的營產更是不計其數。如果它要照顧曹雪芹的話，真是太容易了，隨便找個地方都可以安插他。只是曹雪芹自己與它隔絕了，我們看他書後的幾首詩就可知道。如果不是對八旗制度有深刻的了解，決無法發現這些問題。

先掌握中心勢力

問：您所說的這些，應該是研究曹雪芹所必須具備的一些知識，然則我們應如何運用這些知識來看《紅樓夢》呢？

高：以上我所談的，可歸納出一個原則來，那就是說：我們要了解一個作者，必須了解這個時代的中心勢力；要了解一個作者，必須了解他的身世背景。尤其是他在這個中心勢力之中，受中心勢力的支配到什麼樣的程度。為什麼研究曹雪芹要研究八旗制度，而研究其他的作者不必，其原因也即在此。他既生活在中心勢力的籠罩之下，我們即必須深入了解這個足以影響或支配其思想、情感的中心勢力，這是個本，本應先予掌握。同時，經由這種考察，我們也才能曉得要反抗或擺脫這個中心勢力有多麼不容易，而曹雪芹之偉大也在於此。可想而知的，內務府對他的壓力有多大，他能為了創作的自由而毅然脫離它，實在是很值得敬佩的。

問：我的意思是：了解了這些，對我們研讀《紅樓夢》究竟有多少幫助？因為所謂「紅學」，一直包括《紅樓夢》和曹雪芹本人二部分，許多人都在懷疑，研究了那麼多曹雪芹，到底對《紅樓夢》此書的藝術價值有何助益？

高：哈哈！這我也有同感！《紅樓夢》的研究大抵可分史學和文學兩部分，目前也有許多人開始對其文學性展開研究了，譬如林以亮等。

《紅樓夢》應是集體創作

問：您認為紅學今後的發展如何？

高：這很難講，我目前所做的一部分工作，仍是屬於史學的範圍，企

圖把曹雪芹整個真相探索出來；至於一些流於瑣碎的考據，我並不太贊成，如果照這樣發展下去，恐怕會「玩物喪志」！像周汝昌就是，一些小考證都是不太站得住的，其癥結即在於他不了解幕僚制度和八旗制度。

問：正如您所說，《紅樓夢》之研究可分歷史的與文學的，亦即作者研究與作品研究。現在在作者研究方面，我們已經有了不少成績，但作品研究方面卻還很貧乏，紅學即因此而常被人詬病為本末倒置，像林以亮先生就說曹雪芹的生卒年月，脂硯齋究竟是誰，他與曹雪芹的關係如何，高鶚是否續書等問題之解決與否，並不足以影響《紅樓夢》的文學藝術價值。您的看法如何？

高：作品研究和作者研究並不是截然可分的，其間當然有密切的關係，其關係在哪呢？一是脂批有許多和正文相混，二是書中某些部分是經過一再修改的。現在我們若要進行作品研究，第一步工作就是把脂批清理出來，根據我們對曹雪芹和他周遭的環境人物關係把脂批復原。

至於第二點，我的看法是，寫《紅樓夢》時曹雪芹已經非常困苦了，稿子寫了也無法開雕印行，只好寫了一些就由人抄了換米；有時為了急就章，有時又因牽涉到自己家裡的隱私，不便寫入，以致有錯開分寫和刪改的情形，造成許多不同的版本，最明顯的莫過於 13 回秦可卿淫喪天香樓。

據我所知，此書應是個集體創作，曹雪芹最初的構想都安排在前面那 12 支曲子裡，然後經過一再修改始成今本；後 40 回可能是他的一份初稿。書是跳著寫的，不一定依照秩序來。如今我們如若能對作者本人的生活和背景考證得愈詳細，對這一類作品的問題也愈能了解其真相，像我剛才所說，曹雪芹能為了創作的自由而脫離內務府這點，在了解《紅樓夢》本身時就很有助益。正因為他急於抄一部分去換錢，所以書會有錯開的現象，不是整本寫好了才傳抄流通的，書裡的詩也不一定都是曹雪芹所做。

從繁華銷歇引起人生之反省……

問：您目前對《紅樓夢》還有什麼研究計畫嗎？

高：我現在想重新把乾隆時八旗的檔案，做一次澈底地整理。

問：您以《紅樓夢》發展出來的小說「紅樓夢斷」，現在已經寫到第四部《延陵劍》了，所謂紅樓夢斷，斷字代表什麼呢？能不能簡單說明一下您寫此書的意圖？

高：（大笑）呵呵！斷字倒沒有什麼好推敲的，我寫這幾部書所要表達的只是一個環境和人的關係而已，大致不脫曹雪芹自己所懺悔的範圍，從繁華銷歇引起一些人生的反省。但文學畢竟不是哲學，有時候也沒有太多大道理可言；同時，正如我們剛才談到的，作品的主題是依隨著作品而產生的，我現在初步的構想僅是如此。

問：除了《紅樓夢》之外，您對《金瓶梅》也有論述，能不能就此談談？《紅樓夢》受《金瓶梅》之影響是眾所周知的。

高：（淡淡地笑了笑）對這個問題我沒有什麼意見，不過魏子雲先生主張《金瓶梅》是沈德符寫的，我不太同意就是了。其次，相傳此書為王世貞所撰（見《消夏閑記》及王曇《金瓶梅考證》），亦屬書賈宣傳，我認為它是本集體創作。

問：剛才您談到社會背景對人的影響時，特別舉出交通這一項。除了對交通的了解之外，還須具備那些條件？

高：剛才我也講到中心勢力必須了解，在中國歷史上，凡是以高級知識分子為中心勢力的，都屬昇平盛世，譬如宋神宗時，唐代、清代亦皆如此；若以宦官外戚為其中心勢力，則朝政必壞；至於藩鎮則不太一定，有些地方好、有些地方差，一繫於人，我們在北洋軍閥時也是如此。這些條件必須了解。

還他一個歷史的真貌

另外就是地理條件，例如明朝末年長江以南和陝甘一帶即迥然不同，一是赤地千里，人人相食；一是秦淮夜燄，紙醉金迷；同樣是明朝末年，因地域環境不同，而差異有如此之大者，地理條件之變遷和影響，焉能不

予以注意？我所以提出交通，並不是說交通最為重要，我只是說經濟環境影響人最甚，而交通又是經濟條件中極重要的一環，其輕重層次不可相紊。

問：談到交通，您剛才舉了一個例子，就是煙臺。這使我想起以「煙臺孽報」領起全書的歷史小說《孽海花》。您能不能談談中國歷史小說嬗衍遞變的情形，或《孽海花》這一類歷史小說和現代的歷史小說有何不同？

高：這個問題實在很難答覆——基本上，當代的哲學思想一定會影響到文學作品，譬如唐人小說裡濃重的道家氣息，明朝早期和後期的作品顯然不同，後期傾向於頹廢和逃避現實等等。

明人更有一種風氣，就是以小說和戲劇來諷譏時政，如《西遊記》裡的車智國國王崇道滅僧即是諷刺明思宗；又如唐伯虎三笑點秋香的故事，其起因乃是給事中華昶劾程敏政鬻題，釀成弘治 12 年的徐經科場案。唐寅亦以是獲罪，時人怨華昶多事，乃嫁名於華察（鴻山）及其二子，寫成《三笑姻緣》。其實華察成進士時，唐寅已死了三年，怎能賣身投靠到華太師府呢？

又如宋代的潘美，係一代名將，只因與楊業相約會師陳家溝，後期而至，使得楊業殺一陣敗一陣。後人恨他失期，遂造出《楊家將》等故事，像這一類事很多，可以看得出小說的力量。我所說要做歷史的律師，原因即在於此，我們應該還他一個歷史的真貌，不懂的不能瞎講。這也是我個人寫小說的一個信念，希望通過小說的手法，把一些久遭歪曲的印象扭轉過來。

判斷資料需要一些眼光

問：那麼，歷史小說在寫作時，對史料的蒐集、整理、選擇、安排等等，和一個正規的歷史研究者有何異同？

高：所謂正規的史學研究者，其主題對象較為固定，譬如研究某一朝的經濟史或戰史，對其他的部分就可不予注意。寫小說則依其需要而常改

變，譬如要寫部以清代為背景的小說，關於旗漢之間的許多問題，不能不先了解；要寫明代歷史故事，對流寇和當時的政治環境也不能不注意……。但有一點是不變的，那就是對社會史的了解，所謂社會史，包括食衣住行等等，如果欠缺這方面的知識，寫作時以什麼為材料呢？

　　問：有關這一部分的資料如何蒐集呢？

　　高：材料蒐集的方法很多，有些材料乍看起來似乎沒什麼意義，可是如能善為利用，也可以成為很好的資料，我舉個例子，《清史稿》裡有個公主表，我就從這份表裡發現雍正所撫養他兄弟的女兒特別多，這代表兩種意義：一是雍正即位時，兄弟之間鬥爭得很厲害，他即位後撫養這些女孩在宮，正是種籠絡的手段。第二、我們知道雍正本人是很嚴飭、很修邊幅的，沒有什麼聲色之好；養幾個小女孩在宮中解悶，也是他感情生活上的一種寄託。

　　像這一類不經意的材料裡，如果我們能深入去思考它反面的意義，往往可以得到許多意想不到的啟發。有時候資料並不難蒐集，但如何判斷資料倒需要一些眼光，所謂盡信書不如無書也。有關社會史的資料，是須平時一點點注意的，沒什麼訣竅；而有關人物方面，在蒐集時必須連類及之，從親朋師友等關係中一路追上去。因為中國素崇倫理，親戚和師門的影響通常都很深遠，其關係決不可忽略。

掌握時代精神

　　問：那麼，關於社會生活（如食衣住行等），我們除了憑藉想像之外，有那些書籍可供參考？

　　高：感情生活的描寫，只有純靠體會；食衣住行等，則另有不少資料可資參證，譬如我們寫北宋，《東京夢華錄》即非看不可。我是杭州人，直到現在，杭州還保存有不少宋代的習俗，我小時候吃的一些糖果（如梅什兒），在《東京夢華錄》裡就有記載。

　　問：當我們遇到一樁史事，正史和稗官記載不同時，您如何抉擇或鑑

定？

　　高：這當然仍以正史為準，不過正史也有選擇，譬如宋史被稱為偽史，我們在判斷時應對這類客觀條件加以考察。

　　問：您提到您願意洗刷歷史上一些被歪曲的印象，重現其真相。那麼請問您在處理一個歷史人物時，如何去把握他的原貌？像您寫荊軻，加入了您的創造和情感因素的解釋，以至於荊軻的形象——一種「壯士死知己，提劍出燕京」的形象，在您的筆下轉變了，這種寫法，和重現歷史的原則是否相違背？您如何來處理這個問題？

　　高：要掌握歷史人物的精神，必應先掌握其時代精神。在荊軻時，正是貴族政治沒落、平民政治興起的時代；且當時所推崇的，不是春秋時代夷夏之辨等大義，而是五倫之間的小義。基於這種條件，才會產生荊軻這種人物，其表現的也是時代的精神。這就像陸放翁的詩，放翁詩之所以好，即在於他能表現一種時代精神。

荊軻並不是刺客

　　問：我的意思是說：因為有了夷姬的出現，使得荊軻應諾赴秦的行動，不完全建立在「士為知己者死」的戰國小義上，這樣是否會影響到我們對他的精神的認取？

　　高：我刻意把他寫成一個悲劇人物！我認為《史記》把他列入〈刺客列傳〉，是委曲了他，因為荊軻並不是個刺客。他曾提出上中下三策，上策是聯合六國伐秦，中策是備戰，下策才是入秦謀刺，最後雖因燕太子丹的緣故而採取下策，他還是有所待，等待蓋聶來。因為他知道秦武陽是不行的，他已試驗出來了；後來他雖明知秦武陽不行，刺秦始皇不會成功，環境卻迫得他不得不去。去，不成功也還是有作用的，我在書後寫入張良博浪沙椎擊秦始皇，即說明了他是受到荊軻的影響而來。

　　問：那您的意思是不是說：雖然歷史人物在史傳中早有記載，但我們也不妨以自己的了解，對它做一種新的詮釋？

高：（頷首）是！但這種詮釋必須是「可能」的，否則就成了自說自話。

問：除了歷史小說之外，您也寫了不少非小說性的歷史掌故敘述，如《明末四公子》、《清末四公子》之類，就您個人而言，您給予他們什麼樣的地位？或者，我們也可以問：面對一件史跡，您如何選擇您的表現方式？

高：我那是種偷懶的寫法，同時也是替某些人念書。《清末四公子》後半部寫得很草率，我準備把其中論陳散原的一部分抽出來，配合我另外一些論詩的文章，單獨輯成一冊。

「高陽」名字有深意

問：目前國內歷史小說寫作的情形如何？同類的作家裡，像南宮博、章君穀或金庸的「袁崇煥」等，您能不能大略評述一下？

高：我想這是彼此看法的問題，像我這種專門從歷史的觀點來看，他們當然有點不大……嗯，我們都是老朋友了，南宮博對唐史當然很熟，章君穀近年來進修的情形則我不太了解，不敢妄議。

問：最近您有兩部書，很引起一些人的重視，一部是寫北洋軍閥、一部是寫汪精衛偽政府，都著力於其內部權力關係的描寫，請問您如何取得這些資料並了解這段史實？

高：關於《粉墨春秋》，金雄白供給了我很多材料，此外，抗戰剛興時，我正在上海，耳目所及，也了解了一些。坊間談這類題材的書也不少，資料並不難找。

問：我還有個有趣但不甚相干的問題：您以高陽酒徒為名，令人對您的生活狀況深感好奇，能稍予介紹嗎？

高：（忍不住大笑起來）高陽是我們的郡名，高陽許（按：高陽本名叫許晏駢），後來因為喜歡喝酒，所以又叫做高陽酒徒了，哈哈！

問：聽說有些武俠小說作家，在牆壁上貼了許多故事大綱，避免互相

混淆。您同時在各報連載許多小說，是不是也要如此，以防搞錯？

　　高：不太需要，因為我在寫作時，人彷彿就回到那個時代裡去了，清朝時代的東西不太可能會寫到明代去。

　　問：您連載的小說是寫完以後才發表呢？還是邊寫邊發表？

　　高：（笑了笑，點點頭）邊寫邊發表，這個梅新先生最清楚了（大家都笑了起來）！

　　問：那麼，等全篇完稿之後，您是否再從頭整修一番？

　　高：我也很想這樣做，可惜沒有時間！

　　……

　　儘管工商業社會不斷地變動，歷史的功用和它強烈的吸引力卻始終不曾消褪。酒闌燈炝，而仍兀坐案頭，高睨大談的高陽，像極了一位在幽邃深遠的歷史巡行之旅中，掌著燈火，踽踽而前的行者。但，問題是；誰來接下歷史探索的工作呢？踏在清冷的臺北街頭，夜涼無語，但有清風寒月相與應答而已。（本文未經高陽先生過目，若有錯誤，應由本刊負責。）

——選自《臺灣時報》，1980 年 4 月 29 日，12 版

遙指紅樓

夜訪高陽於《曹雪芹別傳》發表前

◎龔鵬程

　　人生有許多享受，聽高陽先生快談《紅樓夢》，自屬其中之一。他掀唇拊掌，雄辯滔滔；他寢饋文史，浸淫至深，他更有千萬字以上小說創作的經驗，甘苦遍嚐，對小說創作之體會，當世論《紅樓》，恐無出其右者。

　　但是，即令如此，他還是承認他早期許多對《紅樓夢》的見解不太成熟，「為學譬如積薪，後來居上。那些文章都收在聯經出版的《紅樓一家言》裡，現在看來當然會有些錯處，但我從不諱言。學術是天下公器，我不僅希望得到旁人的批評和指正，我自己更是不斷尋求突破，不惜以今日之我批判昨日之我。」他非常誠懇地說。

　　突破，不只是高陽一人的事，自民國 63 年余英時發表〈近代紅學的發展與紅學革命——一個學術史的分析〉（《香港中文大學學報》第 2 期）一文，即已意味著《紅樓夢》研究已從內部激生了迫切尋求突破的努力。希冀在自傳、他傳、虛構等各派說法中，尋找出一個新的「典範」（Paradigm）。如今，高陽先生聲稱他已找到一條線索，由這條線索，更可以建立「新紅學」。——既謂之為新，則必不同於過去的研究方向，而這一方向，能否帶來新而合理的發現，正是我們所關心的。

　　這條線索，主要是指鑲紅旗旗主平郡王福彭和曹雪芹及《紅樓夢》創作的關係。

　　康熙曾作主把曹寅的長女許配平郡王納爾蘇，雍正 4 年 7 月納爾蘇因案削爵，由長子福彭承襲，他就是曹雪芹的親表兄。雍正 6 年曹家抄家歸旗，返回北京。不久福彭得雍正重用，任大將軍、入軍機，又與乾隆交往

甚密;乾隆即位後,其權力之大,一時僅次於莊親王允祿。所以曹家也因福彭的關係,有過一段美好的「春天」,曹頫並復起調陞為工部郎中。然而,好景不常、君恩難恃,福彭在乾隆 13 年 11 月驚悸中風而死,14 年正月曹頫即因和親王府失火而遭嚴譴,再度抄家。

陷於窘境的曹府,為了打開家族的困局,乃由曹雪芹捐監生下場,希望博一科名,重振家聲。不料事與願違,鄉試僅中副榜,不能聯翩春闈,只好以副貢資格考入八旗義學擔任滿漢教習。落拓淒涼中,對這段切身經歷有著極深的感愴,遂開始寫作《紅樓夢》。

《紅樓》一書,述三春之榮華、寫天恩之幻夢,當然會牽涉到福彭和兩朝的許多隱私;並因此而遭到平郡王府及一切有關人士的阻止。這些壓力包括嚴苛的威脅、利誘和折辱,但《紅樓夢》終於還是寫出來了。為了換取怡親王府、平郡王府的認可,他也曾一再修改稿本,隱去真事、變更書名,卻始終未能使平怡二府滿意。十年辛苦,字字血淚,竟落得淚盡而死、無法印行流傳的命運,對一位作家來說,還有比這更慘的嗎?

「這就是我對《紅樓夢》創作的看法,」他長吁了一下,燃起一根菸,把煙噴到我臉上:「去年第一屆國際紅學會議時,我曾發表兩篇論文(〈曹雪芹以副貢任教正黃旗義學,因得與敦氏兄弟締交考〉、〈《紅樓夢》中元妃係影射平郡王福彭考〉),指出福彭在紅學中的地位。我認為《紅樓夢》以紅為出發,以夢為歸宿,正是環繞著鑲紅旗王子福彭而寫的,既託政事於閨閣,便只好用胭脂、落花等字樣來強調《紅樓》之紅。」

「元妃是福彭有什麼證據嗎?周汝昌曾說元妃是曹雪芹的姐姐;趙岡說是曹寅的長女和曹天佑的姐姐;趙同《紅樓猜夢》則說是康熙。至於福彭,周汝昌認為是《紅樓夢》裡的東平王;您從前則認為是北靜王永瑢。」

「是的,要了解這個問題,必須先知道元妃在《紅樓夢》裡的地位。有元春才有賈府之繁華與大觀園,元春死,大觀園亦歸幻滅,曹家哪位親戚具有這種分量呢?曹家根本沒有一位貴妃,雪芹或天佑是否有位姐姐更

是可疑，若說元妃指曹佳氏，又和元妃早卒的說法不合，因此從前種種推測均不可靠。」

「那北靜王呢？北靜王出場於元妃歸省之前，保全賈府在元妃卒去以後，其地位在《紅樓》書中也極重要。周汝昌、趙岡都認為北靜王是乾隆第六子永瑢。但我覺得質郡王永瑢的身世及他和賈府的關係，跟第 14 回所說：『當日彼此祖父有相與之情，同難同榮』不合。您認為呢？」

「是！永瑢當然不可能是北靜王，周汝昌把《紅樓》看死了，小說創作裡怎麼可能會一對一的硬配呢？多半是此搭彼載，一事一人或分成幾處來寫，許多事件人物也可能合併表達；北靜王和元妃大致一為寫平郡王的儀表，一為寫平郡王對曹家的影響力。」

「我記得庚辰本 42 回回前總批曾說：『釵黛名雖二個，人卻一身，此幻筆也』，62 回寫寶釵和探春行射覆令時，也有兩覆一射的辦法，似乎可以解釋北靜王和元妃這種創作手法：譬如北靜王保全榮國府，就是暗指福彭在曹家抄革之際，護全外家的事實；而元妃省親則點出賈府因春來而群芳會聚。」

高陽啜口茶說：「不錯，第五回金陵十二釵正冊描寫元春那首詩和畫，指實了元妃就是福彭。尤其是『虎兔相逢大夢歸』那句，牽涉到元妃和福彭的八字，這是無法捏造或附會的證據。關於元妃的八字，用一個『土木之變』，來實寫福彭的八字，這種配合及設計，非但異常精密複雜，而且相信八字，更是雍乾間常見的事，雍正本人就有一道硃諭給年羹堯說：『你的真八字不可使眾知之，著實慎密好』。」

「關於您的看法，我也許可以稍加補充：一、甲戌本第一回說英蓮（香菱）『有命無運，累及爹娘』，有硃筆眉批云：『看他所寫開卷之第一個女子，便用此二字以訂終身，則知託言寓意之旨，誰謂獨寄興於一情字耶？』可見這有命無運四字，必與《紅樓》主旨有關。二、您解『三春』為曹家返京後 12 年富貴生涯，十分精采。以往紅學家多以為三春是迎春、探春、惜春三姐妹，探春遠嫁、迎春被中山狼折磨而死即是『三春去後諸

芳盡，各自須尋各自門』。殊不知黛玉病死、寶釵結婚、湘雲嫁衛若蘭均在探春遠嫁之前，惜春立志學佛，更談不上『去』。反而是金陵十二釵正冊及紅樓夢十二曲一再呼籲大家要勘破三春，三春去後，就是『飛鳥各投林，落了片白茫茫大地真乾淨。』三春之重要性如此，無怪乎脂本有夾批：『此句今批書人哭死了。』又有眉批云：『不必看完，見此二句即欲墮淚。梅溪！』梅溪或是曹雪芹之弟堂村，三春花事，動關身世，湛然可見。」

「正是如此，福彭在《紅樓夢》中居於唯一核心地位：《紅樓》一書依實事而言，指鑲紅旗王子；就著作而言，指落花胭脂；以身世之感而言，則指血淚。由福彭跟曹家和《紅樓夢》寫作的關係看來，《紅樓》書中除了少數借景及追敘往事，與南京織造衙門有關以外，絕大部分發生在京師，曹雪芹將他整個世界隱藏在『金陵舊夢』中，是為了讓熟知這段事蹟的人誤以為他寫的是曹寅、是金陵。因此我認為今後新紅學的研究，在時間上應集中於雍正 6 年至乾隆 30 年；空間則須由南移北！」

高陽意興遄飛地為紅學研究繪製了一幅新藍圖，我對這幅藍圖仔細端詳了一陣，才肯定地說：「我想您是對的。甲戌本第一回『昌明隆盛之邦』，夾批：『伏長安詩禮簪纓之族』下有『大都、伏榮國府』，分明說榮國府在長安，書中卻明寫金陵，暗指長安。李商隱有兩句詩說：『紅樓隔雨相望冷，珠箔飄燈獨自歸』，設若賦詩斷章，則亦不妨說從前的研究者都是隔雨相望，珠箔之中並不見美人；直到『美人一笑搴珠箔，遙指紅樓是妾家』，才曉得另一紅樓方屬美人香閨。」

高陽大笑，聲震屋宇。他認為這一發現也可以證明周汝昌的曹家「中興」說，但周氏用以說明中興這一事實的理由卻不能成立，力攻高鶚，成見更深。從前他曾就文學的觀點，斷言「絕無人可續《紅樓》」，因為續書遠比創作困難，若高鶚能續《紅樓》，那他就比曹雪芹高明得多了；而且 80 回與 81 回之間，並無明顯的痕斷；80 回以前文字和情節疏漏的也不少，不能單責後 40 回文采不佳（見〈曹雪芹對《紅樓夢》最後的構想〉）。如今，他從福彭和元妃的關係上，更證明了 120 回須當成一個整體來看

待，第五回提出的「虎兔相逢大夢歸」，到 86 至 95 回始有解答，伏線千里，誰能續得出來呢？不寧唯是，透過後 40 回，我們還可以解決曹家歸旗以後的生活、《紅樓夢》創作年代及流傳、以及若干脂批的真實意義……等問題。譬如 85 回「賈存周報陞郎中任」，即指曹頫由內務府員外調陞為工部郎中。第一回咏英蓮詩所說「佳節須防元宵後，便是煙消火滅時」，甲戌本批：「不直云前而云後，是諱知者。又伏後文葫蘆廟失火事」。而葫蘆廟失火，更有眉批云：「寫出南直召禍之實病」。這便指出曹家召禍之間接因素是福彭死亡，直接因素則是工部督修和親王府不謹失火所致。這類經歷，書中故示隱晦，是知者諱知其事者。紅樓夢之所以一再修改，後 40 回之所以無法傳世，都與這類事實有關。80 回本既不能交代這「虎兔相逢大夢歸」的夢幻天恩，書名便只好改成「石頭記」了。周春《閱《紅樓夢》隨筆》說，乾隆末年流傳兩種抄本，80 回者為《石頭記》，120 回者為《紅樓夢》，就是最醒豁的證據。

　　「此書本名紅樓夢，應是可以確定的，」我說：「改名石頭記，可能是因『石頭城』的關係，以用明寫金陵實指京華。」

　　高陽又大笑：「這點倒是未經人道過！書名的改動正代表著創作方向的轉變，夢不能出現，則改成石頭記，再改作情僧錄、風月寶鑑、金陵十二釵。這些改變固然表現了曹雪芹在外在壓力下永不屈撓的精神，卻也意味著他在修改過程，逐漸產生興趣，一步步脫離史學而趨向於文學，從自傳經歷走向藝術創造的世界。像寶釵、黛玉這兩個人物，就是藝術創造的精品，而非現實人世的投射或複製！」這位自謙為歷史刑警的怪傑停了一下，說：「至於曹雪芹為什麼不能點出夢來，為什麼要諱知音，又為什麼寫作《紅樓》會遭到許多折辱和壓阻呢？這其中實際上關係著一樁至今尚未被清史專家發現的政治風暴——」

　　原來康熙有子 35 人，早殤不敘齒者十一，不及封爵而卒者四。清朝家法，子以母貴，所以太子是皇二子允礽。他儀表學問俱有可觀。甚受康熙鍾愛。但康熙 47 年 9 月行圍塞外時，竟有弒父的企圖。康熙憤懣不已，六

夕不能安寢，親自撰文告天地太廟社稷，廢太子，監禁上駟院側的氈帳中，命皇長子允禔和皇四子允禛（雍正）共同看守。此時皇三子允祉舉發允禔囑使喇嘛以邪術鎮魘太子，事出有據，遂將允禔削爵，幽於私第。據《皇清通志綱要》所記，同時被圈禁的還有十三子允祥；故康熙 48 年大封成年皇子時允祥未封。可見這次厭勝事件，原是允禔和雍正合謀，事發後才由允祥頂罪的。所以雍正一即位，立刻封允祥為怡親王，恩寵異數，除爵位可以世襲外，另封其子弘晈為寧郡王。而那位曾被雍正鎮魘的廢太子允礽，雍正對他更是內疚神明，因此雍正生前對皇位的繼承問題，一直十分煩惱；可能的安排是：先傳寶親王（乾隆），再傳允礽之子理親王弘晳，續傳和親王，而莊親王允祿或即是這一計畫的監行者。此所以和親王與弘晳一直住在宮中，雍正崩後始行遷出。二人對乾隆也毫無敬謹之意，和親王尤無忌憚，曾在家中演習喪祭事供他欣賞。乾隆此時因腳步未穩，對他們只能一意安撫；但依王氏《東華錄》所收乾隆 4 年的上諭看，弘晳已有催促乾隆讓位之意，並由莊親王允祿和弘昌、弘晈等人共同擁立弘晳，是一次流產的宮廷政變。

　　乾隆本人出身寒微，係熱河行宮宮女所生，雍正曾派福彭任玉牒館總裁，竄改乾隆出身，因此他跟乾隆的關係非比尋常。乾隆還是寶親王時，疏宗中唯一為其詩集作序者，只有福彭。對於王位繼承問題，乾隆若想改變既定的安排，策動莊親王及相機疏解的任務，便非福彭莫屬。然而，政變仍舊爆發了，福彭既大負所託，聖眷當然漸歸衰弛。這就是《三春爭及初春景》的由來。《紅樓》所寫，既以福彭為中心，自會牽涉到這其中許多隱曲，譬如寧郡王弘晈，上諭說他「乃毫無知識之人，不過飲食讌樂，以圖嬉戲而已」，正是寧國府賈珍的寫照。乾隆 20 年以後，文網深密，他們不欲《紅樓》問世，也是情理之常。

　　這波譎雲詭、驚心動魄的一幕，高陽擘肌析理，娓娓敘來，聽之忘倦。我若有所會，問道：「大觀園除以省親別墅為中心之外，怡紅院總一園之首，此或即指平怡二府而言。」

「呵呀！不錯，」他接過我手上一冊排印本，細看了一回：「曹頫抄家後即交怡親王照看，福彭得以大用，也是允祥保薦的。怡紅二字，由賈妃來改，正表示福彭不忘本。而怡紅總一園之水，更顯示了《紅樓》與平怡二府關係密切。己卯原本《紅樓夢》就是怡親王府過錄的，且過錄得十分匆促，動員九個抄手，每人分數頁流水作業，原因就是怡親王急於想看書中到底寫了些什麼！……

　　夜愈來愈深，由窗口望去，一個個樓影自莽莽玄夜中冷然立起。高陽仍在闡述他的發現，瀾翻泉湧，勝義紛呈，幾於目不暇給，耳不暇接。我靜坐傾聽，卻又不禁兀自凝思：他透過八旗制度、清宮規制、曹家背景及清初政治派系糾紛、小說創作之體會……等線索，除了揭發雍正奪位，乾隆繼位之謎，是清史研究上一大發現之外，造成的紅學「突破」有三：一是勾勒出曹家和曹雪芹歸旗後在北平的生活狀況；二是指出《紅樓夢》包含有一個隱藏在金陵舊夢中的世界；三是證明福彭在書中的核心地位。由此突破，他具體地解決了書名及其流傳、後 40 回真贗，如何由史學記纂轉化成文學創作等三大問題，而建立起「新紅學」的基礎。這些，在學術史上代表了什麼意義呢？

　　近代學術，自邏輯實證論過分強調形式和方法之後，學者已不自覺地將注意力集中到形式探討（Formal　approach）上去了。當某一門學科滯止不前時，學者們便歸咎於缺乏有效的方法或方法論可資應用、指引，卻忽略了實際問題的研究及突破。其實，一門學科能否進步拓展，端賴實際問題的解決，而實際問題之解決又常帶來「方法」的改革或創新，高陽便是個最好的例子。今後，如何在新紅學的基礎上補充填實，構築廣廈，就是我們大家的責任了。

——選自高陽《高陽說曹雪芹》
臺北：聯經出版公司，1983 年 1 月

走進高陽書房

◎蘇偉貞*

書房的主人住院去了。書桌上攤著赴醫院前正在寫的稿子——酒徒新識。

書桌邊緣站著一瓶 J&B 蘇格蘭威士忌，飲去三分之一，這是高陽在書房最愛喝的酒。靠近座椅前的書有《清史稿》第二冊、《大漢和辭典》及《大清宣宗成（道光）皇帝實錄》、《清詩三百首》；高陽正著手寫《聯副》連載《蘇州格格》第二部「風雨江山」，因此清史為目前桌面最上層的書。連床頭都放著《清朝野史大觀》。

書桌較遠一角有兩本食譜：《美食世界》、《飲食月刊》。今年 4 月 17 日農曆 3 月 15 日，高陽七十整壽，自擬一份菜單交代餐館——醋鮭魚、鮑魚生菜、濃湯啤酒腸、冬筍豆腐五花肉、香菇麵筋、清燉牛腩、拌粉絲，特別強調「粉絲不宜爛、務須調油，色亮且不黏也」。去年元月，高陽肺疾住進榮總三個月無法進食，為了解饞、加強求生意志，他不斷要求拿大量食譜給他看。

小說家現在用的這張書桌三尺寬六尺長，原先是餐桌，日子久了，便堆成了一張書桌，比照另一張書桌，筆墨硯臺紙及自刻的印章自成一組，他不准人動他桌面東西，月前，桌面唯一沒有在上頭堆疊東西的是供日版用的「慈禧全傳」書稿，日本朝日出版社正進行將高陽的「慈禧全傳」節選本翻譯出版，中文部分已進入校勘階段。

這麼凌亂的書桌，卻寫出 72 種 91 冊理路分明的書；這麼雜的閱讀，

*作家，發表文章時為《聯合報‧讀書人專刊》主編，現為成功大學中國文學系教授。

卻有如此精純的文字考據。神祕的桌上秩序仍在等待主人回來解碼。有人
曾說，高陽是我們這個時代最後一位舊式文人了。

——選自《聯合報》，1992 年 6 月 4 日，26 版

女兒的呼喚

寫給父親

◎許議今*

　　爸，今天是您進入昏迷狀態的第六天，這幾日來，我無時無刻不懷著恐懼與不安在旁守候，這是我一生中第一次感到徬徨與無依，因為在此時，縱使您的眾多好友前來探視，也只能表達慰問之心，爸，只有我倆血脈相連，當我在床前呼喊您時，您是否知道？

　　爸，在我從小到大的生長歷程中，我們筆談的機會總比交談的時間來得多，您從不說您愛我，關心我，但關愛之情卻自然地從字裡行間中流露。去年您因肺結核住院時，因為戴上呼吸器而無法言語，我們又藉著紙筆說了好多話，而今年您再度入院，沒過多久就發著高燒，陷入昏迷，爸，當我在床前呼喊您時，您是否知道？

　　爸，從七歲起您和媽離異後，我便清楚了我爸爸的不凡：我雖然那時和您一週只見一次面，但我知道，打開報紙，我就會見著我爸爸的名字大剌剌地登在副刊上。隨著年紀的成長，我才明白這是您一盅酒、一枝筆，再加上多年以來求真考據所得到的榮譽。爸，我便惶恐了，深怕身為您唯一子女的我會跌您的股，我不是個好讀書的孩子，念書只念自己喜歡的，就算是考學校時也是如此，讓您和媽傷透了腦筋。但，爸，您記不記得，前幾個月當我一個人獨自地在巴黎生活了二個月回來，您和一群叔伯們在世貿中心上的俱樂部晚餐，您要我用英文講述旅程中的所見所聞，我戰戰兢兢地報告完之後，您嚷嚷著：「我可是一點也聽不懂，她的英文好不好就

---

*高陽女兒，現旅居義大利。

由你們叔叔們來鑑定了。」卻見您眼神中流露出喜悅與讚許，畢竟我是沒讓您丟人的，我猜，我也相信您會安安心心地放我於年底赴瑞士求學。但是，爸，您怎麼可以如此不愛惜身體？我又怎麼捨得離開？當我在床前呼喊您時，您是否知道？

爸，寒假時我在法國念法文，藉著傳真通了二封信，我從信中看到了您的喜悅，對於自己，您從不多加透露，是為了怕我擔心嗎？您只在信中提到臺北的氣候轉壞，早晚需要電爐保暖。回來後，我才知道您孤零零地在凱悅過年，我是多麼地後悔，爸，我沒有在您身旁陪伴，原來您不像外表的堅強灑脫，原來您的感情是如此脆弱。爸，您不要怕，學校現在准我的假，我 24 小時都在家屬休息室等候奇蹟出現，只為了每天僅有三小時的探視，或在清晨，或在午夜睡夢中，每當護士從加護病房出來尋找生命垂危病患的家屬時，總是令我心跳加速，我一次又一次地感謝她們並非尋找我，又一次一次地為仍在昏迷中的您傷心落淚，爸，當我在床前呼喊您時，您是否知道？

爸，原來人是如此脆弱的，原本不信佛的我，現在也學起媽媽為您念經祈福，只為了這是您所相信的宗教，媽說孝能感動天，我多麼盼望您能甦醒，爸，您醒醒，醒醒好不好！

小田雞

1992 年 5 月 31 日於榮總

——選自《聯合報》，1992 年 6 月 7 日，25 版

熊掌和灑金箋
記唐魯孫先生和高陽

◎姚宜瑛[*]

　　平素好幾位年長的朋友稱呼我姊或大姊，連張佛老和唐魯孫、夏志清諸先生都這樣稱呼我，我總說不敢當。有一回和張佛老、高陽同席，他們解釋稱姊或大姊是官稱，雖然我不是官，是表示尊敬、禮貌和親切的意思。多年來我在長者面前，也就泰然接受。

　　高陽考究飲食。先母常說：「三代做官，才懂得穿衣吃飯。」高陽正是官宦世家之後，又是文壇巨擘，可能的話，美食是他生活中的必需。好菜經他品評後，彷彿滋味更是香濃甘醇，所以高陽病中九死一生後，仍念念不忘病中所購談吃的書。他出院後，我們在一次聚會中見面，我笑他太性急，從榮總到東區出版社，來回的車費足夠買好幾本書。他不以為忤，向我細述他躺在病床上的日子，心境寥落淒苦之極。自古文人多寂寞，尤其如高陽灑脫不羈，經過六十多年人生滄桑，老來依然孤獨一身，無所歸依，當然病中更有人生如寄的蒼涼。那天他又說了一句很感傷的話：「唐先生要看了這本書，更有得談了。」

　　唐魯孫先生是清朝珍妃的姪孫，貴冑世家，也是民俗家、美食家。他寫的掌故和談吃的文章，曾風靡海內外。國外大飯店的大廚，曾多人回國向唐先生請益。臺北某些大酒店或大餐館新開張或出新菜，也往往請唐先生去品嚐。我不敢講懂飲食之道，但先父母考究飲食，母親尤精廚藝，我自小耳濡目染，對做菜如蒔花、寫作，同樣有濃厚的興趣。有時我「實

---

[*]姚宜瑛（1927～2014），散文家、小說家。江蘇宜興人。發表文章時為大地出版社發行人。

習」的菜做得不理想，立刻打電話去問唐先生，而為我解答的往往是唐太太。懂得吃和懂得欣賞美味，絕非要名貴的菜餚。做菜是創作，也是藝術，菜做得好，那怕是青菜豆腐也自有風味。我在廚下常常不按牌理出牌，或「發表」新的觀點，唐先生淵博、寬宏大度，往往得到他的稱許和指點。唐先生和唐太太知我有學習求知的精神，每有精采的邀宴，他們常約我同行，也常約夏元瑜先生和高陽。

　　那年，來來飯店「隨園」出新菜；唐先生夫婦約了夏元瑜先生、高陽和我。那天的新菜好像叫什麼明月，裝飾性太重，印象不深。盛宴將盡，侍者奉上好茶。那天茶真好，至今還感到齒頰留香。然後飯店經理、餐廳經理、領班、大廚、侍者一行人齊來敬酒問安。唐先生含笑從唐太太手提包中掏出一個皺巴巴的牛皮紙包，攤在桌上，竟是三大塊黑漆漆乾巴巴的東西——熊掌，大家不由得一陣驚嘆。那時兩岸還未開放，唐先生說是四川朋友帶到美國輾轉送給他的。他轉贈「隨園」是回禮，謝他們的盛宴。我想在場除了夏元瑜先生見過熊掌外，其他人都是第一次見到，因此桌邊又圍上許多人來「見識」。大廚立即向唐先生請教熊掌的做法，唐先生和唐太太只是相顧微笑。我聽唐先生說過，他在 12、13 歲時就吃過熊掌，但未必會做。唐先生退休後，生活簡樸，但場面上出手依然有昔時貴公子的氣派。

　　那天夏元瑜先生有事先回家。唐先生說到他家喝茶，我們也很習慣宴後四人共車去唐府聊天。唐先生好客，我常被邀到唐府。唐先生生活恬淡、平和、憂患不易侵。我很喜歡小樓的自在和閒適，壁間一字一畫和簡單的陳設，都安置得十分妥適，處處顯示出主人的內涵和品味；蘊藏著經過榮華富貴後的雍容和自得，清淡中有濃郁的書卷氣。我常說和唐、高兩位聊天，如讀寫在空氣中的好文章；在融洽的氣氛中，言談如行雲流水、瀟灑自如，不用一字修飾，比寫在稿紙上的作品更有可讀性。往往大家也會聊得忘掉了時間。

　　唐先生是「禮而不廢」，每次在唐府聊天，唐先生一定客氣的請我上

座，因為我是女性。我堅持不肯，禮讓高陽坐，我們坐定唐先生才入主座相陪。溫文如玉，曾是美人的唐太太，則坐在唐先生身旁的椅子上，多年來，這禮數從來沒有改變過。

有一回我去唐先生家，見到一位記者正在訪談。那位年輕人大刺刺的坐在主人位置上，神采飛揚的說話，唐先生對我會心的一笑。唐先生寬容又帶點無奈的笑容，至今還在我記憶中。

唐先生和高陽友情深厚，兩人都是睿智淵博，博古通今。唐先生是皇族貴公子，穩重、沉潛、淡泊；高陽是杭州大世家之後，豪氣萬千，瀟灑如流雲。兩位都浸淫在傳統文化中，從錦繡、豪華中走過。唐先生年長，高陽很尊敬他；唐先生也敬高陽的文采和才情，多年來，彼此相敬、相惜。世人說「文人相輕」，那是指浮泛淺薄之輩，我在唐、高兩位交往中，體會到文友間的惺惺相惜，如水乳交融而一塵不染的高潔友情。

更難得的是兩人都溫厚大度、謙和悲憫。多年來相聚聊天，從未見他們尖酸刻薄的批評朋友或怨懟。這種美好的品德，是高深的學養、教養，和寬闊的胸襟凝聚而成。

唐、高兩位都極健談，論史、論文滔滔不絕。因為兩人都經過大家族的劇變和時代的滄桑，尤其是一些宮廷舊事，和民清官場的詭異突變，人情勢利……聽得我彷彿正在讀精采的歷史演義。唐先生尤愛說鬼故事，談到動人處好像引我們身歷其境，見其情、見其景。有一回他說在北京老宅書房中，見一鬼在雕花木格窗外悠悠飄飄而過……直叫人汗毛直豎。我成長在南方百年老宅中，庭院深深，歷經戰火兵燹，年代久了，自小聽多了大人的怪異傳說、故事，雖然心驚，依然愛聽。

那天，高陽說最近要印一種信紙，用很名貴的進口紙。信紙上灑金，全部用手工製作，我立刻記起幼時見到長輩用過這種玫紅、米白的灑金箋。他並說信封上的款是要親筆簽名，當然也是燙金的。他再三問我們要不要一齊印，唐先生笑答他用普通稿紙寫信很方便，不用再去印信紙，我也說不敢用如此豪華的信箋。高陽見我們都不印，有點意興闌珊。我建議

他印好信箋後，給唐先生和我各寫一封信，我們就都有了灑金箋。三人相顧大笑，連坐在一旁文靜的唐太太也笑了。

不知道後來高陽有沒有印這種豪華的信紙，我和唐先生一直沒有收到他寫在灑金箋上的信。偶見高陽來信，還是順手拿來的稿紙或活頁紙。也許灑金箋是他的一種懷舊；一種傳統文化中精美典雅的回憶，永遠不會回到他現代生活裡了。

後來唐先生生病，每週去醫院洗腎。某日下午，高陽約我去看望唐先生，唐先生穿睡袍，聞聲自臥室內急走而出，雖然面色焦黃有病容，但是見到我們十分歡喜，甚至可以說是興奮，立刻笑語盈室。唐太太使眼色引我入廚房，沏茶中告訴我唐先生病得不輕，不能過勞，平時已不見訪客。我面對她淒楚悲戚的神情，只會握住她的手，不知怎樣安慰她。回到客廳略談片刻，我兩次起身告辭，唐先生不讓走，他在日薄崦嵫的時光裡，是如何希望多留住朋友相聚的美好時刻。最後道別時，唐先生執意要送到門畔，我下樓梯時忍不住眼濕。我極喜歡親近這位溫厚博學的長者，但是，我在他眼裡感到黑夜將臨的悲淒。之後，唐先生除了上醫院，再也沒有出過門。那天下午小樓的相聚，竟是最後難忘的回憶了。

人世間恩愛的夫妻很多，但也有些不得不在人前作秀或表演的牽手。唐先生和唐太太是好姻緣，兩人幾乎寸步不離，出入同行同止，彷彿是一雙老去而優雅的文鳥，相互扶持，相依為命。唐先生過世後，唐太太隨公子遷入瑞安街新居，離我家不過數步之遙，我以為可以時常見面，但是不久唐太太就過世了。也許夫妻感情太好，精神上已成為不可分離的一體，失去另一半的痛苦無法承受，所以唐太太翩然而隨唐先生去了。

高陽嗜酒，許多關心他的朋友勸他戒酒或少喝，我和唐先生也常勸他。他幾次進醫院出生入死，但出院後又悠遊酒海了。酒國英雄是永遠不老的，不肯服老。我幼時見過沉醉酒鄉的親長，一杯在手如神仙，可是酒杯雖常滿，生命卻苦短。歲月不饒人，到頭來總是悲涼的離去。

唐先生過世後，高陽建議我為他出全集。全集也是高陽自己多年來的

心願。我了解年長作家的心情，作品如嘔心瀝血扶養長大的一群孩子，有生之年見他們圍聚在一起是人生另一種幸福。世人見到的是作家的文，各種各樣人性遮掩在光彩的文章之下，有的文如其人，也有人完全不像文。我認識的高陽至性至情，雖然不羈，但對朋友真誠、熱心。因為他對唐先生的尊敬和友情，見到我總講為唐先生出全集的事。他並說如全集出版，他一定要寫序。那些年，出版業景氣還好，我以一年三個月的時間，把唐先生在別家出版社的書集中，共 12 冊，付印後請高陽寫序。催了幾次沒有下文，我想起多年來一些作家朋友們為請人寫序的痛苦和快樂的經歷，我幾乎可寫本書，我正想不等他時，忽然收到他用快遞寄來的序。我立刻打電話謝他。他說因病，病酒、病胃、病心臟……所以耽擱了時日。過了幾天夜晚，他忽然來電話，請我把序文寄還。他說寫得不好，太草率，對不住唐先生，他要重寫。那時文已付印，來不及了。書出版後，他直說很遺憾，對不住唐先生這樣的好朋友，他應該多花點時間用心寫，來紀念和唐先生的友情。

　　人生憾事多，高陽尤甚。他一生不拘小節，事事率性而行，從沒有想到後果。但千金散去沒有了，盛宴歡樂總要散席，美酒永遠喝不完，美人們別有懷抱。雖然相識滿天下，但最要好的朋友，也要回到自己的家，走自己的路。除夕夜住到凱悅飯店的心情是可以理解。他軟弱、善感，惶惶無主的一生，抵擋不住人生的波折和淒涼；也可以說中國文人往往落拓塵世的寫照。可惜他有許多構想和許多好文章未寫完，許多享受未得到。夜夜人靜，他在孤燈下與菸、與酒為伴，完成了一百多部歷史小說。他執著的考證癖，恐怕是後繼無人。他在久病纏身中殞世，雖然留得千秋萬歲名，正是自己的性格，寫下自己的命運。

——選自《聯合報》，1993 年 3 月 31 日，39 版

高陽的歷史風雲

◎李瑞騰[*]

最近購得上海《萌芽》月刊小說編輯林青在臺灣出版的《高陽的歷史風雲》（臺北：知書房出版社，1998 年 2 月），突然想起林先生曾致函給我，希望我能為他此書撰寫序言。我不但沒寫，也沒回那封信，如今想來真是汗顏，也想不起是為什麼，只記得有一段時間心裡懸掛著這件事，而生活總是忙碌的，事情紛至沓來，為林青作序的事便在心裡頭消失了，直到看了他的書。

這樣，高陽和林青又來到我的記憶。1990 年 8 月，林青以〈論高陽的歷史小說〉獲得上海復旦大學文學碩士學位，我輾轉得到一冊，便將論文導言發表在《臺灣文學觀察雜誌》第 2 期（1990 年 9 月），這是臺灣文壇知有林青之始，1992 年 6 月 6 日高陽病逝，媒體報導有提到林青論文者皆來自於此。

我和高陽先生並無任何交往，他很可能根本不知道有我這樣一個人，有一回在南園，該醉的人都醉了，在斜風細雨中，我扶著高陽上斜坡，他幾乎站不穩，話說個不停，那感覺很特別，我到現在都記憶猶新，但我相信他隔一天什麼也記不得了。

他辭世當天，我連趕兩篇文章，一篇刊《聯副》，一篇在《民生報》文化版，前者後來成為訃告上的傳略，也算是個因緣，我在短時間之內收集大量有關高陽資料，後來全提供給中央圖書館編成高陽資料卷冊，高陽家屬贈書給央圖，央圖慎重其事舉辦了紀念展，並編印一冊《許晏駢（高

---

[*]中央大學中國文學系教授。

陽）先生及其著作簡目〉，我將這簡目及一份訃告寄給林青收藏，《高陽的歷史風雲》最後一篇〈雁過留聲身後事〉記載此事。

　　高陽逝世週年聯合文學舉辦「高陽小說作品研討會」，很快出版《高陽小說研究》（1993 年 7 月），1995 年 3 月武漢華中師大成立「高陽研究中心」，隨即召開了「高陽作品學術研討會」（4 月，次年 10 月的研討會規模盛大，稱「全國高陽作品學術研討會」，1997 年 8 月再度召開），主辦單位曾給我發了邀請函，但我沒去，不過，我已經很清楚地感覺到，高陽將被當作一個研究對象，「高陽學」已然成立。

　　1995 年 6 月，任職於新聞局的江澄格出版了《歷史小說巨擘》（臺北：三思堂文化公司），次年元月，林青以他的碩士論文為基礎，三易其稿完成《描繪歷史風雲的奇才——高陽的小說和人生》（上海：學林出版社），《高陽的歷史風雲》就是這書的臺灣版。1997 年 2 月，北京中華工商聯合出版社推出「高陽研究文叢」，第一批兩本：一本是江少川主編《解讀八面人生——評高陽歷史小說》，一本是王耀輝、王文戈合著的《成敗之間——胡雪巖經商之道》。根據林青的資料，上個月（1998 年 6 月）廣州中山大學中文研究生李海霞完成碩士論文〈高陽的歷史小說論〉。

　　林青此書主要是分析高陽重要作品，像「慈禧全傳」、「胡雪巖全傳」、「紅曹」系列、《金色曇花》都有專章賞析，也論其寫作特色、藝術風格等，並有幾篇散論，我特別愛其附錄：生平事略、出版年表及研究大事記，尤其是後者一直記到 1997 年 6 月，顯然是為臺灣版補的，我想高陽研究是會繼續下去的，林青也必然不會停止他的觀察。

　　六年前我在《民生報》寫高陽的短文，題目是〈考證文史寫人無數誰能寫他〉，如今看來是多慮了。

——選自《聯合報》，1998 年 7 月 27 日，37 版。

念高陽

一、飲半尋思誰可語

　　月前在一餐廳用膳，忽逢高陽先生，匆匆寒暄數語。告別時，先生索紙抄詩一首，乃其壬申元日試筆詩也。有小序云：「蕭然獨處，甌久生塵。辛未除夕，投宿凱悅飯店度歲。獨飲至五鼓，思有所語，作此律，為壬申元日試筆。」詩曰：

　　誰何歧路亡羊泣？幾輩沐猴冠帶新。不死酒仍日暮醉，餘生筆兆歲朝春。
　　客中作客真無奈，錢上滾錢別有人。飲半尋思誰可語，神荼鬱壘兩門神。

　　此詩值羊年將逝、猴年將至之夕，用歧路亡羊及沐猴而冠兩典，神妙天成。客中作客，自喻身世，兼指新年仍宿旅舍之事。錢上滾錢，則謂當時初開放金融，新銀行頗多開張者，舉此喻世，兩相對照。故實今典，融合為一，指事切情，無不穩貼。就詩言詩，自是佳什。先生詩功如此，自當歎伏。但此詩含寓孤苦，讀之竟有惻然之感。匆匆拜收，見其癯弱，不便多談，即便告歸。

　　歸來細味其詩：在除夕夜大家團聚之際，他老先生一人獨自投宿在凱悅飯店，下俯紅塵，自悼孤影，其寂寞淒清之狀，著實未可為懷。先生負

如椽之筆，著書千萬言，晚境竟至於此，文人之厄，亦一時代之悲劇也。

先生為世家子，文史學養，未易為不知者道。他寫現代小說，也寫歷史小說；寫隨筆，也寫端嚴的考證文章；能深入歷史，擔任歷史的偵探或律師，卻也能掌握時代之脈動，長期替報社撰寫時論社評。就文章一道而論，近數十年來，博涉多優，殫勉宏富者，可謂並世無可抗手。但文學批評界不重視他，只把他看成是一位通俗文類（歷史小說）的作家，廁其位置於瓊瑤、三毛、南宮博、章君穀、臥龍生之間，絕少討論他的作品。數十部小說，投水激石，尚且可生波瀾；文學評論界對此，卻彷彿未見一般。至於他的文史考證，學界也很少注意。一般總認為他是寫小說的人，馳騁想像而已，未必定具考證本領。何況他又未在上庠任教，故無徒眾傳習發揚其說，所以他批駁葉嘉瑩等人之說，獨樹畸見，從風者亦甚少。從整個大環境來說，他所抱持的文化理想、歷史觀、以及對時代的建議，更是與世枘鑿。時代的巨輪，正朝著他所期期以為不可的方向，不斷前進。

因此，他確實是孤獨寂寞的。這樣一位著作鮮活留印在讀者心版上的作家，冷然回眸時，竟然發現可與共語者，僅止門上的兩位門神而已！

讀其詩而哀其人，亦哀此世。

二、傷哉高陽舊酒徒

論高陽，宜仿高陽體，先談掌故，再徵文引獻，徐徐進入本題，兼發議論。

茲所謂掌故，得從周棄子先生談起。周先生是著名的詩人，但據王開節先生形容，他是「好之者譽為一代才人，短之者嘲為畫餅名士」的人，文章自負而毀譽參半。高陽先生與之交契，時相論詩，飲酒劇談，唱和時作。迨民國 73 年周先生辭世，高陽不僅為文傷悼，且曾輯周氏論詩語，成〈棄子先生詩話之什〉，刊於《聯合文學》第 4 期。生死交情，自足感人。然世本有不喜棄公之為人者，乃深以此為不然。如某君即曾寄一文，痛斥棄公，並謂高陽替周氏捧場不恰當。高陽一日置酒，邀張佛千、王開節兩

先生及我同往。席間出示一函，即某君大作；又徐徐袖出高陽自撰的覆文。文甚長，但關係甚大，我僥倖記得，默憶錄於此：

志鵬先生足下：

奉到致成惕軒先生函影本，約略數之，在兩萬四千字以上。吾鄉項蓮生有言：「不作無益之事，何以遣有生之涯？」其足下之謂乎？足下學宗程朱，言必稱薛瑄、呂坤，何獨不顧「彰死友之過，此是第一不仁」一語。竟謂：「賦性戇直，不能為鄉愿。」是則呂坤為鄉愿矣！是耶？非耶？棄子之為人，誠有可議，然如足下所言：「棄子既無謀財害命、因色喪身為人他殺之條件」，則縱令為人所惡，亦不過細行不謹而已。漢文帝時，有人盜高廟玉杯，論斬，而文帝以為當族。張釋之諫曰：盜宗廟器當族，設有人盜陵，法何以加？衡以此義，如棄子「應打入拔舌地獄、應投入畜生道」，則謀財害命者，豈足下設有第 19 層地獄，以位置此輩乎？又足下引顧亭林言，以為衡量人品，應以鄉評為定論。夫亭林此言，為鄉舉里選而發也。棄子既自署為棄子，即自知不同於鄉評，無意於期其鄉人舉之為民意代表，則鄉評可以存而不論。此恕道也。且夫鄉評果足恃乎？安溪賣友，今成鐵案，而當時鄉評無有責之者，以致陳夢雷含冤莫申，投牒城隍。迨嘉慶朝，夢雷鄉人陳壽祺猶作安溪蠟丸疏辨，詆斥夢雷，至謂天道甚神，夢雷所以不昌。試問所謂鄉評者果何在？所謂公道者又何在？因思棄子若為余國柱，或者大冶鄉評又是一番說法矣。總之，棄子之於足下，既無殺父之仇，亦無奪妻之恨，且已作古人，而猶毒訾之如此，其故安在，竊所未喻。如足下所言，不過棄子將足下不可告人之函件洩之於人而已。此誠棄子之過，然足下於四十餘年老友之前，非議五十餘年之老友，且形之於文字，此豈又端人之所為？至吾輩稱道棄子，而足下竟謂之曰「可悲、可惜、可羞、可恥」，可笑孰甚！世人皆欲殺，我意獨憐才，且無不可；矧為世意皆憐才，一人獨欲殺之棄子乎？竊謂足下「四可」之說，無異夫子自道。可悲者，不

及棄子之聲名也;可惜者,以兩萬餘字作此無聊之書札也;可羞者,老
羞成怒,口不擇言之狀溢於言表也;可恥者,假道學之面目敗露也。足
下之學,程朱末流。學之善者為倭仁、學之不善者為徐桐。乖謬褊狹、
狂妄自大,足下其儔也。下走與足下,素昧平生,乃明知其與棄子義兼
師友,而投以此穢目之函,將謂下走可欺,雖辱其死友,不敢與較歟?
抑或以為下走未曾讀許魯齋、薛敬軒、呂心吾、顧亭林、張伯行之書,
而可任爾濫引曲解,無從駁斥乎?二者有一,必自取其辱。休矣足下!
「吉人之辭寡」,請三復斯言。

此文長千餘字,作於民國 75 年 7 月杪。寄發否,我不知道;結果如
何,我也未追蹤,但我覺得這是了解高陽的絕好文獻。

高陽對周棄子,惺惺相惜,情溢乎辭。在此文人相輕之世,有此義
舉,殊屬難能。試思我輩居世,豈能處處妥善,不遭人批評?真不知身後
負謗,誰能昭雪。故即此可以知高陽之性情。

而這種性情,又不僅出於他對周氏私人的交誼,更與他的歷史觀有
關。高陽屢云其史論及歷史小說非常注意各朝代的中心勢力。所謂中心勢
力,例如東漢的外戚與宦官、唐代的藩鎮、明代的宦官。中心勢力若在外
戚宦官,必將導致亡國;若在藩鎮,則必形成割據。唯有高級知識分子成
為中心勢力,方能導國步於正途。他所嚮往之政治,乃是一種文人或知識
分子政治。但是,做為一位文人,他又深知文人知識分子之間最嚴重的問
題,就是文人相輕。故如西漢文景之治,唐朝的貞觀、開元,北宋太宗末
年至神宗朝,明代宣德、弘治兩朝,清代的同光中興等,文人能獲用世,
固皆能開一文治之局,然皆不旋踵而漸啟門戶之爭。知識分子可能因意見
之不同,逐漸發展成政策之爭、權勢之爭,黨同伐異,而遂釀為氣之爭,
馴致國本動搖。對於這種爭鬥,他悼焉傷懷,屢於其著述中言之。我們讀
他的小說,寫朝局變幻中權力鬥爭的種種情狀,但覺其曲盡描摹、洞達人
情,卻很少人注意或理解他刻畫這類爭鬥的用心。

　　據他的了解，明代東林與閹黨的鬥爭，原是以地域分的派系發展開來的，後亦仍歸於地域派系之對立，形成南北之爭。此爭不只把明朝爭亡了，入清以後仍在爭。丁酉科場案，即北派得八旗之助，痛擊南派之結果。接著是「奏銷案」、「哭廟案」，南士飽受打擊。直到辛酉政變時，南派始獲大勝。戊戌政變，則是南北之爭的最後一個回合，兩敗俱傷，清朝也完蛋了。這個觀點，才是他寫作小說的主腦所在，近幾年的小說與史述，對此尤為強調。因此，基於他的歷史觀，對於知識分子互相矜伐批評，他格外具有一種嫌憎感。這封信裡，就強烈表達了這種情緒。護持友道，竟舉安溪賣友為戒，可謂情見乎辭矣！

　　但是，高陽畢竟仍是文人，在他的理性思維中，對於知識分子的癖性與行為利鈍，雖已洞若觀火，然其感性生命，卻仍不自覺地會表現出文人的生活型態。例如他討厭文人相輕，可是基於其學養與歷史見解，他也無法不輕視某些人，下筆亦往往往有「不遜之辭」。這遂使他遭逢到與周棄子相同的命運，「好之者譽為一代才人，短文者嘲為通文縣丞」。

　　通文縣丞，是指中國笑話裡描述的：素不知文而效顰強作能文之縣丞。前年一月間，姜龍昭先生考證清代的香妃不是容妃，謂乾隆寶月樓中所藏之嬌，並非容妃。高陽即表示不屑與之討論，云姜先生「對考據的基本修養尚不具備，於清代的制度人物亦復茫然」，不擬奉陪。此非獨惡於姜先生，高陽與人辯難學術問題，往往如是。先是表示「歡迎來函質疑」；真辯起來，他又不耐煩了，覺得歪纏下去甚為無聊，指對手不具備討論的資格。此即可顯示其文人氣。有人很欣賞他的文人氣質，有些人則醜詆之。如江述凡先生就曾為此譏諷高陽是「通文縣丞」（見民國 79 年 1 月 20 日《世界論壇報》〈高陽，接招〉）。

　　高陽當然不是素不能文而強效顰者，他的文字功力，求之當世，何可多得？他寫時評社論、寫掌故考據，更寫小說，包括現代小說和歷史小說，後者尤享盛名。這些東西，有共同的特點，即客觀的敘述與理性的分析，摰理論事，深洞隱微，於人情物理之細緻處，刻畫發露之。筆下絕少

自己的影子，所以他不是一位抒情型態的作家。理性化的創作行為，使他的作品顯得甚為冷靜。然而，他本人其實是情勝於理的，感性流蕩，歌哭無端，意氣感激，每每不能自己。

這種特殊的態度，是了解其人與作品的關鍵。他的多愁善感，可舉一例為說。彼嘗抄示所填詞一闋，曰〈高陽臺〉，有序云：「讀《傳記文學》六月號所載胡健中先生〈雨花臺畔〉大作，略述楊麗珍事，著墨不多而悱惻動人。因憶朱竹垞有〈高陽臺〉一首，哀吳江流虹橋女子因單戀而死，其情約略相似。某自大陸歸來，心情灰惡，一事不能作。然詞人項鴻祚有言：『不作無益之事，何以遣有生之涯？』爰依竹垞原韻，賦此破悶。」詞曰：

漫道無猜，久存默注，三年不識情深。寧忍分飛，臨歧爭共分陰，雨絲漸把紅絲引；繫紅絲，不倩青禽。枉蹉跎，夜雨巴山，能不媿衾？
廿年重返長干，悵樓空人去，玉碎珠沉，折柳情懷，門前搖落長潯。昏黃落日臺城路，掃荒塋，聊寄痰心。憶愁吟，惘惘當年，歷歷溫尋。

此詞調名〈慶春澤〉，高陽取其別名，既符情緒，似又兼指自己。序云自大陸探親回來後，心情灰惡，確是事實。他祖籍杭州已四百年，喬木世家，其〈橫橋吟館〉且被登錄於《武林掌故叢編》中。避寇南來，當然時思返里，嘗有詩謂：「鄉關夢裡疑曾到，世事杯中信不真」。故大陸一旦開放，他即返鄉探親。不料大陸上雖對他熱烈歡迎，可是目睹家園衰敗落後之景象，心結竟比不能還鄉還糟。有詩示我，云：「不須淚眼望山河，但得還鄉福已多。久客瀛洲吳自牧，夢粱新影竟模糊。」「驚聞豺虎亂山河，十里長街碧血多，閉戶瀛洲吳自牧，夢粱新影淚模糊。」二詩末兩句小異，而感痛蒼涼，甚於慟哭。即所謂自大陸歸來，心情灰惡也。

在這種灰惡的情緒中，作詞破悶，以遣有涯，其意甚可哀也。觸動其情者，其實只是一則小故事：胡君幼有一女同學，畢業時微露情意，但於

抗戰後返雨花臺附近尋其墓，卻未見。這樣一則小故事，竟觸動了高陽的哀情，使他聯想到清朝葉元禮在流虹橋邊的事。古事今情，根觸萬端，遂寫下這闋詞。此可見高陽深厚的歷史知識，未必足以平衡他在現實中所遭受的情感波動；反而是現實世界中小小的觸動，因牽引歷史而越發豐富深邃濃馥，使人沉浸於其中，享受這種情緒的震動，一往不返。

高陽處事，大抵如此。例如他去一餐廳吃飯，吃著吃著，歷史知識就跟口齒味覺連接起來了，於是大筆一揮，作一聯曰：「彭家本具易牙手，園客同申染指心。」作了這一聯之後，他整個人就進入到這個因歷史與文字牽引點染的世界裡去了，沉吟自賞。覺得「易牙」對「染指」實在是太妙了，可浮一大白。然而現實與他經過歷史感醞釀的現實未必是相符的，兩者的差距，又往往令他恚憤。如他去一餐廳，女主人殷勤招呼，他立刻牽連到歷史感，撰一聯云：「秀色可餐猶其餘事，蘭陵買醉捨此何求。」且寫成一軸攜往。不料這次招待較為簡慢，並無李白「但使主人能醉客，不知何處是他鄉」之感，主人亦不嫻史乘文墨。乃大怒，取回書軸，怏怏以去。其他事，或類於此。意氣感激的生命，因歷史知識烹煉醞釀而越趨濃摯，故因事觸情，一發不能已。

這樣的生命態度，當然亦將使其如周棄子般「細行不謹」，也易為感情所擾。以歷史偵探、歷史律師、歷史刑警自命，而時陷美人關中。讀其未刊詩，如「最難消受美人恩，萬里書來字字溫，乍接豔光驚遠客，相擁不語已銷魂」、「文字相知同骨肉，最難消受美人恩，今生且訂來生約，卿在閨中我未婚」之類，輒為歎息。這樣飽諳世故、嫻熟人間機栝、善於冷眼評斷古今的人，其實哀樂逾恆，感不絕於心。他長於論事，卻拙於安頓自己的生活，正緣此故（例如寫胡雪巖經商，寫得頭頭是道。自己去做生意，卻賠得一塌糊塗等等）。其小說，貌似客觀，不雜作者心影；實則其中有一種特殊的感情灌注流布於其間，原因亦在於此。

先生為文，字逾千萬，平生負氣任情，謗譽俱多。然知音既少，知交亦復寥寥。檢點形跡，殊覺其寂寞。因草草敘其雜事、明其多情，以為世

之讀高陽作品者助。墾丁旅次，雨中書畢，不覺惘然。

三、歷史偵探久寂寥

　　高陽先生之文，幼時於報端日日讀之。其小說在《聯合報》發表連載時，有一階段配以陳海虹先生的插畫，精采相發，尤為吾儕所喜。但當時望先生，如隔雲端，殊不敢想像居然有一天也能親接聲欬。

　　後以各種因緣，竟常追陪談讌，飽飫緒論，自己亦感到有些不可思議。這或許是因為先生日益衰老，當世少可與共語者，故偶爾拉我做個聽眾罷。然亦因此而使我對他暮年心境及為學寫作之用心，略有所知。

　　他以世家子遊世，俞平伯先生即是他的姑丈，故家學文史，功力自不同凡響。然其寢饋浸淫，其實下了非一般人所能及的苦功。治學撰文，漸如人之呼吸，真是不擇時不擇地，隨時都在進行。每與談諧，事實上也都在論學。譚文論藝、說古述今，往往包羅萬古，滔滔不絕，但主要是在討論他又發現了什麼新的歷史疑案。

　　底下是一封他給我的長函，抄示於此，以見此「歷史偵探」癖性之一斑：

　　鵬程吾兄：

　　接覆示，歡喜無量。弟懶於作書，而以報尊札耿耿莫釋，則知真歡喜矣。劉麻之詩《世載堂集》，弟原有此書，且得指點，已檢獲其詩。為冒孝容《董小宛》刻本而作。此君筆名「舒湮」，吾友戴良曾為言之。亭林不獨以武侯自期，亦以武侯自許自負，觀其「遙看白羽扇，知是顧生來」之句，躊躇滿志之狀如見，可知籌思之熟。弟自謂於董小宛入宮事，「寸寸積功，一一發覆」，及今始知猶有未發之覆，即亭林之大戰略也。承示清幫三祖隱「亭林」二字，此真至可寶貴之啟示。吾友戴良，身繫洪門，渠之見解與眾不同，謂洪門乃反清之「地下工作」者；而清幫則為反清之「反間諜」。故清幫可公開身分，而洪門則絕不能。清洪一

家，由錢潘二祖道號所隱德亭、德林觀之，似信而有徵。弟之清幫為最大之工會組織說，似猶未能盡其底蘊。符五即為開節先生，弟實孤陋。擬俟稍得閒，奉約王、周兩公共見一敘。不知一週之中，以何日為便？乞即見示，以便安排。尊稿兩篇，談《周易》者，弟慚不能讀；論清初詩壇比興一文，則讀之數過，深為欽敬。弟硯田所入，本自不菲，奈何自作孽，於股市中曾膺巨創，故迄今債臺難下。近擬編撰清史方面智識趣味並重而有史學價值之書數種，自印自銷。除《董小宛入宮詳考》以外，預定書目有《清朝十大疑案史料輯考》及《十朝詩乘箋注》兩書。十大疑案開列如附紙；《十朝詩乘箋注》，則加工之項目計有標點、人名注釋、典故注釋及本事箋解等，工程浩大，須多覓助手，不知兄於此事有興趣否？倘荷惠然賜助，擬請兄主編此兩書。弟意甚誠，並已請皇冠以前主持出版之楊兆青兄合作，主管業務。將來校印諸瑣務，皆不必煩心。如何之處，並祈示覆為禱，匆此

敬候　文安。

　　這封長信是了解他近些年工作的重要線索。他的《紅頂商人》、《胡雪巖》膾炙人口，經商者往往倚之為枕中鴻寶。可是高陽徒能坐而言，不能起而行。自負精於理財、熟諳商場情狀，卻因炒股票，弄得債臺高築，晚境獨居，尤感寂寞淒清。然在寫這封信時，他還在打算搞出版事業，希望編《十朝詩乘箋注》等書。這些書當然是有價值的，但出版此類著作，焉能賺錢？從這個地方看，便可見高陽先生畢竟是個讀書人，非真能營生者。

　　他所說的清朝十大疑案，是指：孝莊下嫁、順治出家、雍正奪嫡、雍正暴崩、乾隆身世、孝賢道歿、同治天花、慈禧之疾、慈安之死、光緒死因。據我所知，他對歷史的研究，晚期尤肆力於清史。近幾年，除了撰寫對李商隱〈無題〉詩的解釋外，幾部著作，如論曹雪芹、翁同龢、董小宛等，筆鋒皆集中於清朝，且集中於這十大疑案。如論董小宛入宮，反駁孟

森之說，是涉及順治出家問題的。論曹雪芹，寫《紅樓夢斷》等，是涉及雍正奪嫡及乾隆的身世之謎。對於這些疑案，他早有研究，亦有若干相關論述以及歷史小說描述其事。但抽絲剝繭，不斷發現新的材料與證據，使得他覺得仍有再予偵探的必要，故樂此不疲，並邀我與他一道從事於此。

可惜我的學力不足以勝此重任。《十朝詩乘箋注》之編、十大疑案之考，徒成口談，未付實踐，思之真覺惶慚。

不過，當時所討論者，殊不限於此十大疑案，例如他後來寫《丁香花》，記龔自珍與顧太清的故事，或此處所談到的清洪幫問題，積功發覆，亦非一日。皆久疑難定，一再偵探者。

這封信裡所說的顧亭林事，是因他反對一般講清史的人之看法，認為清幫固然是船漕工人所聚合的工會型態組織，但仍負有與洪幫類似的「反清復明」目的，只不過表面上似已受乾隆招安了而已。他曾舉此意詢我，我報書舉黃侃序顧亭林《原抄本日知錄》中語，謂舊有此說，認為清幫雖奉潘、錢、劉三祖，但實為顧亭林所創立。故錢祖與潘祖之道號即為德亭、德林。劉禺生（因麻臉，故稱劉麻）《世載堂雜憶》亦嘗論及。他覺得這些材料均可替他的想法添加佐證，所以十分高興。

他所高興的，不只是為清幫問題添加了一點可供談助的材料，或者在學術研究上又可立一新說，而是發現了顧亭林的「大戰略」。這才是他治史的真正精神手眼所在。

蓋其小說與史論，每每牽率於英雄兒女之間，或寫朝局變幻，從情節與主題上未必看得出什麼偉大的名堂，不過敘故實、演傳奇耳。然而，作者高陽其實是具有宏觀歷史視野的。他縱觀每一個時代，努力找出那個時代紛紜複雜歷史事象之中，真正值得讓我們注意的人物與史蹟，藉著描述這樣的人物與史蹟，提示我們歷史興衰的原理。從這一方面說，他表彰如曹彬、湯彬這樣的人物，他藉一些小人物（如小白菜）來顯示歷史社會整體面貌，既足見歷史之大，亦可以示人借鑑。再從另一方面看，他又十分注意歷史發展的中心勢力。他認為一個時代的中心勢力若在外戚、宦官，

必然導致亡國之禍；如在藩鎮，則必形成割據。唯有高級知識分子成為時代的中心勢力，才能開統一之盛運，使天下清明。不過，知識分子成為歷史中心勢力時，往往不可避免出現門戶之爭，黨同伐異，又逐漸動搖國本。他的小說、史論乃至時論社評，輒為此意而發，此即先生之大戰略也。

　　他雖不善營生理財，不善經理個人的生活與情感，但書學萬人敵，讀書既破萬卷，自然就會籌思經理天下，使民長治久安之道。自稱歷史的偵探，其實還是自謙了。世人但以通俗小說家、以掌故家、以考據家視之，更不免將他看得忒輕了。先生其亦以顧亭林、諸葛武侯自居者乎？

　　當然，武侯與亭林之戰略，昭見於事功與著述。高陽先生則聖賢寂寞，僅以一高陽酒徒之名，博得世人一點嘆息而已。書生大言，大言遂以其為書生所言而不為世所重，嗚呼！

——選自龔鵬程《知識分子》

臺北：聯合文學出版社，2000 年 4 月

蒼茫獨立唱輓歌
說高陽

◎尉天驄*

　　高陽常說，他之所以成為一位歷史小說家，其實是很偶然的。

　　他原名許晏駢，杭州人，出身於書香門第、官宦世家，家族自清乾隆以降即功名不斷，至嘉慶、道光、咸豐後更有官至刑部尚書、吏部尚書、兵部尚書者。他曾對我嘆說：「出身於這樣的家族，承受這樣的傳統，到了民國時代，報考大學，攻讀的應該是法律系或政治系，但我多次翻閱了族中所保存的一些檔案資料，聽多了長輩和族人談論的官場舊事，嚇得我把法、政視為畏途。」他問我：「這樣一來，你說我應該走哪條路？」我也只能搖搖頭。他接著說：「處於這樣紊亂的世局之下，我只好做一個無聊的文人！」

　　這樣消極的話，乍聽是一種自嘲和無奈，仔細體會，卻是一種悲憤，一種自悔和反省。使人想到曹雪芹在《紅樓夢》第一回「今風塵碌碌，一事無成」那一類的話；一種對人生難以解說的感喟。高陽平生最愛兩個人的詩，一是李商隱，一是吳梅村：其所以如此，大概是在這兩位前人那裡，感受到與自己相似的遭遇。李商隱身處晚唐亂局，吳梅村夾在明清交替之際；都對時代有著無可奈何之感。吳梅村尤其如此。於是，高陽之於吳梅村便更有難以為言的同情。他說：「看梅村詩集，懷古紀事，弔死傷別，無不充滿了滄桑之悲、身世之痛，哪怕是詠物的詩，多半亦有寄託。」這話似乎也可借以解說他自己的作品。從許晏駢而到「高陽酒徒」

*發表文章時為政治大學中國文學系教授，現為政治大學中國文學系名譽教授。

的高陽，雖然在詩文、言談之間經常揮灑自如，但其間那種自我貶抑的語氣卻令人不能不感慨繫之。正因為這樣，他論到一些處於兩難之局壓力下的知識分子時，便經常說他們只好用「別的方法」來「抒寫史書中所無法表達的深厚情感」。依高陽之意，這裡所說的「別的方法」就是詩與小說。

在前輩學人中，高陽最心儀陳寅恪先生。陳是史學大師，晚年在目盲孤苦之中，卻把治史的功力轉移到《論再生緣》、《柳如是傳》那一類作品的寫作上。何以如此？這當然有其深意存焉。高陽既以陳寅恪為師，他的歷史小說應該也是在其中有所寄託的。有一次我問他，在他的眾多歷史小說中，他自己最喜歡的是哪一部？他毫不猶疑的說：《荊軻》。進而解釋說：別的作品，即使毀掉了，仍然可以重新寫得出來，唯獨《荊軻》，卻是再也無法重寫出來的。那種青少年時代的夢，那種狂熱，今天再也找不到了。即使以今天的眼光來看，這部作品在文字的處理上還有粗淺的毛病。

我說：「一談到荊軻，一般人多著重在高漸離送行的『風蕭蕭兮易水寒，壯士一去兮不復還』那一類的訣別。你卻在荊軻死後更引出張良，而且藉由張良的口說出『我要贏政知道，失敗不足以令人氣餒，殺身不足以令人畏懼；防範越周密，手段越恐怖，越有人要反抗他。』又說：『荊軻以後有荊軻，張良以後有張良；身可死，志不減！』真虧你寫出這樣的豪語。」

他卻說：「這不是我的豪語，這是中國歷史的精神。錢穆先生有一句話最讓我信服：讀歷史必須具有最起碼的感情。我的一切都是從那裡孕育出來的。」

我認識高陽及高陽的作品也是偶然的。1972 年，趙玉明兄出任《民族晚報》總編輯，約了我和一些朋友寫專欄，每天贈閱《民族晚報》，我得以閱讀刊載那裡的高陽的歷史小說《翠屏山》。那原是《水滸》中楊雄、石秀和潘巧雲的故事，1930 年代施蟄存也曾經改寫過。報上登出高陽這部小說連載的預告，我立即起了一個疑問：《水滸》已把這故事寫得那麼細緻易懂，在京戲和地方戲中也早已把它們確定下來，還有哪些地方值得他再去

發揮？及至看了他的新本，才了然於他吸引讀者之處。他書寫《翠屏山》
中的潘巧雲是這樣推展出來的：一個絕代美人，先嫁給一個粗俗不堪、夜
夜鼾聲大作的屠戶，那是如何的遭遇！等那男人死了，改嫁的又是一個鋼
刀一舉人頭落地的劊子手，那種感覺又是多麼動人！高陽的創造力與想像
的靈活，不得不讓人驚嘆。而且他觀察事物的角度非常準確和細膩，使得
他的語言有超乎常人的敏銳和生動，讓讀者不由自主的想一讀再讀。

　　就這樣，從《翠屏山》開始，我成了高陽的讀者，也去找他之前的作
品來閱讀。那時我在大學教授中國古典小說。由於受陳寅恪的影響，我講
唐人傳奇時便把唐代的社會制度拿來探尋小說中所未說到的一面；也由此
而發現高陽改寫《李娃》的結尾別具用心，把故事改放在唐人真實的門第
人際關係上，而與唐人原作的安排有所不同；把歷史小說提升到史學的層
次，使人想見故事背後的更真實的一面，令人對小說的結局有著更多的思
考空間。有一次我去拜訪臺靜農先生，談到臺灣當時的小說界，先說到白
先勇。他說：「先勇是一個心地善良的年輕人，才華也夠，但對於中國社會
認識還不到深刻的層次。」於是我向他推薦了高陽。過了一段日子再去看
他，他告訴我已經看了幾本高陽的作品。並且說：「他對中國社會很有認
知。他寫《烏龍院》不著重在男女之事，而去寫那些刑事書吏間的種種明
爭暗鬥，而在《小白菜》中經由男女間的故事，書寫楊乃武那樣的訟棍文
人與官場之糾葛，並擴及到太平天國事件後湘人與當地人在兩江一帶的矛
盾，以及慈禧想藉此一事件來借刀殺人，壓低湘人在江浙的勢力。這些，
沒有功力是寫不出來的。」我向臺老說出高陽的出身背景，他說：「這就難
怪了！」

　　高陽當時不少作品都在《聯合報》連載。1976 年我在聯合報系所辦的
《中國論壇》擔任第一任主編，開始與高陽有了往來。那時正是高陽創作
的高峰期，一系列有關明清之際的作品陸續出世。有一次，也在聯合報系
任職的陳曉林邀了一些朋友餐會，座中除了高陽，還有唐魯孫、夏元瑜、
阮文達、趙玉明等人。由於唐魯孫先生是前清光緒皇帝珍妃和瑾妃的姪

孫，年少時曾多次進出宮門，對旗人生活極為了解，聽他言談，獲益不淺。於是曉林提議，這樣的聚會不妨每月舉行一次，這就等於不著痕跡地每月上了一堂歷史課。由於這樣地跟高陽交往多了，也就熟悉他的酒徒風範，言談之間漸漸領略到他讀史、查證資料的用功程度。但他見到唐、夏兩位前輩，一直是誠誠懇懇地虛心求教。唐老為人謙和，談笑時也會在自我解嘲中流露出嚴肅感。有一次，他兩杯酒下肚，就對高陽說：「人家都說咱們是封建餘孽，遺老遺少，但當封建餘孽、遺老遺少，也得先吃點苦，磨練磨練。就拿皇帝來說，也得規規矩矩先把字練好；奏摺上來了，要看得懂，要會批。師父要上講了，當皇帝的就得先站在御書房門口等候，師父坐定了，皇帝才能落坐。」

他並指著我們年輕的幾位說：「讀《紅樓夢》你們很多地方不會真懂，在其間，每一個事件都顯示著一種文化，一點粗淺不得。」

唐老的每一言辭、每一行動都持平穩重卻又那麼自在，即使在舉杯、持箸之時，也自有其風度，連服務人員遞上一杯茶，他都用溫婉的眼神回應。他的北京話不疾不徐，毫無一般人所想像的貴族氣象。在這樣的言談之間，高陽與唐老的對談一直保持著虔誠的態度，有時候談到的雖是一些細微瑣碎之事，也能感受到他們想在其中探討挖鑿某些奧祕。

在高陽的作品中，歷史的時空，往往只是一個架構，他最大的著力點往往不是一般人視為「重大」的政治、社會事件，反而是一些人不太注意的小事件、小動作，讓人留連、惆悵、會心一笑並有所領會。譬如在《胡雪巖》中，王有齡出任官職，想要在端節之前接任，胡雪巖向他建言延到節後去接。王有齡本想在接任後立即承受大批「節敬」，胡則主張把這一機會讓給前任；一來，結交人緣，為前程鋪路；二來，來日方長，何愁沒有機會。像這樣的一件小事，即可讓人體會到為官之道的奧妙。由此擴大聯想，也就讓人對人性的好壞多了一層了解。

高陽歷史小說的特色之一是他常常在真實的歷史人物中穿插一些他所創造的小人物，而且以女性居多，使得其間的相互關係及他要呈現的場面

更為生動而深沉。如《荊軻》中的荊軻與夷姞、《醉蓬萊》中的洪昇與玉英、《徐老虎與白寡婦》中的徐寶山與白巧珠、《胡雪巖》中的胡雪巖與芙蓉等等。他們之間的相遇、相處，都在整部作品中呈現出沉重的力量。特別是《醉蓬萊》，它的主題原是經由洪昇的《長生殿》劇本，書寫唐玄宗與楊貴妃的愛情故事，但讀了以後讓人感嘆的卻是洪昇與玉英無法結合的缺憾。

　　這就涉及到高陽的愛情觀。在高陽的作品中，幾乎每一部小說中相愛的人最後都是徒然。《李娃》中的鄭元和與李娃、《風塵三俠》中的虯髯客與張出塵（紅拂）、《再生香》中的順治皇帝、冒辟疆與董小宛、《小鳳仙》中的蔡鍔與小鳳仙、《曹雪芹別傳》中的曹雪芹與《紅樓夢》諸女子，所呈現出來的無不是那種無所求、無所得，卻一心流露著無限關愛的情操。高陽大多以淡筆寫濃情，使得結局雖是徒然，卻讓人獲得珍貴的感悟：人生只要能夠實心實意地愛過也就足矣。例如《風塵三俠》中，當紅拂對虯髯客說出「從今以後，你忘掉我，我忘掉你」時，那場面真把人帶領到一種「隱忍」的美學境界：

> 「一妹！」虯髯客站住腳，以極平靜的聲音問道：「妳還有話說？」當著上百的僕從，她無法說一句心裡要說的話，只俯下身去，用纖纖雙手，挖一掬土；使的勁太猛，折斷了兩個指甲，痛徹心肺，然而她忍住了，終於挖起那一掬染有鮮血的泥土，眼淚撲簌簌地流著，也都掉在那掬土中。
>
> 「三哥！」她哽咽著說：「你要想家，就看看這個吧！」……

　　有一次與高陽閒談，兩杯酒下肚，我對他說：「高陽，在你的作品中，我發現了你的一個祕密：有一位溫柔、體貼、互相了解的女子，化為很多分身經常出現在你不同的作品中，甚至有些名字都雷同。那是你的夢還是你的回憶？」他只是苦苦地一笑，默不作答。

　　但我猜得出他的心情。那不僅指的是個人的際遇，推展開來，更是整個民族處在歷史變動的際遇。他平日最愛李商隱和吳梅村的詩，而且用力甚勤。他常經由他們的作品體認他們平生所處的兩難之局；個人的感情如此，世間的種種際遇也是如此。而在不知何去何從時，有時只有在飄泊中度過。他注解吳梅村的〈短歌〉說：「作官潦倒，頭白歸鄉，誰知在家鄉卻更不如在異鄉飄泊！這是何等哀痛的描寫？」這無疑也涵蓋著高陽個人的感慨。他用心於明清之際士人的處境，當然也有感於民國、特別是 1949 年以來變局下中國知識分子的去從，陳寅恪寫《柳如是傳》，他寫《江上之役詩紀》都是經由南明的敗亡而有著相近的弔古傷今的心情。吳梅村遺言說：「吾一生遭遇，萬事憂危，無一刻不歷艱難，無一境不嘗辛苦，實為天下大苦人！」其所以要忍受這種悲「苦」，實際是要在有限的人生維繫著某些不容扭曲的認知和真情。這認知和真情是絕對不能用現實政治利益和階級標準來判定的。而且，這才是最真實的歷史。所以在陳寅恪的歷史書寫中便處處見到很多人經由歷史對當代所生的感慨。在這方面，高陽似乎也與陳寅恪有著相似的感受。他想經由歷史去體會一些甚麼，也是可想而知的。因此他才一再說，人生的最大引力是「情」，其次才是「緣」。而且，他又補充說：不要把「情」和「緣」講得世俗化；歷史的不停轉變，很多事之所以在人們心中打下難以泯滅的烙印，就是建立在這一基礎之上的。

　　有一次談到當今人的人生態度，他說：「現代人，常常把世間的一切事都視為偶然，子女是父母作愛偶然生的，夫妻是偶然碰在一起而結合的，沒有甚麼絕對的天設地配，因此也就沒有甚麼必然的相守相愛的關係。這也就沒有甚麼必然的道德倫理可言。這是澈底的虛無主義，視一切為荒謬。」對此，他大不以為然。所以在高陽的小說中，人生的際遇經常是偶然的，但在這偶然中，由於彼此所付出的愛和關心，它所產生出來的關係和情操卻一一成為無法割捨的必然；讓人願意為之忍飢受凍，生死以之。即使男女之歡樂場合的相遇，產生的也是難以忘懷的思念。說起來，這些都是微不足道的小人物、小事件，匯合起來卻是歷史的主流。在這裡，歷

史之所以為歷史，主要的便是在瑣瑣碎碎中所顯現的、連續不斷的生命情調和相互關懷。不分古，也不分今，一直不斷地綿延著。

　　有一次，《聯合文學》邀請一些作家作中南部之旅，特別向鐵路局包了一節車廂，同車還有無名氏（卜乃夫）、夏志清等人，在車上我曾跟高陽聊到對歷史的認知。我質疑司馬遷把《夷齊列傳》置於列傳之首的用意。司馬遷談到道家之言：「天道無親，常與善人」，又感慨伯夷、叔齊這樣的善人最後均遭餓死，這是對天道與人世的懷疑，而這樣的懷疑主義必然導引出歷史的虛無主義，認為世間並不存在公道與不公道。在這樣的情況下，不由得讓人懷疑：歷史所給予人的意義是甚麼？

　　高陽回答說：正因為如此，才能見出最真實的東西。正因為人生無常，經由戰亂、屠殺、鬥爭、欺騙、醜惡，才能見出比這些更高的東西，感受到生命中的最真實的「存在」；即使那是剎那的，也會叫人難忘，成為永恆。

　　我說：「這樣一講，我們也可以把李商隱的詩拉大到這樣的層次去了解：『相見時難別亦難』不正是人在塵世上的『追尋──懷疑──沉淪──覺悟』的歷程嗎？『春蠶到死絲方盡，蠟炬成灰淚始乾』，不就寫盡這一歷程的辛苦嗎？」

　　高陽同意我的引申。他說他堅決相信，在歷史中雖然處處充滿著暴亂和不公，好人不長壽，壞人享榮華，但在每個人的心裡，何者該做，何者不該做，總還是應該有所肯定的。想一想，這倒是真的。在他的作品中，很多人物的結局都是不如意甚至悲苦的，從荊軻到曹雪芹、洪昇，乃至胡雪巖等人的人生結尾，幾乎都是挫敗的，然而就另一面而言，卻又存在著生死以之的莊嚴意義。例如《小鳳仙》中，當小鳳仙聽到蔡鍔忍受著貧苦煎熬時，對於他一步步往「死路裡走」的決心起了質疑，不禁問道：「這是為甚麼？為甚麼？」得到的回答卻是：「為了爭人格──替全中國四萬萬人爭人格。」就此而言，歷史不但是一種現象，更是一種永續的精神；在高陽的歷史小說中，他是以人的品質來反省歷史的。這些品質隨著客觀環境

的不同，有時隱忍下來成為伏流；有時奔騰不息，成為主流；源源不息就成了生命中的源頭活水。然而，很多人卻無視於這些。高陽因而感嘆地說：「我最不能忍受的是，現代人經常以政治的、黨派的觀點來審判歷史，不但審判而且予以定罪，讓人上天下地在精神上找不到容身之處。」

就此而言，高陽對於歷史的看法是非常不同意西方正流行的歷史主義；因為根據他們的觀點，在根本上是否定人世間有某種永恆的、持久不變的東西，認為人世間唯一不變的就是人們不停變化的欲望，而在高陽看來，歷史中雖然充滿鬥爭、屠殺、傲倖、投機，但就在其中卻處處讓人感受到有值得為之奮鬥、犧牲的崇高和神聖的價值存在，讓人領會到生命的莊嚴意義。

高陽小說最讓人嘆服的是文字與對白的精妙。有一次在一場文學獎評選會上與高陽和無名氏同席，高陽說了一段與文字有關的話。他說：小說之為小說，它的第一個條件便是叫人看得進去。看得進去就是親切感。不但情節的安排要這樣，連語言也是一樣。五四新文學運動以來，一般的寫作都有粗糙的毛病，以為只要從嘴裡說出來的口語就是白話，不知白話不管指的是官話還是普通話，從古以來因個人的身分不同、生活習慣的差異，都有各自不同的表達方式，也各有獨自的韻味；失掉這些，語言就乾枯無趣。文字要有詩的情趣才有美感，這是連介系詞、尾詞都馬虎不得的。另外一點，新文學運動以來，小說常以意識型態掛帥，這是「蓮霧打針變成黑珍珠」的手法，不足為取。

因為看多了高陽的歷史小說，就止不住有時也會對他的作品提出意見。有一次我對他說：「西方史學家都把世界近代史的開始的時間放在 17 世紀前後，獨獨中國學者把中國近代史的開始放在 1840 年前後，認為由於受到鴉片戰爭的影響，中國才開始走向近現代。這是外鑠式的觀點，失掉中國歷史發展的主體性。蕭一山先生、胡秋原先生都不贊成這種說法。如果我們也贊成中國近現代史開始於 17 世紀前後，則明清之際正是一個關口。你的小說從《再生香》的多爾袞率清兵入關，到《小鳳仙》的袁世凱

當皇帝，這一系列作品，真是中國近三百年來的寫照；把中國明末清初以來的：官僚社會的貪婪、無能、吏治社會與幫派相互作用所造成的廣大群眾的愚昧，寫得淋漓盡致，但也在優良的傳統中，令人感到無限的溫馨。這些都有助於對中國前途的思考。如果把這一系列作品加以整理，再給予一個總名，真可以和法國巴爾札克（H. Balzac）的《人間喜劇》那一系列作品媲美，同時也可作為舊中國的輓歌。」他聽了非常高興。又問我還有甚麼意見。我說：「你這個人太好酒，有時酒喝多了，為了趕寫副刊連載續稿，一時趕不及就亂放野馬，寫些典故趣聞湊篇幅，雖然也很有趣味，但整體來看總不夠嚴謹，何況不時還有重複的地方。應該整理一下。」

　　那次的談話竟引起他的重視。他想在這一系列前再寫一部小說作為開篇，彰顯一個時代的開始，問我有甚麼想法。我為他講了全謝山在文集裡記載的關於錢敬忠的故事。錢敬忠的父親錢若賡是明朝的臨江知府，因為抨擊萬曆皇帝選妃的事被關在獄中將近四十年，每年都是斬監候，受盡煎熬。在這漫長的歲月中，家破人亡，連孩子也是在獄中長大的。錢敬忠一歲入監，在獄中接受父親的教育，後來考中進士。他要求代父受刑，錢若賡才被放了出來，年紀已經八十了。此後，錢敬忠歷經李自成之變和滿清入關，親身帶兵對抗，最後失敗，絕食而死。全謝山在談到寫作之道時，曾經說過：文章中保留太多資料會破壞文的氣勢，但他卻在書寫錢敬忠時，故意把那些有關資料一一保留下來。其所以如此，就是想要後人經由資料中的瑣瑣碎碎見到歷史中人性的光芒。他為錢敬忠寫的碑銘，非常動人：

　　　孝思已申，忠則未遂；
　　　墓門流泉，潛潛者淚；
　　　故國河山，同此破碎；
　　　試讀予文，寒芒不墜。

　　我問高陽：「如果我們不以膚淺的甚麼封建意識來評定它，便可以在其中見到人之所以為人的尊嚴。明代是歷史上最腐爛的一代，也是在腐爛中最顯現人格的一代。不知這一類的故事可不可以提供你來參考。」

　　那是 1992 年初的事。沒隔多久他就因病連續出入醫院。不幸的是天不假年，本應人生七十才開始，一生背負著歷史積鬱的高陽，卻在那年 6 月 6 日以七十之齡告別了人世！

　　他過世之前接受《聯合報》副刊訪問時還特別說：「我最感謝尉天驄教授勉勵我做中國的巴爾札克……。」

　　周棄子先生曾讚賞高陽以「蒼茫獨立四垂際」的詩句來描繪自己的際遇。如今高陽已經逝世 15 週年，每當想起他，腦海裡浮現的，就是一個微屈著背、蒼茫獨立於輓歌聲中的寂寞身影。

——2007 年 2 月《印刻文學生活誌》

——選自尉天驄《回首我們的時代》
新北：INK 印刻文學生活雜誌出版公司，2011 年 11 月

歷史文學

關於《聯合文學》「高陽歷史小說」專頁

◎瘂弦[*]

　　論者常說中國古典文學在時空意識表現上常見兩種主類，一是望遠思歸，如王粲的〈登樓賦〉；一是登臨懷古，如鮑照的〈蕪城賦〉、庾信的〈哀江南賦〉。遠望屬橫的空間意識，懷古屬縱的時間意識，具有人性的共通，最能引起普遍的共鳴。西方心理學家佛羅姆說：人是一切動物中最無依無靠的。基於這種不安全感，人一直在空間上追求生命的最初源頭——故鄉；在時間上，也企慕人類群體的最初，認為自己是人類歷史無限延續中的一點，充滿了濃烈的時間感。因而，平原極目，登高望遠，臨風懷古，正象徵著對個人與群體、古往與今來、時間與空間的省悟，從中尋覓生命的位置，肯定存在的意義。因此，古典文學中歸鄉與詠懷的主題，實際上是對抗死亡，企圖超越時空，達到永恆與不朽；其中又以時間的主題最動人心魄，孔子在川上的喟嘆，正點染出那永不止息、連綿不絕的時間對人的宿命網羅，是多麼的深沉無奈，這也是文學作品中取用不盡的靈思泉源——時間與歷史的感興。

　　大體而言，中國傳統文學具有相當濃厚的歷史感，但在詩文學上，卻並沒有產生所謂的史詩。古典詩多半以短詩見長，也就是陳世驤所說的「抒情傳統」，雖然也有〈孔雀東南飛〉、〈木蘭辭〉、〈長恨歌〉、〈琵琶行〉等樂府、敘事詩，但比起西方的史詩，無論內容、篇幅，都不能相提並論。希臘荷馬的〈伊里亞德〉、〈奧德賽〉，動輒數千行；印度兩大史詩〈摩

---

[*]本名王慶麟，詩人、編輯家、評論家。發表文章時為《聯合文學》社長兼總編輯，現旅居加拿大，為加拿大華人文學學會主任委員兼《世界日報》「華章」文學專版主編。

訶婆羅多〉、〈羅摩耶那〉，更是長達數萬行，內容則包羅萬象，從神話、宗教、歷史到小我情感的敘述，淋漓盡致，氣象博大，像這樣的作品，中國根本沒有。

基本上，中國是文史不分家的，從殷墟出土的文物中就能考察出來。中國人的歷史感很強，有關歷史的記載早在紙筆發明之前的甲骨文裡就有了，及至司馬遷寫《史記》，以雄深雅健的文才寫史，開創了史書兼具歷史與文學風格的範例，史學體例也告完備成熟。自此而下，歷朝歷代的史書，莫不文史兼備，各具風格，這或許是中國用不著詩人越俎代庖，以詩記史的原因之一吧。另方面，也可能是古典詩長久以來的嚴謹格律，限制了詩人在篇幅與內容上的渲染、發揮。總之，中國為什麼沒有像西方那樣長的詩，一直是許多人關心的文學課題，也有不少人做過研究，迄今尚無定論。值得一提的是，最近三十多年來，已有人發掘出蒙藏草原、雲貴高原上流傳有數千行的少數民族敘事詩，李廣田所整理出的《阿詩瑪》長詩便是其中之一。

小說方面，中國古典小說可以說與歷史「打成一片」。以變文為例，宗教因果關係的故事，一開始就是民間俗文學的來源，先是口耳相傳，經過說書、說唱人的唱述，逐漸去蕪存菁，再由文人修飾整理、作藝術加工，而成為文學珍貴的財寶。古典說部有很多都是從民間發展而來的，那些說唱人，有點像是荷馬時代撥弦而詠的行吟詩人，把傳說留在響板與琴弦之間，只不過最後呈現完成的是小說而不是詩。這些小說，也充滿了對歷史的感興與諷喻、批判，透過戲劇性的鋪排，創造出形象化、立體化的歷史；有的甚至從偏重邦國社稷的立場中超拔而出，從人的立足點出發，人情天理，感慨尤深；也有如《三國演義》之於《三國志》，重組了歷史的形貌，這種再創造，也是歷史與文學最大的轉折與耐人尋思之處。

戲曲方面，最早是源自唐朝的歌舞傳統，到元雜劇出現，形式逐漸完備。中國戲劇不像希臘悲劇那樣，一開始就談到比較形上玄深的哲學問題，而是逗留在移風易俗、高臺勸化的名教層次，可以說多半是歷史劇，

朝代興衰、南征北伐、出將入相、宮闈祕聞……等構成了戲劇的主題；甚至可以說中國人過去就是透過劇場來進行歷史教育，憑藉藝術形象而達到鑑往知來的效果。因此，去掉歷史，中國戲劇就要大大減色了。當然這種教忠教孝、帶點目的性的作品，多少限制了藝術的品質，但在那一個知識分子少、文盲多的時代，戲劇不但娛樂了民眾，也傳達了歷史意識，在中國文化的長流裡，是不可忽視的一條支流。

五四運動以後，白話文學勃興，基本上，無論小說或戲劇，都是現實性的題材占優勢，這當然是受到了時代背景的影響。當時，知識分子熱衷於喚起民智，表現在文學上的，一開始就充塞了濃厚的實用色彩，他們重視文學的社會功能，把文學當作改革政治與社會的手段，宣傳意義遠超過藝術品質，自然也談不上什麼歷史文學了。1930、1940 年代，左翼文學占據文壇，倒是產生了一些所謂的歷史小說、歷史劇，——然則如郭沫若的歷史劇《棠棣之花》、《孔雀膽》、《屈原》，陳白塵的《大渡河》，吳祖光的《正氣歌》等，都以階級意識汙染了歷史意識之美，多半為歷史故作翻案，以暗合當時左翼文學的政治要求，就更不用說去呈現歷史的微言大義了，其藝術品質的稀薄與脆弱，可想而知。比較好的作品有魯迅的《故事新編》，把中國神話、歷史的片段加以藝術處理，賦予新的觀點，成績不惡，可惜他後來忙於筆戰和「運動」，並沒有把歷史文學發展到更高的層次。到了 1930 年代末期，出現馮至的《伍子胥》——類似散文體的歷史小說，孫毓棠的長詩〈寶馬〉，極富創造性，為中國歷史文學帶來無限生機；不幸大陸赤化，教條「文學」充斥，具有創造力的作家被逼到寂寞的角落，歷史文學的實驗，也就中斷了。

民國 38 年以後，中國大陸最重要的所謂歷史小說，是姚雪垠的《李自成》，預計 400 萬字，四大卷，現已完成三大卷 220 萬字，仍在繼續撰寫。姚雪垠生於河南西南部，那一帶如南陽、內鄉、鄧縣、析川、鎮平等，俗稱「宛西」，自明末至民國，從未安靖過，一直是「刀客」（土匪）出沒之地，姚雪垠幼年時曾被土匪俘虜，他的小說〈長夜〉就是記述這一段故

事，相當生動。因此，以姚雪垠的背景，對於農民轉變成土匪的原因與過程，與他們的語言、其中的恩怨鬥爭，他了解最深，的確是寫這方面小說的最佳人選。可惜在「文革」時，姚雪垠因受到毛澤東的特別保護，遂把《李自成》寫成了一部「欽定文學」，書中運用過多的政治影射，如粉飾李自成為農民起義的英雄來影射毛，那「賢德英勇」的李夫人就是江青了。這部小說陷入了政治的框框裡，是姚雪垠創作生活中最大的敗筆；第一卷還略具小說的形貌，第二、三卷完全是資料的堆積。他曾說這部小說將比托爾斯泰的《戰爭與和平》還要長，但就目前的表現來看，長又有什麼意義呢？

　　政府播遷臺灣以來，從事歷史文學創作的人並不多，但我們很幸運有傑出的歷史小說家高陽，二十多年來，他孜孜不倦的耕耘這塊田地，長篇鉅製，氣象宏偉，以他豐富的歷史知識、高遠的文學想像、純粹中國情趣的文字風格，創造出一部部的歷史小說。他的小說，經常是用報紙連載的形式來傳播，據說他曾同時進行六部小說的連載，沒有寫作大綱、不列人物表，而能考證翔實，有條不紊，絲絲入扣，這種超人的能力，實在是文學寫作上的奇蹟。但也由於在副刊上連載，使高陽的小說予人通俗小說的誤解，多少年來，文學界並沒有給他應有的文學地位。事實上，高陽的歷史小說雖然考慮到雅俗共賞，但並沒有影響到藝術的品質，而就純粹中國小說的文學立場著眼，雅俗共賞正是古典小說的傳統。我們很高興由於高陽的作品，使現代中國歷史文學的發展不致一片空白，也樂意推介他的小說給廣大的文壇。

　　高陽之外，其他的歷史小說也有可觀的成績，如端木方的《疤勳章》、朱西甯的《八二三註》、司馬中原的《荒原》與《狂風沙》、王藍的《藍與黑》、鍾肇政的《戰火》等都是。但整體而言，從事歷史文學寫作的人還是太少，尤其是年輕一代，少有人面對這詠史的題材，大都停留在個人詠歎、抒小我之情的層次。按理說，光復後的文壇，經過三十多年的經營，許多作家早到了具有艾略特所說的「歷史感」的年紀了，語言錘鍊成熟、

資料運用精當,應該是出現大作品的時候了!儘管小我、大我之別,在文學品級上並沒有高下之分,但對一個苦難的民族而言,我們期待後者要比前者殷切。試想,抗戰八年,中日兩國經過大會戰 22 次,中小型戰鬥四萬多次,我軍傷亡 320 萬人,民眾千百萬人流離失所,家破人亡,中國作家難道沒有責任把它表現在文學作品上嗎?或許有人會說,這是抗戰一代作家的事,寫作的責任應該由他們承擔,這種說法自然是錯誤的,托爾斯泰並沒有親與拿破崙征俄的戰役,仍舊寫出了《戰爭與和平》的不朽傑作。

因而,目前正是創造有關抗戰的歷史文學的最好時期,經過 40 年來的澄清,歷史的全貌逐漸呈現,許多參與戰役的「活生生的歷史人物」仍然健在,點燃抗戰文學的烽火硝煙、記錄民族傷痛的一鞭一痕,正是時候!

當然,就純粹藝術創造的絕對意義來說,我們不僅要闡幽抉隱,傳達歷史的真相,更應把歷史文學推進到哲學的層次,重探歷史背後的意義與人性在時間裡發散的光芒,而不僅僅只是一種歷史的複製。更何況,以創造富有民族色彩的文學意義而言,歷史文學是一條最寬闊的道路。

註:本文為《聯合文學》第 14 期「高陽歷史小說」專頁編序,1985年 12 月 1 日出刊。

——選自瘂弦《聚繖花序 II》

臺北:洪範書店,2004 年 6 月

全景觀照歷史

◎李瑞騰

　　「歷史」要求客觀真實，「小說」具有虛構的本質，那麼以歷史為素材的小說會是一種什麼樣的文學型態？這是一個嚴肅的問題，也是一個有趣的問題，歷史小說使得二者的矛盾獲得統一，它以真實的歷史現場為基礎，重新演出一場戲，人性化歷史人物和事件，使之充滿生命的動感，於是古今有了對話的可能，人類的經驗相互織染，發展出豐碩瑰麗的文化傳統。

　　因此，寫作歷史小說需要對歷史進行深刻、全面的認識，作者必得以其豐富的想像，進入歷史現場，去刻畫鮮活的人物形象，去敘述曲折複雜的情節結構，他需要對歷史處境有充分的同情，以有全景式的觀照，而後出之以活潑動人的文字。

　　這不是一件容易的事，偶一為之都可能廢寢忘食，更何況以寫作歷史小說為業，非博覽群籍洞識古今，刻苦用功，如何能在此築立一文學王國？放眼當今，在全世界中文文學圈中，就歷史小說的質與量來說，在臺灣的作家高陽（1922～1992，本名許晏駢）堪稱舉世無雙。

　　從 1960 年代初期創作並發表《李娃》歷史小說以後，30 年來高陽沒有停止他出入古今撰寫歷史小說的工作，著名的作品像「慈禧全傳」、《胡雪巖》、《燈火樓臺》、「紅樓夢斷」、《大野龍蛇》、《水龍吟》等，都可以說膾炙人口吧。

　　高陽作品之可貴不在於他對於歷史故事的鋪陳，而在於他深入中國封建王朝的體系內部，把錯綜複雜的官場權力結構以及延伸出去的社會制

度、家庭制度，做了鮮明的描繪，把知識分子的悲苦情感、人間的千絲萬
縷之糾葛，細緻刻寫，鑑照古今人類生存與生活之困境。

　　高陽作品的另一可貴之處在於對史實的考證非常精詳，在接受楊明的
訪問時，他曾提及寫歷史小說的兩項條件，其中一項是對所寫朝代的社會
背景要「瞭如指掌」，高陽自己是做到了，但我們很清楚了解，沒有學者做
學問的工夫是做不到的。

　　像高陽這樣一位了不起的歷史小說家，在臺灣，我們竟然找不到一篇
像樣的綜論，而即使是一張完備的著作目錄都很難找，實在令人遺憾。
1990 年上海復旦大學中文碩士生林青寫了一本學位論文〈論高陽的歷史小
說〉，尚未出版。如果我們珍惜這樣一位臺灣文學的重要作家，請讓我們為
他做點事：至少我們應有一份詳細的「高陽研究資料」。

──選自《中國時報》，1992 年 5 月 29 日，30 版

論高陽說詩

◎龔鵬程

一

　　高陽先生逝世一週年，《聯合報》擬辦紀念研討會，分給我的題目是：論高陽的詩文。題旨所涉，碩大無涯，詩文二體，亦難合評，以是臨紙躊躇，逡巡不能下筆。

　　抑且詩文不僅是二體，高陽之詩與文，型態和造詣更是不一致的。

　　高陽的文章，融經鑄史，而出之以明白曉暢，在當代可謂獨樹一幟，條鬯典雅，得未曾有。而且這樣的文章並不出自刻苦經營，乃是在極匆遽的寫作時間、極零碎切割的寫作空間、極草率倉促的寫作條件之中完成的。在此種狀況下寫此種文章，且多達千萬言，求諸往古，恐亦難得見到。白話文運動發展迄今，將來國人對中國傳統文字的運用以及對文史典籍的含咀，想達到高陽先生這樣的水準，更是戞戞乎其難。這當然不是說他的文章已經好到了後無來者，而是說在時代社會變遷的情況下，未來者文事代雄，為文之型態自必不同，如高陽者，殆無嗣響矣。

　　文章之外，高陽偶或為詩，間亦填詞，晚而論詩之文尤多。詩詞攄志抒懷，大抵依循傳統詩法，但詩功不深，較之古人，未能遠過，衡諸當代老輩詩家，也不見得便能獨踞鰲頭。可是他途徑甚正，對詩中各種訣竅也都了然於心，造詣殊非泛泛。其指事切情，足供賞翫之處，亦非現今一般小說家所能為。且與其文章相比，詩詞作品數量極少，又未集稿成書，故碎玉零縑，彌足佳賞。

　　詩歌抒情咏懷，文章評事敘史，在高陽手中，這兩體是有分別的，如要合論，那便只有一種方式：論其說詩之文。

二

　　論詩之文，本為文體之一，然而為之者多只成為詩論而不成為論詩之文。

　　舉例言之，高陽自謂：「我作考證，師法陳寅恪先生，以窮極源流為尚。」（見〈錦瑟詳解〉）但陳氏所撰論詩之文如《元白詩箋證稿》等，就詩中詞語典故一一考徵，藉見史事之賾隱，功力固極深厚，然而筆舌木強，可見史家篤實嚴謹之風，卻乏文人藝匠的姿采，不免史意多而文情少。[1]

　　論詩而能有文采，古代好的詩話大抵也都能辦到。可是那是由於詩話體制使然。詩話的文體，類多雋語格言，本身即是以精鍊的文字，來複現詩歌的美感。但這也僅限於直接論詩的部分，倘若記閒談、錄佚事，講些詩的周邊之事，甚或考證典故，則也很難照顧到辭章。陳寅恪先生以後，新開創的這種說詩的文體，更與詩話不同。非但徵文考獻，且夾敘夾議，枝蔓冗長，唯恐論之不夠深闢，何能講究文采？

　　再就文說。論詩之文，固然足以體現作者對詩的品味和看詩的觀點，但其文則因受所論之詩的限制，只能依原作發揮。議論、考證、串解，乃至敘詩所記之事、抒詩所託之情，都只能就此為之，詩情文心，通貫為一，其事實難。能遠紹詩話之源，並配合現行文體以成鉅觀者，近代亦不多覯。高陽先生在此，是卓有成績的。其《高陽說詩》一種，曾獲民國 73 年中山文藝基金會之文藝理論獎，足徵其說詩也，固巍然可為一大家。雖該基金會審評其書，看重者應在其宗旨與方法，但高陽說詩實具文章之美。例如他論律詩的聲律，謂詩歌聲音的美感來自錯綜變化，變化愈多愈

---

[1]陳氏論詩另有一種帶有抒情言志性質的，晚歲尤多，如《論再生緣》、《柳如是別傳》等，為史家之別格而可以見詩人之氣質。

妙，然若漫無準繩、隨心所欲，亦不成腔調，「因此詩要押韻，這個韻就是基調。猶如一條地平線，不管樓高百尺，峰欲插雲，總要有個生根的地方。不然即是空中樓閣、海上仙山。根基既植，向上發展，高低參差，乃成峰巒林壑之美。此為畫理。通於樂理即是『異音相從』；亦通於文理，而所謂『文如看山不喜平』」。這一段便極得意象之美。古今論詩之聲律者夥矣，何嘗有如此曼妙的文筆？他據此論詩應當押韻，然後再據此說明「上尾」為什麼會成為一種病，律詩不押韻的三句為什麼末一字應該上、去、入三聲遞用，其理據容或可以爭論，其文采實在可喜。試持與王力、郭紹虞等人論詩律的文章合看，就能明白此老的文字功夫的確非同小可。即使是古代的大詩人論詩律，如王漁洋、翁方綱等，也呆板得很，遠遠比不上高陽。

因此，論詩而能如說故事，且能講得精采，言辭華瞻，猗蔚芬敷，應是高陽說詩的第一個特色。近代說詩名家，唯葉嘉瑩女士可相頡頏。但葉先生論詩詞，其妙處在善於擬譬聯想，間用西洋理論敷澤點染之，與高陽之質實者不同。質實而仍不失為佳文，在我看來是很難的，老於文事者，當亦有同感。

三

高陽說詩的另一個特點，便是它有獨特的史學的氣氛。

這一點不難理解。他本身精嫻乙部，又擅長寫作歷史小說，說詩之作，私淑陳寅恪，當然更會顯露出史家論詩的派頭。對於作者、作時、作地，以及詩中關涉之人事史實，一一考核，絕不放鬆，乃是他的習慣。論詩而顯得質實，不尚鑿空，不徒憑感性體味，殆由於此。

如此言詩，自然不免露出他的考據癖來，他亦以此自負。關於這一點，後文還要申論。但此處我所要指出的，是希望讀者勿為這種氣氛所惑，也不要只從考證史事這方面來欣賞高陽之說詩。

為什麼這樣說呢？要知道，詩無論如何只是詩，詩不是歷史書。是詩

就須有詩之藝術規格與要求。因此，論詩手段之高低，首先取決於對詩這種文體的掌握能力；首先要看的，是對詩這門藝術究竟領會了若干。如若對詩並不內行，光會套理論、辨史實，縱然講得天花亂墜，終屬隔靴搔癢，貽笑大方。

由這個角度說，高陽論詩之具史家架勢者，固有其獨到之本領，但其基本功，則在於他對詩法的掌握。試檢《高陽說詩》增訂本，所收〈說杜甫詩一首——生長明妃尚有村〉、〈釋〈藥轉〉〉、〈白日當天三月半〉、〈莫碎了七寶樓臺——為《夢窗詞》敬質在美國的葉嘉瑩女士〉諸論，實際上都不涉及史事考證，而僅就詩法言詩。

高陽對詩的理解，對詩法的掌握，當然與周棄子先生大有關係，他曾輯錄周氏論詩語，顏曰周棄子詩話，刊《聯合文學》月刊。而周氏論詩，事實上也非別有巧妙，蓋即清末同光一脈對詩之了解而已。例如〈說杜甫詩一首〉言：「周棄子先生曾謂：凡大詩人必講究『製題』，務期允當，一字不可易。」這裡說的詩歌製題之法，其實就是陳衍《石遺室詩話》裡的講法，其他所謂詩法，大抵亦如是。[2]本篇說杜甫〈詠懷古跡五首〉之一，由製題論起，依序講聲律、句法、章法。談的正是一位傳統詩歌作者在處理一首詩時，基本上所必須注意的幾個方面，持論也極平易，如論章法，只講起、承、轉、合；論聲律，亦不脫四聲八病之範圍。這跟他在〈莫碎了七寶樓臺〉一文中論吳夢窗詞時，從章法上講吳詞「脈絡井井」，可謂同工。在那篇文章裡，高陽所談，亦不過是詞中之鍊字、章法布局而已。偶引周棄子語，則謂宋詩最講究副詞，詞亦如是。這些，都是傳統上講詩法的人所應當具有的知識修養，也是高陽在解析詩篇時的基本工具。庖丁解牛，此其刀也。若無此刀，高陽腹笥再寬，只怕也解不出什麼詩來。

讀《高陽說詩》者，宜於此具眼，勿徒索求於史事考據之間。

---

[2]周棄子先生的評詩觀點，我曾抄輯其手批賈島詩，刊於《國文天地》第 2 卷第 5 期（1986 年 10 月）。

四

　　以上這兩點，主要是說我們基本上仍應從文學的角度來欣賞高陽之論詩。他不僅嚴格掌握了詩詞這門藝術的內部規範與技術，從文學的角度來談詩，時時從一位作詩人的立場上看詩人如何命意抒感、如何宅句安章；其說詩本身也就是文學作品。

　　如此稱道高陽之說詩，即或高陽健在，亦必首肯。當然，旁人稱讚他，哪有不高興之理？不過，據此引申下去，我的意見可能就會和高陽起爭辯了。因為，依我上文所分析，高陽說詩應即視為文學作品，或至少也應從文學角度來把握。那麼，文中津津樂道的考據之功，究竟應居何種位置？

　　高陽〈箋陳寅恪〈王觀堂先生輓詞〉〉自稱：「後世必有能喻寅恪此詩中的隱曲，而能窺知觀堂之奇哀遺恨者。斯世倘有其人，舍我其誰？」〈董小宛入清宮始末詩證〉更是以詩證史，自許「寸寸積功，一一發覆。始知影梅憶往，別隱奇痛；清涼讚佛，真乃實錄。不獨董鄂確為小宛之不妄；即世祖出家，事亦絕未可謂為子虛」。其他如考證出李商隱終身沉淪的原因，在於曾與小姨子發生過畸戀；替吳梅村七夕詩作詩紀，考證鄭成功張煌言起兵之事等等，都具有同樣的性質。亦即彼於〈「詩史」的明暗兩面〉一文中所說：中國傳統詩常通過運用典故的手法，來隱藏歷史的真相，或者個人的感情與祕密。故他也要通過破譯其用典手法的辦法，來索解詩中之真相。

　　如此一來，考證典故，詳稽詩歌文句的出處，並據以勾勒歷史之遺跡，探古人的隱衷，就成為高陽說詩最鮮明的特色了。

　　這固然是他的特色所在，下文也準備討論。然而，我還是要先聲明，這基本上仍只是文學的，而不是史學的。

　　此話怎講？請看他的〈「詩史」的明暗兩面〉解李商隱的部分。他說李商隱曾與妻妹熱戀，而遭人讒言誣陷說是與令狐綯的姬妾有染，以致受到

令狐家的敵視，卻又無法闢謠，終於蹭蹬一世。李氏〈牡丹詩〉即送其妻妹之作；無題「相見時難別亦難」則是戀情被發現後，其妻立刻把妹妹隔離起來並遣嫁；「來是空言去絕踪」一首，就是相約再見，而妻妹並無回音；「鳳尾香羅薄幾重」一首，則是遙憶其趕製嫁衣而知妻妹早已變心；「颯颯東風細雨來」一首更明白了妻妹速嫁的原因，乃是在李商隱去長安時，有另一少年來妻家作客，妻妹與通，故商隱妻藉此立刻將妹妹許配給這位先生，並趕製妝奩，以絕後患。……

這一大段由詩中勾勒出來的史事，眉目極為明晰，體系極為詳備，他也據此寫過另一部小說《鳳尾香羅》以道其事。但是，李義山與小姨的戀情，若發生在崇讓宅的住處。則據他說，李氏夫婦住在宅中正屋。堂後有樓，即畫樓，為小姨所居之地；樓東有廁所，即〈藥轉〉一詩所成之地。故〈藥轉〉詩結句云：「翠衾歸臥繡簾中」，即云自畫樓來東廁，復由東廁回畫樓。此無可疑者也。然而，〈釋〈藥轉〉〉一文，高陽卻如此說：

> 「翠衾歸臥繡簾中」，全詩可議者唯此句。在我看，繡簾不必指閨閣。岑參〈玉門關將軍歌〉：「軍中無事但歡娛，暖屋繡簾紅地爐」可證。韓冬郎〈已涼詩〉：「碧闌干外繡簾垂」，則此處用「繡簾」仍在表明時間：非用珠簾之夏日，亦非用重簾之冬日，而是已涼天氣未寒時。

此文解「繡簾」一句，和〈無題詩案〉的看法迥異。原因是〈釋〈藥轉〉〉一文乃針對水晶〈墮胎可以入詩嗎？——讀李商隱〈藥轉〉詩有感〉及邢杞風〈李商隱〈藥轉〉、〈碧城〉二詩之謎〉而發。水晶主張〈藥轉〉是寫墮胎，邢杞風認為不是，而是與女道士偷情之作。二解都把「翠衾歸臥繡簾中」解成回到那位女子的繡房錦衾中去睡覺。高陽認為他們都弄錯了，因為他們都沒搞懂這首詩裡的幾個典故，把上廁所塞鼻孔的「香棗」誤解為「墮胎的靈藥」或「春藥一類的仙丹」，才會扯上跟女人胡搞致令墮胎等事。他指出這首詩中的「長籌」乃是廁籌、「香棗」乃是廁棗後，此詩之為

如廁詩，自無疑義了。但如此解，「繡簾」這一句又無著落了，所以說可議者唯此句。要堅持本詩旨在寫登廁，而與女子不必有關，即必須先證明繡簾原本即不必指女子香閨。

既然如此，則以夫子之矛，陷夫子之盾，請問：解無題諸詩時何以又云「翠衾歸臥繡簾中」是指從小姨的畫樓來東廁，復又由東廁返臥畫樓？何況，長籌、香褁固然是廁所的典故，本詩卻無主詞，如果說是住在畫樓中的女子，來上廁所後再返歸繡房，似乎也沒有什麼不可以。而女子如廁，又不比男子，張爾田《玉谿生年譜會箋》說本詩：「馮浩謂是咏閨人私產者，余謂若云專賦婦人月事似亦可通」，正是著眼於此。故若要堅持此非咏墮胎、亦非咏婦人月事，繡簾便不能指閨幃，只能是泛稱或用以表時間。若要堅持此繡簾非泛指、非軍帳，而就是指其小姨所居之畫樓繡房，則本詩便未必為如廁之詩。此二者之矛盾，即或能夠調和，我們也還可以追問：詩人寫如廁，是否就一定是自己如廁？如若詩也可以敘述別人的事，那麼這個繡房畫樓，焉知不在他處，何以只能在自己的洛陽崇讓宅中？又何以這個繡房香閨不是別人住的，而只能是他的小姨子所居？[3]

這些問題，都是可以不斷追問的。但若真追問下去，高陽一定怫然，曰：「惡，子甚無聊！」是的，讀其〈釋〈藥轉〉〉、〈無題詩案〉者，也多半不會如此追問。我們欣賞他的，並不是他考證出了什麼李商隱和其小姨暗戀的故事，而是他說詩的姿式、語氣。

任何人都有經驗，一位音辭整飭的說故事者，不管他講的故事本身如何荒誕離奇，聽的人也都能聽得津津有味。言說本身所構成的「擬真效果」，可以使聽話人忘記其中明顯不合物理情理之處，如聞《愛麗絲夢遊仙境》一般，讀者只會隨著愛麗絲在「話境」中遊歷歌哭，而賞其立言之巧、敘事之奇。不可能去詰問那個仙境中為什麼居然出現了讓人變大變小

---

[3]薛順雄另有一文論〈藥轉〉，認為長籌乃《禮記・鄭注》所云投壺之箭，喻男性性器；香褁則為神仙安期生所服之藥，故全詩乃言服藥壯陽事。見薛順雄，〈李義山〈藥轉〉詩釋〉，《東海中文學報》第 2 期（1982 年 6 月）。

的藥水。

高陽說詩的趣味就在這兒。他曾說〈藥轉〉一詩:「就詩論詩,題中應有之義,賅括無餘;不蔓不枝,章法井然,應該是一首好詩。」他說詩亦是如此。就詩論詩,詩中應有之義,搜求推討,務期賅括無餘,故讀者能有豁然大開視域之感。牽連史事,旁敲側擊,引證甚為浩博,但基本上是依著詩句講,所以仍是章法井然,不蔓不枝。看他引物連類,析句釋典,更有積滯一旦盡去的快樂。不斷聲稱他已得覷歷史真相的論述策略,也滿足了讀者窺奇探祕的心理。而更特殊者,在於他能營造出一個歷史情境,編織史事,使之具體化,讓讀者看他解詩,彷彿若觀一戲劇,看李商隱如何與他的小姨子偷情、鄭成功如何功敗垂成、王國維如何反對溥儀去日本、董小宛如何入宮。在這些地方,他的說詩,實甚有小說感。不唯事理之所無,安知非情理所必有;抑且橫說豎說,顛來倒去,讀者亦但賞其文章之妙,罕問其理之所在。

五

然則,高陽之說詩,只能賞之以文,而不能求之以理嗎?他在史事上的那些考證,都如編小說,毫無史學價值嗎?那又不然。

首先我們當知高陽面對的是詩,他是在講詩。只是為了解詩的需要,才會去證史考事。如果並不必索求史事之隱曲,就詩直解,即能得其本末、賞其韻致,高陽又何必大費周章?需費力考證,提出假設者,往往正是盤根錯節之處,古今解詩人聚訟之所在。倘非如此,高陽是不輕易牽合史事去深解詩詞的。世或病其說詩不免於歷史考據癖,實則其考據癖在說詩時是頗為收斂的。

以他論納蘭性德及其詞為例,如果要牽合的話,那還會沒有文章做嗎?從清朝中葉以來,不知有多少記載說過,《紅樓夢》講的就是納蘭性德家裡的故事。錢靜芳〈《紅樓夢》考〉云:「《紅樓夢》一書,描寫人情世故,深入細微,膾炙人口者,垂二百數十年矣。前清俞曲園先生嘗考之,

謂為康熙朝相臣明珠之子而作」者，即指其事。這些資料，我曾輯入〈所謂索隱派紅學〉一長文中。[4]高陽是紅學專家，這類記載，他當然更為清楚。依這些記載說，賈寶玉就是寫納蘭性德；林黛玉一角，則或云指其妻，或說為另一女子，曾與納蘭訂有婚約，後被選入宮，故《紅樓夢》中描寫寶玉夢入宮殿，見黛玉非人世服，驚呼林妹妹，侍者言此王者妃，非林妹妹云云。其《飲水詞》，論者亦多持與《紅樓》比觀，如「黛玉葬花」的葬花兩字，出典即在納蘭詞中。

　　然而高陽論納蘭性德及其詞，完全不使這些野史傳聞沾染於筆端。若說這是因他論《紅樓》另有定見，不採寶玉即納蘭之說使然，也不見得。因為納蘭容若縱使不就是賈寶玉，他那些哀感頑豔的詞、其中若有倩影香魂的句子，何嘗不能別為探尋其「本事」？但高陽不，他認為：「《飲水詞》中，除了悼亡、憶友、贈答、登臨懷古諸作以外，許多不加題目的小令，雖寫得纏綿宛轉，哀感頑豔，其實絕少本事在內，託體比興，直追〈國風〉。所以納蘭的詞與崇奉兩宋詞人的詞，是不同的。」這便可見高陽的考據癖並不濫發，論詩詞時，仍然很有節制。

　　其〈董小宛入清宮始末詩證〉自序云：「既疑案之為疑案，其來有自；則考實復又考實，胡可不作？或謂文似看山，無非立異鳴高，則吾豈敢？倘曰學如積薪，許以後來居上，其或勉旃。」把他在詩中從事考據的態度，說得十分清楚。若非其來有自的疑案，或曾考而未定的事實，高陽恐怕不會妄施筆墨。

　　因此，純就歷史的一面說，他的考證也不能說是無價值。如董小宛事，孟森〈董小宛考〉考證董小宛卒於順治 8 年辛卯正月 2 日，高陽以為不然，說董小宛只是在順治 7 年離開冒家，被擄北上，遂致入宮承寵。這個講法，陳寅恪亦有相同的論斷，高陽已引入其文中。今檢夏承燾《天風閣學詞日記》民國 29 年 1 月 11 日記：「午後與天五過佩翁談董小宛事。佩

---

[4]收入龔鵬程，《文化、文學與美學》（臺北：時報文化出版公司，1988 年 2 月）。

翁謂雖非董鄂氏，當如皋破時，被滿兵所掠者。故冒氏《憶語》，不載其死。」這是當時南方學人初讀孟森考證以後的反應。因當時陳垣另有一文，據木陳忞《北遊集》諸書考得順治確曾雉髮，但出家未遂。崩後用僧禮火葬。年十九，娶董妃，妃年十八，為滿洲人。或為順治之弟婦，然非董小宛（見《輔仁學誌》第 7 卷第 1、2 期）。夏承燾等人讀其文，雖然相信了董鄂妃不是董小宛，但仍認為小宛未死於順治 8 年的影梅庵，而是被擄北上。佩翁者，李佩秋，其說則得諸商笙伯。[5]

　　此類說法，在孟森〈董小宛考〉被視為定論的年代，只是潛波伏流，史學界沒有人會重視的。高陽、陳寅恪重考舊案，顛覆了歷史解說的既成典範，提出新的假設，這就是他的價值所在。

　　為什麼不說高陽已考證得了歷史的真相，探驪得珠；而只說他已顛覆詮釋成規，提出了新的假設呢？

　　這裡且容我賣個關子，先介紹劉季倫先生評高陽之文。劉文載《史原》第 15 期，長三萬九千字，名為〈高陽著〈箋陳寅恪王觀堂先生輓詞〉商榷〉。

六

　　陳寅恪在王國維自沉之後，曾撰〈王觀堂先生輓詞〉，當時人譽為輓詩第一，交口推贊，如羅振玉即云該詩辭理並茂，為哀輓諸作之冠，足與觀堂集中〈頤和園詞〉、〈蜀道難〉諸篇比美。這樣的評價，近半世紀矣，久無異詞。

　　高陽以他的文學修養來看這首詩，卻覺得大失所望，認為這首長慶體的古風既不佳又欠通。但如此久負盛名之作，何以竟不佳且不通？高陽乃不能不替陳寅恪找個理由。因為以他在史學上瓣香陳氏的心態來說，他也

---

[5] 夏承燾，《天風閣學詞日記》（杭州：浙江古籍出版社，1992 年 7 月）。按，高陽一直認為孟森的考證，陳垣和陳寅恪都一樣不贊成。其實陳垣是贊成的，夏氏所引的這兩篇就是證據，高陽並未見過陳垣這兩篇文章。

很難接受這個由文學修養上得來的判斷。

所以高陽認為這是陳氏故意寫成這樣的，想在詩中留下一點供人探索的痕跡，使人明白王國維之死，乃是為了勸阻溥儀勿聽羅振玉之慫恿，想藉日本軍閥的力量來復辟。劉季倫則謂陳詩甚為隱晦，當時人已多不能明瞭其用典出處，高陽之箋，誠大有功於陳氏。但他牽合時事，認定陳詩有這麼深的含意，卻不免穿鑿附會了。

例如王國維遺書中有「經此世變，義無再辱」二語，此二語究竟何所指，歷來聚訟未定。高陽說：「王國維之所謂世變，亦即指『逼宮』一事而言，斷然無疑」，並推測所謂再辱，是羅振玉準備請溥儀降旨逐出王國維。既出宮而復遭斥逐，是謂再辱。劉季倫先生認為此解過於迂曲，釋世變雖確，解再辱則誤，因舉陳寅恪弟子蔣天樞所記陳氏語證之，陳氏言：

> 甲子歲馮兵逼宮，柯、羅、王約同死而不果。戊辰，馮部韓復榘兵至燕郊，故先生遺書謂「義無再辱」，意即指此。遂踐舊約自沉於昆明湖。而柯、羅則未死。余詩「越甲不應公獨恥」者，蓋即指此而言。

這段資料，是高陽所未見到的。而且，既有作者的自供可稽，高陽射覆未諦，便只好承認失敗。這是劉文高明的地方。他舉了許多這類例子，一一痛駁高陽，並謂：

> 高氏箋釋之作，具有一自給自足、極度巧妙之布局。此一布局之可信與否，則端視該布局與布局以外之當時史事及寅恪〈輓詞〉切合之程度而定。而這又涉及對王國維自沉時之史事如何掌握、對寅恪〈輓詞〉如何詮釋這兩個問題。高氏因詩以考史、援史以證詩，心力不可謂不勤；但以自信太過，過欲示其考覈之詳，卻不免牽合時事，強題就我，轉失寅恪本指。然而由於箋釋正謬相錯、真誤參半，高氏所立關於王國維死因之假設，又足以援證據之不足處（如溥儀《自傳》中未「承認」此事，

及寅恪〈輓詞〉中所謂「曲筆」、「隱筆」）以自固，以反證確有其事；故讀者面對箋釋中此一自給自足、自成系統，極度巧妙之布局，往往因其正確無訛之處，連帶於其謬誤之處亦深信不疑；對於證據不足之處，又信其必如高氏所言，出於當事人（如溥儀、寅恪、羅振玉）之隱諱與掩飾，而不加深究。於是鐵案如山，寅恪之詩意、觀堂之死因，皆因此而更晦。這不得不歸罪於高氏了。

經此一番檢查，高陽之說，當然站不住腳。且依劉季倫的看法，不僅站不住，還有誤導讀者之「罪」哩。然而，這只能說是史學家的偏見罷，或某一類史家才有之偏見。從歷史詮釋的角度看，尤其涉及文學作品的歷史詮釋，恐怕就不盡然。

因為舉出詩歌作者的話來證明詩的作意，在文學作品的解釋上向來不具什麼權威效力。作者作詩時固然有作詩之意，成詩之後卻有詩句本身文字所構成的辭意，讀者據文句解釋辭意而已，即使是作者本人也不能保證辭意與作意之間沒有距離。東坡解杜甫〈八陣圖〉詩，說是夢見了杜甫，告訴他：「世多誤會余詩，皆以謂先主武侯欲與關羽復仇，故恨不能滅吳。非也。我意本謂吳蜀唇齒之國，不當相圖，此為恨耳。」此亦作者之說也，與蔣天樞記陳寅恪語相同。但後人對此，亦僅視為「一說」而已。故仇兆鰲《杜詩詳註》云：「以不能滅吳為恨，此舊說也。以先生之征吳為恨，此東坡之說也。不能制主上東行，而自以為恨，此《杜臆》朱注之說也。以不能用陣法而致吞吳失師，此劉氏之說。」作者的創作意圖紀錄，只能做為閱讀及詮釋時的一種參考，而無壟斷性。這個例子，再清楚不過了。[6]

回到陳寅恪這首詩來看，其中如「文學承恩值近樞，鄉賢敬業事同符」，蔣注謂陳氏乃用查初白之典，因查氏亦為海寧人，且有《敬業堂集》

---

[6]參見龔鵬程，〈論作者〉，《文化符號學》（臺北：臺灣學生書局，1992 年 8 月）。

也。這固然不錯。但這一句就辭意上說，非如此解不可嗎？「敬業」如是用典，上句相與對仗之「承恩」二字又用了什麼典？從辭意上難道一定不能解成敬業地勤勞王事嗎？詩有博通之趣，豈能刻舟而執，遂以為定解？

　　縱使再退一萬步說，承認高陽解「錯」了，其解便如廢紙乎？亦不然。無論劉先生或蔣天樞乃至陳寅恪本人，在詩外用多少言詞來補充、說明這首詩，就詩而言，本詩的確是不佳且不通的。正如高陽所指出：「沉酣朝野仍如故，巢燕何曾危幕懼」兩句，與該詩開頭以「海宇承平」、「猶是開元全盛年」云云相矛盾。劉氏認為此乃就旁觀立場言之，然而「依稀廿載憶光宣，猶是開元全盛年」，便不是寅恪旁觀局勢之言嗎？高陽說陳詩不通，一點也不錯。事實上，高陽正是察覺到這首眾口交譽的名詩，在詩之藝術上其實存在著不少瑕疵，所以才試圖替它找出一個解釋。這個藝術上的洞察，才是可貴的；解詩，則是提供另一種閱讀陳詩的方法，展示陳詩在語辭層面上另一種可能的解釋。如果我們退回原點，舉出陳寅恪自己的證詞來，一下子封閉了其他任何詮釋的可能性，實際上也規避了那個藝術的問題。假若詩都這樣講，詩人逕直將他的用意寫成文章便是，又何必作詩？

　　與此同例，我也不認為高陽解李商隱〈無題〉或論董小宛入宮之始末，真已發覆袪疑，妙得真相。尤其是他論義山詩，自信甚果，而證據薄弱，實不能讓我屬服。但是，義山可不可能和他的小姨發生戀情呢？可能。這種可能不是一切男女都可能相戀的那種可能，而是歷史的可能性。義山〈戊辰會靜中出貽同志二十韻〉，馮浩曾說：「篇中既用王母事，而雲林夫人，王母第十三女；紫微夫人，王母第二十女；九華真妃本李夫人少女，與義山妻系出類同」，故馮注初謂此乃悼亡之詩。今若以此典為指其妻之幼妹，當然更切。甚至無題中〈聞道閶門萼綠華〉那一首，也不妨說是竊窺王茂元家小閨女之作。這種可能性，誰也不能說沒有。高陽只是據其所能掌握之線索，探索歷史的一種可能狀態，並重建歷史情境而已。雖言之鑿鑿，卻非定解，而僅為一可能之解。此種可能之解，原不必問原作

者，一如義山自稱：「南國妖姬，叢臺妙伎，雖有涉於篇什，實不接於風流」，解義山詩的人卻不會去理會它那樣。而且，程注之後有馮注、馮注之後有張注、張注之後更有葉蔥奇之注、有高陽之箋。前者莫不被後者批評得體無完膚。但這不像科學研究報告，新的研究出來了，舊的學說只好丟進字紙簍。馮說張說高說，可以同時並存，均有價值；也可以同屬謬誤，而不能偏廢。文學的歷史解釋，其巧妙如此。

七

　　高陽說詩，涉及複雜的歷史及文學解釋的問題，當然非本文所能窮盡。其論詩史明暗，關係尤大，宜更為深入之討論。但我已無暇為之，聯合文學社索稿甚急，僅得以一日之力草草撰此，深覺愧對故人，也愧對題目。[7]

——選自張寶琴編《高陽小說研究》

臺北：聯合文學出版社，1993 年 7 月

---

[7]論詩史的問題，請參看龔鵬程《詩史本色與妙悟》（臺北：臺灣學生書局，1986 年 4 月）一書，尤其是第 2 章 7、8、9 節。義山詩的解釋問題，詳見龔鵬程《文學批評的視野》（臺北：大安出版社，1990 年 1 月），尤其是〈無題詩論究〉。這些文章寫作當時也均與高陽先生有些關係。

虎兔相逢大夢歸
高陽的紅學世界初探

◎管仁健*

「有水井處有金庸，有村鎮處有高陽。」聽來這話有些誇張，但翻開戰後的臺灣文學史，反共文學在意識形態掛帥領導下，小說必須訴諸簡單的是非善惡概念，宣導勤儉樂觀，乃至服從領袖、配合政令。對充滿挫敗、悲情的歷史，若非能避則避，就是輕描淡寫。在學院派中，現代主義標榜著與歷史決裂；文學市場中，鴛鴦蝴蝶派的作者為明哲保身，更是割斷了筆記小說的傳統，只寫些男女情愛。華文小說中的歷史情境，在時代的戲弄下，恐怕只有金庸和高陽兩人足以承襲，並且光大了。

高陽小說的暢銷，絕對不容忽視；但在盛名所累下，學院派的評論者，對他的小說，往往僅是將之歸類於「通俗文學」中而不予置評。周棄子先生曾以七言絕句題贈於高陽小說卷首：「傾囊都識酒人狂，煮字猶堪抵稻粱；還似屯田柳三變，家家井水說高陽。」由此可知高陽絕對是個職業作家，而且還是書市中的長銷兼多產作家。因為這種「著書全為稻粱謀」的定位，學院中人往往忽略了高陽本身豐富的歷史涵養。又因戰亂而失學，高陽終其一生也無法通過學院的檢定，以致晚年在「自封野翰林」的自嘲裡鬱鬱而終。高陽對清史及紅學的深厚造詣，在蓋棺而不被肯定中，自當長眠九泉而隨時俱滅。

屈原〈離騷〉首句便說：「帝高陽之苗裔兮，朕皇考曰伯庸。」太史公雖說：「國風好色而不淫，小雅怨誹而不傷；若離騷者，可謂兼之矣！」但

---

*作家。發表文章時為絲路出版社主編，後擔任文經出版社主編，現專職寫作。

由字裡行間，我們仍能想見詩人心中的滿腹牢騷。在現實世界充滿牢騷又無計可解下，屈原將自己身世寄託於遠古的黃金國度——帝高陽（顓頊）時代。而小說家高陽一面以抽絲剝繭的尋繹窮究，藉以洞察歷史演進的過程；另一方面又不甘於正統史官「立足本朝」的自限，使創作受到拘束藩籬。故以高陽為筆名，一可見以小說重塑歷史的偉大企圖，二可見效五柳先生以無懷葛天之民自居，將歷史小說做為抒寫牢騷的桃花源。高陽之名，豈無深意乎？

我因家境不裕，致少年失學，沉浮人海；於米珠柴桂之社會，為圖溫飽，日夜奔波，勞碌多時。僥倖於而立之年，弟妹皆畢業後，才得以重入上庠，攻讀文史。回首往事，不勝歔欷。見年紀較弟妹猶輕之同窗，上焉者，勤抄筆記、一字不漏，考試時以「影印機」自命，將答案抄還教授以獲高分。下焉者，醉生夢死、吃喝玩樂，以「自強活動」為名，行頑日愒歲之實。學院中人，或不覺有術（騙術）、或學多識少。限於天資，我雖非懷才，卻為高陽之不遇抱屈。杜少陵詩曰：「搖落深知宋玉悲」，恨無如椽巨筆仿工部詩，可為「小說家者流」翻案。念天地之悠悠，只得獨愴然淚下矣！

1987 年 8 月，遠景公司出版之「高陽全集」序文中，作者自稱創作量保守估計已達兩千五百萬字，出書 60 部以上。若再乘上其銷售量，在華文大眾讀物史上，確實有其不可磨滅的地位。然而若以純文學為立場，將高陽小說置於學術標準下討論，就必須割捨甚多。因為：

第一、高陽是職業作家，小說往往先經副刊連載，最後再結集出書。報紙的廣大銷售量，對職業作家之名利皆有保障。但報紙與文學卻有三大牴觸：

1.報紙有篇幅限制，每日連載小說一段，不免有時割裂、有時敷衍，與文學強調之整調之整體結構不合。

2.報紙訴求對象為廣大群眾，曲高和寡之作（尤其長篇連載小說），勢將不免遭割捨。縱是成名作家，創作時亦不免有所顧忌。

3.報紙是全世界折舊率最高之商品，今日報紙即明日廢紙，朝生夕死與強調須經時間考驗之文學不同。

　　第二、高陽限於環境，終其一生只能在中國文學歷史傳統裡打轉，沒有與西洋、東洋等其他異文化的接觸經驗。雖然高陽來臺之初，也曾創作過現代小說。但無論就質或就量而言，成就終是有限。在中國的傳統論述範圍，高陽不能被視作保守拘泥。但缺乏異文化的刺激，小說中沒有文學美學講求結構的要求；再加上且刊且寫的時間壓力，以致受到「跑野馬」、「挾泥沙」、「牽絲攀藤」，乃至「顧左右而言他」的嚴厲譏評。

　　第三、高陽未受現代學院教育之薰陶，以至治學，尤其論學仍具傳統文人性格。無文憑雖是環境悲境，但老一輩無文憑得以任教上庠者亦夥；高陽之不遇，主因在其性格悲劇。

　　高陽曾在臺大中研所教授讖緯之學，亦曾於世界紅學會議宣讀論文，何以未能在大學中任教呢？一則他效清高宗看不起「不讀書之貴人」：即使學生求教，若基礎較差亦不假辭色；不知循序漸進，難以適任教學工作。二則論學常不按牌理出牌，致遭「狗咬尾巴團團轉」之譏。《高陽說曹雪芹》書中〈紅樓夢中「元妃」係影射平郡王福彭考〉一文，竟以《紅樓夢》作者「錯得太明顯了，索性再多錯些」為結論。此種情緒化的論學態度，自不免被人視作「強辭奪理」。

　　就文學作品及學術著作而論，高陽有此三大缺陷；故研究高陽其人其書，自當更加謹慎取捨。我原計畫將研究分成三項。首先是高陽小說之現實意義：以《胡雪巖》、《紅頂商人》、《燈火樓臺》三書，深入探討晚清政治之流弊，以及官商勾結的歷史背景。高陽曾感慨自己著作「浩浩如江河，挾泥沙而俱下」。他基於家學淵源，另外對方志及筆記中資料的嫻熟，因此晚年有關清代內幕小說，敘事如行雲流水，情節環環相扣、絕無冷場。反之早年寫漢唐之作，節奏則步調不一，時促時滯，其差距則在斷代史資料的掌握有精疏之異。高陽重塑歷史的雄辯技術，正是來自於此。

　　其次則是高陽的詩學：高陽一生最自傲的即是《高陽說詩》一書，榮

獲 1984 年中山文藝獎。對這位「素人作家」而言，也是生前唯一來自學術界的肯定。高陽雖也作詩，偶亦填詞；然數量不多，又未集稿成書，質量皆不足觀；但其論詩之文，則可謂自成一家。不僅因理論紮實而獲獎，其文章本身之美，如論律詩聲律之美部分，較王了一、郭紹虞等人論詩之文，更可見其文筆老練；縱王漁洋、翁方綱等清代詩人論詩之文，相形之下亦不免失之呆滯。且其書中說詩時特有之史學材料，如玉谿生無題詩之發微等，更是他人論詩者所不及。

我曾將寫作計畫口頭就教潘師石禪先生，師告以：「為學之道，寧可小題大作，切勿如脫韁野馬般大題小作。」因此，我將原計畫中的前兩項暫時擱置，專心致力於第三項之研究。

高陽對紅學浸淫之深，世所公認。其小說代表作「紅樓夢斷」四冊、《曹雪芹別傳》二冊、《三春爭及初春景》三冊及《大野龍蛇》三冊。高陽自稱：「我的重點是擺在曹雪芹寫《紅樓夢》的前因後果上。」[1]因此「對一個文藝工作者來說，曹雪芹如何創造了賈寶玉這個典型，比曹雪芹是不是賈寶玉這個問題，更來得有興趣。」所以這套書「絕非《紅樓夢》的仿作」[2]而且「並非作《紅樓夢》內容研究的學術論文」。[3]

從這 12 本書長達七年的創作歷程來看，基本上高陽自己的說法可以成立。由「紅樓夢斷」創作之初可見，人物角色與《紅樓夢》確有對應關係。如李煦即賈珍、李鼎即賈蓉、鼎大奶奶即蓉大奶奶、曹太夫人即賈母、曹頫即賈政、馬夫人即王夫人、芹官即寶玉、曹政即賈璉、震二奶奶即璉二奶奶、季姨娘即趙姨娘、堂官即賈環；就連丫鬟配置也有關，春雨即襲人、小蓮即晴雯、秋月即鴛鴦、楚珍即金釧、錦兒即平兒。但自《曹雪芹別傳》起，亦即曹雪芹青年時代起，高陽顯然跳脫了《紅樓夢》本身的桎梏。如他自己所說：「我是寫《曹雪芹別傳》這麼一部歷史小說。」[4]

---

[1]高陽，〈橫看成嶺側成峰——寫在《曹雪芹別傳》之前〉，《聯合報》，1981 年 8 月 29 日，8 版。
[2]二語見自高陽，〈我寫《紅樓夢斷》〉，《聯合報》，1977 年 6 月 25 日，12 版。
[3]高陽，〈橫看成嶺側成峰——寫在《曹雪芹別傳》之前〉，《聯合報》，1981 年 8 月 29 日，8 版。
[4]高陽，〈橫看成嶺側成峰——寫在《曹雪芹別傳》之前〉，《聯合報》，1981 年 8 月 29 日，8 版。

　　嫻熟史料的高陽，撰寫曹雪芹的故事，花了 12 本書的巨大篇幅，卻在主角創作《紅樓夢》之前突告結束，完全不寫敦誠〈寄懷曹雪芹〉詩中所謂「當時虎門數晨夕，西窗剪燭風雨昏」及「殘杯冷炙有德色，不如著書黃葉村」的過程。與學院派作家吳恩裕、周汝昌以及作家端木蕻良，所寫有關曹雪芹之傳記或小說大不相同。不欲重複前人所說，以此自成一家之言，故是創作小說之基本原則。但我以為高陽對紅學、曹學乃至李學的特有見解，才是他堅持標新立異的主因。

　　高陽尚未發表小說前，早在 1950 年來臺初期，聽了胡適的演講，就發表了〈曹雪芹對《紅樓夢》的最後構想〉，至 1977 年收錄了八篇紅學論文，集結《紅樓一家言》出版，這是高陽對紅學的第一本學術論文集（部分發表於報上的也可歸為雜文）。書中高陽自稱：我一直傾向胡先生的看法。為紅學之文學走向請命，故強調「紅樓夢不是推背圖，曹雪芹絕無理由做個謎讓人來傷腦筋。」宗法胡適的「樸學」精神，是高陽的紅學見解。書名「紅樓一家言」，要承襲太史公「成一家之言」的壯舉。其志向雖大，坦白說卻名不符實。

　　高陽真正「一家之言」，是在 1980 年首屆世界紅學會議中，石破天驚的提出「元妃影射平郡王福彭論」。1983 年高陽的第二本紅學論集《高陽說曹雪芹》，其中龔鵬程教授〈遙指紅樓──夜訪高陽於《曹雪芹別傳》發表前〉一文中，高陽甚至說：「那些文章都收在聯經出版的《紅樓一家言》裡，現在看來當然會有些錯處，但我從不諱言。學術是天下公器，我不僅希望得到旁人的批評和指正，我自己更是不斷尋求突破，不惜以今日之我批判昨日之我。」高陽一生恃才而驕，從不服人，何以如今不僅認輸，且不惜推翻自己過去論點呢？

　　以命理解《紅樓》，既非首創，也非獨具。第五回金陵十二釵冊頁，甲戌脂批則曰與「推背圖」有關。舊紅學時期張新之也以五行八卦解《紅樓》，汪堃甚至揚言《紅樓》為讖緯之書。既然以命理解《紅樓》由來已久，何以高陽之紅學會淪為「一家」之言（僅此一家自言自語）。小說「紅

樓夢斷」中賈珍影射李煦論，紅學界中支持者不乏其人，皮述民甚至揚言：「蘇州李家半紅樓」。但高陽的「元妃影射平郡王福彭論」則無人聞問，其中關鍵何在，限於篇幅，無法再述，有興趣的讀者，煩請靜候拙著《紅樓夢囈》問世後，便可知其詳情矣！

　　　　　　　　——選自《臺灣新聞報·西子灣副刊》，1995 年 12 月 13 日，18 版

高陽歷史小說論

◎吳秀明[*]
◎陳擇綱[**]

一

　　高陽從 1952 年開始從事小說創作，直到 1964 年在臺灣《聯合報》副刊上發表取材唐傳奇的歷史小說《李娃》才一舉成名，從此一發不可收。直到他 1992 年 6 月逝世，三十多年來，他精心筆耕，前後共創作了三千餘萬字，近八十部作品。高陽是一個見識廣博，才情橫溢的多面手，除了歷史小說，他還有不少時評、散文、歷史人物傳記、《紅樓夢》研究專論行世，成就斐然，評價都很高。當然，他成名於歷史小說，其成就和影響，主要也體現在他帶有鮮明個人印記的歷史小說藝術世界的構造上。

　　在對高陽的歷史小說創作進行具體分析評論之前，讓我們先就他走過的文學道路稍作簡略的回顧。高陽的小說創作，大致可分為三個階段。第一個階段在 1951 到 1961 年之間，可謂是他的「孕育期」。這時期高陽只寫了一些以抗日戰爭為背景的小說，藝術成就平平。他主要的精力，倒是花在了對祖國上下五千年浩瀚史料的研讀和掌握上。從中積累了大量的創作素材，並開始形成自己獨到的史家式識斷眼光——這在日後將成為他創作個性張揚的重要基石。但這時，高陽卻顯然還不能將史家式求真、求知的識斷力和作家主體感知客觀世界的藝術激情很好地融合成一體，直到 1964

---

[*]發表文章時為杭州大學中國語言文學系教授，現為浙江大學中國語言文學系教授。
[**]本名陳奇佳。發表文章時就讀杭州大學中國語言文學系碩士班，現為中國人民大學文學院教授、副院長。

年前後，他很自信地宣稱，他已在藝術創造與客觀真實之間，尋找到了歷史小說文類所特有的一種「實中求虛，虛中見實」的創作方法：「小說憑想像，歷史講真實，真實與虛構之間形成兩極端。須想辦法給予調和、貫通，而在這調和過程中，歷史本質不能給予改變。」[1]以《李娃》為發端，高陽在尊重歷史真實的基礎上，從中國豐富斑斕的民間傳說、傳奇故事、稗官野史中搜求靈感，接連寫下了《緹縈》、《荊軻》、《少年遊》等一系列作品，頗獲好評。由此而至 1970 年代初期，可算是高陽創作的「成名期」。這階段高陽的歷史小說文風清新可人，情節亦相當多姿多彩，尤其是對中國歷史的熟稔，營造歷史小說文本結構的技巧，以及在重視過去年代特定歷史氛圍、歷史情境諸方面的功力，更廣受時人稱道。應該說這一時期高陽已擁有大量的讀者和一定的文學地位了。但他並未就此駐足，到了 1970 年代中後期，他又推出了「慈禧全傳」、「胡雪巖」等作品，標誌著他的歷史小說已步入一個新的臺階，進入了碩果累累、個性穩定的「成熟期」。這期間高陽雖亦間或寫一些輕鬆的文字，但總的創作風格日益趨向遒勁和凝重，小說題材的來源也明確起來：以明清兩朝尤其是晚清、民國初年的種種歷史事件和保存在民族記憶裡的東西，作為文學創作的主要對象。這一類型的創作計有《鐵面御史》、《百花洲》、《乾隆韻事》、《小白菜》、「紅樓夢斷」、《金色曇花》、《八大胡同》等近四十部。其中，系列小說「慈禧全傳」（內分《慈禧前傳》、《玉座珠簾》、《清宮外史》、《母子君臣》、《胭脂井》、《瀛臺落日》六部）、「胡雪巖」（內分《平步青雲》、《紅頂商人》、《燈火樓臺》、《蕭瑟洋場》、《煙消雲散》五部）當為壓卷之作。此時，高陽以其驚人的腹笥和開闊的視野，從政治、經濟、軍事、文化思想、倫理道德、社會生活等各方面全景式地再現了中國這數百年來無可挽回的歷史頹勢，描繪了中國從傳統社會走向近代文明的沉重、艱酸、苦難與不幸，並對我中華民族為此承受的巨大心靈痛苦作了筆濃意深的顯現。

---

[1]如梅，〈歷史小說創作如何水到渠成──臺灣小說家高陽談創作〉，《文學報》，1987 年 3 月 26 日，2 版。

雖然高陽並未故意標新立異，甚至在主觀上他還持有較濃的傳統小說的基本構架方式和人物形象塑造的意趣，但在事實上，他對歷史對象所作的整體把握卻已在相當程度上跳脫了傳統的羈絆，並力圖運用近代文明諸價值尺度對之進行批判。這便使得他的小說在富有傳統儒雅審美意趣的同時，又令人強烈地感受到那一種源於傳統而又超越於傳統的精神氣質來。因此，儘管他的歷史意識與藝術表現力之間的融合，最終尚未至化境，他的數量驚人的作品從藝術角度來看大都不無粗糙之處，但就整體而論，他的創作是匯入了那一股推動海峽兩岸中國文學的發展，建立新型「民族──現代」文學價值觀念的澎湃潮流之中的，不愧為本世紀中國歷史小說創作的一個重要收穫。

二

歷史小說作為小說諸多樣式的一種，其根本宗旨，也無非是借具體特定的一種歷史情景來顯現人類靈魂活動的力量或構成方式，並在這顯現過程中見出作家本人的中心關懷。然而，由於描寫對象與作家創造主體存在著巨大的時空距離，這就使得作家在進入具體創作情境時，主體思想情感極易被「懸置」，主客之間頗難形成一種雙向能動的對話關係。歷史小說的這一情況，是造成其創作特殊艱難而又可充分凸現自我個性的樞機所在，它對於任何作家來說，都是無法迴避的一個藝術難題。自然，由於才情稟賦、價值觀念和審美情趣的差異，每個作家彼此解決問題的途徑和方法亦各不相同。

高陽作為一個極具個性和功力的作家，在這方面顯得卓然不凡，自成一家。他在把握人物的精神風貌與靈魂處境的時候，總是竭力把藝術重筆放在對生成這情感個體的歷史綜合情境的修復上，高度重視歷史生命本體和生活本色的描寫，以此進行的「歷史的人」的定位而不是單純的「人的歷史」的表現。高陽的這個特點，基本貫穿了他小說中的各色人等，包括他從個人感情上十分尊重和心愛的歷史人物。這樣，作家的創造主體不僅

因此而與歷史客體達到了心理同位對應,而且人物形象的塑造也為之平添了一種特別豐厚的歷史質感和實感。如系列小說「胡雪巖」中的胡雪巖,對於這位許家(高陽本姓許,名晏駢)前輩的通家至好,也是自己極佩服的民族資產階級先驅人物,高陽在其第一部《平步青雲》表現胡從一個被錢莊開除的小伙計如何頃刻之間在杭滬商界崛起之前,便是通過落拓文人王有齡的「捐班」晉職入筆,一開篇花了至少六萬字的篇幅,從多個側面形象地揭示了當時滿清財政的捉襟見肘,滿清官方財政運行的無能,西方先進交通工具的引進,外國殖民者在中國交通上處於的特殊優勢等種種歷史合力交織而成的歷史大環境;在此基礎上,再從容不迫地引出胡雪巖,淋漓盡致地將筆墨投向官衙、商行、幫會、青樓、賭場、書肆等地,在更廣闊的歷史背景下進而展示對胡雪巖際會風雲發家史的描寫。如此濃重的「史影」的映現,這在以往同類的歷史小說中似不多見。於是,胡雪巖就自然而然地成為「歷史中的胡雪巖」,而不是高陽主觀臆念中可任意搓捏、毫無定性的胡雪巖了。

然而,僅僅這樣解讀還遠為不夠,因為,「歷史的人」的定位,從根本上說是一種歷史的還原。它當然藉此可給作家的人物形象真實塑造提供非常理想的時空環境,但問題是歷史中的人除了接受歷史制約之外還有能動反作用於歷史的另一面,在人與歷史的關係問題上,人向來都扮演著主體性的角色。更何況作為一種藝術創造,歷史小說求真只是前提而不是目的;而寫人,誠如一位批評家所說:寫出形似意義的真實歷史人物易於達到,「寫出一個個活的靈魂怎樣進入歷史,參與創造過程,充分顯現出歷史運動的偶然性,或然性,千變萬化,柳暗花明,而且還能揭示出主體選擇背後的潛在的必然性,就不是那麼容易抵達的境界。這涉及到作家把握歷史,『重構』歷史的能力。」[2]高陽對此是如何處理的呢?他主要是通過

---

[2]雷達,〈歷史的人與人的歷史——《少年天子》沉思錄〉,《文學評論》1992 年第 1 期,頁 12~28。

「恢復史實的偶然性」[3]來解決人與歷史的辯證關係：一方面把握住歷史發展的必然趨勢，強調歷史人物所處環境對歷史個體的潛在規約作用；另一方面又描繪出這必然趨勢又存在著許多千變萬化「史實」的「偶然性」，於是每個人物的參與都有其自身的能動價值。譬如說胡雪巖吧，如前所述，在《平步青雲》中，作者用了大量的篇幅寫了胡雪巖應時而起的具體歷史環境，但高陽並沒有就此賦予胡以「因勢而成事」的宿命色彩。恰恰相反，他是在尊重歷史必然性的基礎上，對其個人主動參與歷史的能力和價值作了充分的肯定。因為他知道，胡雪巖的脫穎而出誠離不開當時的歷史大勢，但胡雪巖怎樣把握這歷史新際遇，歷史並無一定之規。高陽正是吃透了這一點，才在作品中著力描寫了近代商業巨子胡雪巖的犀利遠見以及精明老辣的經營才能：如他趕在上海小刀會行將起義前夕大量搶購生絲，他運用青幫勢力打通滬杭間的漕運，他借左宗棠的威勢大發軍火財等等。這就不僅揭示了胡雪巖作為歷史偶然性或曰歷史個性存在的無可替代性，而且還對他「又狠又忠厚」的個性特徵作了頗富詩意的展現。把握歷史必然性時不忘人（歷史主體）的偶然性因素的能動作用，表現人的偶然性能動因素作用時又不離歷史必然趨勢的統攝，用作品中王有齡的話來說，就是「一個人要發達，也要本事，也要運氣。李廣不侯，是有本事沒有運氣；運氣來了，沒有本事，不過曇花一現，好景不長。」——高陽在他的作品中實踐著雙重合一的寫人藝術。難怪他筆下的人物形象真實、生動、自然、達到了時代性與個性、歷史感與藝術美感的較好統一。

　　與「歷史的人」的定位相對應，是高陽的藝術轉換，在這方面他也堪為特別。傳統的歷史小說，包括現今臺灣和大陸的歷史小說，在形象的塑造上基本上都是採用同向合成或異向合成的方式，即讓人物性格中相近、相異的特徵朝著性格心理基質規定的方向凝聚集中，以此來顯現創造主體是非判然的思想情感。姚雪垠先生對李自成形象塑造「在性格和事跡方面

---

[3]劉小楓編，《接受美學譯文集》（北京：三聯書店，1989 年）。

基本上根據他本人原型，但也將古代別的人物的優秀品質和才幹集中到他身上」[4]的作法，就是其中的典型一例。高陽歷史小說人物的塑造與此大相徑庭。他在將歷史原型化為藝術形象的過程中，誠然也按照一般藝術加工的原則「加以修正、補充、刪減」[5]，這一點他並無什麼例外，而且還有自己深刻的經驗教訓。他早於《李娃》之前的幾部小說的失敗，主要也就在於過分拘泥歷史，缺乏應有的藝術創化。不過那是他創作的嘗試階段。《李娃》以後，他就較好地把握了這一點。並基於自己嚴謹的現實主義歷史小說觀和對生活與藝術辯證法的理解，逐漸形成了自己的獨到風格：這就是在進行人物塑造時執意追求一種自然天成的狀態，不願對其性格的歷史原生質作太多同向合成或異向合成的概括、集中和提煉。高陽的這種寫法，在他較早期的一些作品如《金縷鞋》、《少年遊》等，已有不少運用。到了「慈禧全傳」，其操作則更趨成熟之境。這突出表現在慈禧形象的塑造上。他不像《慈禧演義》、《慈禧外記》、《史說慈禧》、《慈禧野史》、《慈禧寫照記》等傳統歷史小說、筆記那樣，單純地從其「性實乖戾」、「極善狡謀權變」以及荒淫誤國處落筆，施以斧鉞，把她寫成單向極化的「惡」的化身；而是根據歷史的邏輯、人學的原理與自己的審美追求，努力揭示出慈禧身上以獨裁性格基質為核心的矛盾對立的多重性格，把她還原為一個活生生的人。在作者看來，作為給中華民族帶來許多不幸與災難的歷史人物，慈禧當然是可惡的，但她在晚清那個內憂外患交相逼迫，男尊女卑觀念深入社會骨髓的時代，能執掌朝政達 50 年之久，成為名符其實的「老佛爺」，其行為邏輯在當時必有它可被容納的合理因素，歷史未見得像我們以往想像得那樣簡單絕對。正是立足於此，高陽在對慈禧進行藝術轉化時，根據自己獨到的史家式的識斷眼光，以及歷史的、審美的、人性的尺度，筆分五彩，一方面通過辛酉政變、玉座珠簾、母子君臣等一系列事件，極

---

[4]姚雪垠，〈前言〉，《李自成·第 1 卷》（修訂本）（北京：中國青年出版社，1977 年）。
[5]如梅，〈歷史小說創作如何水到渠成──臺灣小說家高陽談創作〉，《文學報》，1987 年 3 月 26 日，2 版。

寫慈禧的嗜權、善妒、殘忍、陰毒、奢侈。如對慈安的外示謙恭而內懷專橫，對恭王的笑裡藏刀而背後搞鬼，對義和團的先是利用後剿殺等等，這些都筆裹嚴霜，寫得細緻入微，入木三分，從而為我們活畫出一個令人髮指的專制女皇。但另一方面，他在揭示慈禧「惡欲」的同時也注意到慈禧畢竟具有一定駕馭群臣、處理軍國大事的才幹，她畢竟是一個女人，是宮廷的一個女性；她的一生被捲入寵辱尊卑的宮鬥的漩渦中心，究其實，乃是帝妃制度和宮廷政治鬥爭對一個女人的荼毒，她的人性正在被貪欲吞噬。她的為所欲為，蠻橫專斷，有時往往也正是表現了她的精明強幹。當然，她濫施權力，反過來也使她為權力所累，不知不覺地異化為權力的工具和物，自己活得並不輕鬆愜意。作者準確揭示：作為一個女強人，慈禧在處理國事方面有時也頗有一套，甚至不乏有明智之舉。如對曾國藩去世的處理，小說就描寫她不僅「政事嫻熟」，首先想到曾的生前有無留下「遺疏舉賢」要辦，而且在物色接替兩江總督人選時，主動提名曾依法處斬自己貼心太監的山東巡撫丁寶楨，頗有幾分雅量。作者也準確揭示：作為同治皇帝的母親，作為一個年輕喪夫的寡婦，她常流露出慈母之情和難以言傳的痛苦傷感，渴望享有正常的家庭生活、人倫之樂，儘管在母性、女性深處埋藏著嫉妒和狹隘。如第三部《清宮外史》有關聽李蓮英讀奏折時，對死去了七年的丈夫咸豐充滿「悲悼」的回憶，第四部《母子君臣》有關對指婚早寡的榮壽公主產生「愛、重、憐、歉」之情甚至「畏悼之心」，尤其是第一部《慈禧前傳》有關顧影自憐與苦守空房的痛苦心境以及對「天下第一」的太后尊銜感到「十分厭倦」。凡此種種，這一切不僅極大地豐富深化了慈禧思想性格的內涵，使之有效地避免了因過分典型化造成的拔高或貶斥弊病，而且也為該書所確立的全面歷史地再現晚清社會生活的宏偉構想提供了切實的藝術保障。它與上述有關慈禧「惡欲」的描寫看似矛盾抵牾，其實恰恰正是反映了作者對歷史和藝術豐富性複雜性的深刻理解和把握，是歷史和藝術豐富性複雜性在創作中的一大表現。為什麼高陽筆下的人物及其創造的歷史世界，給人以一種「本色」的真，一種「自然」的

美,我們以為都與此密切有關。類似這樣的筆意,在高陽晚期其他歷史小說如「紅樓夢斷」、《徐老虎與白寡婦》中的李紳、白巧珠等形象塑造中也隨處可以找到。從中,我們完全可以感受到作者人性體驗乃至歷史二律背反或曰歷史荒謬意識的大量投入,而給作品帶來的氣韻生動的藝術效果。

當然,說到作者對慈禧這種自然天成的人性描寫,我們也許還不能忽略它的嚴肅性:他雖然表現慈禧經常具有難耐的情慾,但卻沒有正面去表現慈禧如何偷情泄慾,更沒有去渲染。該書第五部《胭脂井》開頭提到的太后「小產」,作者僅此點了一筆,以後對這可疑的奇聞幾乎就避而不談了。同樣是對民間、稗史流傳甚廣的慈禧與榮祿「有染說」,作者也採取類似的態度,點到為止,不作張揚。所有這些,它既反映了高陽藝術格調和旨趣的高雅(如若正面展開「小產」和「有染」之類的描寫,稍有不慎,就很容易使作品滑向庸俗化),但同時何嘗不是他頗開放的現代人生觀、人學觀的一個特殊體現呢?因為高陽一俟對慈禧思想性格進行非強化的自然天成的藝術處理,他可能便認為慈禧即使偶爾與人有染,也不足為奇,只要不給中國政局帶來什麼影響,就可存而不論,是用不著去渲染的。所以,儘管他對慈禧不耐空房寂寞多少含有幾分譏誚之意,但是從藝術出發,從個人生存方式著眼,他還是對她給予合乎人性的認許。可見,高陽的不寫慈禧偷情,並不是有意規避人性或非人性、反人性,恰恰相反,而是建立在對人性深刻理解的基礎之上,深得人性之真諦。像臺港不少作家一樣,在傳統倫理道德與現代價值觀念之間,高陽有時不無矛盾,但由於藝術和生活所使然,他最終還是作出了自己的理性抉擇。

上面分析,主要指意於反面形象的塑造。然而一部歷史小說不可能都是此類人物的薈集,一個歷史小說家也不可能都是通過對被貶否人物的描寫來體現主體的審美評價;與之相對應的,它還必須正視正面人物的歷史存在,濃墨重彩地對他們進行藝術轉化和創造。高陽也是這樣。所不同的是他是採用自然天成的方法,在人物塑造時更多看到原型身上非英雄的、俗化的一面。尤其是後期的作品像「胡雪巖」、「紅樓夢斷」、「慈禧全傳」

中的人物塑造就更明顯地擺脫了「指向『英雄』楷模和效果的個人」[6]，有異於傳統英雄理想的審美觀照方式，將其「中心關懷」化為歷史客觀存在理由與現代發展必要之兩大價值判斷系統對一切人物的重新評判。早先曾經有過的曹彬（《大將曹彬》）、劉天鳴（《鐵面御史》）等一類具有崇高復古意義的傳統人文精神理想化的人物形象，再也見不到了。有的只是他們自身的矛盾：是與非、善與惡的矛盾，理想與現實，情感與理智的矛盾，倫理道德與功利實欲的矛盾。高陽這類頗具「非英雄化」特色的人物遍及他的眾多作品。如《百花洲》中的唐寅，對於這位婦孺皆知的大才子，作者就未依傳統模式將其寫成一個對封建王朝如何忠貞不二的英傑人物，更未有意凸現其作為一個歷史正面形象應有的許多光燦燦的思想情感。他只是選擇明成德年間寧王朱宸濠謀叛作為具體環境，通過唐寅脫離朱宸濠的三次延宕來展示一個封建知識分子固有的矛盾痛苦及其文化心態。第一次延宕出現在唐寅與朱宸濠初次見面，作者寫道，以狂狷自命的唐寅在重大歷史選擇的關口，其實仍然是以封建正統觀念權衡一切，這使他無法容忍寧王作為「臣子」的謀反，堅決不與寧王合作；但另一方面他又對寧王的豪霸之氣相當欣賞，這一點又使他對寧王產生某種幻想，結果為渴求建功立業、投靠明主的傳統思維定勢所驅，差點使他上了賊船永世不得翻身。第二次延宕則出現在他明白自己處境、意欲脫身之時，但又擔心遭到報復，於是就寄期望於寧王的回心轉意。總之，優柔寡斷，不免給人以一副庸人的藏頭縮尾相。第三次延宕最具意味，此時寧王發動叛亂即在眼前，他幾乎已經沒有什麼脫身的機會，但就在他出逃寧王府的節骨眼上，出於一位藝術家的愛美之情，他又牽腸掛肚於兩個服侍他的侍女，為她們日後可能遭到的傷害猶豫不決起來。總之，整個過程的描寫，唐寅其人非但毫無英雄力挽狂濤、扭轉乾坤的氣度，甚至連許多作家常用的「煮酒論英雄」、話是非說短長的藝術感慨也全然略去。作家只是寫出唐寅作為一個藝術家面

---

[6]劉小楓編，《接受美學譯文集》。

對歷史的無奈與渺小，他的可笑、可愛與可嘆以及自覺不自覺地顯現出來的藝術家的精神閃光。但恰恰是因為作家採用一種順乎自然的非人為強化集中的作法來表現唐寅「進亦憂、退亦憂」的生存狀態，所以，這就使得他筆下這個正面人物無意獲得了某種「天然去雕飾」的藝術效應；形象的鮮明性雖不甚強烈，但真實性和豐富性卻大大加強，離歷史與人學的距離也更近了。而這，則是一般同向合成或異向合成的藝術轉換所往往不能及的。

三

高陽的歷史小說不僅在形象塑造上別具特色，有著自己獨到的追求，而且其表現風格也與通常流行的歷史小說顯得很不一樣，頗引人注目。但若欲詳考其風格形成的原因與諸多特點，則非對他豐富複雜的創作文本、創作年譜、創作思想的變遷等有詳盡的了解不可。這裡我們只能就大而論，先就他自家自道的「對於文學，我是理性主義者，走寫實路線，而所謂的理性，最重要的是講究邏輯。影響我最深的書，大概是《史記》。」[7]從此點出發，來探討中國史傳敘事傳統對他小說敘事方式和情節結構的深刻影響了。

眾所周知，中國史傳中所包蘊的文學內容，千百年來，它一向是中國小說發展獲得精神動力和形式技巧借鑑的一個重要源泉。如：以人物生平與事跡為中心的結構模式，第三人稱全知視角與限知視角的客觀敘述，以文運事的修辭方法等等，這些都直接孕育和啟迪著後世的小說創作尤其是歷史小說創作。遺憾的是在相當漫長的歷史時期乃至近現代以來，史傳之對後世小說（歷史小說）的影響，竟一般只限於「其補正史之闕的寫作目的」和「以小人物寫大時代的結構技巧」[8]，而其他多少優秀的藝術傳統，

---

[7]如梅，〈歷史小說創作如何水到渠成──臺灣小說家高陽談創作〉，《文學報》，1987 年 3 月 26 日，2 版。
[8]陳平原，《中國小說敘事模式的轉變》（上海：上海人民出版社，1988 年 8 月），頁 277。

被我們小說家和小說理論家們棄之如敝屣。這不僅是一個莫大的誤解，更是一個莫大的損失。當然，繼承傳統並不是要排斥外來小說敘事技巧和手法的借鑑。事實上兩者也是相輔相成的，並且橫的借鑑對中國歷史小說的提高和發展確實也起到了非常重要的作用。但是，文學創作畢竟「是在直接碰到的、既定的、從過去承繼下來的條件下創造」[9]的一種精神活動的凝結。就藝術淵源角度看，中國歷史小說畢竟也不同於西方歷史小說，它不是從史詩而是從史傳發展而來，所以，這就天生必然地決定了我們創作與史傳的特殊營養臍帶關係，從而使其對史傳傳統技法的繼承，在任何時候、任何情況下，都成為題中的應有之義。

　　那麼，高陽是如何繼承史傳的敘事傳統，又有哪些獨到的創化呢？從表象上看，首先映入我們眼簾的是他的史傳式的閉合式敘事法。新歷史主義批評的著名人物海登‧懷特曾強調指出：「文學話語與歷史話語……從兩者操作語言的方式看，在它們的話語形式和它們的闡釋內容之前作任何明確的區分都是不可能。」[10]這話不免偏執與絕對。不過，如果將它修正一下，說用「歷史話語」往往也可以表達出富有文學性效果的內容，大概就會妥當多了。對這一點，高陽看來是有頗為明晰意識的。這從他在文本中大量採用史傳敘事所常用的閉合式敘事可以知曉。所謂閉合式敘事是針對開放式敘事而言的。在敘事的文體中，文學性強的那些文類一般總是採用「開放式敘事」，作家在敘事的過程中可以「添上任何想像到的東西」[11]，造成許多敘事的歧點。然後，再從中以個人的強烈意志推導出一個他認為是必然的敘事目的來；但也可以不然。這樣，這些敘事歧點之間功能性關係的構建、暗示，往往就成為作家的目的所在。至少，在一部成功的作品中，任何一個敘事歧點都必然具有象徵、暗示、挑逗的意味，都將對最終的敘事效果產生作用。而閉合式敘事則不然。因為像這類史傳式敘事，其

[9]中共中央馬克思恩格斯列寧斯大林著作編譯局編譯，《馬克思恩格斯選集‧第 1 卷》（北京：人民出版社，1995 年 6 月），頁 603。
[10]拉爾夫‧科恩，《文學理論的未來》（北京：中國社會科學出版社，1993 年），頁 79。
[11]華萊士‧馬丁，《當代敘事學》（北京：北京大學出版社，1990 年），頁 78〜80。

目的就是「應當把什麼『挑選』出來作為歷史學的可能對象。」[12]也就是說，在這類閉合式敘事的開頭就有一個「在場」，即歷史現存狀態「邏輯的格」與敘述者主體趣旨、傾向之間存在有一種與生共長、血脈相連的功能性關係，它對整個敘事目的產生巨大制約作用。正是由於「在場」的存在，就導致在「一個充分飽和的時間系列」中有關那一系列「沒有一個可被改變」[13]的複雜史事的敘述，所有時間階段之間的連續、史事之間的聯繫，都將產生邏輯的因果關係並指向這一個「在場」。而在此過程中，如有與這敘事指向不諧的敘事歧點發生，其功能作用亦將被主動閉合。高陽在其創作尤其是後期創作中，就充分發揮了這種閉合的功能，這便使得他的作品總有一種信史的力量，從而令人深切地產生歷史大勢不可阻擋或無可阻擋的感覺。像《漢宮春曉》中關於王昭君與漢元帝的情愛故事的營構，本讓人有稍過美好，不夠真實的感覺。但由於作者牢牢把握住了「昭君出塞」這一眾所周知的歷史事件，並在歷史給定的大框架內作指向「在場」的邏輯描寫，因此小說的敘事很快閉合了人們在這方面的歧見，使其注意力情不自禁地轉移到對彼時微妙歷史關係（如毛延壽的搗鬼，老太后的壓力，漢匈關係的利害衝突）之於這對「戀人」不可抵抗的影響力之上來，從而為那段歷史感傷劇的降臨嗟嘆不已。

　　自然，僅僅這樣看是很不夠的，也嫌簡單膚淺。其他有的歷史小說特別是嚴謹的現實主義歷史小說往往也採用類似的閉合式敘事。而且歷史小說的「在場」敘事畢竟不同於史傳的「在場」敘事，它屬於文學的範疇，以形象生動的藝術描寫取勝。以此衡之，高陽確尚存過於拘泥史傳規範、重史輕詩的缺點，但他的不少作品在處理每一歷史關節和歷史「歧路」彼此如何連接、指向「在場」的時候，終究十分重視內中因果關係的審美把握，尤其是人性因素的尋找，使小說對歷史進程的閉合敘述與人性發展的開放描寫融為一體。像《漢宮春曉》所寫王昭君在多種歷史合力之下的出

---

[12]華萊士・馬丁，《當代敘事學》，頁78～80。
[13]華萊士・馬丁，《當代敘事學》，頁78～80。

塞和番，隨著故事情節在閉合規定情境中的漸次展開，作者筆蘸感情，就幾乎一刻也沒有放鬆對主人公感情世界的揭示，進宮時的喜悅，遭冷遇時的怨恨，得恩澤時的慰藉，割皇愛時的痛苦，離別時的悲切。這樣，整部作品歷史與情史交相輝映，它既閉合又開放。在作者有意的暗示之下，這情史的一面不斷構成了對歷史本來的否定情緒，雖則「情」最終屈服於了歷史的要求，但它們彼此衝突所構成的張力，卻使人們從更高意義上咀嚼到了人類情感美好與痛苦的滋味。當代敘事學認為，歷史敘事與小說敘事之間是既對立又存在著「某些重要的相似之處」[14]，因為這兩種敘述者無論怎樣不同，但在涉及被描寫的事件與「一個主體」、「人的利益」和「因果關係」[15]方面還是具有異質同構的關係的。也許正是基於這樣的事實和道德吧，所以高陽歷史小說的文本結構既具有歷史的自足性、有序性，而又充溢著藝術的豐富性與靈動性。他的一些優秀的作品，都達到了歷史真實與藝術真實的統一。

　　傳統史傳的敘事還有個敘事焦點問題。對此如何繼承掌握，高陽亦有相當出色的表現。文學的敘事焦點是指「描繪敘事情境和事件的特定角度，反映這些情境和事件的感情和觀念立場。」[16]史傳敘事焦點的表現本來比較簡單，敘述者只要以全知角度對於事件和人物行動進行觀照就可以了。但高陽為了從人及人的靈魂世界邏輯演進角度來實現其敘事中的開放式人性透視，那原先單一平面的聚焦方法就顯得很不夠了。於是，在多數的情況下，他便借鑑了傳統史傳中的呈現式敘事技巧並融進了自己不少的創意：這就是對人事的描寫，盡量做到第三人稱全知敘事、限知敘事、摹仿故事中人物內心情感活動作敘事等多種方式展開，以求在一個橫截面內涵納豐富的信息量，並由此最大限度地顯現人的個性與心靈活動的價值。以《清宮外史》中的「諍言回天」一節描寫為例，它寫的是慈禧袒護宦官

[14]華萊士‧馬丁，《當代敘事學》，頁78～80。
[15]華萊士‧馬丁，《當代敘事學》，頁78～80。
[16]普林斯，〈敘事學辭典〉，轉引自羅鋼《敘事學導論》（昆明：雲南人民出版社，1994年5月），頁175。

而輿論大嘩，二位言官張之洞、陳寶琛決心上書犯顏的故事。此節一開頭
寫到，「上諭一發，清流大嘩」云云，自是典型的全知敘述聚焦風格。但接
著寫陳、張二人共商大計時，卻說是「張之洞率直陳述來意聽到張佩綸的
話，特來求證」，這筆鋒一轉，就轉為是陳寶琛視角的聚焦了。此後小說接
著又寫陳寶琛「自覺情理固洽，立言有體……相當得意」，這更是根據被敘
述者的內心活動進行聚焦，實則把這批人的思想情感活動俱包容進去。直
到一句「張之洞的折子也是如此，如石投水，毫無蹤影，怕的是一定留中
了」，結束了陳、張上書事件的敘述，又將筆鋒一轉，變為從第三人稱的限
知敘述來寫人敘事了。整段描寫就是這樣通過聚焦方式的不同變化，極富
意味地把當時滿清文武對於慈禧的情感期待、清流們長於立言短於經綸的
實際歷史情況表現了出來。高陽類似的作法，應該說在我國傳統史傳中是
有淵源的。如司馬遷《史記》有關的「鴻門宴」描寫：司馬遷先通過全知
敘述者透視、交代出此一歷史事件的發生背景和具體環境，嗣後便筆觸淋
漓盡致地轉至劉邦、項羽、范增、張良、項伯等歷史人物互為透視的變化
多端的觀點把握。不同的在於，高陽在這裡的視點變化更豐富，描寫更細
緻，它通過無數個此種方式的敘事焦點的組合，在具體而微的文本表達
上，透露了作者閉合式敘事文本表現人性關懷的消息。

　　與上面的敘事方式相比，高陽歷史小說的情節結構更能體現他鮮明的
文體風格。他前期的創作，倒也還重視小說情節的構築，在《鐵面御史》
等作品中甚至還借鑑了現代推理小說的一些筆法。但到了後來，也許是由
於藝術旨趣和審美理想的嬗變，他的敘事結構就越來越明顯地向史傳中的
「糅合世家列傳為一體，按時間順序對……歷史進行綜合性敘述」[17]的「雜
傳」靠攏，並融匯吸收了中國傳統歷史散文頗為通脫自由的表達方式。在
小說中，他以不羈的才情和令人仰慕的廣博腹笥，對政治、經濟、地理、
名物、制度、風俗等各種社會歷史人文娓娓而道，左右逢源，卻甚少關注

---

[17] 石昌渝，《中國小說源流論》（北京：三聯書店，1994 年），頁 99。

傳統小說所固有的「事件——情節」的文本結構。在他的「慈禧全傳」、
「胡雪巖」、「紅樓夢斷」、《乾隆韻事》、《金縷鞋》等諸多歷史長篇中，都
已見不到一個貫穿始終的、對整個小說流程具有決定性意義或環環相扣的
故事情節。代之而起的是對歷史生活片斷在大量化入基礎上的自由切入和
自由組合。這樣，我們就可非常清晰地看到高陽對傳統小說文體的一個重
要構成——情節因素的淡漠。而對於高陽這樣一種在敘事流程中依據個性
化理解而隨意自然地嵌入細節片斷描寫，對小說情節具有巨大顛覆功能的
結構方式，我們不妨將它名為「高陽歷史小說的散文化傾向」或曰「散文
化的歷史小說」。雖然，我們不能認為高陽這種形式就是歷史小說致真求美
的最理想方式，但卻可以說是他對之的掌握的確具有最自由不拘、天籟自
成的表現力，有利於深化細化作家對歷史的思索，達到了對特定時代「社
會關係總和」、對筆下人物靈魂構成的全面反映。就拿《金縷鞋》來說吧，
小說起筆時主要是寫李煜周旋於大小周后之間的情愛故事，著力展現的是
這位才子皇帝溫柔、細膩，充滿了詩意的感情世界。然而，就正在這一片
卿卿我我、鳥語花香的當口，作者卻筆勢一頓，轉而描寫趙宋與後唐之間
的緊張關係，並進而揭示李煜面對軍國大事手足無措、狼狽甚至昏庸的另
一面。這裡，兩段故事之間的轉折，並無文字過渡，而且前者的展開乍看
也非常突兀，與小說後面敘述的故事情節幾乎毫無關係。但它的描寫並未
破壞小說的敘事流程，也沒有與其文本的藝術神意相悖，恰恰相反，它倒
是因此而使作者的藝術視點跳脫了外在的一般描寫，別開生面地轉向對他
作為藝術家精神本質的揭示。於是，這段看似脫離於全書故事情節主幹的
散文化的閒筆，它形散而神不散，反而從一個獨到的藝術側面豐富充實了
該書的藝術意蘊。

　　最能體現高陽小說散文化傾向的要數《乾隆韻事》。乍一看，這部小說
顯得有些不倫不類，前面三分之二的篇幅是寫康熙立儲和雍正鏟除異己，
最後三分之一的篇幅才寫到乾隆與大臣傅恆之妻孫佳氏的曖昧關係——這
才是正題：乾隆韻事。以「韻事」作題，當然含有某種商業的考慮，但撇

開這層不談，而就作品描寫本身而言，它的主線還是很明確的，神意始終未斷，那就是圍繞著對帝王情理關係處理的態度，表達了高陽自己主體審美意向的褒貶臧否。對於康熙皇帝，作者雖肯定他的文韜武略，但用情理眼光來看，他對其情重於理的作法始終略有諷意。而對雍正奉行的一切從冷冰冰現實私利出發的理過於情的行為準則尤其是陰謀奪嫡之舉，高陽更是十分厭惡，極盡鞭笞。相比之下，乾隆可算是他心目中情理關係處理得恰到好處的皇帝。乾隆敢作敢愛，是真性情之人。為了情婦，他絲毫不怕皇后翻臉，說：「我是皇帝。」但他也柔情綿綿，他對孫佳氏說：「你的好處很多，都是我在別處所得不到的。最要緊的一點是，你讓我覺得我是一個人，能享受人的樂趣。」一般來說，婚外戀是被中國禮法所不能容的，皇帝與臣妾發生關係更是有損私德。但高陽在這兒顯然不是從倫理而是通過對人性本真自由的透澈洞察和理解，對乾隆此舉作了充分認肯。所以，在《乾隆韻事》中，高陽儘管侃侃而談，有點信馬由繮，離題萬里，而其實他是胸有成竹。他將藝術焦點緊緊扣住情、理矛盾關係，以此作為情結，漂亮地建構了全書。

需要指出，高陽的散文化實踐，不僅為他本人的藝術個性增彩添色，同時對傳統歷史小說情節結構的革新也不乏有一定的啟迪意義。大家知道，傳統意義上的情節建構，就是作家根據經驗材料中固有的「故事基本類型」、「功能性規範」的個性化理解，對於「故事的起始狀況中，有助於形成問題與問題的解決之間的對立的那些成分」[18]進行組合排列。然而，由於文化傳統繼承、積澱的關係，這「個性化理解」常常在無意識中已被打上了模式化的痕跡。特別是歷史小說創作，它一面是歷史認識的集體無意識印記，一面是文學作品情節建構的模式化。故其給讀者造成閱讀上的「套式心理結構」，也較其他類型小說作品要來得堅硬。正是緣乎於此，散文文類因素在小說中的引入，便有可能在有意無意之間抹去浸滲在作家

[18]喬納森‧卡勒，《結構主義詩學》（北京：中國社會科學出版社，1991年），頁306～331頁。

「個性化理解」之中的許多司空見慣的東西，從而構成對既定情節套式的顛覆。仍以《乾隆韻事》為例，它的文本既然是由康熙立儲、雍正得權、乾隆得情三個相對獨立的故事構成，那麼，人們在閱讀時，一般是很自然也很容易地產生有關宮鬥殘酷和封建婦女地位卑下之類套式化的解讀心理。然而，高陽如今寫到乾隆時，卻筆鋒一轉，抱持認同的態度寫起了乾隆與孫佳氏風月霽光的情愛關係。這樣一來，就使人們對這個描寫康乾盛世宮廷生活歷史小說的既定解讀套板，統統失效，甚至小說意謂的人性指向，也要沉潛一番才能品領。可見，這裡情節結構之散，它不但包孕了對傳統敘事模式的突破，更增添了小說文本解讀的多義與複雜性，使得小說的審美傳達別具空靈之感。從這個意義上說，稱譽《乾隆韻事》為中國當代歷史小說中的一株奇葩，是不算太過分的。不過，任何事情不能做得太過，太過就會適得其反。就高陽來說，他的散文化的描寫畢竟具有反文類的性質。因此，在對既有情節套式破壞顛覆的同時，又如何保持並最大限度地發揮情節因素的作用，這就成了一個大問題。須知，在小說這一敘事文類中，情節原本就不是小說可有可無的一種附加存在，而是小說文本結構中的一個須臾不可或缺的一個本質要素：「事件必須根據它在推動情節發展中的作用來確定」，正是情節對「事件的安排」[19]，才使小說文本解讀成為可能；而且就創造主體而論，情節因素還有誘發一種強大審美意向內傾力的功能。尤其是對長篇歷史小說這種文體。由於它的大關節目的主要人事大多來自彰明昭著的歷史，而這些彰明昭著的歷史人事往往又以邏輯的格先驗地凝結於讀者的接受心理中，所以過分缺乏情節，更易造成藝術接受的阻遏。高陽對此，當然也作了相當的努力，但總的來說，他小說創作中對情節套式破壞顛覆有餘，而對其審美功能的開掘不足，一定程度上存在著重細節而輕情節、平均使力而藝術昇華不夠的傾向。故他不少的作品顯得枝蔓冗繁，讀來沉悶不堪，勝處不少，敗筆也多。甚至是優秀之作

---

[19] 保羅・利科爾，《解釋學與人文科學》（石家莊：河北人民出版社，1987 年），頁288。

「慈禧全傳」也概莫能外，更不用說那些從小說意義上講是失敗的作品如
《恩怨江湖》、《名妓小鳳仙》、《金色曇花》等。像《乾隆韻事》這樣文本
結構大致洗練的，實屬少數。這也便影響到了他歷史小說整體的藝術質量
了。

在中國現代歷史小說領域中，高陽是一個特殊的存在。從許多方面
看，他的創作都稱得上是一個奇跡。在數量上，可以與之媲美的歷史小說
作家，大概只有清末民初的蔡東藩（蔡是浙江海寧人，與高陽只相隔一條
錢塘江）。如此的多產、高產，這個事情的本身就足以說明高陽不凡的文史
功底，他的勃發過人的創作熱情。在質量上，將高陽的作品擺在海峽兩岸
的歷史小說文苑中予以考察，他也具有不可替代的獨特價值，其中有些篇
什還可稱得上是中國當代歷史小說的優秀之作。至於影響，那高陽就更不
用說了，他的作品自《李娃》以來，不僅在臺灣及海外華人中一直盛行不
衰，而且也備受大陸讀者的廣泛歡迎，所謂的「有水井處有金庸，有村鎮
處有高陽」，所以我們才不揣冒昧，在閱讀不全、材料不足的情況下寫下了
以上這些文字。目的是為了給高陽以一個盡量客觀公正的評價，對他的創
作研究起拋磚引玉的作用。

——選自《文學評論》1996 年第 4 期，1996 年 7 月

高陽和他的歷史小說

◎江少川[*]

臺灣著名詩人瘂弦稱高陽為「新文學運動以來中國歷史小說第一人」。
臺灣著名小說家王文興說：「高陽是國寶級的人物」。
海外華人社會流傳著「有井水處有金庸，有村落處有高陽」之說。
據市場預測，1990 年代中後期，高陽作品的印數將超過兩千萬冊。

從海峽兩岸，到海外華人社會，高陽迷越來越多了，由閱讀高陽到研究高陽，一門新興的學問，由臺灣學者提出來的「高學」正在悄然興起，並在大陸獲得反響。

高陽去世後不久，海峽兩岸的臺灣大學和華中師範大學先後分別舉行了「高陽作品研討會」。

在高陽生前，臺灣和大陸多家出版社爭相出版高陽的作品，高陽去世後，海峽兩岸繼續保持這種出版熱，而且勢頭越來越猛。然而對高陽的評論與研究卻顯得很不相稱。1993 年 6 月，在高陽逝世週年之際，在臺灣大學，由臺灣文化建設委員會主辦了「高陽小說作品研討會」，這年 7 月，臺灣聯合文學出版社出版了《高陽小說研究》一書，開「高陽研究」之先河。1994 年 12 月，由華中師範大學與中國經營報報業聯合體在武漢成立了「高陽研究中心」，1995 年 5 月，這家「中心」召開了「高陽創作研討會」，編印了「高陽創作研討會論文集」。1995 年 9 月，《通俗文學評論》雜誌在這年第三期首次在國內推出「高陽研究特輯」，集中發表了一組論文，接著又在第四期開闢「高陽名作欣賞」專欄，「高學」的帷幕已在海峽

*武漢華中師範大學文學院教授。

兩岸的學術舞臺上拉開。

一

　　高陽，原名許晏駢，譜名儒鴻，又名雁冰，筆名高陽。1922 年 3 月出生於杭州橫河橋一個沒落的望族之家，1992 年 6 月病逝於臺北。許氏家族曾有過輝煌的歷史，到他的父親輩已漸敗落，但仍為官宦書香之家，少年時代的高陽從小受到有著濃郁文化氣質的官宦世家的耳濡目染，最喜歡讀書，尤愛讀《三國》、《水滸》、《紅樓夢》。高中未畢業即開始寫作，1945 年抗戰勝利後，曾入《東南日報》當記者，後來參加杭州筧橋空軍官校文職人員的招考，被錄用。1949 年，高陽隨官校遷去臺灣，先在軍校任職，後來作祕書，1959 年，他辭去軍職，轉入新聞界工作，曾任《中華日報》主筆、總主筆，《中央日報》特約主筆。1962 年以後，他專事文學創作，成為職業作家。

　　1950 年代高陽就開始了寫作生涯，主要創作現代題材的小說，有長篇《避情港》、《桐花鳳》等。從 1950 年代初到 1960 年代初約十年間，高陽的小說創作處於探索階段，未形成鮮明、獨特的藝術風格，但這個時期的創作實踐，藝術積累與思考卻為以後的歷史小說創作做好了充分的準備。

　　從 1964 年起，他在平鑫濤主編的《聯合報》副刊連載長篇歷史小說《李娃》，獲得廣泛好評，接著《風塵三俠》、《少年遊》、《荊軻》等作品問世，一發而不可收，高陽從此走上歷史小說創作之路。1970 年代初，《慈禧前傳》、《玉座珠簾》出版，標誌高陽的歷史小說進入了更加成熟的新時期，接著《胡雪巖》等佳作接連問世，他在歷史小說園地裡筆耕了 30 年，直至去世。他創作了多少作品呢？高陽自己說：「從事歷史小說寫作以來，連我自己都不甚了了，約略而計，出書總在 60 部以上，計字則平均每日寫5000 字，年得百萬，保守估計，至少亦有 2500 萬字，說是『著作等身』，

自覺無忝。」[1]高陽的主要作品有《李娃》、《風塵三俠》、《少年遊》、「慈禧全傳」（六部八冊）、「胡雪巖全傳」（四部七冊），《大將曹彬》、《百花洲》、《乾隆韻事》、「紅樓夢斷」（四冊）、《曹雪芹別傳》（兩冊）、《再生香》、《八大胡同》等，此外有學術著作《紅樓一家言》、《高陽説詩》等，《高陽説詩》曾獲臺灣中山文藝獎。據臺灣皇冠出版社、風雲時代出版公司和聯經出版公司三家出版社 1992 年推出的「高陽作品集」統計，有作品 73 種 92 冊。

　　高陽才思敏捷，著作宏富，香港學者李明評介高陽説：「在同一時間裡，他最多曾進行五部歷史小説的創作。五種空間，五種時間，涇渭分明，各不混淆，真可謂高陽高招絕式。」[2]高陽視創作如生命，他的寫作日不間斷。有一次，他參加《聯合文學》組織的赴日旅行團，旅途中，因報上連載的小説不能中斷，他嫌這種團體生活耽誤了寫作而中途脱隊。被譽為寫作奇才的高陽，以其博大精深的思想容量，深厚渾重的文化內涵和優雅古樸的語言藝術，成就為「五四」以來中國現當代文學中，在世界華文圈內擁有最廣大讀者群的，屈指可數的幾位大家中的一位。

二

　　高陽的歷史小説題材廣泛，氣勢恢宏，取材從先秦直到清末民國初。他的小説雖然在創作之初並未形成完整的計畫，然而將他的作品總匯起來，卻構成了全景式地再現中國封建社會生活的歷史畫卷。高陽的歷史小説大體可以分為六大系列：

（一）宮廷系列

　　反映宮闈政治對中國政治生活的作用，揭示宮廷政治風雲的變幻，皇室內部的權力之爭，描述皇宮的祕聞軼事是高陽歷史小説的重要題材。「慈禧全傳」是這類題材的翹楚之作，它以宏闊的氣勢描寫了慈禧從爭奪權

[1]高陽，〈「高陽作品集」自序〉，《再生香》（臺北：遠景出版公司，1987 年 8 月）。
[2]轉引自劉登翰等編，《臺灣文學史（下）》（福州：海峽文藝出版社，1993 年 1 月），頁 750。

力、垂簾聽政、獨攬大權直到獨裁天下的全過程，透視了晚清宮廷政治機器的運作，反映了晚清社會錯綜複雜的社會矛盾。

《金縷鞋》、《乾隆韻事》、《百花洲》、《再生香》都屬這類作品。

（二）商賈系列

被視為「中國商戰小說」的「胡雪巖全傳」是這類題材的傑作，它與「慈禧全傳」堪稱「雙絕」。小說描寫了晚清江南奇人胡雪巖起家、發跡、致富暴發到敗落的興衰過程，全方位地展現了中國由封建社會向半封建半殖民地社會過渡的商業經濟活動及政商關係，藝術地再現了近代社會民族工商業、金融、洋務、財政等方面的運作。

（三）官場系列

高陽的許多歷史小說可歸為官場系列，在這類作品中，他塑造了從朝廷重臣到鄉里小吏、各色各樣的文武官員的形象。這裡有清廉勤政、剛正不阿、愛民如子的清官，如《清官冊》中的湯斌；有帶兵嚴明、智勇雙全、體恤部下的武將，如《大將曹彬》中的曹彬。同時也刻畫了眾多的貪官酷吏、奸佞之臣，深刻揭露了官場爾虞我詐、爭權奪利、魚肉百姓的醜惡、腐敗。

（四）「紅曹」系列

編演曹雪芹及其家族的故事，在高陽作品中占有重要位置。高陽的「紅曹」系列小說四部 12 冊，包括「紅樓夢斷」四冊、《曹雪芹別傳》兩冊、《三春爭及初春景》三冊和《大野龍蛇》三冊，它以獨特的視角反映了曹雪芹從幼年到青壯年飽經人世滄桑的生活歷程，再現了曹、李兩大家族由盛而衰的歷史變故。

（五）名士、佳人系列

高陽的有些作品以封建社會的讀書人，即「士」為主角，且常把他們的仕途生活與青樓女子的命運聯結起來，描寫他們之間悲歡離合的故事和私情祕聞。《李娃》、《少年遊》、《狀元娘子》、《鳳尾香羅》都屬此類小說。

（六）俠士系列及其他

　　這類以俠士為主角的歷史小説與純屬虛構的武俠小説不同，其主要人物是歷史上真實的人物，它無意於描寫大俠的武功招式與鬥打畫面，而是借俠士演義歷史。如《荊軻》塑造了具有英雄肝膽、兒女情長的荊軻的形象，《風塵三俠》描寫了李靖、虬髯客與李世民共舉義旗，推翻腐朽暴虐的隋王朝的故事。

三

　　臺灣青年作家張大春謂高陽的歷史小説是「以小説造史」，高陽集歷史學者與小説家於一身，用小説這種文學樣式重新塑造歷史，將歷史的真實與藝術的真實有機、完美地融合到作品之中。

　　高陽首先是一位博學多識的歷史學家。他出身於名門望族，從小飽受中國古典文化的薰陶，特別愛讀經史名著，他對中國歷史有深入系統的研究，對歷史考據興趣濃厚，臺灣學者楊照稱「高陽無疑是近三百年來中國學術史上異軍突起的嫡系傳人」。[3]他在明清史、玉溪詩及紅學等領域都取得了卓越成家的地位，對《清史稿》的研究尤精。高陽創作「紅曹」系列小説，這首先在於他是研究曹雪芹家世和《紅樓夢》的史學專家，他前後花費了二十多年時間寫了大量關於曹雪芹和《紅樓夢》研究的論文，後來匯集為《紅樓一家言》和《高陽説曹雪芹》兩本學術專著，對中國歷史的精湛研究和深厚功底是高陽成就為歷史小説大家的重要前提。

　　可貴還在於，高陽擅長以史學家的眼光，對大量複雜的史料爬羅剔抉，進行獨到的審斷和處理，而非人云亦云，做到「究天人之際，通古今之變，成一家之言」。清代商人胡雪巖，在別人看來，如《胡雪巖外傳》中所寫的，只是一位生活糜爛的富商，而高陽慧眼識珠，對歷史人物予以重新認識和評價，認為胡雪巖是晚清政商舞臺上的大能人，精明幹練，勇於

---

[3]楊照，〈歷史小説與歷史民族誌──高陽作品中的傳承與創新〉，《高陽小説研究》（臺北：聯合文學出版社，1993年7月），頁133。

開拓，為近代民族工商業資本家的傑出人物。

　　同時，高陽又是一位具有豐富藝術創造力的小說家。巴爾札克說：「必須有一種特殊的才能，能根據一大批零星的材料，創造出一個已經不存在了的時代的全貌。」[4]高陽正是富有這種特殊才能的作家。歷史的考據、求真，小說的構想、情感，高陽兼而有之，並融為一爐。對小說中主要的人物，重大事件及其來龍去脈，社會、自然環境乃至服飾、禮儀、民俗等，他都要進行精細的考證，以求得歷史的真實，而同時，對人物的活動，人物間的關係，情節的發展乃至於細節的描寫，又需要想像和虛構，需要豐富的藝術創造力。以《李娃》為例，依據唐代白行簡的《李娃傳》，高陽寫成長篇歷史小說《李娃》，原作僅 4000 字，經過奇妙的構想、推測、創造，鋪演出富有生活化、人情化的 27 萬言的歷史活劇。根據對《唐兩京城坊考》和《唐朝政教史》等歷史資料關於唐代城坊格局、規模和「出喪」的記載，高陽有聲有色地想像出唐代長安東西兩凶肆（相當於現在的殯儀部門）在天門街「打擂臺」比「大出喪」的場面，特別是描寫落難貴族公子鄭一郎在葬儀中唱輓歌驚萬眾的情節，哀怨、悲愴動人，使人如臨其境。在《大將曹彬》中，宋軍平蜀的大小戰鬥，史料記載零星、粗略，而高陽通過豐富的想像和藝術創造，大宋軍沿三峽破隘攻關，步兵戰、騎兵戰、水兵戰，寫得各有特點，繪聲繪色，展現出威武悲壯的歷史戰爭圖畫。

四

　　高陽歷史小說的魅力何在？其中的奧祕之一就在於作家復活了數百上千個歷史人物，這些歷史人物的名字雖然早已為人們所熟悉，但在高陽的作品中，他們卻從嚴肅的史書中走出，成為有血有肉、栩栩如生的人物形象，如英國史學家卡萊爾評論史考特的歷史小說時所說的那樣：「他們穿上

---

[4]巴爾札克著；李健吾譯，《巴爾札克論文選》（上海：新文藝出版社，1958 年），頁 100。

了常見的上衣和褲子，臉上充滿了紅潤的顏色，心裡有沸騰的熱情，具備了人類的面貌、活力和語言等特徵。」[5]猶如我們提到歷史小說《三國演義》時，就立即會聯想到劉備、關羽、張飛、諸葛亮等人物一樣，議及高陽的歷史小說，熟悉的讀者腦海中就會浮現出多爾袞、孝莊太后、康熙、乾隆、慈禧、咸豐、同治、光緒、恭親王、李煜、曹雪芹、曹震、繡春、胡雪巖、七姑奶奶、羅四娘、王昭君、李娃、小白菜、王翠翹、小鳳仙、劉三秀、湯斌、林沖、曹彬、荊軻、李商隱、周邦彥、湯顯祖、翁同龢、汪精衛、孫中山……等一系列人物形象。高陽的歷史小說中出現過多少人物？可能現在還沒有人回答得出來，僅列出的這些形象鮮活、生動的人物就足以使讀者目迷神往、驚嘆不已了。

　　對歷史小說中的人物塑造，高陽有獨到的見解：「寫歷史小說……最高的境界，也就是作者至樂之事，是所創造的人物，一下子會活起來，說得具體一點，就是所創造的人物，有了自己的生命與個性，有他自己的思想、情感與行動。」[6]他認為：「歷史小說中的人物，還得要求他或她反映時代的特色，武則天是武則天，慈禧是慈禧，她們的不同，不僅是服飾的不同。」[7]這兩段話可看作高陽寫歷史人物的宣言，他是把塑造人物視為歷史小說創作的最高境界。縱觀高陽的創作，固然非常重視時間、地點、歷史事件、掌故的嚴謹考證，但他藝術創造的核心在於人物，塑造成功、豐滿的人物形象是他藝術追求的最高目標。他寫人生、人性、人品、人格，將歷史人物充分地生活化、人情化、心理化了。高陽塑造歷史人物有哪些特點呢？我們擇其主要的說幾點：

　　其一、寫出人物思想性格的豐富性、複雜性。高陽打破了那種「惡則無往不惡，美則無一不美」的類型化寫法，從不對人物作簡單化、臉譜化處理，而是多層面、立體化地發現人物的性格，表現人物的靈魂世界，尤

---

[5]轉引自《高陽小說研究》，頁65。
[6]「歷史‧小說‧戲劇」討論會發言，見《聯合文學》第14期（1985年12月）。
[7]高陽，〈歷史‧小說‧歷史小說〉，《聯合報》，1964年4月28日，7版。

其注重揭示人物性格發展的變化。「慈禧全傳」中的慈禧是高陽筆下極為成功的藝術形象，作家描寫了她從青年的懿貴妃，到中年的西太后，直至晚年的「老佛爺」的歷史性變化，刻畫了她集大政治家、大獨裁者和女人、母親於一身的複雜思想性格。高陽既突出了慈禧的精明能幹、工於心計、有膽有識、野心勃勃及中年後的善弄權術，又刻畫了她作為女人的空虛、寂寞、春心難耐，同時表現了她作為母親對兒子疼恨交加的複雜心態。「慈禧全傳」中，許多地位、身分相近的人物，都是獨特的「這一個」，如慈禧與慈安皇太后，光緒帝與同治帝，恭親王與醇親王，太監安德海與李蓮英等，都各有個性，絕不給人雷同之感。

其二、把人物置於有時代特色的環境之中，讓人物在有濃郁歷史氛圍的背景中活動，從而增強人物的歷史感。此即高陽所說的「還得要求他或他們反映時代的特色」。高陽的歷史小說，人物活動的歷史背景真實、具體而實在，時間、地點、事件都有據可考。在《李娃》中，李娃、鄭徽悲歡離合的故事安置在盛唐的京都長安，小說中所展現的長安三曲青樓人家的文化風情，舉子雲集京都應試的盛況，天門街葬儀的隆重場面，都給人物身上打下了強烈的時代印記。而在《大將曹彬》中，把主將曹彬放在宋軍平蜀伐蜀的戰爭行動中來塑造，在大大小小的戰鬥部署、經過和打法中，曹彬的智謀雙全、善於用兵、體恤民眾的儒將風範，在具有鮮明時代特色的戰爭風雲中得到真實地展現。

高陽特別注重用細節增強人物的歷史感。他精心提煉的細節，不僅生活化，而且往往印有某個時代的胎記。特別是對人物衣冠服飾、起居飲食、言行舉止、禮儀習俗等方面的細節描寫，常具有畫龍點睛的作用。《慈禧前傳》中有這樣一個細節、寫懿貴妃代咸豐皇帝批奏摺，17件奏摺，半個時辰就批答完了。原來清朝皇帝批奏摺，只用手指甲在貢宣紙的白摺子上做記號，批本的人看掐痕的多寡、橫直、長短，便知道皇帝的意思，用朱筆代批，不外乎「覽」、「知道了」、「依議」之類，這種真實、獨特的細節不僅非常生活化，而且烙上了歷史印記，對刻畫人物可謂有一箭雙雕之效。

　　其三、冷靜、客觀地描寫人物，力圖再現歷史人物的「本色」。高陽的小說，特別是中後期的作品，向來不愛對人物作主觀裁斷和評述，亦不搞什麼影射，他對歷史文學創作中的「古為今用」、「借古諷今」興趣不濃，他創作歷史小說有一個宗旨，即「喚起同胞對歷史的溫情」，此語的核心意蘊在於尊重歷史、忠於歷史，還歷史本來面目，基於這種觀點，高陽力求按歷史生活的本來面目塑造人物，喚起對歷史人物的溫情。從高陽的眾多作品中，我們都領悟到作者對人物的這種態度，這或許是他塑造的人物形象，不但現在而且以後，藝術魅力會經久不衰的奧祕所在。慈禧、胡雪巖、曹雪芹、曹彬等人物形象都會在小說史上留下記載。以《金縷鞋》中的李煜為例，他集詞宗與君王，天才與庸才，成功與失敗於一身。高陽塑造的李煜，作為天才詩人，才華橫溢，文思泉湧，留下許多華美詩章；作為情場中人，風流倜儻，情意綿綿；作為君主，他優柔寡斷，貪生怕死，既不甘忍辱含垢，又不能奮發圖強，最後釀成國破家亡的悲劇。對筆下的人物，高陽不動聲色，分外冷靜，評說的任務留給了讀者，留給了後人。

五

　　黑格爾曾這樣論述史詩：「史詩就是一個民族的『傳奇故事』、『書』或『聖經』」。且「顯示出民族精神的全貌」。[8]巴爾札克評價英國歷史小說家司各脫時，認為他的小說之所以具有史詩性，是因為「具備史詩的兩種元素——奇妙和真實」，表現出「古代的精神」。[9]黑格爾所說的「民族的」、即巴爾札克所言的「真實」，也即歷史，而他們所說的「傳奇故事」、「奇妙」，顯然就是故事傳奇而已了。高陽的歷史小說系列恰恰具備這兩種元素，即「歷史」和「傳奇」，亦「史」亦「奇」。自然，我們說高陽的歷史小說具有史詩品格，不是指像《伊里亞德》、《奧德賽》那樣人類「童年」時代「原始的書」，那時民族的歷史還只是傳說而已。這裡的史詩品格是指

---

[8]黑格爾，《美學‧第三卷（下）》（北京：商務印書館，1982 年），頁 108。
[9]巴爾札克，〈《人間喜劇》前言〉，《文藝理論譯叢》第 2 期（1957 年）。

具有一種史詩精神、史詩規模和史詩氣勢。

（一）高陽的小說具有恢宏的歷史感

　　首先，高陽的作品都有明確的時代背景，主角都是真實的歷史人物。從第一部歷史小說《李娃》到逝世前未終篇的《再生香》，故事發生的時間交代都非常準確。「慈禧全傳」卷首的〈清文宗與恭親王〉一文，將情節展開的歷史背景、主要人物的關係糾葛敘說得清楚、明白。「胡雪巖全傳」的〈楔子〉介紹了清朝咸豐 7 年之前中國金融事業的概況，引出阜康錢莊的主人胡雪巖。《百花洲》的〈楔子〉點明「大明永樂元年正月，辛卯」。《乾隆韻事》的開頭是：「康熙四十九年五月初一」。《再生香》的第一句為：「順治八年二月初十」。這樣交代背景，點明準確的年、月、日，絕非可有可無，與有些抹去歷史背景的小說相比，它顯然是增強小說歷史的真實性的重要元素。在這樣真實的歷史背景中，高陽所選擇的主人公，大都是歷史上的大人物或名人，這些人物在特定的歷史時期起過重大作用，或產生過一定影響，在歷史舞臺上扮演過重要角色，他們的身上，打上了更為濃重的歷史印記，他們的活動史，更能反映出時代的特徵，表現出歷史的厚重感。諸如先秦的荊軻、漢代的昭君、唐代的李世民、李娃、宋代的曹彬、明代的唐寅、清代的乾隆、慈禧、曹雪芹、胡雪巖，乃至民國初年的段祺瑞等，這些人物或文韜武略，烜赫一時，或叱吒風雲、英雄蓋世，或才氣縱橫、名垂千古，或紅顏薄命、命運多舛，或一代梟雄、遺臭萬年……如此眾多的人物組綴成多姿多彩的歷史人物志的長廊。

　　其次，高陽的歷史小說具有宏闊的結構，磅礴的氣勢。高陽的八十多部長篇歷史小說，從歷史的跨度來看，反映了從先秦到民國初，二千年間中國社會廣闊的歷史生活風貌，掃描了二十多個朝代，幾乎「穿越」了中國封建社會的各個歷史時期。從反映歷史生活的廣度考察，上至宮廷政治的運作、朝代更替；下道官場商界的角逐競爭、興衰沉浮，以至市井娼家文人妓女的悲歡離合、生活命運，盡收於歷史系列作品之中。以描述清代題材的作品為例，如果將「慈禧全傳」系列八冊、「胡雪巖全傳」系列七

冊、「紅曹小說」系列 12 冊，加之《乾隆韻事》、《恩怨江湖》、《狀元娘子》、《清官冊》、《清末四公子》、《再生香》等作品排列起來，洋洋灑灑，一千多萬言的系列作品，當之無愧地構成了反映清王朝近三百年歷史和社會的「編年史」和「風俗史」。巴爾札克在〈《人間喜劇》前言〉中說自己立意要寫出一部藝術的歷史：「作品聯繫起來，調整為一篇完整的歷史，其中每一章都是一部小說，每一部小說都描寫一個時代。」[10]用這段話來評價高陽卷帙浩繁的歷史小說是完全恰當、絲毫也不過分的。

（二）高陽選擇了奇妙的軼事體

高陽的歷史小說不同於講史平話，亦不同於歷史演義小說，後者只是在複述史料的基礎上添枝加葉，基本不改變史書的情節。高陽的歷史小說雖然取的是真實的歷史框架，然而他不僅是寫什麼時候發生了什麼事，而是「跨過了『事件』、『經過』而進入與事件因果沒有直接關係的生活細節」，「注意在某個歷史時空，人們到底是怎樣吃怎樣穿怎樣玩一場賭博遊戲」。「是舊式歷史敘事中不屑一顧的『瑣事』」。[11]高陽歷史小說的取材，除來自正史外，更多取自於筆記、札記、野史故事、閭巷傳聞。他所繼承的是魏晉志人小說中瑣言小說和逸事小說的傳統。高陽是在真實的歷史框架中，寫歷史生活「碎片」中的人，寫人的傳奇。高陽以其豐富的想像力和創造力，在作品中復活了幾百個有血有肉、栩栩如生的歷史人物，放筆描寫了古代社會各階層人物千姿百態的世相，各種人物的衣食住行、「遊戲賭博」、聲態神韻、心理流程，特別是融進了大量生活細節方面的精雕細刻。如「慈禧全傳」中，皇帝批奏摺只是用指甲畫出記號，由內奏事處的太監看掐痕用朱筆代批；咸豐皇帝於「避暑山莊」做壽，在觀「大戲」中的遊樂場面「拉肚子」的細節；同治的患天花、梅毒的病情症狀，御醫所開的詳細脈案及藥方；慈禧為光緒選皇后的緊張而有戲劇性的場面等等，這些不見於正史中的故事軼聞，恰恰是歷史小說中詩學內容的所在，它與真實

---

[10]巴爾札克，〈《人間喜劇》前言〉，《文藝理論譯叢》第 2 期。
[11]楊照，〈歷史小說與歷史民族志〉，《高陽小說研究》，頁 134。

的「史」相融共存，在宏大的系列結構與磅礡氣勢中從多層面、多角度構成了高陽小說的歷史奇觀，形成了他歷史系列作品的史詩品格。

六

　　文學中的「雅」與「俗」從來是相對而言的，如何界定，很難有絕對的標準。由於時代的變遷和空間的變異，所謂的「俗」也會變為「雅」。我國最早的詩歌總集《詩經》、古代最傑出的長篇小說《紅樓夢》，是「俗」還是「雅」？我們只能說它亦雅亦俗，雅俗共存。凡具有長久藝術生命力的文學經典，都是大俗大雅、雅俗共賞的。這裡所謂「雅」，一般指作品的嚴肅性、思想性、哲理性，偏重於理性思維層次，所謂「俗」則指作品的大眾性、娛樂性、消遣性，多重於感性閱讀層次。高陽的歷史小說恰恰是二者兼融，攬通俗與雅典，雅中有俗，俗中有雅，雅俗交織。無怪乎臺灣《聯合報》提名高陽小說評獎，某學府文學院院長認為他的作品為通俗讀物，不能評獎，而著名文學評論家、研究歐洲文學的教授尉天驄卻把高陽比作巴爾札克。這恰好從一個側面說明，高陽的歷史小說是既俗且雅、雅俗交疊的。

　　其一，於歷史中演傳奇。這裡的歷史，指歷史的求真。高陽以其淵博的學識、嚴謹的治學態度，對歷史事件、歷史人物認真研究、詳細考證，對史料有獨到的處理和審斷，他將自己學術研究的成果滲融於歷史小說創作之中，表現出在政治、歷史、社會等方面嚴肅的思考。他以紅學家的身分創作「紅曹系列小說」，作品的史學價值、思想深度可想而知，能說它不「雅」？

　　自然，高陽並非複述、演繹歷史，用他自己的話說，他創作歷史小說遵循兩條法則，即歷史的求真，對於人物的處理具有完全的自由。正如臺灣作家張大春所指出的：「透過一看似小說的雄辯整體，匯羅各種容或不出於『正史』的典故知識來重新建築一套可以和『正史』之經典地位等量齊

觀的歷史論述。」[12]這裡的「容」於「正史」，指符合歷史，即歷史的求真。不出於「正史」是「正史」中所不載、所不記的「典故知識」，指軼聞趣事，即對人物完全自由的處理。如果說前者屬「雅」，後者為「俗」，那麼這種重新建築的，可以和「正史」等量奇觀的歷史論述，正是高陽雅俗共存的歷史小說。張大春的這段話是對高陽自白精彩的破譯，一語道出了高陽小說大俗大雅的「奧祕」。於是，我們讀到了諸如《李娃》中，刺史之公子鄭一郎進京應試，與名妓李娃一見鍾情，落第後淪落為乞丐，以至為「鬼肆」唱輓歌，而後又為李娃搭救相助、終於及第的大起大落、曲折動人的愛情故事。諸如「慈禧全傳」中，從年輕的懿貴妃、垂簾的西太后到專權獨裁的老佛爺，驚心動魄而富有傳奇色彩的戲劇人生。正是在這種嚴肅的歷史觀照中人們得到了情感滿足，於精神暢快裡引發出深邃的思索。

　　其二，於世俗中傳妙諦。乍讀高陽的小說，寫的都是宮廷禁苑的祕聞野史，文人佳麗的浪漫風情，商場巨賈的經商發跡，別館青樓的風流韻事，似乎充滿「世俗」氣息。的確，高陽的歷史小說能相當地滿足人們對陌生歷史世俗生活的極大興味，足以吸引讀者心蕩神馳、耳目愉悅，然而透過這種「遊戲」的表層，世俗風情的背後，卻蘊含著作家深刻博大的歷史意識、政治意識和文化內涵，傳達出高陽對社會、人生方面的真知灼見。從高陽筆下的李世民、李後主、乾隆、慈禧、同治、光緒等一個個君王的「遊戲」生涯，乃至私生活的細微末節，我們分明領悟到作家的政治觀、帝王觀，及寄託於具有超人智慧、行為的賢君治國的政治理想。從《李娃》、《狀元娘子》這類寫名士妓女的「青樓」題材中，高陽亦於士人狎妓冶遊選豔徵歌的風流軼事之外，表現出崇高的人生理想以及在倫理、道德、愛情等方面的價值取向。譬如「紅樓夢斷」之一的《秣陵春》，開篇就出現了這樣的情節：蘇州李府朝廷命官李煦，趁兒子李鼎外出，於一個夏日午後窺視兒媳洗浴，並且伺機逼姦兒媳，這種情節看來是俗不可耐

---

[12]張大春，〈以小說造史──論高陽小說重塑歷史之企圖〉，《高陽小說研究》，頁77。

了。然而緊接著的是兒媳鼎大奶奶懸梁自盡，丫頭投水而死。從「窺浴」、「逼姦」的「穢」行場面，兩個年輕女性之死的悲劇，人們痛切地感到整個社會結構的不公，而且從中得到深刻的哲學啟迪。

其三，於淺白中見古雅。歷史小說的創作運用語言之難，就在於現代白話敘述古人之事，傳達古人之意。高陽歷史小說的語言，文不甚深，語不甚俗，即在深與不深之間，俗與不俗之中。語言淺白，是指它通俗，現代人讀得懂、看得明白，很少閱讀障礙；語言古雅，是指善於選用古代白話中具有長久生命力、至今仍充滿活力的那種語言、且符合古人語言的規範、習慣。高陽的歷史小說，首先是好讀，適合大眾閱讀，除了有些特定的稱謂，如「福晉」、「格格」等滿語稱呼以外，過時的「死語」捨棄不用。他作品的敘述語言淺近、明白；人物對話通俗、新鮮、口語化；寫人狀物繪景，善用質樸的白描等。更重要的是，他的作品耐讀，經得起咀嚼，耐人品味。高陽運用語言的高超之處，正在於以這種淺白、通俗而質樸的語言創造出歷史環境的氛圍，敘述歷史故事的原委，傳達出歷史人物的聲態心理，而又絲毫不顯露現代意味、現代信息的痕跡。

且讀《李娃》中的一段：

他的歌聲，就是他自己的心聲，也是所有聽的人的心聲，那無窮的哀怨，不止於唱出：「蒿里誰家地？聚斂魂魄無賢愚。鬼伯一何相催促？人命不得少踟躇！」的生命無常的感嘆；而且凡是英雄末路、才人不遇、少年孤苦、老來伶仃、棄婦下堂、群臣被讒，人世間一切欲告無門、欲哭無淚的傷心、委屈、抑鬱，都得以在「馮二」的歌聲中，盡情一瀉。
於是，有人黯然魂消，有人喟嘆不絕，有人悄悄拭淚，有人掩面而去，有人涕泗滂沱，而各人內心中卻又感到一種異樣的滿足。

這是《李娃》中，描述貴族公子鄭一郎落第以後淪落為唱葬歌手的一段文字，敘述中夾有抒情式的議論。鄭公子一曲古老的輓歌《蒿里》把人

們帶進了古代葬儀中的特定情境。「英雄末路」以下一連串的四字句，五個「有人」六字句，不僅古樸典雅，且都是經過精心錘鍊的中國句式，表現出深厚的中國古典白話小說的傳統。

再看《慈禧前傳》的一段：

> 這時的懿貴妃，想起當年的圓明園「天地一家春」，夾道珠燈，玉輦清游，每每獨承恩寵的快心日子，思量起皇帝溫存體貼的許多好處，撫今追昔，先朝百餘年苦心經營，千門萬戶、金碧樓臺的御苑，竟已毀於劫火，而俊秀飄逸、文采風流的皇帝，於今亦只剩得一付支離的病骨，怎能不傷心欲絕？因此，她那一付原出自別腸的涕淚，確也流瀉了傷時感逝的真情，越發感動了心腸最軟的皇后。

此段文字細膩地展現了懿貴妃的心理活動，懿貴妃失寵兩年了，而今咸豐皇帝病重，她回憶往事，心緒複雜，百感交集，交織著怨恨與痛惜之情。這段語言讀來明白、淺近、而遣詞造句又極具古典韻味，傳神、古樸，從中可見高陽小說的藝術追求。

形成這種通俗而古雅、質樸而明麗的語言風格，一方面來自高陽善於博採口語，從世俗生活中擷取大眾的語言，同時更得益於他以深厚的學識、精湛的文化修養對生活口語進行淘洗、錘鍊、提純和加工，這樣才使得他的語言達到雅俗共賞、雅俗相融的境界。

七

高陽有深厚的家族背景，他的家族中可以列出許多傑出的名字。許氏家族的鼎盛時期曾留下「七子登科，五鳳齊飛入翰林」的佳話。他出生在有悠久歷史文化、且人傑地靈的杭州。他在渾厚濃重的文化氛圍中度過了青少年時代，飽受中國傳統文化的浸潤，這或許是造就他成為一名歷史小說大家的重要因素之一。高陽在他的系列歷史小說中，生動地展示了中國

封建社會豐富多彩的文化，這裡僅從社會、地理和民俗文化的角度提幾點看法。

　　首先，高陽在系列歷史小說中全景式地展現了中國廣闊悠久的傳統文化。「文化」的概念很廣泛，英國文化人類學創始者泰勒的解釋是「整個生活方式的總和」[13]，美國的克魯柯亨解釋為「指的是某個人類群體獨特的生活方式，他們整套的生存式樣」。[14]高陽在小說中所展現的歷史生活畫卷，幾乎涉及到人們生活的各個領域、各個層面，包括經濟、政治、道德、藝術、宗教、思維方式等等方面。從社會文化的角度考察，一個民族的文化傳統，可歸納為兩方面：即上層傳統與下層傳統、亦即上層社會傳統文化與下層市井傳統文化。高陽作品展示的文化景觀，從上層社會的宮廷、官場文化，到商場文化、平民文化，可謂包羅萬象，應有盡有。「慈禧全傳」、《乾隆韻事》等作品以展示宮廷、官場文化為主，廣泛描述了清代的朝章制度、宮中禮儀、朝廷慶典、太子典學、皇帝選后、大婚、科舉考試、御醫問診、園林、狩獵以及戲曲音樂、烹飪酒茶等等方面。以至有人說，了解清代的禮儀、稱謂等用不著去翻史書，讀讀高陽的清宮歷史小說系列就可以了。而「胡雪巖全傳」則集中展示了商場文化的景觀。諸如中國商人的經商意識、進取精神、鄉黨情誼、敬業精神。諸如中國近代商界的錢莊、票號、典當、漕幫、沙幫、賭場、妓院、乃至於上海刺繡的歷史，江浙一帶船上「寧波麻將」的特殊打法等等。加之在《李娃》等眾多小說史所表現的市井平民社會風俗畫，如楊照所論述的：「鋪在故事底下的文化，社會襯墊，是歷史小說敘述的整合有機部分。」[15]

　　其次，高陽在小說中呈現出有濃郁色彩的地理文化。描述地理沿革、描繪山川風物是中國傳統文化的重要內容。高陽的歷史小說系列不但有明確的時間背景，而且寫的都是真地實景。如果從地域文化的角度考察，把

---

[13]見莊錫昌等編，《多維視野中的文化理論》（杭州：浙江人民出版社，1987年10月），頁99。
[14]同前註，頁117。
[15]楊照，〈歷史小說與歷史民族志〉，《高陽小說研究》，頁138。

高陽的系列作品排列起來，可以組成中國比較完整的地理風物民俗志。諸如「慈禧全傳」、《清末四公子》等作品滲透著北方各民族交融的文化氛圍，滿、蒙族的禮儀、習俗表現得特別充分，顯現出濃郁的北方風情。而「胡雪巖全傳」卻植根於江南的文化土壤之中，諸如杭州的西湖美景，鋪青石板的元寶街，上海古剎靜安寺作「佛事」的盛況，江南園林造假山奇石的工藝過程，上海「顧繡」的源起、針法等，加之人物對話中的江浙方言俚語，都充溢著地道的吳越文化風韻。

　　第三，編織於情節之中的民族民俗文化。民俗是窺察一個民俗真實生活、真實生活史的窗口。高陽善於將中國多民族的民風習俗穿綴於作品的故事情節之中，表現出中華民族在歷史上反覆了多次的根深蒂固的生活習慣，具有悠久而深厚的文化內涵。大致歸納可分為三方面。第一是看得見的：如皇宮、朝廷、官府帝王后妃、各級官員的穿戴、服飾、髮飾、鞋襪。如烹飪、飲酒吃茶，《燈火樓臺》中就細緻地敘述了核桃腰子的做法、三鮮蒸蛋的蒸法，如慶典禮儀，《母子君臣》中描寫了皇帝選秀女的繁瑣儀式和傳統習慣。其他如元宵燈會、少年打「波羅球」、皇帝狩獵等都有生動逼真的展現。第二是聽得見的：如《李娃》中，描述鄭一郎為長安「鬼肆」唱輓歌，展示了唐代葬儀的盛大場面和古老習俗。《燈火樓臺》裡，七姐為撮合羅四姐嫁給胡雪巖作小，請吳鐵嘴算命一節，把中國民間的算命拆字術演化得活龍活現。其他如各種方言、俚諺、民謠、謎語、隱語、特殊語更是滲融在多部作品之中。第三是訴諸心意的，如小說廣泛涉及到的祭禮、預兆、護符、醫術、星曆、稱謂、宗教等等，中華民族的民俗文化在高陽的系列作品中可謂萬象如雲，俯拾即是。

　　　　　　　　　　　——選自江少川主編《解讀八面人生——評高陽歷史小說》
　　　　　　　　　　　臺北：黎明文化公司，1999 年 2 月

論高陽《花魁》之書寫藝術

◎蔡芝蘭*

壹、前言

　　高陽以改編自唐傳奇的《李娃》，開啟了他 28 年的歷史小說創作之路。從 1964 年《李娃》至 1992 年《蘇州格格》，這段期間總共創作 58 部歷史小說，時間涵蓋戰國至清代民國，內容包括宮廷、商賈、官場、「紅曹」、名士佳人、俠士等題材。[1]由於對清代歷史的情有獨鍾，高陽以清代為故事背景的小說共有 32 部，尤以慈禧系列、胡雪巖系列、「曹紅」系列，最具代表性。但高陽這 58 部歷史小說，有少數題材是直接取自唐傳奇與話本小說，以「舊瓶新酒」的再創造方式，重新予以詮釋；但嚴格來說，這種創作顯然不是純粹的歷史小說，如《李娃》（1964 年）、《風塵三俠》（1965 年）、〈紫玉釵〉（1972 年）、〈章臺柳〉（1972 年）、〈花魁〉（1978 年）、《烏龍院》（1978年）、《翠屏山》（1978 年）、〈野豬林〉（1984 年）、〈林沖夜奔〉（1984 年）等。[2]這種取材自古典文學的改寫，讓高陽正式跨入了歷史小說的創作領域，而且在漫長的創作時期裡，他從未捨棄這種創作方式。

　　高陽對古典文學的改寫，主要取材於原著所提供的線索與材料，就原主題深刻挖掘，以有別於原著的敘述形式，重新詮釋故事情節，並且刪除原著不合理的部分。正因小說創作重視虛構的經營，所以高陽在原有的故事架構

---

*發表文章時為臺灣師範大學國文學系碩士班二年級。
[1]江少川，《解讀八面人生——評高陽歷史小說》（臺北：黎明文化公司，1999 年 2 月）。
[2]鄭穎，〈高陽作品出版暨創作繫年〉，《野翰林——高陽研究》（臺北：INK 印刻出版公司，2006 年 10 月），頁 274～295。

下，不以忠於史實為創作主軸，而是將歷史材料自然融入情節，重現當時整個社會環境的風貌，賦予古典文學新的生命。這種取材自古典文學的創作，與「歷史小說」有別，應該稱為「歷史素材小說」，也就是作者借重歷史素材的可能性和可信性，著重虛構情節的創作，融入作者個人主體意識，且合乎文學的純淨。[3]不過「歷史小說」跟「歷史素材小說」，都必須在復活歷史事件和人物的同時，也復活那個時代的風俗習慣、風土人情、服飾裝扮、建築器皿、語言環境、宗教信仰等等[4]，而這方面少不得要從民間摸索。

　　高陽一生著作極豐，且具備一般通俗讀物較欠缺的「專業性」，這使得他的作品不但具有「處處井水說高陽」的市場力，還更凸顯出作品中的文學感染力量與歷史考據深度。[5]因此高陽作品的相關研究，大都聚焦在他的個人生平與歷史著作的分析，尤其偏重於清代歷史小說的探討：林青〈論高陽的歷史小說〉[6]、高若蘭〈高陽歷史小說——胡雪巖三部曲〉[7]、曹靜如〈文化遺民的興寄與懷抱——高陽歷史小說研究〉[8]、陳蕙如〈高陽清代歷史小說研究〉[9]、陳秋蘋〈歷史與小說的完美結合——論高陽胡雪巖全傳〉[10]、鄭穎〈高陽研究〉[11]；另外，劉惠君〈高陽小說《李娃》〈紫玉釵〉〈章臺柳〉與唐傳奇原著之比較〉[12]則轉而注意到高陽自古典文學唐傳奇所改寫的作品。

　　高陽說過：「我從不寫自己不喜歡的題材，因為不喜歡就不可能有興趣；我也絕不寫自己不熟悉的事物，這樣只會吃力不討好。」[13]從這裡似乎

[3]李喬，《小說入門》（臺北：大安出版社，2002年9月），頁191～192。

[4]古繼堂，《臺灣小說發展史》（臺北：文史哲出版社，1989年7月），頁455。

[5]鄭穎，《野翰林——高陽研究》，頁64。

[6]林青，〈論高陽的歷史小說〉（上海：復旦大學中國語言文學系碩士論文，1990年）。

[7]高若蘭，〈高陽歷史小說——胡雪巖三部曲〉（臺南：成功大學中國文學系碩士論文，1998 年 6月）。

[8]曹靜如，〈文化遺民的興寄與懷抱——高陽歷史小說研究〉（南投：暨南大學中國語文學系碩士論文，2000年）

[9]陳蕙如，〈高陽清代歷史小說研究〉（臺北：中國文化大學中國文學系博士論文，2001年6月）。

[10]陳秋蘋，〈歷史與小說的完美結合——論高陽胡雪巖全傳〉（福建：福建師範大學中國文學研究所碩士論文，2004年4月）。

[11]鄭穎，〈高陽研究〉（臺北：中國文化大學中國文學系博士論文，2004年6月）。

[12]劉惠君，〈高陽小說《李娃》〈紫玉釵〉〈章臺柳〉與唐傳奇原著之比較〉（高雄：中山大學中國文學研究所在職專班碩士論文，2007年1月）。

[13]楊明，〈秦漢明月今世情——高陽和他的歷史小說〉，《文訊雜誌》第 72 期（1991 年 10 月），頁

可以解釋高陽對清代及吳越江南的偏愛，勢必與其橫河橋許氏家族的顯赫家世脫離不了干係。吳秀明〈遊戲於歷史與小說之間——評高陽的「文化歷史小說」〉指出高陽 26 歲以前都待在杭州，所以他將大部分歷史小說的文化時空背景放在自己熟悉而親切的吳越之地。[14]這或許可以解釋為何在眾多短篇話本小說中，高陽唯獨改寫以杭州西湖為背景的〈賣油郎獨占花魁〉[15]，再者他曾提及「直到現在，杭州還保存有不少宋代的習俗」[16]、「南宋的地名，清初的老屋，實在很能滿足我的考據癖」[17]。因此，高陽《花魁》[18]在處理故事所處背景及社會生活、地理環境，顯然能夠更細膩地呈現他最慣常的「似真」情境之書寫技巧。

　　本文將以高陽的改編作品《花魁》與原著〈賣油郎獨占花魁〉進行比較，透過分析兩者的差異，說明高陽在受限於原有的故事架構下，如何重新詮釋原作，並產生陌生化的審美效果，以強化讀者的新鮮感，而高陽藉由這種改寫方式如何展現其獨特的書寫特色，以及《花魁》這部小說在處理愛情時呈現出什麼樣的現代風貌。因此，本文主要就情節建構、人物塑造、時空背景這三個層面，分別探討高陽如何運用高超的改寫技巧來呈現其書寫藝術，其中尤以最能夠表現高陽對歷史素材之掌握及運用的時空背景為論述重心，以期勾勒出高陽《花魁》這部歷史素材小說之所以不同於〈賣油郎獨占花魁〉的書寫特色。

貳、情節建構

　　〈賣油郎獨占花魁〉為明代的「擬話本」，其以說話形式的遺蛻來撰寫

120。
[14]吳秀明，〈遊戲於歷史與小說之間——評高陽的「文化歷史小說」〉，《浙江學報》1999 年第 4 期（1999 年 7 月），頁 118。
[15]〔明〕抱甕老人，《今古奇觀》（臺北：三民書局，1999 年）。
[16]龔鵬程，〈歷史中的一盞燈——訪高陽談歷史小說〉，《歷史中的一盞燈》（臺北：漢光文化公司，1984 年 5 月），頁 36。
[17]高陽，〈「橫橋吟館」圖憶〉，《高陽小說研究》（臺北：聯合文學出版社，1993 年 7 月），頁 170。
[18]高陽，《花魁》（臺北：風雲時代出版公司，1989 年 11 月）。

話本小說，所以典有固定的篇章結構與敘述者直接干預之特色。這篇短篇話本小說為高陽《花魁》提供粗略的框架，使他能在原作的情節基礎上，經過一番再創造，對情節進行變動、改造、補充、延伸，並增添大量細節描寫，從而敷衍成一部長篇小說，不但擴充篇幅長度，也豐富情節內容。然而仔細比較〈賣油郎獨占花魁〉與根據它改編成的《花魁》，便能得到兩種文學形式各自具備的結構特色，及其與情節設計、敘述手法之間的關係。

一、〈賣油郎獨占花魁〉結構

話本小說的篇章結構，一般是由「題目」、「篇首」、「入話」、「正話」、「篇尾」五個部分組成，除了正話所述的故事情節外，其他部分的篇章結構，或有特定的修辭效果，或有概括整部作品的意義。康韻梅認為「話本小說的敘述者對小說的直接干預，如以入話的故事、詩詞和議論，與正話中附加於故事之外的詩詞、俗諺和議論，以及散場詩，則更為清晰地呈現故事的主題。」[19]敘述者以「你道」、「正是」、「有詩為證」等詞語，介入故事發表評價議論，並透過與讀者的虛擬對話，使其接受敘述者所加入的價值評論，而這明顯有主導故事的意義趨向。

〈賣油郎獨占花魁〉的情節結構為雙線結構，一開始從時代的大背景切入，分別敘述莘瑤琴與秦重的命運，這兩條平行發展的線索，經過三次交織，最後兩人終成眷屬而為單線結構，並由此發展出莘瑤琴的「家眷團圓」與秦重的「父子團圓」之大團圓結局。

	平行	相交	平行	相交	平行	相交
美娘	受騙淪落為娼	妓院過夜	妓院生活	遇難重逢	脫離娼籍	終成眷屬，
秦重	被賣而為油販		回到油鋪		靜待消息	一家團圓

表一、〈賣油郎獨占花魁〉情節結構分析表

二、《花魁》結構

高陽《花魁》雖是取材〈賣油郎獨占花魁〉，但為了表現全書的中心思

[19]康韻梅，《唐代小說承衍的敘事研究》（臺北：里仁書局，2005年3月），頁297。

想，便得要安排許多動人情節、虛構更多相關人物，所以長篇小說的結構安排就不得不大格局地考量人物的性格發展軌跡及事件因果聯繫與對應。純粹以形式為考量重心來分析小說結構，共有「單線」、「複線」或「線性」、「網狀」等圖式，就陳蕙如對高陽作品結構的分類方式[20]，《花魁》應該歸類在「單純結構」底下的「單一結構」。也就是說《花魁》是單一而完整的故事，故事的關注焦點集中在主要人物與主述事件，並且著重編造曲折的情節及探究人物的心情底蘊，具有明確可見與貫串始終的對立衝突。

高陽《花魁》共分為四章，情節結構採取單線式，第一、二章的敘述主要圍繞在秦朱重身上，而花魁娘子的身世背景則透過張大鼻來談，但實則是全知作者為了維持時間順序的架構，採取「現在進行插敘式」[21]的敘事結構，以補充時空背景資料；而花魁娘子向秦朱重哭訴受到吳八浪子欺侮，也同樣使用插敘法以補充當時原委。第三章與第四章前半部的敘述主要圍繞王九媽、劉四媽在男女主角之間的穿插，透過劉四媽對秦朱重、美娘的心理活動分析，採取一系列相應的阻撓行動，來推進情節，展示出一種全能觀照式的藝術結構。最後第四章後半部的敘述則以美娘為主線，製造秦朱重歸還玉笛的懸念，從而解決誤會。

章節	1	2		3		4	
情節	雙方背景	妓院過夜	遇難重逢	計畫從良	四媽作梗	脫籍從良	誤會冰釋
焦點	以秦朱重為主線			以九媽、四媽與兩人穿插為主線			以美娘為主線

表二、《花魁》情節結構分析表

雖然〈賣油郎獨占花魁〉與《花魁》都採用「全知觀點」的敘事手法，這種「全知觀點」的敘述者可以隨心所欲地明瞭故事所有的一切，以及人物內心世界的活動狀態，並能隨意移躍至另一時空，而作者亦擁有在

---

[20]陳蕙如，〈高陽清代歷史小說研究〉，頁188～190。
[21]在「現在進行」中，插敘具有旁枝情節、時空背景資料、必須的往事補充之功能。李喬，《小說入門》，頁187。

任何時空中現身評斷故事意義或說明故事主旨的特權。[22]不過《花魁》的敘述者相較於〈賣油郎獨占花魁〉擁有較多的客觀性，因為敘述者並不介入故事發展評價議論，也不直接在文本中插入一段對人物、事件的看法，任何涉及敘述者對小說的直接干預所造成的閱讀干擾都被高陽予以刪除。一向為話本小說敘述者所主導的故事意義趨向，已經成為文本中的空白，以留待讀者自行想像與詮釋的空間。

因此，《花魁》只有保留「正話」中的故事，並將雙線結構變成單線結構，情節變動則以花魁娘子決定嫁給秦朱重為始點，且情節變動的關鍵人物則在王九媽這個角色。這部分情節較原作更為凸顯「妓愛俏、媽愛錢」的觀點，並且合理而巧妙地設置一連串懸念，以推動情節的發展，最後情節則在兩人誤會冰釋後戛然而止，留給讀者一個想像空間，以及咀嚼再三的回味餘地。由於話本小說具有懲惡揚善的教化作用，所以在大團圓結局的處理，往往被「善有善報，惡有惡報」的結構框架套牢；然而這種講求情節結構的圓滿完整，形成一種「首尾大照應」的僵化模式，簡化故事給予的生命啟示，似乎話本小說文本的圓滿，也成了真正的結束。[23]這麼說來，原作的大團圓結局（莘瑤琴「家眷團圓」、秦重「父子團聚」）似乎就顯得有些「畫蛇添足」。

參、人物塑造

高陽《花魁》在受到原有情節、主題、人物的局限下，如何在主要情節的發展過程裡，藉由人物來豐富故事情節且深化主題，並讓先入為主的讀者從中得到新意，就成了小說改寫的重要關鍵。劉惠君認為高陽對唐傳奇的改寫「在塑造主要人物的形象時，不僅保留原有人物的特質，更進一步針對某些特點進行擴寫，甚至自行加入原本不存在的部分，具有獨特的

---

[22]張大春，〈以小說造史──論高陽小說重塑歷史之企圖〉，《高陽小說研究》，頁72。
[23]康韻梅，《唐代小說承衍的敘事研究》，頁301。

個人風格。」[24]江少川在評論高陽《李娃》也指出「原作中的三言兩語,高陽演化、點染成生動、真實的生活細節,相當充分地展現了人物性格的豐富性。」[25]無不說明高陽在原作基礎上,讓人物擁有更多豐富的面向,而他對〈賣油郎獨占花魁〉的改寫也同樣具備這項特色。

　　況且長篇小說較短篇小說能夠更多方面的映現人生,所以主要人物的特性,必須在情節進展過程中一再強調,從而使得人物在小說末尾憑其特性解決問題時,讓讀者信服這是合理且必然的結局[26];高陽在人物性格的鋪陳,透過各個事件不斷深化人物面貌,從而達到結尾安排予人驚喜且合情合理之感。

　　陳薏如歸納高陽揣摹人物的三項特色:一為從人情發想,二為善於掌握人物的特殊性,三為從人物身處的環境去評估其行為舉止。[27]掌握這些特色後,再來分析高陽如何深度刻畫主要人物的性格,使其思想情感完整表現出來,並且寄託作者的人生哲理。這裡主要就秦朱重、美娘、王九媽、劉四媽來分析:

一、秦朱重

　　〈賣油郎獨占花魁〉秦重的形象極其鮮明,一為他具有近乎聖者的德行,一為他真情對待花魁娘子;《花魁》主要就這兩個特色來擴寫,並凸顯秦朱重的人物形象。故事開始沒多久,秦朱重被朱老十趕出門後,至南順油行覓油買賣,而油擔上的字他卻預備寫「南和」、「朱」,被周掌櫃糾正後,則改用原姓「秦」,更言:「不過,若說為人不可忘本;我義父也養了我四年。我想,朱字不必去掉,上面加個秦;叫做秦朱重。」(頁 15)後來回到朱家油鋪,不計前嫌仍視朱老十為父親般體貼侍奉著。就其與朱老十的兩段情節,高陽不但對他為人著想的性格稍添著墨,還點出秦朱重雖懂人情世故,但因深諳朱老十等人的個性,所以即便被誤解,且在解釋無

[24]劉惠君,〈高陽小說《李娃》〈紫玉釵〉〈章臺柳〉與唐傳奇原著之比較〉,頁 72。
[25]江少川,《解讀八面人生——評高陽歷史小說》,頁 252。
[26]Maren Elwood 著;丁樹南譯,《人物刻劃基本論》(臺北:文星書店,1967 年 4 月),頁 19、147。
[27]陳薏如,〈高陽清代歷史小說研究〉,頁 53。

益的情況下，他也只好委屈忍讓，而不起是非爭端。

　　這為人設想的醇厚性格，在他到昭慶寺賣油的這段描述，刻畫得極其清楚：「秦朱重挑著一副油擔，到得那裡，不由得為難了，一怕擠翻了油擔，血本無歸；二怕油跡汙了他人的衣服，於心不安。想一想，只得在山門前歇了下來。」（頁 18）在他精心打扮前往妓院之前，王二毛為了幫他妝點書卷氣，拿了把張員外忘在店裡的名貴摺扇要借他，他卻說：「我還是不用這把扇子的好，萬一失落，害我自己也害了你。」（頁 53）同時，身為小商人的生意經在高陽筆下更為深化：「秦朱重做生意規矩，該多少錢一斤，還是多少錢一斤；分量準足；絲毫不欺」（頁 19）、「轉往昭慶寺，片刻之間，兩桶油賣完；剩些油腳，還有人要。秦朱重不肯，說油不乾淨，供不得佛」（頁 23），在在都表現出他的商業道德，而且顛覆「無奸不商」的商人形象，尤其在最後他向花魁娘子提出的要求：「美娘，我聘你做元配髮妻。我沒有多少聘金，喜事也擺不起場面；不過，我也不承望你拿私房來助我的生意。總而言之，這頭姻緣，要把一個『錢』字撇開。」（頁 199）這裡一改原作情節，卻更能顯現他那腳踏實地且相當實際的性格，故其行為表現可說是「遵守著借用儒家外殼而有新內涵的道德準則」。[28]

　　他對花魁娘子從慕色到愛情至上的發展過程裡，高陽以秦朱重的溫柔體貼沖淡原作中「濃厚的宗教愛的氣味」。[29]在花魁娘子酒醉那夜，秦朱重因王九媽誠懇的意思及臨去前的叮囑，而覺得自己有一份照料美娘的責任，為她蓋被、暖茶後，竟只是「在床前一張楊妃榻上，和衣倚靠，閉目養神」（頁 66），像個花魁的大腳丫鬟般照顧著她。且他不但真情以對、溫柔相待，甚至連花魁娘子沒想到的，他都事先替她思量過。這在她受到吳

---

[28]像秦重這種自尊自立的經商者，將「仁義」、「誠信」、「勤儉」等儒家經典語匯貫注新內涵，成為市民階層信奉的道德準則。蕭欣橋，《話本小說史》（浙江：浙江古籍出版社，2003 年 4 月），頁 326～327。

[29]賣油郎對花魁娘子的心理、態度與行為，充滿極端的虔誠與崇拜，很接近一個宗教信徒的表現，這種虔誠嚮往的情心，使整個故事瀰漫著一種濃厚的宗教愛的氣味。張淑香，〈從小說的角度設計看賣油郎與花魁娘子的愛情〉，《賣油郎獨佔花魁剖析》（臺北：天一出版社，1991 年），頁 6。

八浪子欺侮那段刻畫得最為鮮明，他揹她走了一段路，見轎子經過，便吩咐轎伕送她回去，還謹慎確認轎伕所屬行號及所在地點，待後來確認轎伕確實將她送回去，卻只請人捎口信給她：「只說姓秦的已回店去了」、「再添一句：過些日子去看她」（頁 87）。這部分情節經過高陽的稍微變動，反而更凸顯秦朱重的忠厚可靠與無微不至的體貼關懷。

　　高陽主要情節中對人物行為的細部改動，不但彰顯秦朱重的人格美質，還將他的性格表現得更為豐富，連細微末節之處都能看出他處理事情的謹慎與細膩，也將原作所言「風月機關中最要之論」的「幫襯」，呈現得相當淋漓盡致。

二、美娘

　　花魁娘子因國破人禍而落難為妓，就吳佳真對擬話本中娼妓的分類，她是受到命運無情擺弄而墜落的「理想型的娼妓」[30]，故她在原作除了具備嬌豔群芳、多才多藝、聰明伶俐、性情剛烈的形象外，她對回歸正統家庭倫理的理想堅持更貫徹整個故事。

　　就高陽《花魁》第三、四章的篇幅，花魁娘子的從良理想無疑是高陽對這個人物的關注焦點，然而達成理想的過程總有重重阻礙，這主要表現在花魁娘子與王九媽、劉四媽之間的衝突。花魁娘子總記著自己是好人家的女兒，所以在聽了劉四媽的從良論後，便以找到真情相待之人為其從良理想。在決定嫁給秦朱重後，她便開始細心籌畫並主導從良一事，怎奈抵不過素有「女蕭何」之稱的劉四媽；後因誤會秦朱重有負於她，憤而想投湖一死了之，但也被劉四媽猜著而無法如願。高陽透過這樣的情節設計，不僅凸顯她寧為玉碎的剛烈性情，也反映現實生活中名妓從良的困難。

　　後來劉四媽懊悔當時所為，私底下說服王九媽讓她從良、嫁給秦朱重的這段情節，花魁娘子因她們前言不搭後語的行為而信不過，雖然劉四媽

---

[30]這種理想型的娼妓形象，往往被小說家設定成因運途偃蹇而沉淪的落難佳人，或天災人禍，或國仇家恨，總之在理想型的娼妓形象身上，總蒙上一層本質美好卻受命運撥弄的悲劇色彩。吳佳真，〈晚明清初擬話本之娼妓研究〉（臺北：淡江大學中國文學研究所碩士論文，2000 年），頁68。

早有準備應付這幾個漏洞，但深諳人情世故的花魁娘子，還是看出端倪：
「美娘自覺看王九媽與劉四媽的心肝五臟，就如水晶做的一樣，表裡透
明；說來說去還是圖謀她的東西。」（頁 191）一向心高氣傲的她，縱使對
秦朱重仍是一往情深，但因他將玉笛歸還至妓院的行為而深感不解，她便
主動約他出來一談，從最初冷冰冰的態度，而至誤會冰釋後的訝異，更在
聽到「我錯在把自己看得低了，全無主張，受人簸弄；不然又何致於讓你
受那麼多委屈」（頁 201）後，心理不自覺也發酸、想哭，但因「害怕秦朱
重著急，到底還是忍住了」（頁 201），這裡的心情轉折極富戲劇性，卻也
讓她的人物形象更為立體化，尤其是最後她決定將私房捐給善堂的舉動，
不但符合她性格發展的邏輯，也予人一種出乎意料的藝術感受。

　　高陽對花魁娘子從一開始因擔心她或死或逃，會連累妓院裡待她極好
的阿春、碧荷，心疼秦朱重省吃儉用只為見她一面，在前往上天竺途中一
路布施叫化子，至最後決定將私房都捐贈到善堂。這一連串的敘述，將她
內心最柔軟也最美好的一面，以合乎人之常情的想法，細膩地呈現出來。
這無非是高陽從人情角度出發來揣摩人物處境所賦予的情感，且能重現並
補充原作未提及的空白處，將人物的感情狀態一層一層地深化，並塑造出
合理的人物形象。

三、王九媽、劉四媽

　　〈賣油郎獨占花魁〉開頭便道出「妓愛俏，媽愛鈔」的妓院生態，而
這也是娼妓與鴇母的衝突焦點所在，尤其是在迫使娼妓梳弄、不願娼妓從
良兩個方面。原作中花魁娘子遭受王九媽設計而被金二員外梳弄，更在聽
了劉四媽世故周延的「從良論」後，開始過著送往迎來的接客生活；但高
陽偏重著墨在名妓從良與鴇母的衝突，雖然凸顯鴇母的嗜錢如命、世故心
機，但畢竟淪落為鴇母者想必也有苦衷，所以雖然阻撓者，卻不是純粹的
反派角色，而使得道德裁判不致落入正反分明的簡化模式。

　　王九媽雖因花魁娘子為她掙過大把銀子，而在許多小事上對她總是百般
優容，不過在高陽筆下的王九媽，卻較原作忠厚誠懇且有感情。在秦朱重首

次夜宿妓院所發生的情形，她滿臉歉意向他陪了不是，還說：「今夜如果不成功，明天再來；我不用你再費分文。」（頁 65）可見她很懂得顧客至上的道理，也不會想趁此再刮他一層油水，而是誠懇相待。在花魁娘子受吳八浪子欺侮回到妓院後，王九媽焦急倉皇的舉動，描寫得相當生動：「王九媽倉皇四顧，及至看到了美娘的影子，三腳兩步，搶了上來，摟住她的身子，喊得一聲：『女兒！』便即哽咽難言了。」（頁 85～86）無論她是否只將美娘當成私有財產或是商品，當下她的反應確實讓人感受到她對美娘的擔憂之情。後在劉四媽妙計阻撓從良，她在得知美娘欲尋短見，顯然相當震驚，且在劉四媽危言聳聽的言詞下：「這樣下去，美娘會發瘋！」（頁 148）她不但被嚇倒了，還臉色蒼白，心跳不止，所以雖是不甘就此放手，但也不願因而弄出人命。高陽在這部分的描寫，無不體現他塑造人物的基本看法，就是以人之常情為出發點來表現人性，從而貼近人物的面貌。

　　由於劉四媽的能言善道、世故心機，從而使得她在後來的情節發展，具有一定的主導地位。一開始便以世故周延的「從良論」說動堅持不接客的美娘，再至協助王九媽棒打鴛鴦、阻撓美娘從良。她素有「女蕭何」之稱，不但能將死的說成活的，還極工心計，尤其穿梭在男女主角間，從中操縱並耍了一番覆雨翻雲的高超手段，讓原本死心塌地的美娘對秦朱重誤會甚深。但後來卻因美娘的三分真話，心裡悔恨不已：「當時不該逞片刻的意氣，存心攪散了他們的姻緣；一棒打得鴛鴦兩離分；卻不道也打掉了自己的五百兩銀子，害人害己，真正何苦？」（頁 144～145）再者，她善於掌握人心，深諳「不會吃虧」四個字最能打動王九媽，便鼓動三寸不爛之舌，說得王九媽心甘情願讓美娘從良，所以情節急轉直下仍是圍繞著「媽愛鈔」的焦點。這種深刻心機無疑是高陽最拿手的地方，畢竟從人情世故創造裡外玲瓏的角色，不但能使情節在融合人之常情、深層心理與世故心機而有更精彩的表現，還從而凸顯她在情節發展中的重要分量。不過高陽精心形塑劉四媽的背景：「原來劉四媽早年守寡；再嫁不到三年，後夫又亡。看相算命的都道她孤鸞命，三嫁亦無非害人；再說她又精明能幹，事

事勝過鬚眉，有出息的男人也不願娶她，到得吃了這碗門戶飯，更是不必再談嫁人；若說孤棲難耐，也好辦得很，儘有精壯小夥子，甘願吃這口軟飯。」（頁 105）使得她「女蕭何」的鴇母形象更為具體，且因從人之常情來揣摩角色，王九媽、劉四媽這兩位鴇母養「面首」來滿足生理需求一事，就很合情合理。

　　高陽在塑造這四位主要人物的形象，雖以原作所提供的訊息為主，並更為細膩地詮釋角色特徵，並針對某些特點進行擴寫，讓人物展現獨特的面貌；但因高陽擅長從人情思考的觀點賦予人物人性，使其面貌不再是單一化，而是擁有更多面向，況且高陽還徹底掌握了人情法則中謀略與扮演的特質，故在鋪陳人物的心機運用，不但具有謀略所帶來的戲劇性，還有扮演所帶來的喜劇感，從而誘導讀者進入小說情境，對情節發展和人物命運有所關切，產生濃厚的閱讀興趣。

肆、時空背景

　　高陽認為「一部成功的歷史小說，應該是能讓讀者產生『身臨其境』的感覺，彷彿回到那個時代，和那時的人物共同生活」[31]，也就是重現當時的社會環境，讓讀者透過當時的文物制度與社會生活等各方面，以了解人物與環境的關係。為了使作品呈現當代風貌，高陽將史料巧妙地融入情節當中，且就他對杭州的熟悉，從而在《花魁》裡塑造出一個活生生的南宋杭州來。

　　小說創作的空間塑造主要包括地域、社會、景物，地域不但承擔著人物的活動，同時也限制人物活動的範圍，社會則是將人與人之間的關係網羅起來，而景物便是地域與社會在作品中的具體化與形象化[32]，所以高陽在重現南宋當時的杭州，特別著重地理位置與社會生活的描寫，以營造濃厚的歷史氛圍。而且高陽既以〈賣油郎獨占花魁〉為小說框架，故事發展便

---

[31] 龔鵬程，〈歷史中的一盞燈——訪高陽談歷史小說〉，《歷史中的一盞燈》，頁 16。
[32] 金健人，《小說結構美學》（臺北：木鐸出版社，1988 年），頁 58。

有一個完整主軸，也就不會有偏離出去「跑野馬」的情況，所以他的歷史考據便能有機地融合在對話與敘述中，與故事情節緊密相連，渾然一體。這裡主要就地理、語彙、制度、風俗、食衣住行等方面，分析高陽在歷史場景的塑造上，所展現的獨特藝術風格。

一、地理

　　高陽《花魁》在重現南宋杭州的歷史現場時，特別注意地理環境的呈現，並且順便做個概略介紹，讓讀者心中自然浮現一張地圖。

（一）瓦：

> 「瓦」是杭州特有的一種地名。因為南渡軍士，來自西北，都是單身，官府特設官妓，為軍士消解寂寞。聚合之處，叫做「瓦舍」，或稱「瓦子」，是通人所題；來時瓦合，去時瓦解，片刻之歡，兩不相妨。久而久之，瓦舍便如長安的平康坊，勾欄曲巷，是浮蕩子弟流連忘返之地。杭州城裡城外，瓦舍共有十七處之多；最大的一處，就是「北瓦」，亦名「下瓦」，在施全刺秦檜的眾安橋，內有勾欄十三座。
>
> ——《花魁》，頁9

　　高陽這段文字說明，主要取材自記述南宋杭州的《夢粱錄》[33]、《西湖老人繁勝錄》[34]對瓦舍的記載。

（二）寺廟：

> 那昭慶寺在錢塘門外，保俶塔下，杭州是佛地，數列大叢林，自然以靈

---

[33]〔宋〕吳自牧《夢粱錄‧卷九十瓦舍》：「瓦舍者，謂其『來時舍合，去時瓦解』之義，易聚易散也。頃者京師甚為士庶放蕩不羈之所，亦為子弟流連破壞之門。杭城紹興間駐蹕於此，殿巖楊和王因軍士多西北人，是以城內外創立瓦舍，招集妓樂，以為軍井暇日娛戲之地……其杭之瓦舍，城內外合計有十七處……眾安橋南羊棚樓前名下瓦子，舊呼北瓦子。」王國平主編，《宋代史志西湖文獻專輯第二冊‧西湖文獻集成》（杭州：杭州出版社，2004年），頁237～238。

[34]〔宋〕西湖老人《西湖老人繁勝錄》：「瓦市：『南瓦、中瓦、大瓦、北瓦、蒲橋瓦。惟北瓦大，有勾欄一十三座。』」王國平主編，《宋代史志西湖文獻專輯第二冊‧西湖文獻集成》，頁18。

隱飛來峰下的雲林寺為首；但論香火，卻是昭慶寺最盛。這是地理上占
了便宜，杭州的峰巒之勝，在西湖南北兩高峰；春秋佳日，若往北山一
路去尋幽探勝，踏青掃墓，昭慶寺前是必經之地。……這年的昭慶寺還
有樁喜事。原來這座名剎，是吳越王錢鏐所建，原名大昭慶律寺；創建
於後晉天福元年，經營數載，才大開山門，算到這年，恰是建寺兩百年
之期，特為做一場九晝夜的水陸道場。

——《花魁》，頁 18

藉由秦朱重前往昭慶寺賣油，補充說明昭慶寺的歷史背景，以及昭慶
寺香火鼎盛的原因。

（三）花園：

相親借在城隍山陳家花園。這城隍山又名吳山，襟江挹湖，說不盡的朝
暉夕陰，氣象萬千；南渡以來，達官貴人，多好在這吳山構築園林，只
是自家住的日子不多，所以不禁遊人，有那主人家敗落的，僮僕無以為
生，便就這漸荒園林，賣茶賣酒……

——《花魁》，頁 134

高陽在說明秦朱重前往相親的地方城隍山陳家花園時，不但點出地理
位置、山水風光，還將當時園林荒落之後的情形，予以詳細說明。

二、語彙

陳蒻如指出高陽在文字與腔調的運用上，具有「擬古化裝」[35]的語言風
格，這可從「陪襯場景和氣氛」的歷史語彙觀察出來。[36]他在歷史語彙的運
用，最能增添地方感及歷史感的，莫過於方言及俗語的穿插使用。

---

[35] 歷史與現代文化形態的歷史文學語言是作家人工創造、被擬古化裝了的一種假定的「歷史語言」。陳蒻如，〈高陽清代歷史小說研究〉，頁 234。
[36] 這種歷史語彙包括時間、地點、制度、儀軌、習俗、諺語、方言、典故、器物、古人生活言行的獨特用語及古典文辭與腔調。陳蒻如，〈高陽清代歷史小說研究〉，頁 234。

（一）方言：

高陽以杭州話「蹺拐兒」（頁 3）來形容朱老十的腿瘸，「牽煞煞」（頁
17）來形容小家碧玉、青衣侍兒在搔首弄姿且自鳴得意的模樣。在人物對
話中穿插當地方言，不但能夠呈現地方特色，還能增添新奇感。

（二）俗語：

高陽《花魁》在人物對話所用的俗語，或是直接引用或是稍微改易幾
個字，保留原作的幽默風趣與市井風情。

你是個孤身女兒無腳蟹。

〈賣油郎獨占花魁〉，頁 122

你是個孤身女子，沒腳蟹。

《花魁》，頁 28

說你不識好歹，放著鵝毛不知輕，頂著磨子不知重。

〈賣油郎獨占花魁〉，頁 127

說你不識好歹，放著鵝毛不知輕，頂著磨盤不知重。

《花魁》，頁 39

糞桶也有兩個耳朵，你豈不曉得我家美兒的身價？倒了你賣油的竈，還
不夠半夜歇錢哩！

〈賣油郎獨占花魁〉，頁 139

糞桶也有兩個耳朵，你倒不曉得我家美娘的身價？賣油的想與花魁同
床；叫化子還做駙馬呢！

《花魁》，頁 56

三、制度

高陽：「寫歷史小說的一個先決條件是：必需對中國歷史有一個通盤性

的了解，尤其對各朝代政治、經濟、文化等制度上的變遷，所影響於社會者，更不能不下點工夫。」[37]所以高陽的小說創作，格外重視當時社會制度與人物情節的發展關係，從而反映時代特色。

（一）貨幣：

> 「會子」就是錢票。錢是論貫算的，一貫值錢半兩；九十二貫折成四十六兩。……會子印得極講究，四周是亭臺樓閣，仕女人物的精細花樣，中間空出一小塊，以便臨時填寫數目，自一貫至二十貫不等；當然還有官府的大印；另外還有不為人知的隱密記號。朱墨錯雜，不易偽造。
>
> ——《花魁》，頁 10

　　兩宋時期採取白銀、銅錢、紙鈔三種貨幣同時流通的幣制，南宋杭州市面最盛行的通貨是銅錢，而朝廷認可的貨幣單位為一貫錢，它是用繩索穿過銅錢方孔而連起來。[38]南宋「會子」是在民間信用匯兌的基礎上發展起來，後來南宋官會由「行在會子庫」印制，其為豎長形，印有賞格、金額、料數、「行在會子庫」字樣及花紋圖案，且每界「會子」的文字、圖案都有變化[39]，是南宋的正式法定貨幣。最初一貫為一會，後增發五百、三百、二百文三種，紅、藍、黑三色銅版印刷。[40]透過這些南宋貨幣學者的研究資料顯示，高陽在歷史資料的搜集與判讀，都展現了他在史料掌握上的功力。

（二）落籍：

> 金二員外卻不怕她，故意再撩撥一句：「二百兩銀子，我也不要了。王九媽，你明天到教坊司『報散』吧！」教坊司專管樂戶，倘或歇業，須呈

---

[37] 桂文亞，〈歷史與小說——高陽先生訪問記〉，《聯合報》，1977 年 12 月 20 日，28 版。

[38] 謝和耐著；馬德里譯，《南宋社會生活史》（臺北：中國文化大學出版部，1982 年），頁 55。

[39] 高聰明，《宋代貨幣與貨幣流通研究》（河北：河北大學出版社，2000 年 1 月），頁 183～185。

[40] 郭彥崗，《中國歷代貨幣》（臺北：臺灣商務印書館，1994 年 7 月），頁 66。

明教坊司註銷樂籍，名為「報散」。

——《花魁》，頁 32

強自將自己的賣身契看到煞尾，不想發現了一件奇事，「立賣契人卜喬」
的名字，與下捺的手印，竟然一筆塗銷了。

——《花魁》，頁 164～165

王九媽叫人到教坊司去替美娘脫了籍；當日由王九媽陪她去燒了香，到
家又拜了家堂祖先，晚來眾姊妹湊分子辦了一桌酒，專請美娘，賀她跳
出火坑。

——《花魁》，頁 177

　　高陽以塗銷賣身契、到教坊司除名以從良落籍的敘述，反映當時妓女
從良的兩項要件。王書奴指出宋代娼妓制度延續唐代而略有變更，娼妓的
社會地位同樣屬「賤民」階層，而管理娼妓的官吏，北宋稱為教坊，但南
宋紹興年間則已廢教坊職名。[41]儘管從良落籍則歸教坊所管，不過宋代市妓
雖入樂籍，但教坊只是通過徵稅來間接控制，所以市妓想要從良落籍，只
要有足夠錢財能夠贖身並取得龜鴇同意，即可除籍免賤。[42]雖然高陽沒有考
量到美娘所處年代已廢除教坊職名，但因為他所要表達的是妓女如何從良
落籍，小說情節的需要顯然高於歷史真實的考量，所以他在這裡便不得不
這麼處理。

四、風俗

　　高陽為了還原歷史的原貌，反映當時當地的整個社會環境，往往在小
說中增添風俗習慣的補充說明，或是藉由人物對話來點出特定用語，使得
整個情境更具地域性色彩。

---

[41]王書奴，《中國娼妓史》（上海：上海書局，1992 年），頁 107～108。
[42]武舟，《中國妓女文化史》（上海：東方出版中心，2006 年 6 月），頁 239。

（一）葬禮：

> 那時來自汴梁，客居臨安的，病死異鄉，為了將來骸骨搬運方便，都行
> 火葬；朱老十卻是土著，自有祖塋在清波門外，所以停柩到七七四十九
> 日，趁冬至節前，入土為安。
>
> ——《花魁》，頁 77

　　南宋杭州一帶所出現的火葬習俗，應始於五代吳越時期，這與佛教盛
行有關，當時民眾仿效僧侶葬俗，相沿成習，儘管宋代朝廷下詔禁止火
葬，卻還是無能為力；但是歷史上還是以土葬為傳統，所以這種火葬習俗
除了杭州一帶，並沒涉及到更大的地域範圍，而且明清時期的杭州還是以
土葬為主。[43]就南宋杭州曾經出現的火葬習俗，高陽以當時南渡的歷史背景
為基礎，從而給予火葬習俗一個合理化的解釋，讓讀者順著故事脈絡在走
時，不會感到有何不妥之處。

（二）嫁娶：

> 人來了還有禮物，是兩端綵緞。見此光景，劉四媽便知來意，原來汴梁
> 傳來的風俗，倘或相親不諧，致送綵緞，名為「壓驚」，實為道歉。
>
> ——《花魁》，頁 151

> 「親事是說定了，總也要你那裡請個大媒；起個『草帖子』，好等我們這
> 裡『回魚筯』。你道是與不是？」
>
> ——《花魁》，頁 170

　　兩段論及相親、嫁娶的史料，應分別取自《夢粱錄》[44]、《東京夢華

---

[43]顧希佳，《西湖風俗》（杭州：杭州出版社，2004 年 10 月），頁 148～151。
[44]〔宋〕吳自牧《夢粱錄・卷二十嫁娶》：「男方擇日備酒禮詣女家，或借園圃，或湖舫內，兩親相

錄》[45]的記載。

五、食衣住行器物

　　高陽認為歷史小說所要反映的無非是歷史上某一階段、某一人物的現實生活，而為了讓讀者能在閱讀時產生身歷其境的感受，對社會史就要有相當程度的掌握，他指出「所謂社會，不外乎人的活動，包括食衣住行及人在社會人群中活動的關係等等……歷史以民生為中心，經濟條件是足以決定社會的。」[46]

（一）食

　　高陽在小說裡提到不少當時食物，例如「豐樂橋邊鬧市備辦水禮；西川乳糖、梨糖、紫蘇膏」（頁 90）、「一樣香榧，一樣蜜棗，正是金華府的土產」（頁 111）、海鮮船送來的「極肥的鰣魚、極大的蟶子」（頁 145），反映當時杭州的飲食概況。

（二）衣

　　小說中提及服飾處不多，大多為了因應特定場景需要，才會稍加著墨，例如秦朱重準備前往妓院當天「新買一頂卍字頭巾，一件半新舊的紬袍」（頁 51）、王九媽招待秦朱重時「不知何時已換了一身衣服，紫紅紬緞的棉襖，上加一件青緞子出鋒的皮褙子，鬢邊插一朵茶花」（頁 61）。

（三）住

　　高陽在描述油行的空間，分別前後兩個部分，前為店面，後為客堂；劉四媽的瓦子則是後面還有一座清靜院落，此處非等閒人可到。不過在敘述花魁娘子的香閨，雖以原作為基礎，但描寫得更為細膩且華麗雅緻：

見，謂之『相親』。男以酒四杯，女則添備雙杯，此禮取男強女弱之意。如新人中意，即以金釵插於冠髻中，名曰『插釵』。若不如意，則送彩絹二匹，謂之『壓驚』，則姻事不諧矣。」王國平主編，《宋代史志西湖文獻專輯第二冊‧西湖文獻集成》，頁 243。

[45]〔宋〕孟元老《東京夢華錄‧卷五》：「凡娶媳婦，先起草帖子，兩家允許，然後起細帖子……女家以淡水二瓶，活魚三五個，筯一雙，悉送在原酒瓶內，謂之回魚筯。」孟元老，《東京夢華錄》（臺北：臺灣商務書館，1971 年），頁 94。

[46]龔鵬程，〈歷史中的一盞燈——訪高陽談歷史小說〉，《歷史中的一盞燈》，頁 23。

> 彎彎曲曲,走過許多房頭,到得一座院落,卻是頗為高敞的平屋之間;
> 兩旁另有耳房。正外簷前懸一塊柏木填藍的小匾,上書「延爽」二字,
> 揭開門簾,異香滿室,高几上供一座博山爐,裊裊青煙,升騰而起;四
> 壁字畫,還黏著些詩稿。

──《花魁》,頁61

(四)行

由於南渡後,定都杭州,左江右湖,河運通流,舟船極為便利,所以杭州一帶靠擺渡為生的船戶相當多,湖中大小船隻,不下數百舫,而且若想在船上宴飲,只稍吩咐船主,就能一一周備;再者,北宋末年已取消不論士庶皆不得乘轎之禁,後來轎子就成為杭州士庶共同的代步交通工具。[47]

高陽認為「交通是決定社會是否富足的必要因素」[48],所以他在描述花魁娘子被吳八浪子脅迫上畫舫後,便這麼敘述:「船老大將船停住,船頭上插根篙子;搭好跳板,先有兩個小廝,一個抱著一床猩紅氈子;一個提著攢盒,舖陳好了,吳八浪子盤腿坐在氈子上。」(頁81)後來秦朱重遣轎夫送花魁娘子回去,「秦朱重看著黑漆藤編的轎箱,上面白漆的『裕記』二字……」(頁84)更指出杭州當時諸行百市的盛況。

(五)其他

以各式各樣的歷史細節來展現人物的生活,是高陽描寫人物的一項特色,而且透過對於器物、娛樂、工作等日常生活的敘寫,往往更能重現古代生活。

> 巧兒去取來一個紫檀木盒;蓋子上用螺鈿嵌出花紋,是個左手持杯,右
> 手握卷,學士模樣的官兒,上面還有一句詩:「天子呼來不上船。」抽開
> 盒蓋,裡面緙錦挖裱,嵌著一套三個,大小不同的金托玉杯。

──《花魁》,頁186

---

[47] 龐德新,《從話本及擬話本所見之宋代兩京市民生活》(香港:龍門書店,1974年),頁313～315。
[48] 龔鵬程,〈歷史中的一盞燈──訪高陽談歷史小說〉,《歷史中的一盞燈》,頁23。

原來唐朝的「轉踏」本要且歌且舞；須極大的庭院，亦非教練成熟，不能下場，除非侯門相府，養不起這等一班歌伎。所以到了五代入宋，將「轉踏」化繁為簡，只要節拍不錯，生手亦可入隊唱和；自然，要有好手領頭，這又非美娘莫屬了。

——《花魁》，頁 94

一艘無篷小船，一頭一個後生打槳；一頭一個老翁掌舵；中間站著兩頭鸕鶿，想來是父子倆結伴打魚。

——《花魁》，頁 82

由於高陽極為講究歷史敘事及故事敘述背後的生活細節，所以「高陽大部分最執著、可能也是最精彩的考據，正是在挖掘、澄清這些『瑣事』」。[49]但不同於高陽其他以歷史為主、故事情節為輔的歷史小說，以故事情節為主軸的《花魁》，高陽反而將他所考據的典章掌故與社會生活，有機地融合到整個故事的底層，透過人物的活動與視角，穿插許多對南宋杭州的歷史生活描述，讓讀者產生身歷其境的感受；且因《花魁》的故事重心相當明確，所以比較沒有超出故事之外的「跑野馬」情形，而這種與故事情節緊密相扣的歷史材料之運用，顯然是值得肯定的。

伍、小結

高陽對〈賣油郎獨占花魁〉的改寫，可說是文本讀解後的再創造；這種再創造則限制在文本結構所提供的可能性之內，也就是再創造者以想像跟理解，對文本中的空白進行填補，且其創造要以他對文本中的題旨、藝術性、情勢、氛圍的感悟為基礎，不能踰越文本意蘊的彈性限度和涵蓋範

---

[49] 楊照，《文學、社會與歷史想像——戰後文學史散論》（臺北：聯合文學出版社，1995 年 10 月），頁 74。

圍。[50]高陽成功地掌握這個基礎，以原作架構為筋骨，並以其想像與理解將蘊含的各種意義，進行合理化的填補、詮釋，以建構完整的血肉。

　　但因高陽每日以隨寫隨刊方式來應付數家報紙截稿的壓力，所以不但無法重閱前文，連出版時也無暇重新修改，因而形成小說中的敗筆。陳薏如歸納出其敗筆有四：歷史知識堆積過密、失控的跑野馬、不合理的情節或人物、重複或失誤。[51]不過高陽《花魁》的結構完整，並無出現前面三種的情況，只有在年代與歲數的推算明顯有誤[52]，以及「八從良」在後來說了「十從良」的筆誤，這種失誤雖然會有前後矛盾的情況，但是這種小失誤顯然不易被讀者發覺，而且對故事理解不會造成任何障礙，只不過是高陽在書寫時沒有留意到的小細節罷了！

　　由於高陽認為歷史小說的創作，主要在反映社會與時代，故其創作特色在於廣徵史料，將所有考察的史料自然地融入小說場景，即使受到原作文本、言情小說框架的限制，卻能依其對杭州的熟悉與偏愛，重現當時豐富的社會生活，使小說與歷史巧妙融為一體，而不致覺得生硬或繁雜無味。因此，他改寫話本小說的再創作，同樣把握時代的背景特性、風土器物、典章制度、社會生活等等層面，並轉變敘述形式，就原主題深刻挖掘，以表現更高的義理；鋪陳一連串緊密相扣的懸念，誘導讀者進入小說情境，且提示事件或人物的奇特性，以引誘讀者繼續閱讀的渴望，還將原作不合理的地方，予以合理化或刪除，並在原作文本可能的範圍內增添情節、想法，以文白交互運用的方式，在文字與腔調上發揮，「擬古化裝」的語言風格，使作品更切合時代意義，且更具可讀性。

　　不過《花魁》既為當代通俗小說，並以男女主角愛情圓滿作結，而男女主角在這整個過程裡所揭示的，無疑是美娘把愛情和自由串連在一起，所以嫁秦朱重為妻是她對愛情的理想，而這種浪漫愛不但能夠征服世俗規

---

[50]龍協濤，《文學讀解與美的再創造》（臺北：時報文化出版公司，1993年8月），頁34、56、58。
[51]陳薏如，〈高陽清代歷史小說研究〉，頁268。
[52]秦朱重相親時說他22歲，但應為19歲，而花魁娘子當時確實為20歲無誤，只是高陽用年號來描述事件時間，卻使得實際時間的推算與人物歲數產生矛盾。

範及妥協，而這樣的愛情在兩種意義上指向未來，一為將對方理想化，二為浪漫愛勾勒出未來的遠景。[53]因此，美娘對理想愛情的追求圍繞著整個故事發展，這種浪漫愛在高陽筆下似乎道出女性對愛情有著一種儀式化的期待，希望能以特別的方式被呵護、寵愛與看重，而這雖然具備當代愛情小說的特質，但因高陽擅於運用歷史素材的緣故，使得《花魁》的可看性相對提高，而不只是單純的愛情小說而已。

參考書目

一、專書

（一）古籍

- 〔宋〕孟元老，《東京夢華錄》（臺北：臺灣商務書館，1971 年）。
- 〔宋〕吳自牧，《夢粱錄》；〔宋〕西湖老人，《西湖老人繁勝錄》，王國平主編，《宋代史志西湖文獻專輯第二冊・西湖文獻集成》（杭州：杭州出版社，2004 年）。
- 〔明〕抱甕老人，《今古奇觀》（臺北：三民書局，1999 年）。

（二）近人論著

- Maren Elwood 著；丁樹南譯，《人物刻劃基本論》（臺北：文星書店，1967 年 4 月）。
- 龐德新，《從話本及擬話本所見之宋代兩京市民生活》（香港：龍門書店，1974 年）。
- 謝和耐著；馬德里譯，《南宋社會生活史》（臺北：中國文化大學出版部，1982 年）。
- 龔鵬程，《歷史中的一盞燈》（臺北：漢光文化公司，1984 年 5 月）。
- 金健人，《小說結構美學》（臺北：木鐸出版社，1988 年）。
- 古繼堂，《臺灣小說發展史》（臺北：文史哲出版社，1989 年 7 月）。

---

[53] 紀登斯（Anthony Giddens）著；周素鳳譯，《親密關係的轉變：現代社會的性、愛、慾》（臺北：巨流出版社，2001 年），頁 49。

‧高陽,《花魁》(臺北:風雲時代出版公司,1989 年 11 月)。

‧張淑香等著,《賣油郎獨佔花魁剖析》(臺北:天一出版社,1991 年)。

‧王書奴,《中國娼妓史》(上海:上海書局,1992 年)。

‧張寶琴編,《高陽小說研究》(臺北:聯合文學出版社,1993 年 7 月)。

‧龔鵬濤,《文學讀解與美的再創造》(臺北:時報文化出版公司,1993 年 8 月)。

‧郭彥崗,《中國歷代貨幣》(臺北:臺灣商務印書館,1994 年 7 月)。

‧楊照,《文學、社會與歷史想像——戰後文學史散論》(臺北:聯合文學出版社,
　1995 年 10 月)。

‧江少川,《解讀八面人生——評高陽歷史小說》(臺北:黎明文化公司,1999 年 2
　月)。

‧高聰明,《宋代貨幣與貨幣流通研究》(河北:河北大學出版社,2000 年 1 月)。

‧紀登斯(Anthony Giddens)著;周素鳳譯,《親密關係的轉變:現代社會的性、
　愛、慾》(臺北:巨流出版社,2001 年)。

‧李喬,《小說入門》(臺北:大安出版社,2002 年 9 月)。

‧蕭欣橋,《話本小說史》(浙江:浙江古籍出版社,2003 年 4 月)。

‧顧希佳,《西湖風俗》(杭州:杭州出版社,2004 年 10 月)。

‧康韻梅,《唐代小說承衍的敘事研究》(臺北:里仁書局,2005 年 3 月)。

‧武舟,《中國妓女文化史》(上海:東方出版中心,2006 年 6 月)。

‧鄭穎,《野翰林——高陽研究》(臺北:INK 印刻出版公司,2006 年 10 月)。

二、論文

(一)學位論文

‧吳佳真,〈晚明清初擬話本之娼妓研究〉(臺北:淡江大學中國文學研究所碩士論
　文,2000 年)。

‧陳蕙如,〈高陽清代歷史小說研究〉(臺北:中國文化大學中國文學系博士論文,
　2001 年 6 月)。

‧劉惠君,〈高陽小說《李娃》〈紫玉釵〉〈章臺柳〉與唐傳奇原著之比較〉(高雄:
　中山大學中國文學研究所在職專班碩士論文,2007 年 1 月)。

（二）期刊論文

- 楊明，〈秦漢明月今世情——高陽和他的歷史小說〉，《文訊雜誌》第 72 期（1991年 10 月）。

- 吳秀明，〈遊戲於歷史與小說之間——評高陽的「文化歷史小說」〉，《浙江學報》1999 年第 4 期（1999 年 7 月），頁 118。

三、報紙

- 桂文亞，〈歷史與小說——高陽先生訪問記〉，《聯合報》，1977 年 12 月 20 日，28版。

——選自《輔大中研所學刊》第 22 期，2009 年 10 月

輯五◎
研究評論資料目錄

作家生平、作品評論專書與學位論文

專書

1. 中央圖書館閱覽組　　許晏駢（高陽）先生及其著作簡目　臺北　中央圖書館
　　1992 年 9 月　86 頁

本書收錄高陽作品及其相關研究資料，全書共 5 部分：1.手稿：〈我寫歷史小說的心路歷程〉；2.生平文獻目錄；3.著作繫年；4.著作書名目錄；5.評論文獻目錄。

2. 張寶琴編　　高陽小說研究　臺北　聯合文學出版社　1993 年 7 月　182 頁

本書為《聯合文學》紀念高陽逝世週年所舉辦的「高陽小說作品研討會」論文集出版。共收錄 7 家評論於一帙，以肯定與探討高陽作品之藝術成就、時代意義與歷史定位。1.蔡詩萍〈「古為今用」的現實反諷──高陽筆下《紅頂商人》的政治處境〉；2.康來新〈新世界的舊傳統──高陽紅學初探〉；3.張大春〈以小說造史──論高陽小說重塑歷史之企圖〉；4.龔鵬程〈論高陽說詩〉；5.林燿德〈從《紅頂商人》看清末政商關係〉；6.楊照〈歷史小說與歷史民族誌──高陽作品中的傳承與創新〉；7.許以祺〈許氏家族對高陽作品的影響〉。正文後附錄〈高陽作品出版繫年〉。

3. 江澄格　　歷史小說巨擘高陽　臺北　三思堂文化公司　1995 年 6 月　267 頁

本書以高陽生平為主體，以其著作為探討核心，透過其歷史小說的寫作經過，了解其在歷史小說創作方面的成就貢獻，以及在文學上具有的價值與影響。全書共 5 章：1.有村鎮處有高陽；2.以小說傳述正史；3.歷史懸案偵探的發現；4.代表作「胡雪巖三部曲」；5.斯人已遠著作永存。正文後附錄〈著作繫年〉、〈高陽祖譜世系表〉、〈高陽遺墨〉。

4. 林　青　　描繪歷史風雲的奇才──高陽的小說和人生　上海　學林出版社
　　1996 年 1 月　232 頁

本書揭示高陽如何開拓人生體驗的範疇和審美空間，並以精到的考證小說，創立了中國歷史小說新類型，形成一部上自秦漢下至民國而以清代為主的中國社會的史詩。全書共 21 章：1.高陽歷史小說概觀；2.譜寫清史四十年的西太后──「慈禧全傳」賞析；3.先行者・實幹家・紅頂商人──「胡雪巖全傳」賞析；4.沒落貴族的忠實寫照──「紅曹」系列賞析；5.城頭變換大王旗的近代史畫卷──《金色曇花》賞析；6.雄偉史詩的支點；7.偏愛考證創新意；8.獨具魅力的藝術風格；9.精神的寂寞和文學的自娛；10.張恨水與高陽；11.胡適的影響與「治紅」；12.高陽歷史小說與中

國古典小說的傳統；13.高陽的時代背景與文學的通俗性；14.筆名高陽有三說；15.筧橋春水，岡山秋風；16.愛情對他如是說；17.回首許氏家族好風光；18.人文地理，民族文化；19.高陽興發能屠紙；20.多味人生，唯願瀟灑；21.雁過留聲身後事。

5. 林　青　　高陽的歷史風雲　臺北　知書房出版社　1998 年 2 月　246 頁

本書為《描繪歷史風雲的奇才——高陽的小說和人生》的臺灣版。摘要、章節目次見前書。正文後附錄〈高陽生平事略〉、〈高陽著作出版年表〉、〈高陽研究大事記〉。

6. 王耀輝，王文戈　　成敗之間——胡雪巖經商之道　北京　中華工商聯合出版
**　　　社　1997 年 2 月　271 頁**

本書為高陽小說「胡雪巖全傳」研究，以紅頂商人胡雪巖為例說明經商之道。全書共 16 章：1.精明的商務眼光與財源的發現；2.靈活迅速的反應與財源的拓展；3.抓住機會，敢想敢幹；4.看人的眼光；5.人才的延攬；6.人才的使用；7.白手起家的技巧；8.做招牌與做場面；9.做市面；10.大樹底下好乘涼；11.聯絡同行，要他們跟著自己走；12.君子愛財，取之有道；13.信用；14.量力而行；15.未雨綢繆；16.當事情來到的時候。

7. 王耀輝，王文戈　　成敗之間——胡雪巖經商之道　臺北　黎明文化公司
**　　　1999 年 2 月　267 頁**

本書為《成敗之間——胡雪巖經商之道》黎明文化版。摘要、章節目次見前書。

8. 江少川編　　解讀八面人生——評高陽歷史小說　臺北　黎明文化公司　1999
**　　　年 2 月　325 頁**

本書以高陽小說創作作品主題分為 6 大類，共收錄 18 篇評論論文。1.「宮廷作品系列」4 篇：范軍〈譜將殘恨說興亡——《金縷鞋》賞析〉、錢文亮〈世事人情，滄桑韻致——《百花洲》賞析〉、林青〈譜寫清史四十年的西太后——「慈禧全傳」賞析〉、江少川〈清宮疑案，人間真情——《乾隆韻事》賞析〉；2.「商賈作品系列」4 篇：劉安海〈紅頂戴摘一巨商——「胡雪巖全傳」賞析之一〉、李中華〈胡雪巖形象的文化蘊涵——「胡雪巖全傳」賞析之二〉、譚邦和〈螺螄太太——大廈將傾時的鐵腕女性——「胡雪巖全傳」賞析之三〉、孟德民〈簡析胡雪巖的義氣——「胡雪巖全傳」賞析之四〉；3.「官場作品系列」3 篇：周光慶〈巧而深：從八大胡同看北洋政壇——《八大胡同》賞析〉、林青〈城頭變幻大王旗的近代史畫卷——《金色曇花賞析》〉、譚邦和〈決勝豈止在戰場——《大將曹彬》賞析〉；4.「『紅曹』作品系列」2 篇：阮忠〈富貴浮雲，風月情淺——《紅樓夢斷》賞析〉、阮忠〈血性

男兒，痴情女子——《曹雪芹別傳》賞析〉；5.「名士佳人作品系列」3 篇：程翔章〈人生的悲哀，歷史的必然——《狀元娘子》賞析〉、江少川〈有情有識的風塵奇女——《李娃》賞析〉、程翔章〈袁世凱復辟丑劇的歷史再現——《名妓小鳳仙傳》賞析〉；6.「俠士作品系列」2 篇：曹海東〈亦奇亦史如椽筆，悲歡離合總關情——讀《風塵三俠》賞析〉、江少川〈壯士一去兮不復還——《荊軻》賞析〉。

9. 林　青　　屠紙酒仙——高陽傳　北京　團結出版社　2001 年 1 月　275 頁

本書採訪多位高陽親友，詳實記錄高陽的人生經歷，並以此為基礎聯繫高陽創作的歷史小說，研究其內在影響。全書共 20 章：1.說「官」論金胡雪巖；2.杭州少年，滬上學子；3.筧橋航空軍官學校；4.從岡山到臺北；5.在《聯合副刊》上起飛；6.歷朝皇帝老兒的總管家；7.參天大樹細尋根；8.官場無風也起浪；9.晚婚離婚及其他；10.「酒子書妻車奴餚妾」加「紙屠」；11.第一友人周棄子；12.孤獨的債務人；13.筆端現出女兒國；14.心儀孫中山，琢玉有德彰；15.性情中人，風采獨具；16.激流的手臂與漩渦的臉；17.在爭論與褒揚的聚焦點上；18.但得還鄉福已多；19.最後的驛站；20.流韻餘響。

10. 鄭　穎　　野翰林——高陽研究　臺北　印刻出版公司　2006 年 10 月　295 頁

本書為《高陽研究》博士論文出版。摘要，章節目次見後頁。

11. 江澄格　　高陽評傳　臺北　商周出版公司　2006 年 12 月　303 頁

本書的寫作目的在於，跨出以往僅就歷史小說的建構、故事內容、寫作風格為主的論述方式，企圖從更深入的地方著力，探索高陽在懷的內心世界，以及在文學藝術其他方面的成就與文采，並以廣角鏡的視野，捕捉影響高陽的昔日同事、至親好友間的軼事傳聞，作為輔助性的介紹。全文共 8 章：1.不信青春喚不回——有村鎮處有高陽；2.不容青史盡成灰——為歷史續脈延命；3.低徊海上成功宴——高陽之所以成為高陽；4.萬里江山酒一杯——大飲者與酒子書妻；5.開國於今歲幾更——寫與不寫的價值判斷；6.艱難歲月作長征——歷史懸案的偵察與平反；7.元戎元老騎龍去——任史實「輯成人」不果；8.我是拾荒一老生——讀書寫書，訪書藏書。

學位論文

12. 高若蘭　　高陽歷史小說「胡雪巖三部曲」研究　成功大學中國文學系　碩士論文　馬森教授指導　1998 年 6 月　260 頁

本論文針對「胡雪巖三部曲」歷史小說，以文獻探討法及文本分析法加以研究。由史料的改寫，敘事結構的剖視，歷史人物與虛構人物的塑造，以及主題思想的呈現

等 5 種角度，系統性切入歸納出文本特色、藝術價值及成就地位，並省思高陽的歷史小說之現今困境與未來的發展方向。全文共 7 章：1.導論；2.高陽及其歷史小說；3.三部曲的敘事結構；4.三部曲歷史人物的塑造；5.三部曲虛構人物的塑造；6.三部曲的主題思想；7.結論。

13. **潘　峰　新時期大陸長篇歷史小說與高陽歷史小說之比較　華中師範大學 碩士論文　江少川教授指導　2000 年 6 月　33 頁**

本論文將高陽歷史小說與新時期大陸長篇歷史小說，放在兩岸文學的背景下進行比較整合，從歷史觀、文學觀、審美特性三個方面分析兩者的藝術成就，探索歷史文學的創作規律。全文共 4 章：1.引言；2.歷史觀的異同；3.兩者文學創作觀的異同；4.兩者文學審美特性的異同——結語。

14. **曹靜如　文化遺民的興寄與懷抱——高陽歷史小說研究　暨南大學中國語文 學系　碩士論文　楊玉成教授指導　2000 年　153 頁**

本論文以高陽的歷史小說為研究對象，研究的重點放在高陽歷史小說的主題、內容及寫作技巧上。全文共 6 章：1.緒論；2.落拓江湖野翰林——高陽生平及創作歷程；3.富逞多文夕旦新——高陽歷史小說的主題與內容（上）；4.富逞多文夕旦新——高陽歷史小說的主題與內容（下）；5.小道居然極鉅觀——高陽歷史小說的敘述模式；6.結論。正文後附錄：1.高陽歷史小說（1946—1965）；2.高陽小說出版年表（1965—1992）。

15. **陳蕙如　高陽清代歷史小說研究　中國文化大學中國文學系　碩士論文　皮 述民教授指導　2001 年 6 月　308 頁**

本論文選取清代歷史小說為研究對象。論文主體分 4 部分：「作者、作品及其創作理念」、「材料及其文史轉化」、「內容特色」及「寫作藝術」，就文獻及文本進行探討與分析，並針對不同議題參酌小說、歷史與社會學理論。全文共 6 章：1.緒論；2.作者、作品及其創作理念；3.材料及其文史轉化；4.內容特色；5.寫作藝術；6.結論。正文後附錄〈高陽著作繫年〉。

16. **張秋蘋　歷史與小說的完美融合——論高陽「胡雪巖全傳」　福建師範大學 碩士論文　姚春樹教授指導　2004 年 4 月　44 頁**

本論文將高陽作品「胡雪巖全傳」為研究對象，放入歷史文化背景做考察，深入剖析這一形象塑造所獨有的特殊之處，分析高陽在歷史小說創作中做出的獨特貢獻。全文共上、下篇：1.上篇「傳畸人于千秋」胡雪巖典型形象的歷史和審美價值，除結束語外，共 4 章：胡雪巖形象的歷史價值、歷史的胡雪巖、高陽的「胡雪巖」、

胡雪巖形象的審美價值——與《子夜》吳蓀甫的比較；2.下篇為歷史與小說的完美融合，共 2 章：歷史化的小說、小說化的歷史。

17. 鄭　穎　　高陽研究　中國文化大學中國文學系　博士論文　金榮華教授指導
　　　　2004 年 6 月　543 頁

本論文針對高陽生平和其眾多作品的研究作總體研究，以確定高陽在創作上的成就和在文學史上的貢獻。全文共 8 章：1.緒論；2.高陽的家世和生平；3.高陽為人與為學的幾種面向；4.高陽的小說創作；5.高陽歷史小說對中國傳統文學的因襲與創新；6.高陽歷史小說中的人情世故；7 高陽歷史小說的宇宙觀——文化中國；8 結論。正文後附錄〈高陽書信〉、〈高陽對大全集的構想〉、〈高陽女兒寫給父親的信〉、〈高陽創作繫年〉。

18. 秦曉帆　　論高陽歷史小說的文化歷史觀　浙江大學中國現當代文學所　碩士
　　　　論文　吳秀明教授指導　2006 年 5 月　65 頁

本論文從高陽文化歷史觀的生成背景說起，探討其文化歷史觀的特質內涵，客觀評價其文化歷史觀的創作實踐。並從「五四」新文化革命的背景下去探討高陽的文化歷史觀的形成；從歷史觀的角度去比較高陽與當代中國傳統型歷史小說家的優劣。全文共 3 章：1.高陽文化歷史觀的生成背景；2.高陽文化歷史觀的特質內涵；3.高陽文化歷史觀的創作實踐。

19. 楊丕丞　　高陽歷史小說「慈禧全傳」研究　東海大學中國文學系　博士論文
　　　　周芬伶教授指導　2006 年 6 月　374 頁

本論文以高陽六部十冊的「慈禧全傳」為主要的研究範圍，針對其內容作一全面性的檢閱、分析，間亦涉及與高陽其他歷史小說的比較。以此研究主題，期望能從中探求高陽寫作小說的理念，以及「慈禧全傳」獨具的特色。全文共 8 章：1.緒論；2.歷史小說的源流、範圍與特徵；3.高陽的生平、作品及「慈禧全傳」的創作理念；4.「慈禧全傳」揭櫫的歷史法則及所反映的政壇現象；5.「慈禧全傳」的敘事結構；6.「慈禧全傳」的敘事技巧及特色；7.「慈禧全傳」的人物塑造；8.結論。正文後附錄〈高陽家族六十二世傑出人名錄〉、〈高陽歷史小說作品年表〉。

20. 劉惠君　　高陽小說《李娃》〈紫玉釵〉〈章臺柳〉與唐傳奇原著之比較　中
　　　　山大學中國文學系　碩士論文　龔顯宗教授指導　2007 年 1 月
　　　　145 頁

本論文挑選高陽自古典文學唐傳奇所改編的〈紫玉釵〉、《李娃》、〈章臺柳〉與

原著深入比較探討，企圖透過比較分析兩者之差異，了解高陽在受限於原有的傳奇文本下，如何在情節的編造、人物形象的刻畫等，改變讀者已有的主見，成功賦予三篇傳奇小說新的風貌。全文共 6 章：1.緒論；2.高陽的生平和創作歷程；3.唐傳奇愛情故事的取材；4.《李娃》、〈紫玉釵〉、〈章臺柳〉的創作技巧與人物刻畫；5.高陽創作之情節、結局與原著的比較；6.結論。

21. 林曉清　「紅頂商人」的魅力——論「胡雪巖全傳」的思想藝術成就　安徽大學中國現當代文學所　碩士論文　王宗法教授指導　2007 年 5 月　45 頁

本論文以高陽「胡雪巖全傳」為研究對象，以文本為切入點，從藝術真實、人物塑造與歷史地位等方面分析其思想藝術成就。全文共 3 章：1.歷史真實與藝術真實的有機融合；2.獨具魅力的藝術特色；3.「胡雪巖全傳」的意義及地位。

22. 李倩倩　高陽多卷本長篇歷史小說中的「女能人」形象初探　廈門大學中國現當代文學所　碩士論文　徐學教授指導　2008 年 5 月　39 頁

本論文以震二奶奶、秋月、螺螄太太三位「女能人」為研究對象，從其外在與內在歸納出這一類型人物的特徵。進而深入高陽特有的歷史觀倫理觀和創作觀，探求這些觀念與塑造「女能人」形象的關係；最後探求作家對中國文學的承傳。全文共 5 章：1.緒論；2.高陽筆下家庭中「女能人」的外在行為與內在性格；3.高陽的歷史觀倫理觀與「女能人」形象塑造的關係；4.高陽生平及創作觀與「女能人」，塑造的關係；5.「女能人」形象塑造與中國古典文化。

23. 黃　歡　從「慈禧全傳」看高陽多卷本長篇歷史小說的結構特色　廈門大學中國現當代文學所　碩士論文　徐學教授指導　2008 年 5 月　45 頁

本論文以「慈禧全傳」為例來分析高陽多卷本長篇歷史小說的結構特點，從中西文論對結構的不同定義著手，從敘事學角度對「慈禧全傳」「表層敘事結構」和「深層敘事結構」的分析。全文共 4 章：1.緒論；2.高陽多卷本長篇歷史小說結構概論；3.「慈禧全傳」的結構分析；4.影響高陽歷史小說結構的幾個因素。

24. 張佳伶　〈色‧戒〉與〈紅粉金戈〉比較研究　臺南大學語文教育學系教學碩士班　碩士論文　林登順教授指導　2008 年 7 月　127 頁

本論文以比較文學為理論依據，探討張愛玲的〈色‧戒〉與高陽的〈紅粉金戈〉兩篇小說，分別從寫作技法、內容深究兩個面向做比較分析，再探討文章中反映出的

社會現況，比較同一事件經過不同作者的改寫，所呈現風格上的差異，以了解兩位作者書寫的角度差異。全文共 6 章：1.緒論；2.小說外圍探討；3.〈色·戒〉與〈紅粉金戈〉寫作技法研究；4.〈色·戒〉與〈紅粉金戈〉內容探究；5.〈色·戒〉與〈紅粉金戈〉反映的社會現況；6.結論。

25. **孫自婷**　　「胡雪巖全傳」和《喬家大院》的比較研究　安徽大學中國現當代文學所　碩士論文　王宗法教授指導　2009 年 4 月　36 頁

本論文比較高陽「胡雪巖全傳」與朱秀海的《喬家大院》兩部小說，從人物塑造和結構安排的異同著手，並分析其產生的原因以及人物形象的文化價值與現實意義。全文共 3 章：1.胡雪巖和喬致庸典型形象的比較；2.胡雪巖和喬致庸形象的文化價值；3.兩部小說的結構比較。

26. **樊　燕**　　歷史在差異中復活──二月河、高陽清代歷史小說比較研究　蘇州大學中國現當代文學所　博士論文　曹惠民教授指導　2009 年 5 月　144 頁

本論文是以比較的視角分別從歷史小說取材、歷史氛圍營造、歷史小說敘事及歷史小說與文化四個方面，對二月河、高陽的清代歷史小說進行新的探索和研究。全文共 5 章：1.引論·現代中國歷史小說之變遷；2.古老中國的現代文學開採；3.走進文學的歷史現場；4.歷史小說敘事的文人傳統；5.結語。

27. **王啟明**　　高陽小說中的歡場文化　佛光大學文學系　博士論文　潘美月，宋光宇教授指導　2009 年　221 頁

本論文以高陽作品中的歡場文化為研究標的，歸納作家「以歷史入小說，以小說述歷史」的特色；同時分析高陽作品中的史觀與文學理論；重新審視歡場與小說關聯的重要性。全文共 6 章：1.緒論；2.歡場文化的定義、源流、範圍特徵；3.高陽的生平、作品及創作理念；4.高陽的歷史觀及其小說理論；5.高陽小說中歡場文化之運用與描述；6.結論。

28. **蔡于晨**　　高陽歷史小說《李娃》研究　南華大學文學系　碩士論文　陳章錫教授指導　2010 年 6 月　123 頁

本論文針對高陽第一部歷史小說《李娃》，以「創作理念」、「文學敘事」、「思想內涵」三方面進行探討，重新認識作家歷史小說的文學性、思想性等創作特色。全文共 5 章：1.緒論；2.高陽的生平、作品及《李娃》的創作理念；3.《李娃》小說寫作技巧；4.《李娃》小說的思想內涵；5.結論。

29. 周家成　　高陽歷史小說「紅曹系列」研究　臺灣師範大學國文學系在職進修
　　　碩士班　碩士論文　楊昌年教授指導　2011 年 6 月　150 頁

本論文以高陽的「紅曹系列」為研究對象，探究其創作動機，分析《紅樓夢斷》、
《曹雪芹別傳》、《三春爭與初春景》、《大野龍蛇》之主題與藝術手法。全文共
6 章：1.緒論；2.高陽的生平與創作；3.創作動機與內容大要；4.主題內涵；5.藝術
特色；6.結論。

30. 陳臻莉　　高陽歷史小說《草莽英雄》研究　東海大學中國文學系碩士在職專
　　　班　碩士論文　許建崑教授指導　2013 年 5 月　156 頁

本論文以高陽的明代歷史小說《草莽英雄》為主題進行研究，不僅介紹相關的歷史
知識，作為文本分析的基礎，同時說明情節之設計緊扣人心，使人欲罷不能，證明
其為暢銷小說家。全文共 6 章：1.緒論；2.《草莽英雄》的歷史背景；3.《草莽英
雄》情節發展與特色；4.《草莽英雄》的人物塑造；5.《草莽英雄》的思想內涵；6.
結論。

作家生平資料篇目

自述

31. 高　陽　　後記　猛虎與玫瑰　高雄　百成書店　1953 年 3 月　頁 105

32. 高　陽　　後記　落花　高雄　百成書店　1956 年 4 月　頁 93—94

33. 高　陽　　歷史・小說・歷史小說——寫在《李娃》及其他前面　聯合報
　　　1964 年 4 月 28 日　7 版

34. 高　陽　　歷史・小說・歷史小說——寫在《李娃》及其他前面　現代文學論
　　　（聯副三十年文學大系・評論卷）　臺北　聯經出版公司　1981 年
　　　12 月　頁 681—687

35. 高　陽　　歷史・小說・歷史小說——寫在《李娃》前面　李娃　臺北　皇冠
　　　文化出版公司　1965 年 4 月　頁 1—8

36. 高　陽　　寫在《慈禧前傳》之前　聯合報　1968 年 7 月 1 日　9 版

37. 高　陽　　寫在《慈禧前傳》之前——清文宗與恭親王　慈禧前傳　臺北　皇
　　　冠文化出版公司　2013 年 6 月　頁 7—12

38. 高　陽　　自序　文史覓趣　臺北　驚聲出版社　1969 年 10 月　頁 1—2

39. 高　陽　　自序　文史覓趣　臺北　驚聲文物供應公司　1971 年 5 月　頁 1—
2

40. 高　陽　　我寫《紅樓夢斷》　聯合報　1977 年 6 月 25 日　12 版

41. 高　陽　　我寫《紅樓夢斷》　大成　第 49 期　1977 年 12 月　頁 25—26

42. 高　陽　　我寫《紅樓夢斷》　紅樓一家言　臺北　聯經出版公司　1985 年 7
月　頁 127—132

43. 高　陽　　我寫《紅樓夢斷》　高陽說曹雪芹　臺北　聯經出版公司　1985 年
9 月　頁 61—66

44. 高　陽　　我寫《紅樓夢斷》　紅樓一家言　臺北　聯經出版公司　2005 年 2
月　頁 123—127

45. 高　陽　　前言　清幫（胡雪巖外傳 1）　臺北　堯舜出版公司　1981 年 8 月
頁 1—3

46. 高　陽　　前言　陳光甫外傳　臺北　南京出版公司　1981 年 8 月　頁 1—3

47. 高　陽　　自序　血紅頂（胡雪巖外傳 2）　臺北　堯舜出版公司　1983 年 4
月　〔2〕頁

48. 高　陽　　橫看成嶺側成峰：寫在《曹雪芹別傳》之前　中國小說史論叢　臺
北　臺灣學生書局　1984 年 6 月　頁 446—454

49. 高　陽　　橫看成嶺側成峰——寫在《曹雪芹別傳》之前　高陽說曹雪芹　臺
北　聯經出版公司　1985 年 9 月　頁 67—75

50. 高　陽　　前記　燈火樓臺（一）　臺北　經濟日報社　1985 年 1 月　頁 1—
3

51. 高　陽　　前言　清末四公子　臺北　皇冠出版社　1985 年 6 月　頁 5—7

52. 高　陽　　自序　翁同龢傳　臺北　遠景出版公司　1986 年 2 月　頁 1

53. 高　陽　　「高陽作品集」自序　恩怨江湖　臺北　遠景出版公司　1986 年
10 月　頁 1

54. 高　陽　　「高陽作品集」自序　緹縈　臺北　遠景出版公司　1986 年 12 月

頁 1

55. 高　　陽　　「高陽作品集」自序　草莽英雄（上）　臺北　遠景出版公司　1986 年 12 月　頁 1

56. 高　陽　　「高陽作品集」自序　花魁　臺北　遠景出版公司　1986 年 12 月　頁 1

57. 高　陽　　「高陽作品集」自序　劉三秀　臺北　遠景出版公司　1986 年 12 月　頁 1

58. 高　陽　　「高陽作品集」自序　徐老虎與白寡婦　臺北　遠景出版公司　1987 年 1 月　頁 1

59. 高　陽　　「高陽作品集」自序　王昭君　臺北　遠景出版公司　1987 年 2 月　頁 1

60. 高　陽　　「高陽作品集」自序　小鳳仙　臺北　遠景出版公司　1987 年 2 月　頁 1

61. 高　陽　　「高陽作品集」自序　高陽雜文　臺北　遠景出版公司　1988 年 7 月　頁 1

62. 高　陽　　前瞻人生‧回觀歷史　張老師月刊　第 108 期　1986 年 12 月　頁 4—5

63. 高　陽　　前記　劉三秀　臺北　遠景出版公司　1986 年 12 月　頁 1—7

64. 高　陽　　「詩史」的明暗兩面　高陽雜文　臺北　遠景出版公司　1988 年 7 月　頁 119—122

65. 高　陽　　《高陽雜文》後記　高陽雜文　臺北　遠景出版公司　1988 年 7 月　頁 259

66. 高　陽　　後記　清朝的皇帝（三）　臺北　遠景出版公司　1988 年 12 月　頁 1423—1427

67. 高　陽　　後記　胡雪巖全傳——煙消雲散　北京　中國友誼出版公司　1992 年 1 月　頁 360

68. 高　陽　　前記　胡雪巖全傳——燈火樓臺　北京　中國友誼出版公司　1992

年 3 月　頁 1—2

69. 高　陽　　後記　胡雪巖全傳——蕭瑟洋場　北京　中國友誼出版公司　1992 年 3 月　頁 360

70. 高　陽　　我寫歷史小說的心路歷程　聯合報　1992 年 6 月 7 日　27 版

71. 高　陽　　我寫歷史小說的心路歷程　浙江月刊　第 279 期　1992 年 7 月　頁 14—16

72. 高　陽　　手稿——我寫歷史小說的心路歷程　許晏駢（高陽）先生及其著作簡目　臺北　中央圖書館　1992 年 9 月　頁 15—22

73. 高　陽　　家書兩封　聯合報　1992 年 6 月 8 日　25 版

74. 高　陽　　病中書　聯合報　1992 年 7 月 19 日　27 版

75. 高　陽　　「高陽作品集」自序　石破天驚　臺北　遠景出版公司　1993 年 3 月　頁 1

76. 高　陽　　「高陽作品集」自序　桐花鳳　臺北　遠景出版公司　1993 年 3 月　頁 1

77. 高　陽　　「高陽作品集」自序　避情港　臺北　遠景出版公司　1993 年 3 月　頁 1

78. 高　陽　　「高陽作品集」自序　大故事　臺北　遠景出版公司　1993 年 3 月　頁 1

79. 高　陽　　「高陽作品集」自序　清官冊　臺北　遠景出版公司　1993 年 10 月　頁 1

80. 高　陽　　「高陽作品集」自序　紅塵　臺北　遠景出版公司　1993 年 10 月　頁 1

81. 高　陽　　「高陽作品集」自序　八大胡同　臺北　遠景出版公司　1998 年 2 月　頁 1

82. 高　陽　　「高陽作品集」自序　假官真做　臺北　遠景出版公司　1998 年 2 月　頁 1

83. 高　陽　　「高陽作品集」自序　玉壘浮雲　臺北　遠景出版公司　1998 年 2

月　頁1

84. 高　陽　「高陽作品集」自序　醉蓬萊　臺北　遠景出版公司　1998年2月
頁1

85. 高　陽　「高陽作品集」自序　再生香　臺北　遠景出版公司　1998年2月
頁1

86. 高　陽　「高陽作品集」自序　大故事　臺北　遠景出版公司　1998年2月
頁1

87. 高　陽　清世祖董小宛與唐玄宗楊玉環——寫在《醉蓬萊》之前　醉蓬萊
臺北　風雲時代出版公司　1993年5月　頁1—22

88. 高　陽　清世祖董小宛與唐玄宗楊玉環——寫在《醉蓬萊》之前　醉蓬萊
臺北　遠景出版公司　1998年2月　頁1—22

89. 高　陽　後記　高陽文章　臺北　風雲時代出版公司　2002年4月　頁265

他述

90. 邂　叟　高陽酒徒楊无，近（綿仲）（1—4）　中央日報　1968年10月18
—21日　9版

91. 〔熊鈍生主編〕　許晏駢先生　中華民國當代名人錄　臺北　臺灣中華書局
1978年11月　頁1331

92. 龔鵬程　從歷史中擎出一盞燈　臺灣時報　1980年4月29日　12版

93. 秦賢次　隕落的星辰——抗戰時期逝世之文教工作者名錄〔高陽部分〕　文
訊雜誌　第14期　1984年10月　頁355—356

94. 李　嘉　一幅楹聯兩首詩——歷史小說作家高陽初訪日本　聯合文學　第31
期　1987年5月　頁206—208

95. 張光斗　高陽受日本學界矚目　民生報　1987年12月2日　9版

96. 莊　練　高陽在此　中央日報　1988年3月16日　19版

97. 吉士云　高陽簡介　文教資料　1988年第6期　1988年12月　頁105

98. 丘彥明　孤鶴寒潭照影癯　人情之美　臺北　允晨文化公司　1989年1月
頁173—176

99. 賴香吟　　作家「風流」錄──創造胡雪巖的人：高陽　聯合文學　第 65 期　1990 年 3 月　頁 44—45

100. 白舒榮　　喚起同胞對歷史的溫情──臺灣著名作家高陽　人物　1990 年第 4 期　1990 年 7 月　頁 45—49

101. 白舒榮　　喚起同胞對歷史的溫情──臺灣歷史小說家高陽　回眸──我與世界華文文學的緣分　香港　香港文學報出版社　2010 年　頁 103—107

102. 〔編輯部〕　　內容簡介　胡雪巖全傳──燈火樓臺　北京　中國友誼出版公司　1992 年 3 月　〔頁 1〕

103. 〔編輯部〕　　內容簡介　胡雪巖全傳──蕭瑟洋場　北京　中國友誼出版公司　1992 年 3 月　〔頁 1〕

104. 〔編輯部〕　　內容簡介　胡雪巖全傳──紅頂商人　北京　中國友誼出版公司　1992 年 3 月　〔頁 1〕

105. 〔編輯部〕　　編後小語　胡雪巖全傳──紅頂商人　北京　中國友誼出版公司　1992 年 3 月　頁 391

106. 〔編輯部〕　　內容簡介　胡雪巖全傳──平步青雲（上）　北京　中國友誼出版公司　1992 年 3 月　〔頁 1〕

107. 〔編輯部〕　　編後小語　胡雪巖全傳──平步青雲（下）　北京　中國友誼出版公司　1992 年 3 月　頁 1193

108. 龔鵬程　　飲半尋思誰可語──讀高陽七律感其人　中國時報　1992 年 5 月 29 日　35 版

109. 龔鵬程　　飲半尋思誰可語──讀高陽七律感其人　猶把書燈照寶刀　臺北　小報文化公司　1993 年 4 月　頁 67—68

110. 許以祺　　遙念高陽叔──他是個為朋友掏心的人　民生報　1992 年 5 月 30 日　14 版

111. 舒國治　　奇人奇書高陽　中國時報　1992 年 5 月 30 日　22 版

112. 魏子雲　　千金散盡還復來──高陽的豪放性行　中央日報　1992 年 6 月 2

日　16 版

113. 蘇偉貞　走進高陽書房　聯合報　1992 年 6 月 4 日　26 版

114. 蘇偉貞　走進高陽書房　私閱讀　臺北　三民書局　2003 年 2 月　頁 6—7

115. 王震邦　光燦虛名掩不住落寞，高陽寧為專業望重歷史家　聯合報　1992 年 6 月 7 日　18 版

116. 郭錦萍　歷史小說巨擘高陽揮別塵世　聯合報　1992 年 6 月 7 日　18 版

117. 蘇偉貞　記高陽最後半月　聯合報　1992 年 6 月 7 日　25 版

118. 蘇偉貞　記高陽最後半月　私閱讀　臺北　三民書局　2003 年 2 月　頁 8 —13

119. 李瑞騰　高陽傳略[1]　聯合報　1992 年 6 月 7 日　25 版

120. 李瑞騰　高陽傳略　浙江月刊　第 279 期　1992 年 7 月　頁 17

121. 李瑞騰　許晏駢先生行述　國史館館刊　第 13 期　1992 年 12 月　頁 259 —260

122. 許議今　女兒的呼喚——寫給父親　聯合報　1992 年 6 月 7 日　27 版

123. 楊雲玉　「學院外的歷史家」高陽昨病逝　大成報　1992 年 6 月 7 日　10 版

124. 葉麗華　高陽菸酒與書不離手　中央日報　1992 年 6 月 7 日　3 版

125. 宋　瑞　文債未還完高陽竟撒手而去！　中央日報　1992 年 6 月 7 日　9 版

126. 〔中央日報〕　歷史小說家高陽昨日病逝　中央日報　1992 年 6 月 7 日　9 版

127. 朱恩伶　洞明世事達人情，留得生前身後名　中國時報　1992 年 6 月 7 日　6 版

128. 何偉康　飲半尋思誰可語，神荼鬱壘兩門神　中國時報　1992 年 6 月 7 日　6 版

129. 林博文　詩腸酒膽歷史行　中國時報　1992 年 6 月 7 日　6 版

---

[1]本文後改篇名為〈許晏駢先生行述〉。

130. 張翠芬　　紅樓夢斷雪岩泣，高陽走入歷史　中國時報　1992 年 6 月 7 日　6
版

131. 周策縱　　他還有二件事未完成　中國時報　1992 年 6 月 7 日　19 版

132. 方　雲　　高陽生平事略　中國時報　1992 年 6 月 7 日　19 版

133. 趙　岡　　悼念高陽先生　中國時報　1992 年 6 月 7 日　19 版

134. 何懷碩　　悼高陽　中國時報　1992 年 6 月 7 日　19 版

135. 龔鵬程　　喪哉！高陽舊酒徒　中國時報　1992 年 6 月 7 日　19 版

136. 李瑞騰　　考證文史寫人無數，誰能寫他？　民生報　1992 年 6 月 7 日　14
版

137. 林英喆　　為獨女（許議今）、為讀者留下空白頁　民生報　1992 年 6 月 7
日　14 版

138. 林英喆　　不甘不願離世的高陽回歸歷史　民生報　1992 年 6 月 7 日　14 版

139. 平鑫濤　　老編談老友，既欽佩又生氣　民生報　1992 年 6 月 7 日　14 版

140. 邱　婷　　享譽生前，著作過身（105 冊 90 餘種）　民生報　1992 年 6 月 7
日　14 版

141. 徐開塵　　瘂弦追憶高陽，道不盡，不勝唏噓　民生報　1992 年 6 月 7 日
14 版

142. 劉麗芳　　高陽昨病逝　民生報　1992 年 6 月 7 日　14 版

143. 陳捷先　　敬悼高陽先生——重建歷史的歷史小說家　民生報　1992 年 6 月
7 日　14 版

144. 龔鵬程　　看遍了歷史的興衰，迷惘且失落[2]　民生報　1992 年 6 月 7 日　14
版

145. 龔鵬程　　興衰看遍　猶把書燈照寶刀　臺北　小報文化公司　1993 年 4 月
頁 84—86

146. 桑品載　　高陽著作等身，酒徒善飲聞名　臺灣時報　1992 年 6 月 7 日　3
版

---

[2]本文後改篇名為〈興衰看遍〉。

147. 張甄芳　高陽昨日病逝榮總　臺灣新生報　1992 年 6 月 7 日　5 版

148. 林麗文　名歷史小說家高陽昨日病逝榮總──寫作卅年留下二千多萬字作品，成就深獲各界肯定　臺灣新生報　1992 年 6 月 7 日　5 版

149. 李玉玲　高陽逆風孤雁悄悄走了　聯合晚報　1992 年 6 月 7 日　4 版

150. 尹章義　說故事的人　中國時報　1992 年 6 月 8 日　27 版

151. 吳齊仁　歷史小說與歷史敘述──追悼高陽　中國時報　1992 年 6 月 8 日　27 版

152. 林佩芬　尊敬與遺憾　中國時報　1992 年 6 月 8 日　27 版

153. 林英喆　作家永別了　民生報　1992 年 6 月 8 日　14 版

154. 許以祺　文化人憶往跨海悼高陽　民生報　1992 年 6 月 8 日　14 版

155. 莊　練　我與高陽在空軍官校的日子　中央日報　1992 年 6 月 8 日　16 版

156. 梅　新　高陽故事寫不完　中央日報　1992 年 6 月 8 日　16 版

157. 梅　新　高陽故事寫不完　沙發椅的聯想　臺北　三民書局　1997 年 5 月　頁 63─68

158. 劉芬宏　紅樓夢未斷，高陽撒手人寰　中華日報　1992 年 6 月 8 日　5 版

159. 莊　練　高陽全集何時出版？──追憶天才型的歷史小說作家　中華日報　1992 年 6 月 12 日　11 版

160. 陳　辛　高陽曾為故居立碑撰文　聯合報　1992 年 6 月 12 日　25 版

161. 陳義芝　高陽是不是「舊式文人」　中時晚報　1992 年 6 月 12 日　19 版

162. 陳鵬仁　高陽與我　臺灣日報　1992 年 6 月 13 日　9 版

163. 菊　人　奇才、庸才！悼好友高陽兄逝世　中央日報　1992 年 6 月 19 日　16 版

164. 宋　瑞　在現實生活中寂寞的高陽　中華日報　1992 年 6 月 20 日　11 版

165. 南　郭　天才與不羈──高陽和我的同與異之間　中華日報　1992 年 6 月 20 日　11 版

166. 夏元瑜　草草致一揖僅足記姓氏　中華日報　1992 年 6 月 20 日　11 版

167. 應未遲　讀書種子又弱一個　中華日報　1992 年 6 月 20 日　11 版

168. 童世璋　　高陽來臺的故事　聯合報　1992 年 6 月 20 日　25 版

169. 陳來奇　　傷逝——懷念高陽　聯合報　1992 年 6 月 27 日　25 版

170. 謝海濤　　高陽與《中華日報》　中華日報　1992 年 6 月 27 日　11 版

171. 〔編輯部〕　　高陽病逝臺北榮總　浙江月刊　第 278 期　1992 年 6 月　頁 9

172. 楚崧秋　　與高陽辣手著文的八年歲月　中華日報　1992 年 7 月 6 日　14 版

173. 楚崧秋　　和怪人共事——與高陽辣手著文的八年歲月　中外雜誌　第 306 期　1992 年 8 月　頁 17—19

174. 楚崧秋　　和「怪」人共事——與高陽辣手著文八年歲月　影響臺灣的近代人物　臺北　九歌出版社　2005 年 6 月　頁 201—208

175. 彭　歌　　憶高陽　聯合報　1992 年 7 月 14 日　43 版

176. 夏鐵肩　　高陽枉自負高名　中央日報　1992 年 7 月 19 日　9 版

177. 夏鐵肩　　高陽枉自負高名　不老的詩心　臺北　三民書局　1995 年 2 月　頁 154—160

178. 胡正群　　後無來者話高陽——幾件無法彌補的憾事　中央日報　1992 年 7 月 20 日　16 版

179. 胡正群　　後無來者話高陽——幾件無法彌補的憾事　過客悲情　臺北　瀛舟出版社　2002 年 9 月　頁 180—187

180. 馬　各　　鍾情享受的高陽　中央日報　1992 年 7 月 20 日　16 版

181. 琦　君　　星辰寥落念高陽　中央日報　1992 年 7 月 20 日　16 版

182. 郭嗣汾　　君子之交——兼懷棄子先生　中華日報　1992 年 7 月 20 日　11 版

183. 彭欣予　　憶高陽・談往事　中華日報　1992 年 7 月 20 日　11 版

184. 思　果　　悼高陽　中華日報　1992 年 7 月 20 日　11 版

185. 林英喆　　高陽退隱入歷史，遺作伴故人　民生報　1992 年 7 月 21 日　14 版

186. 曾清嫣　　君且醉與世永別，文化詩情祭高陽　聯合報　1992 年 7 月 21 日

　　　　　　　　18 版

187. 張佛千　　懷念高陽　聯合報　1992 年 7 月 20 日　25 版

188. 林清玄　　高陽身後事　青年日報　1992 年 7 月 29 日　17 版

189. 蒲　明　　名作家高陽病逝　文訊雜誌　第 42 期　1992 年 7 月　頁 32

190. 王鼎鈞　　敬悼高陽先生[3]　中華日報　1992 年 8 月 15 日　11 版

191. 王鼎鈞　　憶高陽　風雨陰晴　臺北　爾雅出版社　2000 年 7 月　頁 59—63

192. 許議今　　懷念與感恩　許晏駢先生及其著作簡目　臺北　中央圖書館
　　　　　　　　1992 年 9 月　頁 9—10

193. 曾永義　　真教人生死相許——與高陽紅粉知己吳菊芬一席談　中央日報
　　　　　　　　1992 年 12 月 16 日　16 版

194. 姚宜瑛　　熊掌和灑金箋——記唐魯孫先生和高陽　聯合報　1993 年 3 月 31
　　　　　　　　日　39 版

195. 姚宜瑛　　熊掌和灑金箋——記唐魯孫和高陽　十六棵玫瑰　臺北　爾雅出
　　　　　　　　版社　2004 年 1 月　頁 3—10

196. 許儒傑　　千峰鎮翠孕風雨——記高陽三次大陸行　聯合報　1993 年 6 月 3
　　　　　　　　日　35 版

197. 百笑生　　高陽酒徒・舊因緣　聯合報　1993 年 7 月 27 日　35 版

198. 張寶琴　　《高陽小說研究》序　高陽小說研究　臺北　聯合文學出版社
　　　　　　　　1993 年 7 月　頁 5—9

199. 薛家柱　　高陽回杭州　中央日報　1993 年 8 月 20 日　18 版

200. 朱介凡　　高陽心願未了　文訊雜誌　第 96 期　1993 年 10 月　頁 5—6

201. 〔明清，秦人〕　　高陽　臺港小說鑑賞辭典　北京　中央民族學院出版社
　　　　　　　　1994 年 1 月　頁 187

202. 江澄格　　高陽生平行事紀要　國文天地　第 108 期　1994 年 5 月　頁 49—
　　　　　　　　60

203. 彭　歌　　憶高陽　追不回的永恆　臺北　三民書局　1994 年 10 月　頁 354

---

[3] 本文後改篇名為〈憶高陽〉。

—357

204. 宋國強　高陽先生的兩枚閒章　人物　1995 年第 3 期　1995 年 4 月　頁 160—164

205. 路易〔沈登恩〕　高陽名不求而自來　民眾日報　1995 年 7 月 20 日　28 版

206. 林　青　高陽生平事略　描繪歷史風雲的奇才——高陽的小說和人生　上海　學林出版社　1996 年 1 月　頁 215—217

207. 張大春　謫書百卷匿仙蹤——說說高陽在聯副的日子　聯合報　1996 年 12 月 5 日　37 版

208. 曉　帆　首屆「全國高陽學術研討會」綜述　華中師範大學學報　1997 年第 1 期　1997 年 1 月　頁 66—68

209. 江少川　首屆「全國高陽學術研討會」述要　臺港與海外華文文學評論和研究　1997 年第 1 期　1997 年 3 月　頁 80

210. 游常山　歷史小說走進人間後院——高陽　天下雜誌　第 200 期　1998 年 1 月　頁 281

211. 田運良　酒剛好飲盡——飲罷，高陽　密獵者人語　臺北　探索文化公司　1998 年 3 月　頁 53—55

212. 李瑞騰　高陽的歷史風雲　聯合報　1998 年 7 月 27 日　37 版

213. 耕　雨　高陽長篇開天窗　臺灣新聞報　1999 年 10 月 16 日　13 版

214. 龔鵬程　念高陽　知識分子　臺北　聯合文學出版社　2000 年 4 月　頁 227—241

215. 許水濤　陪高陽先生首遊故宮　縱橫　2000 年第 8 期　2000 年 8 月　頁 55—57

216. 陳正茂　歷史小說家——高陽一生及其作品　古今藝文　第 27 卷第 1 期　2000 年 11 月　頁 67—72

217. 江澄格　懷歷史偵探——高陽　中央日報　2001 年 12 月 1 日　19 版

218. 王景山　高陽　臺港澳暨海外華文作家辭典　北京　人民文學出版社

2003 年 7 月　頁 138—142

219. 姜　穆　作家與酒　青年日報　2003 年 11 月 18 日　10 版

220. 二月河　神交高陽　瀛臺落日　臺北　皇冠出版社　2004 年 5 月　頁 3—5

221. 二月河　神交高陽　慈禧前傳　臺北　皇冠文化出版公司　2013 年 6 月　頁 3—5

222. 二月河　神交高陽　玉座珠簾（上）　臺北　皇冠文化出版公司　2013 年 6 月　頁 3—5

223. 二月河　神交高陽　玉座珠簾（下）　臺北　皇冠文化出版公司　2013 年 6 月　頁 563—565

224. 二月河　神交高陽　清宮外史（上）　臺北　皇冠文化出版公司　2013 年 6 月　頁 3—5

225. 二月河　神交高陽　清宮外史（下）　臺北　皇冠文化出版公司　2013 年 6 月　頁 355—357

226. 二月河　神交高陽　母子君臣　臺北　皇冠文化出版公司　2013 年 6 月　頁 3—5

227. 二月河　神交高陽　胭脂井（上）　臺北　皇冠文化出版公司　2013 年 6 月　頁 3—5

228. 二月河　神交高陽　胭脂井（下）　臺北　皇冠文化出版公司　2013 年 6 月　頁 355—357

229. 二月河　神交高陽　瀛臺落日（上）　臺北　皇冠文化出版公司　2013 年 6 月　頁 3—5

230. 二月河　神交高陽　瀛臺落日（下）　臺北　皇冠文化出版公司　2013 年 6 月　頁 331—333

231. 陳義芝　高陽二三事——一個有關時代的話題　文字結巢　臺北　三民書局　2007 年 1 月　頁 27—29

232. 尉天驄　蒼茫獨立的輓歌說高陽　印刻文學生活誌　第 42 期　2007 年 2 月　頁 192—197

233. 尉天驄　蒼茫獨立唱輓歌——說高陽　回首我們的時代　臺北　印刻文學生活雜誌出版公司　2011 年 11 月　頁 33—45

234. 彭　歌　三軍將士們——記郭嗣汾、南郭、高陽　文訊雜誌　第 257 期　2007 年 3 月　頁 46—50

235. 張永久　說不盡的高陽　時代教育　2007 年第 19 期　2007 年　頁 43

236. 倪　匡　春色滿平蕪——憶高陽　書城　2008 年第 4 期　2008 年 4 月　頁 59

237. 〔封德屏主編〕　高陽　2007 臺灣作家作品目錄　臺南　國立臺灣文學館　2008 年 7 月　頁 684

238. 陳義芝　這樣的人生——記事本一九九一〔高陽部分〕　人間福報　2009 年 3 月 6 日　15 版

239. 〔今傳媒〕　高陽：「當代首席歷史小說家」　今傳媒　2010 年第 6 期　2010 年 6 月　頁 22

240. 羅　青　懷高陽二帖　聯合報　2011 年 10 月 17 日　D3 版

241. 彭　歌　三軍將軍們——記郭嗣汾、南郭、高陽　憶春臺舊友　臺北　九歌出版社　2011 年 12 月　頁 48—64

242. 羅　青　立體說詩懷高陽　中國時報　2012 年 7 月 1 日　18 版

243. 陳素芳　超過半世紀的文學因緣——蔡文甫捐師友書法與畫作——與高陽同一辦公室　文訊雜誌　第 333 期　2013 年 7 月　頁 100—101

244. 林少雯　高陽與楊念慈　文訊雜誌　第 334 期　2013 年 8 月　頁 210—211

245. 馬　森　臺灣現代小說的眾聲喧嘩〔高陽部分〕　世界華文新文學史——中國現代文學的兩度西潮（下編）・分流後的再生：第二度西潮與現代／後現代主義　臺北　印刻文學生活雜誌出版公司　2015 年 2 月　頁 1082—1083

訪談、對談

246. 李德安　名作家訪問記——高陽　學林見聞　臺北　環宇出版社　1968 年 6 月　頁 52

247. 桂文亞　　歷史與小說——高陽先生訪問記　聯合報　1977 年 12 月 20 日
28 版

248. 桂文亞　　歷史與小說（高陽先生訪問記）　墨香——當代學人作家訪問記
臺北　皇冠出版社　1979 年 11 月　頁 159—171

249. 龔鵬程　高陽與青年朋友談歷史小說　臺灣時報　1980 年 4 月 29 日　12
版

250. 龔鵬程　　遙指紅樓——夜訪高陽於《曹雪芹別傳》發表前　高陽說曹雪芹
臺北　聯經出版公司　1983 年 1 月　頁 76—84

251. 龔鵬程　　遙指紅樓——夜訪高陽於《曹雪芹別傳》發表前　歷史中的一盞
燈　臺北　漢光文化公司　1984 年 5 月　頁 40—48

252. 龔鵬程　　遙指紅樓：夜訪高陽於《曹雪芹別傳》發表前　中國小說史論叢
臺北　臺灣學生書局　1984 年 6 月　頁 439—446

253. 龔鵬程　　歷史中的一盞燈——訪高陽談歷史小說　歷史中的一盞燈　臺北
漢光文化公司　1984 年 5 月　頁 15—39

254. 丘彥明　　不可思議的清宮艷祕——訪高陽先生談《再生香》　聯合文學
第 13 期　1985 年 11 月　頁 67—71

255. 丘彥明　　不可思議的清宮艷祕——訪高陽先生談《再生香》　人情之美
臺北　允晨文化公司　1989 年 1 月　頁 177—187

256. 高陽等[4]　歷史・小說・戲劇——從《一代女皇》與《慈禧外傳》談起　聯
合文學　第 16 期　1986 年 2 月　頁 157—158

257. 蕭錦綿　　家家井水說高陽——遠景專訪高陽　出版與讀書　第 41 期　1986
年 11 月 10 日　2 版

258. 如　梅　　歷史小說創作如何水到渠成——臺灣小說家高陽談創作　文學報
1987 年 3 月 26 日　2 版

259. 林文玲　　你弄錢，我擔待——訪高陽談中國官商關係演變　商業周刊　第

---

[4]主持人：高達；與會者：雷家驥、王壽南、林天蔚、馬楊萬運、姚一葦、高陽、章君穀、鄭明
娳；紀錄：王菲林、吳鳴、簡媜。

25 期　1988 年 5 月 16 日　頁 24—25

260. 大　由　　電腦資訊時代與文學——高陽談文學與資訊之結合　幼獅文藝　第
418 期　1988 年 10 月　頁 10—12

261. 竇時超　　訪臺灣著名小說家高陽　文學報　1989 月 4 月 6 日　1 版

262. 楊培林　　妙語聯珠，筆下生花——訪臺灣著名作家高陽先生　人民日報
1989 年 5 月 15 日　2 版

263. 吳嘉苓　　高陽・當代獨一無二的歷小說家　中國時報　1991 年 3 月 1 日
23 版

264. 姚儀敏　　獨好故紙的高陽　中央月刊　第 24 卷第 7 期　1991 年 7 月　頁
99—101

265. 王曉陽　　寫體現歷史感的民族作品——訪臺灣著名小說家高陽　風雲人物
訪談實錄　北京　華藝出版社　1992 年 7 月　頁 51—52

266. 張灼祥　　讓筆下的人物活起來——專訪高陽　印刻文學生活誌　第 7 期
2004 年 3 月　頁 220—221

年表

267. 鄭　穎　　高陽作品出版暨創作繫年　野翰林——高陽研究　臺北　印刻出
版公司　2006 年 10 月　頁 274—295

268. 周家成　　附錄　高陽歷史小說「紅曹系列」研究　臺灣師範大學國文學系
在職進修碩士班　碩士論文　楊昌年教授指導　2011 年 6 月　頁
132—139

其他

269. 曾堃賢　　化思父之情為大愛：記高陽先生藏書手稿捐贈國立中央圖書館
國立中央圖書館館訊　第 54 期　1992 年 11 月　頁 4

270. 劉美鴻　　許晏駢先生紀念展——兼談圖書館怎樣辦作家個展　國立中央圖
書館館訊　第 54 期　1992 年 11 月　頁 5—7

271. 文　玲　　兩岸又掀高陽作品熱　出版參考　2004 年 6 月上旬刊　2004 年 6
月 5 日　頁 27

作品評論篇目

綜論

272. 楊昌年　　高陽　近代小說研究　臺北　蘭臺書局　1976 年 1 月　頁 548

273. 陳清玉　　出神入化融古今——歷史小說家高陽的創作世界　中華日報　1978 年 10 月 12 日　11 版

274. 瘂　弦　　歷史文學——關於《聯合文學》「高陽歷史小說」專頁　聯合文學　第 14 期　1985 年 12 月　頁 236—238

275. 瘂　弦　　歷史文學——關於《聯合文學》「高陽歷史小說」專頁　聚繖花序 2　臺北　洪範書店　2004 年 6 月　頁 208—292

276. 〔出版與讀書〕　　有井水處有金庸，有村鎮處有高陽　出版與讀書　第 41 期　1986 年 11 月 10 日　1 版

277. 京　南　　高陽的歷史小說　出版與讀書　第 41 期　1986 年 11 月 10 日　2 版

278. 曾永莉　　說部巨擘數高陽（上、下）　中央日報　1987 年 5 月 20—21 日　10 版

279. 曾永莉　　說部巨擘數高陽　他這麼收穫，他這麼栽　臺北　中央日報出版部　1989 年 2 月　頁 60—71

280. 宋田水　　要死不活的臺灣文學——透視臺灣作家的良心——高陽　臺灣新文化　第 14 期　1987 年 11 月　頁 36

281. 劉廣定　　再談董鄂妃及有關問題——敬答高陽先生（上、下）　中央日報　1988 年 3 月 16—17 日　18，19 版

282. 王震邦　　「聯副之聲」會談高陽小說：出入於歷史與小說間　聯合報　1988 年 4 月 3 日　23 版

283. 劉　潔　　「聯副之聲」會談高陽小說：格調高雅細膩入微　聯合報　1988 年 4 月 3 日　23 版

284. 王志健　　小說論——新進作家與新銳作家——高陽　文學四論（下冊）

臺北　文史哲出版社　1988 年 7 月　頁 563—565

285. 吉士云　高陽的歷史小說　文教資料　1988 年第 6 期　1988 年 12 月　頁 100—101

286. 吉士云　高陽紅學主要觀點概述　文教資料　1988 年第 6 期　1988 年 12 月　頁 102—104

287. 古繼堂　卓越的歷史小說家高陽　臺灣小說發展史　臺北　文史哲出版社 1989 年 7 月　頁 454—464

288. 林　青　《論高陽的歷史小說》導論　臺灣文學觀察雜誌　第 2 期　1990 年 9 月　頁 46—47

289. 林　青　高陽・曹雪芹・《紅樓夢》　臺灣研究集刊　1991 年第 1 期　1991 年 2 月　頁 93—97，92

290. 楊　明　秦漢明月今世情——高陽和他的歷史小說　文訊雜誌　第 72 期　1991 年 10 月　頁 117—121

291. 林　青　傑出的歷史小說作家高陽　臺港與海外華文文學　1992 年第 2 期 1992 年 3 月　頁 67—68

292. 李瑞騰　全景觀照歷史　中國時報　1992 年 5 月 29 日　30 版

293. 龔鵬程　作品型態複雜的小說家——談高陽　聯合報　1992 年 5 月 29 日 27 版

294. 龔鵬程　歷史的偵探　中央日報　1992 年 6 月 8 日　16 版

295. 龔鵬程　歷史的偵探　猶把書燈照寶刀　臺北　小報文化公司　1993 年 4 月　頁 78—83

296. 也行〔漢寶德〕　高陽小說中的天地　聯合報　1992 年 6 月 12 日　27 版

297. 張大春　江山江花豈終極——論高陽歷史小說的敘述密旨　中國時報 1992 年 6 月 12 日　32 版

298. 張大春　江水江花豈終極——論高陽歷史小說的敘述密旨　文學不安　臺北　聯合文學出版社　1995 年 10 月　頁 93—98

299. 周意新　高陽歷史小說評析　福建論壇　1992 年第 3 期　1992 年 6 月　頁

47—50

300. 張作錦　從大玉兒想到高陽　聯合報　1992 年 7 月 20 日　25 版

301. 張大春　搖落深知宋玉悲——悼高陽兼及其人其書其幽憤　聯合文學　第 93 期　1992 年 7 月　頁 164—167

302. 張大春　搖落深知宋玉悲——悼高陽兼及其人其書其幽憤　文學不安　臺北　聯合文學出版社　1995 年 10 月　頁 99—107

303. 黃重添　高陽及其他作家的歷史小說　臺灣文學史（下）　福州　海峽文藝出版社　1993 年 1 月　頁 746—753

304. 舒　禾　燈火闌珊——閒話高陽和他的書　讀書　1993 年第 3 期　1993 年 2 月　頁 3—10

305. 康來新　新世界的舊傳統——高陽紅學初探　高陽小說作品研討會　臺北　行政院文化建設委員會　1993 年 6 月 4—7 日

306. 康來新　新世界的舊傳統——高陽紅學初探　高陽小說研究　臺北　聯合文學出版社　1993 年 7 月　頁 31—62

307. 張大春　以小說造史——論高陽小說重塑歷史之企圖　高陽小說作品研討會　臺北　行政院文化建設委員會　1993 年 6 月 4—7 日

308. 張大春　以小說造史——論高陽小說重塑歷史之企圖　高陽小說研究　臺北　聯合文學出版社　1993 年 7 月　頁 63—80

309. 張大春　以小說造史——論高陽小說重塑歷史之企圖　文學不安　臺北　聯合文學出版社　1995 年 10 月　頁 77—92

310. 龔鵬程　論高陽說詩　高陽小說作品研討會　臺北　行政院文化建設委員會　1993 年 6 月 4—7 日

311. 龔鵬程　論高陽說詩　高陽小說研究　臺北　聯合文學出版社　1993 年 7 月　頁 81—100

312. 龔鵬程　論高陽說詩歌——文學與歷史　臺灣文學在臺灣　臺北　駱駝出版社　1997 年 3 月　頁 147—166

313. 楊　照　歷史小說與歷史民族誌——高陽作品中的傳承與創新　高陽小說

作品研討會　臺北　行政院文化建設委員會　1993 年 6 月 4—7 日

314. 楊　　照　　歷史小說與歷史民族誌——高陽作品中的傳承與創新　高陽小說研究　臺北　聯合文學出版社　1993 年 7 月　頁 129—148

315. 楊　　照　　歷史小說與歷史民族誌——論高陽小說　文學、社會與歷史想像：戰後文學史散論　臺北　聯合文學出版社　1995 年 10 月　頁 70—91

316. 楊　　照　　歷史小說與歷史民族誌——論高陽小說　霧與畫：戰後臺灣文學史散論　臺北　麥田出版·城邦文化公司　2010 年 8 月　頁 473—490

317. 許以祺　　許氏家族對高陽作品的影響　高陽小說作品研討會　臺北　行政院文化建設委員會　1993 年 6 月 4—7 日

318. 許以祺　　許氏家族對高陽作品的影響　高陽小說研究　臺北　聯合文學出版社　1993 年 7 月　149—162

319. 黨鴻樞　　高陽歷史小說綜論　西北師大學報　1994 年第 4 期　1994 年 4 月　頁 18—24

320. 〔張超主編〕　　高陽　臺港澳及海外華人作家辭典　江蘇　南京大學出版社　1994 年 12 月　頁 110—111

321. 王之樵　　融歷史於小說家筆端　中國時報　1995 年 2 月 1 日　3 版

322. 孫文憲　　高陽歷史小說的語境　通俗文學評論　1995 年第 3 期　1995 年 8 月　頁 4—8

323. 孫文憲　　現代新儒家演繹的歷史——再說高陽歷史小說的語境　華中師範大學學報　1997 年第 1 期　1997 年 1 月　頁 46—50，127—128

324. 孫文憲　　高陽小說的語境　解讀八面人生——評高陽歷史小說　臺北　黎明文化公司　1999 年 2 月　頁 305—314

325. 江少川　　高陽歷史小說品格三議[5]　通俗文學評論　1995 年第 3 期　1995 年 8 月　頁 9—13

---

[5]本文後改篇名為〈高陽和他的歷史小說〉。

326. 江少川　高陽和他的歷史小說　解讀八面人生——評高陽歷史小說　臺北　黎明文化公司　1999 年 2 月　頁 1—21

327. 王耀輝　高陽的可讀性　通俗文學評論　1995 年第 3 期　1995 年 8 月　頁 14—18

328. 王耀輝　高陽小說的可讀性　解讀八面人生——評高陽歷史小說　臺北　黎明文化公司　1999 年 2 月　頁 315—324

329. 楊　照　四十年臺灣大眾文學小史〔高陽部分〕　文學、社會與歷史想像：戰後文學史散論　臺北　聯合文學出版社　1995 年 10 月　頁 48

330. 江少川　高陽的歷史小說世界　高等函授學報　1995 年第 6 期　1995 年　頁 23—26

331. 江少川　高陽歷史小說的悲劇意識　華中師範大學學報　1997 年第 1 期　1997 年 1 月　頁 59—65，128

332. 許建崑　高陽歷史小說　翰海觀潮　臺北　行政院文建會　1997 年 5 月　頁 322—325

333. 黨鴻樞　再論高陽的歷史小說創作　西北師大學報　1997 年第 1 期　1997 年 5 月　頁 18—23

334. 古繼堂　臺灣當代小說創作——傳統派與高陽、瓊瑤、古龍等的小說　中華文學通史・當代文學編（9）　北京　華藝出版社　1997 年 9 月　頁 450—457

335. 皮述民　從反共小說到現代小說〔高陽部分〕　二十世紀中國新文學史　臺北　駱駝出版社　1997 年 10 月　頁 319—320

336. 方　忠　論高陽小說的文化精神和現代意識　世界華文文學論壇　1997 年第 4 期　1997 年 12 月　頁 15—18

337. 程翔章　社會現實生活的真實寫照——高陽筆下的妓女形象　培訓與研究——湖北教育學院學報　1997 年第 4 期　1997 年　頁 17—20

338. 康來新　謎事——清史疑案與高陽紅學小說　歷史月刊　第 121 期　1998

年 2 月　頁 94—101

339. 徐　學　　高陽小說中的平民世界　臺灣研究集刊　1998 年第 1 期　1998 年 3 月　頁 88—93

340. 徐　學　　高陽小說中的平民世界　2007 海峽兩岸華文文學學術研討會　桃園　中原大學通識教育中心，中國現代文學學會　2007 年 6 月 2 —3 日

341. 徐　學　　高陽小說中的平民世界　中國現代文學　第 11 期　2007 年 6 月 頁 113—126

342. 徐　學　　酒與咖啡——閱讀高陽　明道文藝　第 272 期　1998 年 11 月　頁 102—105

343. 龔鵬程　　高陽的紅學　聯合文學　第 170 期　1998 年 12 月　頁 112—113

344. 龔鵬程　　高陽的紅學　年報：1998 龔鵬程年度學思報告　嘉義　南華管理學院　1999 年 7 月　頁 371—373

345. 賴國洲書房製作；吳晶晶整理　　話高陽的文采與才情　中央日報　1999 年 2 月 2 日　22 版

346. 王　彥　　序言　解讀八面人生——評高陽歷史小說　臺北　黎明文化公司 1999 年 2 月　頁 1—2

347. 張　殿　　誰來寫歷史小說　聯合報　1999 年 5 月 24 日　41 版

348. 蘇偉貞　　歷史小說圓桌誰來坐？　聯合報　1999 年 5 月 24 日　26 版

349. 蘇偉貞　　歷史小說圓桌誰來坐？　私閱讀　臺北　三民書局　2003 年 2 月 頁 93—97

350. 方　忠　　以小說重現歷史——論高陽的歷史小說　江漢論壇　1999 年第 6 期　1999 年 6 月　頁 61—66

351. 吳秀明　　遊戲於歷史與小說之間——評高陽的「文化歷史小說」　浙江月刊　1999 年第 4 期　1999 年 7 月　頁 117—121

352. 方　忠　　百年臺灣文學發展論——小說文體的自覺與更新〔高陽部分〕 百年中華文學史論：1898—2000　上海　華東師範大學出版社

1999 年 9 月　頁 56

353. 張索時　漫論高陽　多情的誤會　臺北　健行文化出版公司　2000 年 4 月　頁 113—115

354. 方　忠　高陽的歷史小說　二十世紀中國文學史（下）　臺北　文史哲出版社　2000 年 9 月　頁 923—933

355. 方　忠　高陽的歷史小說　二十世紀臺灣文學史論　南昌　百花文藝出版社　2004 年 10 月　頁 350—361

356. 方　忠　高陽——在歷史深處尋覓人性奧秘　臺港澳文學教程　上海　漢語大辭典出版社　2000 年 10 月　頁 174—177

357. 方　忠　臺灣通俗文學作家的創作——高陽——在歷史深處尋覓人性奧秘　臺港澳文學教程新編　上海　復旦大學出版社　2013 年 1 月　頁 131—133

358. 方　忠　臺灣歷史小說的巨擘——高陽　臺灣通俗文學論稿　北京　中國華僑出版社　2000 年 12 月　頁 37—66

359. 潘　峰　姚雪垠與高陽的歷史小說比較　華南師範大學學報　2001 年第 5 期　2001 年 10 月　頁 56—62

360. 彭燕彬　在商品經濟大潮中沖浪的臺灣通俗文學及戲劇創作概況——高陽的歷史小說　簡明臺灣文學史　北京　時事出版社　2002 年 6 月　頁 391—395

361. 古繼堂　為中國歷史塑像的高陽　臺灣文學的母體依戀　北京　九州出版社　2002 年 9 月　頁 342—349

362. 莊若江　歷史的「重寫」與文化的「展呈」——二月河與高陽歷史小說比較　無錫南洋學院學報　第 2 卷第 2 期　2003 年 6 月　頁 61—65，92

363. 鄭　穎　高陽的創作與報刊媒體的關係　2003 海峽兩岸華文文學學術研討會論文集　桃園　中國現代文學學院會，南亞技術學院　2004 年 1 月　頁 87—101

364. 莊若江　「民間立場」與「政治話語」——高陽、二月河的清史文本比較　江蘇社會科學　2004 年第 5 期　2004 年 9 月　頁 188—192

365. 古遠清　高陽　分裂的臺灣文學　臺北　海峽學術出版社　2005 年 7 月　頁 85

366. 方　忠　後現代語境中的日常生活敘事——大眾文化與臺灣文學論綱之一〔高陽部分〕　徐州師範大學學報　2005 年第 5 期　2005 年 8 月　頁 28—30

367. 黃萬華　臺灣文學——小說（下）〔高陽部分〕　中國現當代文學·第 1 卷（五四—1960 年代）　濟南　山東文藝出版社　2006 年 3 月　頁 488

368. 鄭　穎　高陽愛情小說裡的文藝腔調　中華日報　2006 年 7 月 25 日　23 版

369. 楊俊利，王凱鋒　適俗與求雅——評高陽歷史小說的敘事特色　常春師範學院學報　第 25 卷第 6 期　2006 年 11 月　頁 71—73

370. 秦曉帆　論淵深家學對高陽文化歷史觀之形成的影響　現代語文　2007 年第 8 期　2007 年 8 月　頁 59—60

371. 秦曉帆　高陽文化歷史觀的特質　文學教育　2007 年第 5 期　2007 年　頁 60—61

372. 秦曉帆　儒家傳統的現代詩意展演——高陽歷史小說的主體價值立場　江西社會科學　2008 年第 7 期　2008 年 7 月　頁 112—114

373. 秦曉帆　同源異質的歷史詮釋——對高陽、唐浩明、二月河文化觀的考察　小說評論　2008 年第 2 期　2008 年　頁 127—130

374. 樊　燕　繁華與荒原——論高陽、二月河文字造景的差異　華文文學　第 90 期　2009 年 2 月　頁 40—45

375. 劉舒曼　漫說高陽的史家功夫　學習博覽　2012 年第 9 期　2012 年　頁 46—47

376. 劉舒曼　漫說高陽的史家功夫　博覽群書　2010 年第 7 期　2010 年　頁 94

　　　　　　　　—97

377. 應鳳凰，傅月庵　　高陽——「胡雪巖」　冊頁流轉——臺灣文學書入門 108
　　　　　　　臺北　印刻文學生活雜誌出版公司　2011 年 3 月　頁 114—115

378. 朱雙一　　「自由派」和現代主義文學的興衰和特點——現代主義的自我調
　　　　　　　整及其成因和意義——武俠、言情和歷史小說：通俗文學的現代
　　　　　　　品格　臺灣文學創作思潮簡史　臺北　人間出版社　2011 年 5 月
　　　　　　　頁 295—296

379. 陳建忠　　以小說造史：論高陽與張大春小說中的敘史情結語文化想像[6]　第
　　　　　　　九屆通俗文學與雅正文學——「話語的流動」國際學術研討會
　　　　　　　臺中　中興大學中國文學系主辦　2012 年 3 月 16—17 日

380. 陳建忠　　以小說造史——論高陽與張大春小說中的敘史情節與文化想像
　　　　　　　淡江中文學報　第 27 期　2012 年 12 月　頁 155—188

381. 方　忠　　以小說重現歷史——論高陽的歷史小說　雅俗匯流——方忠選集
　　　　　　　廣州[7]　花城出版社　2014 年 11 月　頁 306—319

分論

◆單行本作品

論述

《紅樓一家言》

382. 舒　訊　　簡介高陽著《紅樓一家言》　紅樓夢學刊　1984 年第 3 期　1984
　　　　　　　年 8 月　頁 37—41

《高陽說詩》

383. 胡曉明　　高陽說詩：是以詩證史還是借詩造史——以「董小宛入宮」為中
　　　　　　　心的討論　學術月刊　1999 年第 11 期　1999 年　頁 64—69

---

[6] 本文強調高陽與張大春的小說書寫傳統之延續。全文共 4 小節：1.前言：歷史小說家為何造史？；2.野翰林：高陽歷史小說裡的中國文人理念；3.說書人：張大春新歷史小說裡的中國性與政治性；4.結語：跨越兩岸的終極中國文化想像。

[7] 本文綜述高陽歷史小說文學風格，如何兼顧傳播知識與文化使命。

《明朝的皇帝》

384. 謝　英　　高陽著《明朝的皇帝》評介　大華晚報　1973 年 10 月 29 日　10 版

385. 謝　英　　評高陽著《明朝的皇帝》　書目季刊　第 7 卷第 4 期　1974 年 3 月　頁 85—86

小說

《猛虎與薔薇》

386. 柳　岑　　推荐《猛虎與薔薇》　自由青年　第 8 卷第 9 期　1953 年 5 月 15 日　頁 14

387. 應鳳凰　　高陽的第一本書——《猛虎與薔薇》　中國時報　1992 年 6 月 9 日　15 版

《凌霄曲》

388. 瑞　林　　《凌霄曲》　中央日報　1962 年 6 月 9 日　6 版

《李娃》

389. 魏子雲　　高陽《李娃傳》評介　自由青年　第 32 卷第 4 期　1964 年 8 月 15 日　頁 17—19

390. 江少川　　有情有識的風塵奇女——《李娃》賞析　解讀八面人生——評高陽歷史小說　臺北　黎明文化公司　1999 年 2 月　頁 241—258

《愛巢》

391. 易　安　　評《春回大地》和《愛巢》　文壇　第 140 期　1972 年 2 月　頁 36—44

392. 易　安　　《愛巢》　省政文藝評介選輯　南投　臺灣省新聞處　1972 年 6 月　頁 73—79

《風塵三俠》

393. 曹海東　　亦奇亦史如椽筆，悲歡離合總關情——讀《風塵三俠》賞析　解讀八面人生——評高陽歷史小說　臺北　黎明文化公司　1999 年 2 月　頁 279—290

《荊軻》

394. 江少川　　壯士一去兮不復還——《荊軻》賞析　解讀八面人生——評高陽
　　　　　　　歷史小說　臺北　黎明文化公司　1999 年 2 月　頁 291—304

《慈禧前傳》

395. 王震亞　　喚起對歷史的溫情——高陽與《慈禧前傳》　臺灣小說二十家
　　　　　　　北京　北京出版社　1993 年 12 月　頁 180—197

《玉座珠簾》

396. 莊　練　　《玉座珠簾》讀後——一部妙趣橫生，開卷有益的歷史小說　聯
　　　　　　　合報　1971 年 11 月 3 日　9 版

《百花洲》

397. 錢文亮　　世事人情，滄桑韻致——《百花洲》賞析　解讀八面人生——評
　　　　　　　高陽歷史小說　臺北　黎明文化公司　1999 年 2 月　頁 43—64

《胡雪巖》

398. 莊　練　　《胡雪巖》讀後（上、中、下）　經濟日報　1974 年 4 月 17—19
　　　　　　　日　10 版

399. 李　瑟　　清朝商業奇才——《胡雪巖》　天下雜誌　第 15 期　1982 年 8 月
　　　　　　　頁 84—85

400. 王湜華　　勸君一讀《胡雪巖》　博覽群書　1988 年第 3 期　1988 年 3 月
　　　　　　　頁 7—8

401. 王道還　　小說與經世——讀《胡雪巖》　中國時報　1992 年 6 月 7 日　19
　　　　　　　版

402. 趙天才　　《胡雪巖》的意義　通俗文學評論　1996 年第 2 期　1996 年 6 月
　　　　　　　頁 113—114

403. 王宗法　　高陽的《胡雪巖》　20 世紀中國文學通史　上海　東方出版中心
　　　　　　　2003 年 9 月　頁 622—624

404. 〔聯合文學〕　　紅頂商人胡雪巖——高陽歷史小說京劇版　聯合文學　第
　　　　　　　264 期　2006 年 10 月　頁 38—39

405. 黃崇凱　高陽筆下的《胡雪巖》　聯合文學　第 264 期　2006 年 10 月　頁 42—43

406. 劉慧芬　高陽歷史小說《胡雪巖》走上京劇舞臺　聯合文學　第 264 期　2006 年 10 月　頁 48—51

407. 汪其楣　場上讀到《胡雪巖》　聯合文學　第 264 期　2006 年 10 月　頁 52—53

《大將曹彬》

408. 鈕先銘　新著預告：介紹高陽新作《大將曹彬》　中央月刊　第 2 期　1968 年 12 月　頁 99—101

409. 譚邦和　決戰豈止在戰場——談《大將曹彬》　通俗文學評論　1995 年第 4 期　1995 年 11 月　頁 83—89

410. 譚邦和　決戰豈止在戰場——《大將曹彬》賞析　解讀八面人生——評高陽歷史小說　臺北　黎明文化公司　1999 年 2 月　頁 177—192

《胭脂井》

411. 張白山　評高著《胭脂井》　暢流　第 55 卷第 8 期　1977 年 6 月 1 日　頁 69

《金縷鞋》

412. 范　軍　譜將殘恨說興亡——《金縷鞋》賞析　解讀八面人生——評高陽歷史小說　臺北　黎明文化公司　1999 年 2 月　頁 23—42

《紅頂商人》

413. 金美秀　歷史小說裡的中國商人——讀高陽的《紅頂商人》　文藝月刊　第 212 期　1987 年 2 月　頁 71—80

414. 蔣孝柔　《紅頂商人》又成搶手題材　中時晚報　1992 年 6 月 10 日　16 版

415. 林燿德　從《紅頂商人》看清末政商關係　高陽小說作品研討會　臺北　行政院文化建設委員會　1993 年 6 月 4—7 日

416. 林燿德　從《紅頂商人》看清末政商關係　高陽小說研究　臺北　聯合文

學出版社　1993 年 7 月　頁 101—128

417. 林燿德　　從《紅頂商人》看清末政商關係　新世代星空　臺北　華文網　2001 年 10 月　頁 109—134

《狀元娘子》

418. 程翔章　　人生的悲哀，歷史的必然——《狀元娘子》賞析　通俗文學評論　1995 年第 4 期　1995 年 11 月　頁 90—96

419. 程翔章　　人生的悲哀，歷史的必然——《狀元娘子》賞析　解讀八面人生——評高陽歷史小說　臺北　黎明文化公司　1999 年 2 月　頁 225—240

420. 謝正宇　　一段佳話終破滅‧萬般情愫縈心頭——評高陽的長篇歷史小說《狀元娘子》　河北科技大學學報　第 12 卷第 1 期　2012 年 3 月　頁 78—83

《小白菜》

421. 彭　歌　　社會史的切片　聯合報　1978 年 7 月 1 日　12 版

422. 彭　歌　　社會史的切片　不談人性‧何有文學　臺北　聯合報社　1978 年 9 月　頁 280—282

《漢宮春曉》

423. 天　穹　　《漢宮春曉》作品鑒賞　臺港小說鑒賞辭典　北京　中央民族學院出版社　1994 年 1 月　頁 204—206

《乾隆韻事》

424. 江少川　　清宮疑案，人間真情——《乾隆韻事》賞析　通俗文學評論　1995 年第 4 期　1995 年 11 月　頁 97—102

425. 江少川　　清宮疑案，人間真情——《乾隆韻事》賞析　解讀八面人生——評高陽歷史小說　臺北　黎明文化公司　1999 年 2 月　頁 73—86

《曹雪芹別傳》

426. 阮　忠　　血性男兒，痴情女子——《曹雪芹別傳》賞析　解讀八面人生——評高陽歷史小說　臺北　黎明文化公司　1999 年 2 月　頁 209—

224

《正德外記》

427. 練麗敏　　論高陽《正德外記》明武宗形象之塑造　問學集　第 14 期　2008
年 4 月　頁 49—56

《花魁》

428. 蔡芝蘭　　論高陽《花魁》之書寫藝術　輔大中研所學刊　第 22 期　2009 年
10 月　頁 121—140

《印心石》

429. 許建生　　《印心石》作品評析　臺灣百部小說大展　福州　海峽文藝出版
社　1990 年 7 月　頁 369—370

《金色曇花》

430. 林　青　　城頭變幻大王旗的近代史畫卷——《金色曇花》賞析　高陽的歷
史風雲　臺北　知書房出版社　1998 年 2 月　頁 39—49

431. 林　青　　城頭變幻大王旗的近代史畫卷——《金色曇花》賞析　解讀八面
人生——評高陽歷史小說　臺北　黎明文化公司　1999 年 2 月
頁 167—176

《粉墨春秋》

432. 〔編輯部〕　　《粉墨春秋》　文化貴族　第 5 期　1988 年 6 月　頁 109

《草莽英雄》

433. 陳益源　　高陽《草莽英雄》中王翠翹史料的來源與應用　2001 年中國文學
「學理與應用」學術研討會：中國語文教育之「學理與應用」
臺北　銘傳大學應用中國文學系主辦　2000 年 12 月 1 日

434. 陳益源　　高陽《草莽英雄》中王翠翹史料的來源與應用　保定師專學報
第 14 卷第 1 期　2001 年 1 月　頁 51—57

435. 陳益源　　高陽《草莽英雄》中王翠翹史料的來源與應用　中文學術年刊
第 4 期　2001 年 12 月　頁 209—228

《三春爭及初春景》

436. 應鳳凰　　吐郁馨芳的詩之園　文訊雜誌　第 5 期　1983 年 11 月　頁 153

437. 古永聰　　小說化的紅學研究──談高陽先生著《三春爭及初春景》　香港時報　1984 年 5 月 7 日　11 版

《明末四公子》

438. 吳智和　　評介《明末四公子》　明史研究專刊　第 1 期　1978 年 7 月　頁 150─152

《翁同龢傳》

439. 關麗珊　　小說的反叛──偶讀張大春、高陽和莫言　書城　1999 年第 8 期 1999 年　頁 32

《小鳳仙》

440. 程翔章　　袁世凱復辟丑劇的歷史再現──《名妓小鳳仙傳》賞析　解讀八面人生──評高陽歷史小說　臺北　黎明文化公司　1999 年 2 月　頁 259─278

《八大胡同》

441. 周光慶　　《八大胡同》──北洋政壇的窗口　通俗文學評論　1995 年第 3 期　1995 年 8 月　頁 30─34

442. 周光慶　　巧而深：從《八大胡同》看北洋政壇──《八大胡同》賞析　解讀八面人生──評高陽歷史小說　臺北　黎明文化公司　1999 年 2 月　頁 145─166

《水龍吟》

443. 張大春　　高陽著《水龍吟》　中國時報　1991 年 3 月 1 日　27 版

◆多部作品

「胡雪巖」──《胡雪巖》、《紅頂商人》、《燈火樓臺》

444. 曉　言　　失敗的成功者──評高陽筆下胡雪巖的形象　博覽群書　1988 年第 3 期　1988 年 3 月　頁 20─21

445. 澹臺惠敏　　以情說史苦求真──談臺灣作家高陽的《胡雪巖》傳奇系列小說　華聲報　1988 年 6 月 21 日　4 版

446. 蔡詩萍　「古為今用」的現實反諷——高陽筆下「紅頂商人」的政治處境　高陽小說作品研討會　臺北　行政院文化建設委員會　1993 年 6 月 4—7 日

447. 蔡詩萍　「古為今用」的現實反諷——高陽筆下「紅頂商人」的政治處境　高陽小說研究　臺北　聯合文學出版社　1993 年 7 月　頁 11—30

448. 林　青　論「胡雪巖全傳」中藝術化經濟意識　臺港文學選刊　1993 年第 6 期　1993 年 6 月　頁 68—70

449. 劉安海　高陽研究特輯——歷史人物、通俗小說、當代作家——「胡雪巖全傳」解讀之一[8]　通俗文學評論　1995 年第 3 期　1995 年 8 月　頁 19—24

450. 劉安海　「紅頂」戴摘一巨商——「胡雪巖全傳」賞析之一　解讀八面人生——評高陽歷史小說　臺北　黎明文化公司　1999 年 2 月　頁 89—116

451. 李中華　試論胡雪巖形象的文化蘊涵　通俗文學評論　1995 年第 3 期　1995 年 8 月　頁 35—39

452. 譚邦和　大廈將傾時的鐵腕女性——論螺螄太太的藝術魅力和文化蘊涵　通俗文學評論　1995 年第 3 期　1995 年 8 月　頁 40—44

453. 譚邦和　螺螄太太——大廈將傾時的鐵腕女性——「胡雪巖全傳」賞析之三　解讀八面人生——評高陽歷史小說　臺北　黎明文化公司　1999 年 2 月　頁 129—138

454. 孟德民　簡析胡雪巖的義氣　通俗文學評論　1995 年第 4 期　1995 年 11 月　頁 103—105

455. 孟德民　簡析胡雪巖的義氣——「胡雪巖全傳」賞析之四　解讀八面人生——評高陽歷史小說　臺北　黎明文化公司　1999 年 2 月　頁 139—145

456. 馬　敏　另一種歷史——高陽「胡雪巖全傳」讀後　華中師範大學學報

---

[8] 本文後改篇名為〈「紅頂」戴摘一巨商——「胡雪巖全傳」賞析之一〉

1997 年第 1 期　1997 年 1 月　頁 51—58

457. 黨鴻樞　論「紅頂商人」胡雪巖「胡雪巖全傳」　社科縱橫　1997 年第 2 期　1997 年 4 月　頁 53—57

458. 陳遼　高陽對胡雪巖的歷史定位和藝術創造——讀「胡雪巖全傳」　福建論壇　1997 年第 5 期　1997 年 10 月　頁 49—53

459. 楊新敏　敘事策略與話語精神——高陽小說「胡雪巖全傳」與電視劇《胡雪巖》比較談　中國電視　1997 年第 11 期　1997 年 11 月　頁 35—39

460. 楊華山　以「胡雪巖全傳」看中國近代早期的官商關係　武當學刊　第 17 卷第 4 期　1997 年 12 月　頁 24—30

461. 楊照　以小說治史，以小說經世——高陽小說《胡雪巖》、《紅頂商人》及《燈火樓臺》　中國時報　1998 年 12 月 2 日　27 版

462. 徐方　序　成敗之間——胡雪巖經商之道　臺北　黎明文化公司　1999 年 2 月　頁 1—2

463. 王先霈　請讀高陽（代序）　成敗之間——胡雪巖經商之道　臺北　黎明文化公司　1999 年 2 月　頁 3—6

464. 李中華　胡雪巖形象的文化蘊涵——「胡雪巖全傳」賞析之二　解讀八面人生——評高陽歷史小說　臺北　黎明文化公司　1999 年 2 月　頁 117—128

465. 張秋蘋　高陽「胡雪巖全傳」的獨特藝術魅力　科學與文化　2008 年第 12 期　2008 年　頁 54—55

466. 張秋蘋　高陽「胡雪巖全傳」的創作手法分析　湖北工業大學學報　第 24 卷第 3 期　2009 年 6 月　頁 119—120

467. 夏長青　時代背景下的多向度審視——從高陽與「胡雪巖」談起　湖南科技學院學報　第 31 卷第 3 期　2010 年 3 月　頁 25—27

468. 張秋蘋　論高陽胡雪巖形象的歷史價值　福建教育學院學報　2010 年第 4 期　2010 年 8 月　頁 73—74

469. 申　玖　　　淺析高陽筆下胡雪巖的儒家思想　延安職業技術學院學報　第 24 卷第 6 期　2010 年 12 月　頁 66—67，72

470. 夏長青　　　鏡像中的看與被看——高陽和他的小說「胡雪巖」　語文學刊 2010 年第 3 期　2010 年　頁 134—136

471. 張秋蘋　　　商界奇才時代悲劇——高陽的胡雪巖形象與《子夜》吳蓀甫之比較　學理論　2010 年第 17 期　2010 年　頁 159—160

472. 夏長青　　　金庸與高陽小說中的女性魅力〔「胡雪巖」部分〕　赤峰學院學報　第 32 卷第 7 期　2011 年 7 月　頁 147—150

473. 張光茫　　　直擊政商關系的權與謀——讀高陽《紅頂商人胡雪巖》　全國新書目　2012 年第 9 期　2012 年 9 月　頁 80

474. 涂秀虹　　　論高陽「胡雪巖全傳」的傳奇敘事與歷史反思　廣西師範學院學報　第 35 卷第 2 期　2014 年 3 月　頁 44—48

475. 徐志成　　　高陽筆下胡雪巖的儒家思想分析　青年時代　2015 年第 20 期 2015 年 10 月　頁 57

「慈禧全傳」——《慈禧前傳》、《玉座珠簾》、《清宮外史》、《母子君臣》、《胭脂井》、《瀛臺落日》

476. 許建生　　評高陽的「慈禧全傳」　臺灣研究集刊　1988 年第 3 期　1988 年 8 月　頁 101—107

477. 許建生　　「慈禧全傳」作品評析　臺灣百部小說大展　福州　海峽文藝出版社　1990 年 7 月　頁 363—365

478. 黃重添　　高陽與「慈禧全傳」　臺灣新文學概觀（下）　廈門　鷺江出版社　1991 年 6 月　頁 47—55

479. 陳　遼　　高陽的慈禧觀和「慈禧全傳」中的慈禧　福建論壇　1996 年第 4 期　1996 年 7 月　頁 66—70

480. 林　青　　譜寫清史四十年的西太后——「慈禧全傳」賞析　高陽的歷史風雲　臺北　知書房出版社　1998 年 2 月　頁 3—11

481. 林　青　　譜寫清史四十年的西太后——「慈禧全傳」賞析　解讀八面人生

——評高陽歷史小說　臺北　黎明文化公司　1999 年 2 月　頁 65—72

482. 陳宛茜　高陽熱再起，「慈禧全傳」好典藏　聯合報　2004 年 5 月 31 日 B6 版

「紅樓夢斷」——《秣陵春》、《茂陵秋》、《五陵遊》、《延陵劍》

483. 林佩芬　吹葉嚼蕊——試論高陽的「紅樓夢斷」　文訊雜誌　第 21 期 1985 年 12 月　頁 187—192

484. 阮　忠　高陽研究特輯——「紅樓夢斷」的創作定位　通俗文學評論 1995 年第 3 期　1995 年 8 月　頁 25—29

485. 阮　忠　富貴浮雲，風月情淺——「紅樓夢斷」賞析　解讀八面人生——評高陽歷史小說　臺北　黎明文化公司　1999 年 2 月　頁 193—208

《印心石》、《蘇州格格》

486. 陳怡蘋　兩個陶澍——《印心石》與《蘇州格格》　青年日報　2004 年 7 月 30 日　10 版

單篇作品

487. 東郭牙　「非俊疑傑」解〔〈中國文學家畫傳〉〕　臺灣日報　1970 年 1 月 14 日　8 版

488. 寄　廬　細說杜甫詠明妃古跡詩——兼評高陽〈說杜詩一首〉　臺灣日報 1979 年 10 月 3 日　12 版

489. 劉季倫　高陽著〈箋陳寅恪「王觀堂先生輓詞」〉商榷　史原　第 15 期 1986 年 4 月　頁 91—143

490. 〔聯副編輯室〕　李商隱豔情誣恨索解：關於高陽最新連載〈鳳尾香羅〉 聯合報　1987 年 3 月 23 日　8 版

491. 凌君鈺　歷史的回味，義行的贊歌——談高陽一篇有關如皋的小說〔〈解差與犯婦〉〕　臺港與海外華文文學評論和研究　1994 年第 2 期 1994 年 9 月　頁 37—40

作品評論目錄、索引

492. 〔中央圖書館閱覽組〕　　評論文獻目錄　許晏駢（高陽）先生及其著作簡
目　臺北　中央圖書館　1992 年 9 月　頁 81—85

493. 江澄格　　參考資料　歷史小說巨擘高陽　臺北　三思堂文化公司　1995 年
6 月　頁 258—264

494. 林　青　　高陽研究大事記　高陽的歷史風雲　臺北　知書房出版社　1998
年 2 月　頁 235—241

495 江澄格　　高陽參考資料　高陽評傳　臺北　商周出版公司　2006 年 12 月
頁 298—303

496. 〔封德屏主編〕　　高陽　臺灣現當代作家評論資料目錄（四）　臺南　國
立臺灣文學館　2010 年 11 月　頁 2290—2311

國家圖書館出版品預行編目資料

臺灣現當代作家研究資料彙編. 66, 高陽 / 鄭穎編選. --
初版. -- 臺南市：臺灣文學館, 2015.12
　面；　公分
ISBN 978-986-04-6389-7 (平裝)

1.高陽 2.傳記 3.文學評論

863.4　　　　　　　　　　　　　　　104022627

【臺灣現當代作家研究資料彙編】66

高陽

發 行 人　陳益源
指導單位　文化部
出版單位　國立臺灣文學館
　　　　　地　　　址／70041 臺南市中西區中正路 1 號
　　　　　電　　　話／06-2217201　　　　傳　　　真／06-2218952
　　　　　網　　　址／www.nmtl.gov.tw　　　電子信箱／pba@nmtl.gov.tw

總 策 畫　封德屏
顧　　問　林淇瀁　張恆豪　許俊雅　陳信元　陳義芝　須文蔚　應鳳凰
工作小組　白心瀞　呂欣茹　郭汶伶　陳欣怡　陳映潔　陳鈺翔　張傳欣　莊淑婉
編　　選　鄭穎
責任編輯　汪黛姎　陳映潔
校　　對　白心瀞　呂欣茹　林沛潔　陳映潔　莊淑婉
計畫團隊　財團法人台灣文學發展基金會
美術設計　翁國鈞・不倒翁視覺創意
印　　刷　松霖彩色印刷事業有限公司

著作財產權人　國立臺灣文學館
　　　本書保留所有權利。欲利用本書全部或部分內容者，須徵求著作財產權人
　　　同意或書面授權。請洽國立臺灣文學館研究典藏組（電話：06-2217201）

經銷展售　國家書店松江門市（02-25180207）
　　　　　國立臺灣文學館—雪芙瑞文學咖啡坊（全面 85 折優惠，06-2214632）
　　　　　國立臺灣文學館藝文商店（全面 85 折優惠，06-2216206）
　　　　　三民書局（02-23617511、02-2500-6600）
　　　　　台灣的店（02-23625799）　　　　府城舊冊店（06-2763093）
　　　　　南天書局（02-23620190）　　　　唐山出版社（02-23633072）
　　　　　草祭二手書店（06-2216872）　　　五南文化廣場（04-22260330）

初版一刷　2016 年 3 月
定　　價　新臺幣 400 元整
　　　　　第一階段 15 冊新臺幣 5500 元整　第二階段 12 冊新臺幣 4500 元整
　　　　　第三階段 23 冊新臺幣 8500 元整　第四階段 14 冊新臺幣 5000 元整
　　　　　第五階段 16 冊新臺幣 6000 元整
　　　　　全套 80 冊新臺幣 24000 元整

GPN　1010500054（單本）　　ISBN　978-986-04-6389-7（單本）
　　　1010000407（套）　　　　　　　978-986-02-7266-6（套）

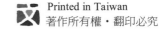